日本詞華集

西郷信綱
廣末保
安東次男 編

未來社

凡例

一　本書は、わが国の古代から近代に至る詩作品のなかから、三人の編者の共同責任において選択し、編纂し、収録した詞華集である。

一　本書は、古代・中世・近世・近代の四篇に分けて時代順に配列し、わが国の詩の推移、変遷もあわせて概観できるよう意図した。

一　各篇は、歌謡・和歌・連歌・俳諧・近代詩・短歌・俳句の各項目別に一括整理して、鑑賞上の便宜をはかった。

一　収録作品は、用字、仮名遣いともすべて原典どおりとした。ただし、明らかに原作者の誤用と思われる箇所については、原作の趣きを損わぬ場合にかぎり、二、三改めたところがある。

一　ルビは、読みの上で、とくに必要と思われるものにのみ、原典の仮名遣いに準じて付した。近代篇のなかで、とくに原典総ルビの作品については煩雑さを避けるため適宜削減した。

一　近代篇でルビに特殊な読みを採用した場合は、脚註において、編者ルビ、原典（作者）ルビの別を明らかにした。

一　本書の性質上、六ポ脚註は、最小限必要と思われる程度にとどめ、本文中に＊印をもって示してある。

一　各種の原典によって原文に異動がある場合、またはいく通りもの読みがある場合は、編者において選択し、鑑賞上残した方がいいと判断されるものについてのみ、本文中にルビをもって（　）で示すか、または脚註において（　）で示した。

一　和歌・俳句等における詞書は、作品理解の上で不可欠と思われるもののみを残し、作品が独立して鑑賞できると思われる場合には除いた。

一　芭蕉、蕪村の項にかぎり、春・夏・秋・冬の四季に従って配列し、さらにそれらを時・天・人・動・植の順に分類整理してある。

一　若干の例外をのぞいて、近代篇編纂の最下限は、一九三〇年ごろまでとした。

日本詞華集

目次

古代篇

歌謡

和歌

短歌

俳句

古代篇

歌謠

記紀歌謠

古事記*

八雲《やくも》立つ　出雲《いづも》八重《やへ》垣《がき》
妻ごみに　八重垣作る
その八重垣を**

八千矛《やちほこ》の　神の命は
八島國　妻枕《ま》きかねて
遠々し　高志《こし》の國に
賢《さか》し女を　有りと聞かして
麗《くは》し女を　有りと聞こして
さ婚《よば》ひに　在り立たし
婚ひに　在り通はせ
大刀が緒《を》も　いまだ解かずて
襲《おすひ》をも　いまだ解かねば

孃子《をとめ》の　寐《な》すや板戸を
押《お》そぶらひ　我《わ》が立たせれば
引こづらひ　我が立たせれば
青山に　鵺《ぬえ》は鳴きぬ
眞野《さの》つ鳥　雉《きぎし》は響《とよ》む
庭つ鳥　鷄《かけ》は鳴く
慨《うれ》たくも　鳴くなる鳥か
この鳥も　打ち止めこせね
いしたふや*　海人《あま》馳使《はせづかひ》
事の　語り言も　こをば

赤玉は　緒さへ光れど
白玉の　君が装《よそひ》し
貴くありけり

沖つ鳥　鴨着《ど》く島に
我が率《ゐ》寝《ね》し　妹は忘れじ
世の盡《ことごと》に

（上　段）
*七一五（和銅五）年、太安万侶撰録。
**結婚の新室ほぎの歌。

（下　段）
*以下二行は海部の語りごとであることを示すおさめの言葉。

宇陀《うだ》の　高城《たかき》に　鴫羂張《しぎわな》る
我が待つや　鴫は障《さや》らず
いすくはし＊　鷹《くち》ら障る
前妻《こなみ》が　菜《な》乞はさば
立柧棱《たちそば》の　實の無けくを
こきしひゑね＊＊
後妻《うはなり》が　菜乞はさば
柃《いちさかき》　實の大けくを
こきだひゑね
　ええ　しやこしや
　ああ　しやこしや

みつみつし　久米の子らが
垣下《もと》に　植ゑし薑《はじかみ》
口疼《ひゞ》く　我は忘れじ
撃ちてしやまむ

葦原の　密《しけ》しき小家《をや》に

菅疊　いや清《さや》敷きて
我が二人寢し

狹井《さゐ》河よ　雲起《た》ち渡り
畝火《うねび》山　木の葉さやぎぬ
風吹かむとす

畝火山　晝は雲とゐ
夕されば　風吹かむとぞ
木の葉さやげる

さねさし＊　相模《さがむ》の小野に
燃ゆる火の　火《ほ》中に立ちて
問ひし君はも

尾張に　直《ただ》に向かへる
尾津の埼なる　一つ松　あせを＊＊

（上　段）
＊枕詞。
＊＊きりとってやれ。

（下　段）
＊枕詞。
＊＊はやしことば。

一つ松　人にありせば
大刀佩《は》けましを　衣《きぬ》著せましを
一つ松　あせを

大和《やまと》は　國のまほろば*
たたなづく　青垣
山隱《ごも》れる　倭《やまと》し美《うるは》し**

命の　全《また》けむ人は
疊薦《たたみごも》　平群《へぐり》の山の
熊白檮《くまかし》が葉を
髻華《うず》に挿せ　その子

はしけやし　我家《わぎへ》の方よ　雲居《くもゐ》起《た》ち來も

孃子《をとめ》の　床の邊《べ》に
我が置きし　劍《つるぎ》の大刀
その大刀はや

千葉の　葛野《かづの》を見れば
百千足《ももちだ》る　家庭《やには》も見ゆ
國の秀《ほ》も見ゆ

いざ子ども　野蒜《のびる》摘みに
蒜摘みに　我が行く道の
香ぐはし　花橘は
上《ほ》つ枝《え》は　鳥居枯《が》らし
下枝《しづえ》は　人取り枯らし
三栗《みつぐり》の　中つ枝の
ほつもり　赤ら孃子《をとめ》を*
誘《いざ》ささば　好《よ》らしな

大和へに　往くは誰が夫《つま》
隱水《こもりづ》の　下よ延《は》へつつ
往くは誰が夫

（上　段）
*秀でた所。
**以下三首を思《くに》國歌《しのびうた》という。
（下　段）
*一ばん見事な美しい少女を。

八田《やた》の　一本菅《ひともとすげ》は
子持たず　立ちか荒れなむ
あたら菅原《すがはら》
言《こと》をこそ　菅原《すげはら》と言はめ
あたら清《すが》し女《め》

梯立《はしたて》の　倉梯山を
嶮《さが》しみと　岩懸《か》きかねて
我が手取らすも

埴生坂《はにふざか》　我が立ち見れば
かぎろひの　燃ゆる家群《むら》
妻が家《いへ》のあたり

あしひきの　山田を作り
山高み　下樋《したび》を走《わし》せ*

下問《したど》ひに　我が問ふ妹を
下泣きに　我が泣く妻を
今夜《こぞ》こそは　安く肌觸れ

笹葉に　打つや霰《あられ》の
たしだしに*　率《ゐ》寝てむ後《のち》は
人は離《か》ゆとも

愛《うるは》しと　さ寝《ね》しさ寝《ね》てば
刈薦《かりこも》の　亂れば亂れ
さ寝しさ寝てば

天飛《あまだ》む**　輕《かる》の孃子《をとめ》
甚《いた》泣かば　人知りぬべし
波佐《はさ》の山の　鳩の
下泣きに泣く

（上　段）
＊地中に樋を走らせ。
（下　段）
＊確かに。
＊＊枕詞。

夏草の　あひねの濱の
蠣貝《かきがひ》に　足踏ますな
明かして通れ

日本書紀＊

我が夫子《せこ》が　來《く》べき夕《よひ》なり
ささがねの　蜘蛛《くも》の行《おこな》ひ
今宵《こよひ》著《しる》しも

しなてる　片岡山に
飯《いひ》に飢《ゑ》て　臥《こや》せる
その旅人《たびと》　あはれ
親《おや》無しに　汝成《なれな》りけめや
さす竹の　君はや無き
飯に飢《ゑ》て　臥せる
その旅人　あはれ

岩の上《へ》に　小《こ》猿《さる》米《こめ》燒《や》く
米だにも　食《た》げて通らせ
山羊《かましし》の老翁《をぢ》＊

山川に　鴛鴦《をし》二つ居て
偶《たぐひ》好く　偶《たぐ》へる妹を
誰か率《ゐ》にけむ　其の一
本毎《もとごと》に　花は咲けども
何とかも　愛《うつく》し妹が
また咲き出《で》來《こ》ぬ＊＊　其の二

山越えて　海渡るとも
おもしろき　今城《いまき》の中《うち》は
忘らゆましじ　其の一
水門《みなと》の　潮《うしほ》の下り
海《うな》下り　後《うしろ》も暗《くれ》に
置きてか行かむ　其の二
愛《うつく》しき　吾が若き子を
置きてか行かむ　其の三＊＊＊

（上　段）
＊七二〇（養老四）年、舎人親王ら編。

（下　段）
＊童謡である。
＊＊二首、野中川原史満作の挽歌と伝う。
＊＊＊三首、斉明天皇作の挽歌と伝う。

風《ふ》土《ど》記《き》*

筑波嶺《つくはね》に　會はむと
言ひし子は　誰《た》が言《こと》聞けばか
み寢《ね》會はずけむ**　（常陸風土記）

筑波嶺に　廬《いほ》りて
妻なしに　我が寢む夜ろは
早も明けぬかも　（同）

愛《うつく》しき　小目《をめ》***の小竹葉《ささば》に
霰ふり　霜ふるとも
な枯れそね　小目の小竹葉　（播磨風土記）

たらちし****　吉備の鉄《まがね》の
を鍬持ち　田打つが如《ごと》
手拍《たう》て子等　吾舞はむとす　（同）

娘《こ》らに戀《こ》ひ
朝戸を開き　我が居れば
常世の濱の　波の音《と》聞ゆ　（丹後風土記逸文）

意宇《おう》*と號《なづ》くる所以《ゆゑ》は、國引きましし八束水《やつかみづ》臣津野《おみつの》の命詔り給ひしく、八雲立つ出雲の國は、狹布《さの》の稚國《わかくに》なるかも。初國《はつくに》小《ちさ》く作らせり。故《かれ》作り縫はなと詔り給ひて、栲衾《たくぶすま》志羅紀《しらぎ》の三《み》埼《さき》を、國の餘ありやと見れば、國の餘ありと詔り給ひて、童女《をとめ》の胸鉏《むなすき》**取らして、大魚《おふを》の鰭《きだ》衝《つ》き別けて、幡薄《はたすすき》穂《ほ》***振り別けて、三搓《みつより》の綱打ち掛けて、霜黒葛《しもつづら》繰るや繰るやに、河船のもそろもそろに、國來國來《くにこくにこ》と引き來縫へる國は、去豆《こづ》の打絶《うちたえ》よりして、八穂米《やほね》杵築《きづき》の御埼なり。かくて堅め立てし加志《かし》は、石見の國と出雲の國との堺なる、名は佐比賣山《さひめやま》なり。亦持ち引

（上　段）
*奈良時代の地誌、神話伝説と歌謡を含む。
**以下二首は筑波山での歌垣の歌。
***播磨の国の地名。
****枕詞。

（下　段）
*出雲国意宇郡。以下は国引きの詞章。
**童女の胸のように広やかなスキ。
***屠分《ホフリワケ》か。「幡薄」はホの枕詞。

ける綱は、薗《その》の長濱なり。

亦、北門《きたど》の佐伎《さき》の國を、國の餘ありやと見れば、國の餘ありと詔り給ひて、童女の胸鉏取らして、大魚の鰭衝き別けて、幡薄穂振り別けて、三搓の綱打ち掛けて、霜黒葛繰るや繰るやに、河船のもそろもそろに、國來國來と引き來縫へる國は、多久《たく》の打絶よりして、狹田《さだ》の國なり。

亦、北門の良波《よなみ》の國を、國の餘ありやと見れば國の餘ありと詔り給ひて、童女の胸鉏取らして、大魚の鰭衝き別けて、幡薄穂振り別けて、三搓の綱打ち掛けて、霜黒葛繰るや繰るやに、河船のもそろもそろに、國來國來と引き來縫へる國は、手縫《たぬひ》の打絶よりして、闇《くら》見《み》の國なり。

亦、高志《こし》の都々《つゝ》の三埼《みさき》を、國の餘ありやと見れば國の餘ありと詔り給ひて、童女の胸鉏取らして、大魚の鰭衝き別けて、幡薄穂振り別けて、三搓の綱打ち掛けて、霜黒葛繰るや繰るやに、河船のもそろもそろに、國來國來と引き來縫へる國は、三穂の埼なり。持ち引ける綱は、夜見《よみ》の島なり。固堅《かた》め立てし加志《かし》は、伯耆《ははき》の國なる大神の岳《やま》なり。今は國引き訖《を》へつと詔り給ひて、意宇《おう》の社《もり》に御杖衝き立てて、おゑと詔り給ひき。故《かれ》、意宇《おう》といふ。

（出雲國風土記）

神樂《かぐら》歌《うた》*

劔

本

白金《しろがね》の　目貫《めぬき》の太刀《たち》を　さげ佩《は》きて
奈良の都を　練るは誰《た》が子ぞ
練るは誰《た》が子ぞ

末

石上《いそのかみ》
ふるや男の太刀《たち》もがな
組《くみ》の緒《を》垂《し》でて　宮路通はむ
宮路通はむ

（下　段）

*平安朝中期の宮廷の神樂でうたわれた歌謡。本と末はかけあい関係になっている。

杓《ひさご》

本

大原や　清和井《せかゐ》の清水
杓《ひさご》もて　鷄《とり》は鳴くとも*
遊ぶ瀬を汲め
遊ぶ瀬を汲め

末

我が門の　板井の清水
里遠み　人し汲まねば
水さびにけり
水さびにけり

しなが鳥

本

しながどる**　や
猪名《ゐな》の水門《みなと》に　あいそ***
入《い》る船《ふね》の　楫《かぢ》よくまかせ
ふね傾《かたぶ》くな
船傾くな

末

若草の　や
妹も乘せたり　あいそ
我も乘りたりや
船傾くな
船傾くな

猪名野《ゐなの》

本

しながどる　や
猪名《ゐな》の柴原《ふしはら》　あいそ
飛びて來る　鴫《しぎ》が羽音《はおと》は
音《おと》おもしろき
鴫が羽音

末

しながどる　や
猪名の柴原　あいそ
網《あみ》さすや　我が夫の君は

（上段）
*晩になるまで。
**枕詞。
***ハヤシことば。

幾らか取りけむ
幾らか取りけむ

篠《ささ》波《なみ》

本

樂浪《ささなみ》や
志賀《しが》の辛崎《からさき》や
御稲舂《みしねつ》く　女《をみな》の佳《よ》さ　さや
其《それ》もがな　彼もがな
愛子夫《いとこせ》に　ま
愛子夫にせむや

末

葦原田《あしはらだ》の　稲舂蟹《いなつきがに》の　や
汝《おのれ》さへ
嫁を得ずとてや
捧げては下《おろ》し　や
下しては捧げ　や
肱擧《かひなげ》をするや＊

蟋《きり》蟀《ぎりす》

本

蟋蟀の　妬《ねた》さ慨《うれた》さ　や
御園生《みそのふ》に参りて　木の根を掘り食むで
おさまさ＊　角折れぬ
おさまさ　おさまさ　角折れぬ

末

おさまさ　妬さ慨さ
御園生に参りて　木の根を掘り食むで
おさまさ　角折れぬ

早《さう》歌《か》＊＊

本

何れぞも　泊《とど》まり＊＊＊

末

かの崎越えて

本

深山《みやま》の小葛《こつづら》

末

繰《く》れ〳〵小葛

（上段）

＊本は、男が、おれを愛人にしてくれぬかといったのにたいし、末は、女が、カニのように両手をあげて頂戴なをするとは何たるざまよ、といい返したもの。

（下段）

＊はやしことば。

＊＊本と末の問答かけあいのすばやさに興味があるが、意味不明の句が多い。滑稽なものまねを伴なったものと思われる。

＊＊＊どこなんだ、今夜の泊りは。

本
鷺の頸《くび》取ろむと
末
いとはた長《*なが》うて
本
皹蹈《あかがり》むな**　後《しり》なる子
末
我も目は有り　先なる子
本
舍人《とねり》こそう***　後《しり》こそう
末
我もこそう　後《しり》もこそう
本
近衞《このゑ》の御門《みかど》に　巾子《こじ》****落つと
末
髮の根の無ければ
本
女子《をみなご》の才《ざえ》は
末
霜月師《し》走《はす》の垣壞《かいこほ》ち*****
本

本
あふり戸や　ひはり戸*
末
ひはり戸や　あふり戸
本
搖《ゆす》り上げよ**　そそり上げ
末
そそり上げよ　搖り上げ
本
谷から行かば***　尾から行かむ
末
尾から行かば　谷から行かむ
本
此《これ》から行かば　彼から行かむ
末
彼から行かば　此から行かむ
本
彼方《あち》の山背山《せやま》
末
背山《せやま》や背山

（上　段）
*たいへんまた。
**あかぎれ。
***不明。「來んぞ」か。
****冠の頂に高く突き出たところ。
*****十一月、十二月の雪が垣根をこわすようなものだの意か。

（下　段）
*ばたばた戸や、ぎちぎち戸。
**戸をゆすり上げよという意か。
***お前が谷からゆけば、おれは……。

催《さい》馬《ば》樂《ら》歌《うた》*

葦《あし》　垣《がき》

葦垣《あしがき》眞《ま》垣《がき》　眞《ま》垣搔《がきか》きわけ
てふ**越すと　負《お》ひ越すと　誰《たれ》
てふ越すと　誰か　誰か
此の事を　親に申讓《まうよこ》し申《まう》しし
とどろける***　此の家
此の家の　弟嫁《おとよめ》
親に　申讓しけらしも****
天地《あめつち》の　神も
神も　證《そう》し賜《た》べ
我は申讓し申さず
菅《すが》の根《ね》の　すがな
すがなき*****事を　我は聞く
我は聞くかな

山《やま》　城《しろ》

山城の　狛《こま》*のわたりの
瓜作《うりつくり》　な　なよや**
らいしなや　さいしなや
瓜作　瓜作　はれ
瓜作　我を欲しと言ふ
如何にせむ　な　なよや
らいしなや　さいしなや
如何にせむ　如何にせむ　はれ
如何にせむ　なりやしなまし
瓜たつまでに　や
らいしなや　さいしなや
瓜たつま　瓜たつまでに

力無き蝦《かへる》

力無き蝦　力無き蝦
骨無き蚯蚓《みみず》　骨無き蚯蚓

夏《なつ》　引《ひき》

（上　段）
*民間から採られ、平安朝の宮廷でうたわれた歌謡。
**ハヤシことば。「負ひ越す」は女を背負って逃げる。
***有名な。
****ここまではある男の抗議、以下は弟嫁の弁明。
*****おもしろくない。

（下　段）
*山城國の地名。
**ハヤシことば。次の句も同樣。

夏引《なつひき》*の　白絲《しらいと》　七量《ななはかり》あり
狹衣《さごろも》に　織りても着せむ
汝《まし》　妻離《めはな》れよ**
頑《かたくな》に　もの言ふ女かな　な　汝《まし》
麻衣《あさぎぬ》も　我が妻《め》の如く
袂《たもと》よく　着よく肩よく　襟安《こくびやす》らに
汝《まし》　着せめかも
縫ひ着せめかも

飛香井《あすかゐ》

飛香井に　宿《やどり》はすべし　や　おけ
蔭《かげ》もよし　水《みもひ》も寒《さむ》し
御馬草《みまくさ》もよし

我《わ》が門《かど》に

我が門に　我が門に
上裳《うはも》の裾濡《すそぬ》れ　下裳の裾濡れ
朝菜摘み　夕菜摘み　朝菜摘み
朝菜摘み　夕菜摘み

我が名を　知らまく欲しからば
御園生《みそのふ》の　御園生の
御園生の　御園生の
菖蒲《あやめ》の郡《こほり》の　大領《だいりやう》*の
愛娘《まなむすめ》と言へ　弟娘《おとむすめ》とこそ言はめ

淺《あさ》水《むつ》

淺水の橋の
とンとろ　とンとろと　降りし雨《あめ》の
古《ふ》りにし我を**
誰《たれ》ぞ此の　媒人《なかびと》立てて
御許《みもと》の有樣《かたち》　消息《せうそこ》し　訪《とぶら》ひに來るや
さきむだちや***

我《わ》家《いへ》

我家《わいへ》は　帷帳《とばりちやう》も　垂れたるを
大君來ませ　聟《むこ》にせむ
御肴《みさかな》に　何よけむ
鮑榮螺《あはびさだを》か　石陰子《かせ》よけむ****

（上　段）
*夏に引いた。
**妻と別れよ。
（下　段）
*郡の長官。
**年とった自分を。
***ハヤシことば。
****陰門に似た貝を並べてある。

鮑榮螺か　石陰子よけむ

貫《ぬき》河《がは》

貫河の　瀬々《せぜ》の　柔ら毛枕《たまくら》
柔かに　寝《ぬ》る夜はなくて
親離《さ》くる夫《つま》
親離《さ》くる夫《つま》は　ましてるはし*
しかさらば
矢矧《やはぎ》の市《いち》に　靴《くつ》買ひにかむ
靴買はば　線鞋《せんがい》**の　細底《ほそじき》を買へ
さし履《は》きて　上裳《うはも》取り着て
宮路通《かよ》はむ

東屋《あづまや》

東屋の　眞屋《まや》の餘《あま》りの
その雨《あま》そそぎ
我立ち濡れぬ　殿戸開かせ
鎹《かすがひ》も　戸ざしも有らばこそ
その殿戸　我閉さめ

押開いて來ませ　我や人妻

雑

琴《きん》歌《か》譜《ふ》*

處女《をとめ》ども　處女さびすと
唐玉《からだま》を　手《た》もとに纒《ま》きて
處女さびすも

道のべの　榛《はり》と櫟《くぬぎ》と
竊《しな》めくも　言ふなるかもよ
榛と櫟と

朝獵《あさかり》に　汝兄《なせ》か通りし
橋の前《さき》　杭《くひ》をよろしみ
峡《かひ》の江の　着《つ》き**をよろしみ

(上　段)
＊一そう可愛いい。
＊＊荒い絹布で作ったハキモノ。

(下　段)
＊和琴の譜本だが、記紀歌謡とほぼ同じ段階の歌謡を載す。平安初期の成立か。
＊＊妥の意であろう。

我こそ　此處に出でて居れ
清水《すみづ》

佛《ぶっ》足《そく》石歌《せきのうた》*

善き人の　正目《まさめ》に見けむ　御足跡《みあと》すらを　我
はえ見ずて　石《いは》に彫りつく　玉に彫りつく

如何なるや　人に坐《いま》せか　石《いは》の上を　土と踏
みなし　足跡《あと》殘けるらむ　貴くもあるか

雷《いかづち》の　光の如き　これの身は　死《しに》の大王《おほきみ》　常
に偶《たぐ》へり　畏《お》づべからずや

百《ひやく》石《せき》讃《さん》歎《たん》**

百石《ももさか》に八十石《やそさか》そへて給ひてし***

乳房の報《むく》ひ　今日ぞわがするや
今ぞわがするや
今日せでは　何《いつ》かはすべき
年も經《へ》ぬべし　さ代も經ぬべし

東《あづま》遊《あそび》歌《のうた》*

駿河舞《するがまひ》
や　有度濱《うどはま》に　駿河なる有度濱に
打寄する波は　七草《ななくさ》の妹《いも》**
ことこそ良し***　ことこそ良し
七草の妹は　ことこそ良し
逢へる時　いざさは寝なむ　や
七草の妹　ことこそ良し

風《ふ》俗《ぞく》歌《うた》****

こよろぎ
こよろぎの

（上　段）
＊奈良藥師寺にある佛足石歌碑に刻まれた歌、七五二年。
＊＊高野山所傳もあるが、左は比叡山所傳歌。
＊＊＊心地觀經に人はその慈母の乳を飲むこと一百八十石とあるのによる。

（下　段）
＊平安初期の貴族社會で行われた東國地方（東海道を含む）の風俗歌。
＊＊「萎草」か。
＊＊＊上首尾だ。
＊＊＊＊おもに平安時代に行われた地方民謠。

磯《いそ》立ちならし　磯ならし
菜*摘む少女《めざし》　濡《ぬ》らすな
濡らすな　沖に居れ
居れ　波や
濡《ぬ》ろ濡ろも**　君が食《め》すべき
食すべき菜をし摘み
摘みてばや

土佐日記***

春の野にてぞ　音《ね》をば泣く
わが薄《すすき》に手切る切る　摘んだる菜を
親やまぼる****らん　姑《しうとめ》や食ふらん
かへらや*****

17　雑

夜んべのうなゐ******もがな　錢《ぜに》乞はん
虚言《そらごと》をして　おぎのり*******わざをして
錢も持て來ず　おのれだに來ず

（上　段）
*磯菜。
**ぬれながらも。
***紀貫之の作。その中に舟子らの歌った歌謡が出ている。
****貪る。
*****ハヤシことば。
******娘っ子。
*******掛買い。

和歌

萬葉集

巻一

雄略天皇*

御製歌

籠《こ》もよ　み籠《こ》持ち　掘串《ふくし》**もよ　み掘串《ふくし》持ち　この丘《をか》に　菜摘ます兒　家聞かな(のらせ)　名告《の》らさね　そらみつ　やまとの國は　おしなべて　吾《われ》こそ居《を》れ　敷きなべて　吾こそ坐《ま》せ　吾こそは(吾にこそは)　告らめ　家をも名をも

舒明天皇

香具山《かぐやま》に登りて望國《くにみ》し給ふ時の御製歌

大和には　群山《むらやま》ありと(れど)　とりよろふ　天《あま》の香《か》具山《ぐやま》　登り立ち　國見をすれば　國原《くにはら》は　煙《けぶり》立ち立つ　海原《うなはら》は　鷗《かまめ》立ち立つ　うまし國ぞ　あきづ島　大和の國は

中皇命《なかつすめらみこと》

天皇(舒明)宇智《うち》野に遊獵し給ひし時、間人連《はしひとのむらじ》老《おゆ》をして獻らせ給ふ歌

やすみしし　わご大王《おほきみ》の　朝《あした》には　とり撫《な》でたまひ　夕《ゆふべ》には　い倚《よ》り立たしし　御執《みと》らしの　梓弓《あづさゆみ》の　長弭《ながはず》の　音《おと》すなり　朝獵《あさかり》に　今立たすらし　暮獵《ゆふかり》に　今立たすらし　御執らしの　梓弓の　長弭の　音《おと》すなり

反歌

たまきはる宇智《うち》の大野に馬竝《な》めて朝踏《ふ》ますらむその草深野《くさふかの》

額田王《ぬかだのおほきみ》

秋の野のみ草苅り葺《ふ》き宿れりし宇治の宮處《みやこ》の假廬《かりいほ》し思ほゆ

熟田津《にきたづ》に船乗《ふなの》りせむと月待てば潮《しほ》もかなひぬ今は漕ぎ出でな*

(上段)
*これは傳説上の作者。
**土を掘る道具。
(下段)
*これは斉明天皇作の疑がある。

三山の歌　中《なかち》大《おひ》兄《ね》*

香具山《かぐやま》は　畝火《うねび》を愛《を》しと　耳梨《みみなし》と　相爭ひき
神代より　斯《か》くなるらし　古昔《いにしへ》も　然《しか》なれこ
そ　現身《うつせみ》も　嬬《つま》を　爭ふらしき

反歌

香具山と耳梨山と會ひし時立ちて見に來《こ》し印《い》
南《なみ》國原

渡津海《わたつみ》の豐旗雲に入日さし今夜《こよひ》の月夜《つくよ》あきら
けくこそ**

近江國に下りし時作る歌　額田王

味酒《うまざけ》　三輪《みわ》の山　あをによし　奈良の山の
山の際《ま》に　い隱《かく》るまで　道の隈　い積るまで
に　つばらにも　見つつ行かむを　しばしば
も　見放《みさ》けむ山を　情《こころ》なく　雲の　隱さふべ
しや

反歌

三輪山をしかも隱すか雲だにも情《こころ》あらなむ隱
さふべしや

天皇（天智）蒲生野《がまふ》に遊獵《みかり》し給ふ時作る
歌　額田王

あかねさす紫野行き標野《しめ》行き野守は見ずや君
が袖振る

答へまし御歌　皇太子（大海人皇子）*

紫草《むらさき》のにほへる妹を憎《にく》くあらば人嬬《ひとづま》ゆゑに吾《われ》
戀ひめやも

麻續王《をみのおほきみ》**の伊勢國伊良虞《いらご》の島に流され
し時、人の哀傷して作る歌

打麻《うちそ》を麻續王《をみのおほきみ》白水郎《あま》なれや伊良虞《いらご》の島の珠藻《たまも》
苅ります

（上　段）
*後の天智天皇。
**これは反歌ではあるまい。

（下　段）
*後の天武天皇。
**傳は不明であるが、罪にとわれ流謫された。

麻續王

之を聞きて感傷し和《こた》ふる歌

うつせみの命を惜しみ波にぬれいらごの島の玉藻刈り食《を》す

天武天皇

御製歌

み吉野の 耳我《みみが》の嶺《みね》に 時なくぞ 雪は降りける 間《ま》なくぞ 雨は零《ふ》りける その雪の 時なきが如《ごと》 その雨の 間なきが如 隈《くま》もおちず 思ひつつぞ來《こ》し その山道を

持統天皇

御製歌

春過ぎて夏來《きた》るらし白妙《しろたへ》の衣ほしたり天《あま》の香具山

柿本人麿

近江の荒都を過る時作る歌

玉襷《たまたすき》 畝火《うねび》の山の 橿原《かしはら》の 日知《ひじり》の御代ゆ 或は云ふ宮よ 生《あ》れましし 神のことごと 樛《つが》の木の いやつぎつぎに 天《あめ》の下 知らしめししを 或は云ふ、めしける 天《そら》にみつ 倭を置きて あをによし 奈良山を越え 或は云ふ、そらみつ大和を置きあをによし奈良山越えて いかさまに おもほしめせか 或は云ふ、おもほしけめか 天離《あまざか》る 夷《ひな》にはあれど 石走《いはばし》る 淡海《あふみ》の國の ささなみの 大津の宮に 天の下 知らしめしけむ 天皇《すめろき》の 神の尊《みこと》の 大宮は 此處《ここ》と聞けども 大殿は 此處《ここ》と言《い》へども 春草の 茂く生ひたる 霞立ち 春日の霧《き》れる 或は云ふ、霞立ち春日か霧れる、夏草か繁くなりぬる 百磯《ももし》城《き》の 大宮處《おほみやどころ》 見れば悲しも 或は云ふ、見ればさぶしも

反歌

ささなみの志賀《しが》の辛崎《からさき》幸《さき》くあれど大宮人《おほみやひと》の船待ちかねつ

ささなみの志賀《しが》の 一に云ふ、比良の 大曲淀《おほわだ》むとも昔の人に亦も逢はめやも 一に云ふ、あはむともへや

高《たけ》市《ちの》古《ふる》人《ひと》 或書にいふ高市連黒人

近江の舊堵を感傷《いた》みて作る歌

古《いにしへ》の人にわれあれやささなみの故《ふる》き京《みやこ》を見れ
ば悲しき

ささなみの國つ御神のうらさびて荒れたる京《みやこ》
見れば悲しも

吉野宮に幸《いでま》しし時*作る歌　　柿本人麿

やすみしし　わご大王《おほきみ》の　聞《きこ》し食《め》す　天《あめ》の下
に　國はしも　多《さは》にあれども　山川の　清き
河内《かふち》と　御心を　吉野の國の　花散らふ　秋《あき》
津《づ》の野邊に　宮柱　太敷《ふとし》きませば　百磯城《ももしき》の
大宮人は　船《ふね》竝《な》めて　朝川渡り　舟競《ふなきほ》ひ　夕
川わたる　この川の　絶ゆることなく　この
山の　いや高知らす　水激《たぎ》つ　瀧の宮處《みやこ》は
見れど飽かぬかも

反歌

見れど飽かぬ吉野の河の常滑《とこなめ》の絶ゆることな
くまた還り見む

伊勢國に幸しし時*京に留まりて作る歌　　柿本人麿

英虞《あご》の浦に船乘《ふなの》りすらむをとめ等《ら》が珠裳《たまも》の裾
に潮滿つらむか

潮騒《しほさゐ》に伊良虞《いらご》の島邊《しまべ》漕ぐ船に妹乘るらむか荒
き島廻《しまみ》を

當麻眞《たぎまのま》人《ひと》麿の妻

吾背子はいづく行くらむ奥《おき》つ藻の名張《なばり》の山を
今日か越ゆらむ

輕皇子《かるのみこ》の安騎《あき》の野に宿りましし時作る歌（長歌略）　　柿本人麿

阿騎《あき》の野に宿る旅人うち靡き寐《い》も寢《ぬ》らめやも
古《いにしへ》おもふに

眞草《まくさ》刈る荒野にはあれど黄葉《もみちば》の過ぎにし君が
形見とぞ來《こ》し

（上段）
＊持統天皇の行幸。
（下段）
＊持統天皇の行幸。

東《ひむかし》の野にかぎろひの立つ見えてかへりみすれば月傾《かたぶ》きぬ

日竝《ひなみし》の皇子《みこ》の尊の馬竝《な》めて御獵《みかり》立たしし時は來向ふ

志貴皇子《しきのみこ》

明日香宮《あすかのみや》より藤原宮に遷居《うつ》りし後の御作歌《みうた》

采女《うねめ》の袖吹きかへす明日香《あすか》風京《みやこ》を遠みいたづらに吹く

長奥麿《ながのおきまろ》

二年（大寶）壬寅、太上天皇參河國《みかはのくに》に幸しし時の歌

引馬野《ひくまの》ににほふ榛原《はりはら》入り亂り衣にほはせ旅のしるしに

山上憶良

大唐《もろこし》に在りし時本郷《くに》を憶ひて作る歌

いざ子どもはやく日本《やまと》へ大伴《おほとも》の御津《みつ》の濱松待ち戀ひぬらむ

志貴皇子

慶雲三年丙午、難波宮に幸しし時の御作歌

葦邊《あしべ》ゆく鴨の羽交《はがひ》に霜零《ふ》りて寒き夕《ゆふべ》は大和し思ほゆ

高市黑人

太上天皇、吉野宮に幸しし時作る歌

大和には鳴きてか來《く》らむ呼子鳥《よぶこどり》象《きさ》の中山呼びぞ越ゆなる

忍坂部乙麿《おさかべのおとまろ》

大行天皇、難波宮に幸しし時の歌

大和戀ひ寐《い》の寢《ね》らえぬに情《こころ》なくこの渚埼《すさき》廻《み》に鶴《たづ》鳴くべしや

作者不詳

うらさぶる情《こころ》さまねしひさかたの天《あめ》の時雨《しぐれ》の

流らふ見れば

巻 二

磐姫《いはのひめ》皇后＊

天皇(仁徳)を思ふ御作歌《みうた》

君が行日《ゆきけ》長《なが》くなりぬ山尋ね迎へか行かむ待ちにか待たむ

かくばかり戀ひつつあらずは高山の磐根《いはね》し枕《ま》きて死なましものを

在りつつも君をば待たむうち靡く吾が黒髪に霜の置くまでに

秋の田の穂の上《へ》に霧《き》らふ朝霞いづへの方に我が戀ひやまむ

天智天皇

鏡王女に賜ふ御歌

妹が家も繼ぎて見ましを大和なる大島の嶺《ね》に家もあらましを

鏡王女

御歌に和《こた》へ奉《まつ》る一首

秋山の樹《こ》の下かくり逝《ゆ》く水の吾こそ益さめ御《み》念《おもひ》よりは

藤原鎌足

采女《うねめ》安見《やすみ》兒《こ》を娶《え》たる時作る歌

吾はもや安見兒得たり皆人の得《え》がてにすとふ安見兒得たり

天武天皇

藤原夫人《ふぢはらのぶにん》に賜ふ御歌

わが里に大雪降れり大原の古《ふ》りにし里に降らまくは後

藤原夫人

和《こた》へ奉る歌

わが岡の龗神《おかみ》＊に言ひて降らしめし雪の摧《くだけ》し其處に散りけむ

(上段)
＊磐姫作というのは傳說。

(下段)
＊水の神。

大來皇女《おほくのひめみこ》*

大津皇子《おほつのみこ》**竊に伊勢神宮に下りて上《のぼ》り來まし時の御作歌

わが背子を大和へ遣《や》るとさ夜更《よふ》けて曉露《あかとき》に吾が立ち濡れし

二人行けど行き過ぎがたき秋山をいかにか君がひとり越ゆらむ

柿本人麿

石見國《いはみのくに》より妻に別れて上り來る時の歌

石見《いはみ》の海　角《つの》の浦廻《うらみ》を　浦なしと　人こそ見らめ　潟なしと（一に云ふ、磯なしと）　人こそ見らめ　よしゑやし　浦はなくとも　よしゑやし　潟は（一に云ふ、磯は）なくとも　鯨魚《いさな》取《と》り　海邊《うみべ》をさして　和多津《にきたづ》の　荒磯《ありそ》の上に　か青なる　玉藻奧《おき》つ藻　朝羽振《あさはふ》る　風こそ寄せめ　夕羽振る　浪こそ來寄せ　浪の共《むた》　彼《か》より此《かく》よる　玉藻なす　寄り寐し妹を（一に云ふ、はしきよし妹がたもとを）　露霜《つゆじも》の　おきてし來れば　この道の　八十隈毎《やそくまごと》に　萬《よろづ》たびかへりみすれど　いや遠に　里は放《さか》りぬ　いや高に　山も越え來ぬ　夏草の思ひ萎《しな》えて　偲《しの》ぶらむ　妹が門《かど》見む　靡けこの山

反歌

石見のや高角山《たかつの》の木《こ》の間より我が振る袖を妹見つらむか

小竹《ささ》の葉はみ山もさやに亂《みだ》るとも吾は妹おもふ別れ來ぬれば

有間皇子*

自ら傷みて松が枝を結ぶ歌

磐代《いはしろ》の濱松が枝《え》を引き結び眞幸《まさき》くあらば亦かへり見む

家にあれば笥《け》に盛る飯《いひ》を草枕旅にしあれば椎の葉に盛る

太《おほ》后《きさき》**

（上段）
*大津皇子の同母姉。
**天武天皇の皇子。天武の死後、反亂を企てて死を賜わった（六八六年）。

（下段）
*六五八年、反逆罪に問われて絞殺された。
**天智天皇皇后、倭姫命。

近江天皇(天智)聖躰不豫、御病急《にはか》な
りし時獻る御歌

靑旗の木旗《こはた》の上を通ふとは目には見ゆれど*直《ただ》
に逢はぬかも

太　后

天皇(天智)の大殯《あらき》の時の御歌

鯨魚《いさな》取《と》り　淡海《あふみ》の海を　沖放《さ》けて　漕《こ》ぎ來《く》る
船　邊附《へつ》きて　漕《こ》ぎ來る船　沖つ櫂《かい》　甚《いた》くな
撥《は》ねそ　邊《へ》つ櫂　甚《いた》くな撥《は》ねそ　若草の　夫《つま》
の　念《おも》ふ鳥立つ

高市《たけち》皇子

十市皇女《とをちのひめみこ》薨じ給ひし時の御作歌

山吹の立ちよそひたる山淸水汲みに行かめど
道の知らなく

太上天皇(持統)

天皇(天武)崩りましし時の御製歌(長歌略)

北山にたなびく雲の靑雲の星離《さか》りゆき月を離《さか》
りて

大來皇女

大津皇子薨りましし後、伊勢の齋宮《いつきのみや》
より京に上りし時の御作歌*

神風《かむかぜ》の伊勢の國にもあらましを何しか來けむ
君も在らなくに

見まく欲《ほ》り吾がする君もあらなくになにしか
來けむ馬疲るるに

大來皇女

大津皇子の屍《みかばね》を葛城《かつらぎ》の二上山に移葬《うつしはぶ》
りし時、哀しみ傷《いた》む御作歌二首

現身《うつそみ》の人なる吾や明日よりは二上山《ふたかみやま》を兄弟《いろせ》と
吾が見む

磯の上に生ふる馬醉木《あしび》を手折《た》らめど見すべき
君が在りといはなくに

穗積皇子

但馬皇女薨りましし後、冬の日雪落《ふ》

(上　段)
*魂の通うのが目には見えるけれど。

(下　段)
*二十四頁上段の歌參照。

るに、遙に御墓を望み、悲傷流涕せし御作歌

零《ふ》る雪はあはにな降りそ吉隱《よなばり》の猪養《ゐかひ》の岡の寒からまくに

妻死せし後、泣血哀慟して作る歌　柿本人麿

天飛《あまと》ぶや　輕《かる》の路《みち》は　吾妹子《わぎもこ》が　里にしあればねもころに　見まく欲しけど　止まず行かば　人目を多み　數多《まね》く行かば　人知りぬべみ　狹根葛《さねかづら》　後《のち》も逢はむと　大船《おほぶね》の　思ひ憑《たの》みて　玉かぎる　磐垣淵《いはかき》の　隱《こも》りのみ　戀ひつつあるに　渡る日の　暮れ行くが如　照る月の　雲隱《がく》る如《ごと》　沖《おき》つ藻の　靡きし妹は　黄葉《もみちば》の　過ぎて去《い》にきと　玉梓《づさ》の　使の言へば　梓弓　聲《おと》に聞きて　一に云ふ、聲のみ聞きて　言はむ術《すべ》爲《せ》むすべ知らに　聲《おと》のみを　聞きてあり得ねば　吾が戀ふる　千重《ちへ》の一重《ひとへ》も　慰むる　情《こころ》もありやと　吾妹子《わぎもこ》が　止まず出で見し　輕の市に　吾が立ち聞けば　玉襷《たまたすき》　畝火の山に　喧《な》く鳥の　聲《おと》も聞えず　玉桙《ほこ》の　道行く人も一人だに　似てし行かねば　すべをなみ　妹が名喚びて　袖ぞ振りつる　或本名のみ聞きてあり得ねばといへる句あり

短歌二首

秋山の黄葉《もみち》を茂み迷ひぬる妹を求めむ山道《ち》知らずも　一に云ふ、路知らずして

黄葉《もみちば》の落《ち》りゆくなべに玉梓《づさ》の使を見れば逢ひし日念ほゆ

衾道《ふすまぢ》を引手《ひきで》の山に妹を置きて山路を行けば生けりともなし*

吉備津采女《きびつのうねめ》死せし時作る歌（長歌略）　柿本人麿

樂浪《ささなみ》の志我津《しがつ》の子らが　一に云ふ、志我津の子が　罷道《まかりぢ》の川瀬の道を見ればさぶしも

讃岐狹岑島《さみねのしま》に石中の死人を視て作る歌（長歌略）　柿本人麿

（下段）
*同じく妻の死を哀しんだ別の長歌の短歌。

妻もあらば採《つ》みてたげまし佐美《さみ》の山野の上の
うはぎ*過ぎにけらずや

沖つ波來よる荒磯《ありそ》を敷妙の枕と纏《ま》きて寢《な》せる
君かも

柿本人麿

石見國に在りて死に臨みし時自ら傷
みて作る歌

鴨山の磐根し纏《ま》ける吾をかも知らにと妹が待
ちつつあらむ

依羅娘子《よさみのをとめ》**

柿本朝臣人麿死せし時作る歌

今日今日と吾が待つ君は石川の貝に（一に云ふ谷に）交
りて在りといはずやも

卷三

持統天皇

志斐嫗《しひのをみな》***に賜ふ御歌

いなといへど強《し》ふる志斐のが強語《しひがたり》このごろ聞
かずてわれ戀ひにけり

志斐嫗

和《こた》へ奉る歌

いなといへど語れ語れと詔《の》らせこそ志斐いは
奏《まを》せ強語《しひがたり》と言《の》る

長《なが》の奥《おき》麿《まろ》

詔《みことのり》に應ふる歌

大宮の内まで聞ゆ網引《あびき》すと網子《あご》とのふる海《あ》
人《ま》の呼び聲

弓《ゆ》削《げの》皇《み》子《こ》

吉野に遊びましし時の御歌

瀧《たぎ》の上の三船《みふね》の山に居《ゐ》る雲の常にあらむとわ
が思はなくに

柿本人麿

羇旅の歌

玉藻苅る敏馬《みぬめ》を過ぎて夏草の野島が埼に船近
づきぬ

（上段）
*嫁菜。
**人麿の妻。
***宮廷の語り部。

あらたへの藤江の浦に鱸《すずき》釣る白水郎《あま》とか見ら
む旅行く吾を

稲日《いなび》野も行き過ぎがてに思へれば心戀《こほ》しき可《か》
古《こ》の島見ゆ

ともしびの明石《あかし》大門《おほと》に入らむ日や漕ぎ別れな
む家のあたり見ず

天《あま》ざかる夷《ひな》の長道《ながぢ》ゆ戀ひ來れば明石の門《と》より
大和島見ゆ

飼飯《けひ》の海の庭《には》*好くあらし苅薦《かりごも》の亂れ出づ見ゆ
海人《あま》の釣船

柿本人麿

近江國より上り來し時、宇治河の邊《ほとり》
に至りて作る歌一首

もののふの八十《やそ》氏河《うぢがは》の網代木《あじろき》にいさよふ波の
行くへ知らずも

長奥麿

苦しくも零《ふ》り來る雨か神《みわ》が埼狹野《さの》のわたりに
家もあらなくに

柿本人麿

近江の海夕浪千鳥汝《な》が鳴けば心もしのに*いに
しへ思ほゆ

高市《たけち》黒人《くろひと》

羇旅の歌

旅にして物戀《こほ》しきに山下の赤《あけ》のそほ船《ぶね》**沖へ漕《こ》
ぐ見ゆ

櫻田へ鶴《たづ》鳴きわたる年魚市潟《あゆちがた》潮干《ひ》にけらし鶴
鳴きわたる

四極山《しはつやま》うち越え見れば笠縫の島漕ぎかくる棚
無し小舟《をぶね》

磯の埼漕ぎ廻《た》み行けば近江の海八十《やそ》の湊に鵠《たづ》
多《さは》に鳴く

（上　段）
*海面。
（下　段）
*心もなよなよと。
**赤く塗った舟。

わが船は比良の湊に漕ぎ泊《は》てむ沖へな離《さか》りさ
夜ふけにけり

何處《いづく》にか吾は宿らむ高島の勝野《かちの》の原にこの日
暮れなば

妹も我も一つなれかも三河なる二見の道ゆ別
れかねつる

疾《と》く來ても見てましものを山城の高《たか》の*槻群《つきむら》散
りにけるかも

高市黒人

住吉《すみのえ》の得名津《えなつ》に立ちて見渡せば武庫《むこ》の泊《とまり》ゆ出
づる船人

穂積朝臣老《ほづみのあそみおゆ》**

吾が命し眞幸《まさき》くあらばまたも見む志賀の大津
に寄する白浪

山部赤人

不盡《ふじ》山を望《みさ》くる歌

天地の　分れし時ゆ　神さびて　高く貴き
駿河なる　布士《ふじ》の高嶺を　天《あま》の原　ふり放《さ》け
見れば　渡る日の　影も隱ろひ　照る月の
光も見えず　白雲も　い行き憚り　時じくぞ
雪は降りける　語り繼ぎ　言ひ繼《つ》ぎ行かむ
不盡の高嶺は

反歌

田兒《たご》の浦ゆうち出《い》でて見れば眞白にぞ不盡の
高嶺に雪は降りける

小野老《おゆ》*

あをによし寧樂《なら》の京師《みやこ》は咲く花の薫《にほ》ふがごと
く今さかりなり

大伴旅人**

わが盛また變若《をち》***めやもほとほとに寧樂《なら》の京《みやこ》を
見ずかなりなむ

（上段）
*山城の地名。
**養老六年、乗輿を指斥した罪で佐渡に流された。
（下段）
*このとき太宰小貳。
**このとき旅人は太宰帥。
***若返る。

淺茅原《あさぢはら》つばらつばらにもの思《も》へば故《ふ》りにし郷《さと》
し思ほゆるかも

綿《わた》を詠む歌　　沙《さ》彌《み》滿《まん》誓《ぜい》

しらぬひ筑紫の綿は身につけていまだは着ね
ど暖かに見ゆ

宴《うたげ》を罷《まか》る歌　　山上憶良

憶良らは今は罷《まか》らむ子泣くらむそを負ふ母も
吾《わ》を待つらむぞ

酒を讃《ほ》むる歌　　大伴旅人

驗《しる》なき物を思はずは一坏《ひとつき》の濁れる酒を飲むべ
くあるらし

酒の名を聖《ひじり》と負《おほ》せし古《いにしへ》の大き聖の言《こと》のよろし
さ

いにしへの七《なな》の賢《さか》しき人等《ども》も欲《ほ》りせしものは
酒にしあるらし

賢《さか》しみと物いふよりは酒飲みて醉哭《ゑひなき》するしま
さりたるらし

言はむすべ爲《せ》むすべ知らに極《きはま》りて貴きものは
酒にしあるらし

なかなかに人とあらずは酒《さか》壺になりにてしか
も酒に染《し》みなむ

あな醜《みにく》賢《さか》しらをすと酒飲まぬ人をよく見れば
猿にかも似る

價無《あたひな》き寶といふとも一坏《ひとつき》の濁れる酒にあに益
さめやも

夜光《よるひか》る玉といふとも酒飲みて情《こころ》を遣《や》るにあに
若《し》かめやも

世のなかの遊びの道にさぶしくは醉哭《ゑひなき》するにあるべかるらし

今《こ》の代《よ》にし樂《たの》しくあらば來《こ》む生《よ》には蟲に鳥にも吾はなりなむ

生者《いけるもの》遂にも死ぬるものにあればいまある間《ほど》は樂《たの》しくをあらな

默《も》然《だ》居《を》りて賢《さか》しらするは酒飲みて醉泣《ゑひなき》するになほ若《し》かずけり

沙彌満誓

世間《よのなか》を何に譬へむ朝びらき漕ぎ去《い》にし船の跡なきごとし

山部赤人

武庫《むこ》の浦を漕ぎ廻《み》る小舟《をぶね》粟島を背向《そがひ》に見つつともしき小舟

鴡鳩《みさご》ゐる磯廻《いそみ》に生《お》ふる名乘藻《なのりそ》の名は告《の》らしてよ親は知るとも

湯原王

吉野なる夏實《なつみ》の河の川淀に鴨ぞ鳴くなる山かげにして

山部赤人

故太政大臣藤原家*の山池を詠む歌

古《いにしへ》の舊き堤は年深み池の渚《なぎさ》に水草《みくさ》生ひにけり

大津皇子

被死《つみなは》えし時、磐余《いはれ》の池の陂《つつみ》にて涕を流して作りまし御歌

ももづたふ磐余《いはれ》の池に鳴く鴨を今日のみ見てや雲隱《くもがく》りなむ

柿本人麿

香具山の屍を見、悲慟みて作る歌

草枕旅の宿《やどり》に誰《た》が夫《つま》か國忘れたる家待たまくに

(下段)
*藤原不比等。

柿本人麿

土形娘子《ひぢかたのをとめ》を泊瀬山に火葬せし時作る歌

隠口《こもりく》の泊瀬《はつせ》の山の山の際《ま》にいさよふ雲は妹にかもあらむ

柿本人麿

溺れ死にし出雲娘子《いづものをとめ》を吉野に火葬せし時作る歌

山の際《ま》ゆ出雲《いづも》の兒らは霧なれや吉野の山の嶺に棚引く

八雲《やくも》さす出雲の子らが黑髪は吉野の川の奥《おき》になづさふ

山部赤人

勝鹿《かつしか》の眞《ま》間娘子《まのをとめ》の墓を過ぎし時作る歌（長歌略）

吾も見つ人にも告げむ葛飾《かつしか》の眞間の手兒名が奥津城處《おくつきどころ》

（下段）

大伴旅人＊

天平二年庚午冬十二月、京に向ひて上道《みちたち》せし時作る歌

吾妹子が見し鞆《とも》の浦の室《むろ》の木は常世《とこよ》にあれど見し人ぞ亡《な》き

鞆の浦の磯の室の木見む毎に相見し妹は忘らえめやも

妹と來《こ》し敏馬《みぬめ》の埼を還るさに獨りして見れば涙ぐましも

故郷の家に還り入りて、即ち作る歌

人もなき空しき家は草枕旅にまさりて苦しかりけり

妹として二人作りし吾が山齋《しま》は木高《こだか》く繁くなりにけるかも

大伴家持

十一年（天平）己卯夏六月、亡《みまか》りし妾《をみなめ》

＊このとき太宰帥。

を悲傷して作る歌

今よりは秋風寒く吹きなむをいかにかひとり長き夜を宿《ね》む

巻四

御製（長歌略）　崗本天皇＊

山の端《は》に味鳧《あぢむら》群＊＊騒ぎ行くなれど吾はさぶしゑ君にしあらねば

近江（天智）天皇を思ひて作る歌　額田王

君待つと吾が戀ひ居ればわが屋戸《やど》の簾《すだれ》うごかし秋の風吹く

鏡王女

風をだに戀ふるは羨《とも》し風をだに來《こ》むとし待たば何か嘆かむ＊＊＊

柿本人麿

み熊野の浦の濱木綿《はまゆふ》百重《ももへ》なす心は念へど直《ただ》に逢はぬかも

古《いにしへ》にありけむ人も吾が如か妹に戀ひつつ宿《い》ねがてずけむ

未通女《をとめ》等が袖布留《ふる》山の瑞籬《みづかき》の久しき時ゆ思ひき吾は

安《あ》倍《べの》女郎

今更に何をか念はむうち靡き情《こころ》は君に縁《よ》りにしものを

常陸《ひたちの》娘女《をとめ》

藤原宇合《うまかひ》を遷任して京に上りし時贈る歌

庭に立つ麻手《あさで》刈り干し布曝《さら》す東女《あづまをみな》を忘れたまふな

大伴旅人＊

（上段）
＊舒明天皇か？斉明天皇か？
＊＊「あぢ」は鴨の一種。
＊＊＊額田王の歌に呼應する。

（下段）
＊このとき太宰帥。

大貳丹比縣守卿《たぢひのあがたもり》の民部卿に遷任する
に贈る歌

君がため釀《か》みし待酒《まちざけ》安《やす》の野に獨りや飮まむ友
無しにして

大伴四綱

月夜《つくよ》よし河音《かはと》清《さや》けしいざここに行くも去《ゆ》かぬ
も遊びて歸《ゆ》かむ*

大伴旅人
和《こた》ふる歌

此間《ここ》にして筑紫や何處《いづく》白雲の棚引く山の方に
しあるらし

草加江《くさかえ》の入江に求食《あさ》る蘆鶴《あしたづ》のあなたづたづし
友無しにして

笠《かさの》郎《いらつ》女《め》
大伴家持に贈る歌

君に戀ひ甚《いた》も術《すべ》なみ平山《ならやま》の小松が下《した》に立ち嘆
くかも

わが屋戸《やど》の夕陰草《ゆふかげくさ》の白露の消《け》ぬがにもとな念
ほゆるかも

念《おも》ふにし死《しに》するものにあらませば千《ち》たびぞ吾
は死にかへらまし

相念はぬ人を思ふは大寺の餓鬼《がき》の後《しりへ》に額《ぬか》づく
如し

湯原王

月讀《つくよみ》の光に來ませあしひきの山を隔《へな》りて遠か
らなくに

大伴坂上郎女《いらつめ》

青山を横切る雲の著《いちじ》ろく吾と咲《ゑ》まして人に知
らゆな

廣河女王《ひろかはのおほきみ》

戀草を力車に七車つみて戀ふらく吾が心から

（上段）
*以下三首は、旅人が大納言になり太宰府を離れるときの贈答歌。

大伴家持

童女《をとめ》に贈る歌

葉根蘰《はねかづら》今為《す》る*妹を夢《いめ》に見て情《こころ》のうちに戀ひわたるかも

豊前國の娘子大宅女《おほやけめ》

夕闇は路たづたづし月待ちて行かせわが背子その間にも見む

大伴坂上大孃《おほいらつめ》

家持に贈る歌

春日山霞たなびき情《こころ》ぐく照れる月夜《つくよ》に獨りかも寢む

大伴家持

紀女郎に報へ贈る歌

ひさかたの雨の降る日をただひとり山邊に居《を》れば鬱《いぶ》せかりけり

巻五

大伴旅人

凶問に報《こた》ふる歌

世の中は空しきものと知る時しいよよますます悲しかりけり

山上憶良

妹が見し楝《あふち》の花は散りぬべし我が泣く涙いまだ干《ひ》なくに*

大野山霧立ちわたる我が嘆く息嘯《おきそ》の風に霧立ちわたる

山上憶良

子等を思ふ歌

瓜食《は》めば　子等《こども》思ほゆ　栗食《は》めば　況《ま》してしのばゆ　何處《いづく》より　來りしものぞ　眼交《まなかひ》に　もとな懸《かか》りて　安寢《やすい》し為《な》さぬ

反歌

（上段）
*頭髪に飾をつける成女式のこと。

（下段）
*これは「日本挽歌」の反歌。

銀《しろがね》も金《くがね》も玉も何せむにまされる寶子に及《し》かめやも

敢へて私懐《おもひ》を布《の》ぶる歌　山上憶良

天《あま》ざかる鄙に五年住ひつつ京《みやこ》の風俗《てぶり》忘らえにけり

貧窮問答の歌　山上憶良

風雜《まじ》り　雨降る夜《よ》の　雨雜《まじ》り　雪降る夜《よ》は
術《すべ》もなく　寒くしあれば　堅鹽《かたしほ》を　取りつづ
しろひ　糟湯酒《かすゆざけ》　うち啜《すす》ろひて　咳《しは》ぶかひ
鼻ひしびしに　しかとあらぬ　鬚かき撫でて
吾《あれ》を除《お》きて　人はあらじと　誇ろへど　寒く
しあれば　麻衾《あさぶすま》　引き被《かがふ》り　布肩衣《ぬのかたぎぬ》　有りの
ことごと　服襲《きそ》へども　寒き夜すらを　我よ
りも　貧しき人の　父母は　飢ゑ寒からむ
妻子《めこ》どもは　乞《こ》ひて泣くらむ　此の時は　如
何にしつつか　汝《な》が世は渡る
天地は　廣しといへど　吾《あ》が爲は　狹《さ》くやな
りぬる　日月は　明《あか》しといへど　吾が爲は
照りや給はぬ　人皆か　吾《あれ》のみや然る　邂逅《わくらば》
に　人とはあるを　人竝《なみ》に　吾もなれるを
綿も無き　布肩衣《ぬのかたぎぬ》の　海松《みる》の如　わわけさが
れる　襤褸《かがふ》のみ　肩に打ち懸け　伏廬《ふせいほ》の　曲《まげ》
廬《いほ》の内に　直《ひた》土に　藁解き敷きて　父母は
枕の方に　妻子《めこ》どもは　後方《あと》の方に　圍《かく》み居
て　憂へ吟《さまよ》ひ　竈《かまど》には　火氣《けぶり》ふき立てず　甑《こしき》
には　蜘蛛《くも》の巣搔《か》きて　飯炊《いひかし》ぐ　事も忘れて
鵼鳥《ぬえどり》の　呻吟《のどよ》び居《を》るに　いとのきて　短き物
を　端截《はしき》る*と　云へるが如く　楚取《しもとと》る　里長《さとをさ》
が聲は　閨房《ねや》戸《ど》まで　來《き》立ち呼《よ》ばひぬ　かく
ばかり　術《すべ》無きものか　世間《よのなか》の道

世間《よのなか》を憂《う》しとやさし**と思へども飛び立ちかねつ鳥にしあらねば

老身、重病年を經て辛苦す。及び兒等を思ふ歌（長歌略）　山上憶良

慰むる心はなしに雲隱り鳴き往く鳥の哭《ね》のみ

（下　段）
*難儀の上に難儀するという意の當時の諺。
**恥ずかしい。

し泣かゆ

術《すべ》も無く苦しくあれば出で走り去《い》ななと思《も》へど兒等に障《さや》りぬ

富人《とみびと》の家の子等《ども》の著る身無み腐《くた》し棄つらむ絹綿らはも

山上憶良

男子《をのこ》名は古日を戀ふる歌（長歌略）

稚《わか》ければ道行き知らじ幣《まひ》は爲《せ》む下邊《したべ》の使*負ひて通らせ

布施《ふせ》置きて吾は乞ひ禱《の》む欺かず直《ただ》に率《ゐ》去《ゆ》きて天路《あまぢ》知らしめ

巻六

笠金村

芳野離宮《とつみや》に幸《いでま》しし時作る歌（長歌略）

山高み白木綿《しらゆふ》花に落ちたぎつ瀧《たぎ》の河内《かふち》は見れど飽かぬかも

泊瀬女《はつせめ》の造る木綿《ゆふ》花み吉野の瀧の水沫《みなわ》に開《さ》きにけらずや

山部赤人

紀伊國に幸しし時作る歌（長歌略）

若の浦に潮滿ち來れば潟を無み葦邊《あしべ》をさして鶴《たづ》鳴き渡る

山部赤人

芳野離宮に幸しし時作る歌（長歌略）

み吉野の象山《きさやま》の際《ま》の木末《こぬれ》にはここだも騷ぐ鳥の聲かも

ぬばたまの夜《よ》の深《ふ》けゆけば久木《ひさぎ》生《お》ふる清き河原に千鳥數《しば》鳴く

山部赤人

あしひきの山にも野にも御獵人《みかりびと》得物矢《さつや》手挾《たばさ》み散動《みだ》りたり見ゆ*

（上段）
*死者の世界の使。
（下段）
*やはり吉野での作。

山部赤人

辛荷島《からにの》を廻《め》ぐる時作る歌（長歌略）

島隠り吾が漕ぎ來れば羨《とも》しかも大和へ上《のぼ》る眞熊野の船

大伴旅人*

遙に芳野離宮を思ひて作る歌

隼人《はや》の湍門《せと》の磐《いはほ》も年魚《あゆ》走《はし》る芳野の瀧になほ及《し》かずけり

遊行女婦《うかれめ》兒島

太宰帥大伴卿の京に上る時作る歌

凡《おほ》ならば**左《か》も右《か》も爲《せ》むを恐《かしこ》みと振りたき袖を忍《しぬ》びてあるかも

大伴旅人

和《こた》ふる歌

大和道《ぢ》は雲隠りたり然れども我が振る袖を無《なめ》禮《し》と思《も》ふな

大和道《ぢ》の吉備《きび》の兒島を過ぎて行かば筑紫の兒島おもほえむかも

大伴家持

丈夫《ますらを》とおもへる吾や水莖《みづぐき》の水城《みづき》の上に涕拭《なみだのご》はむ

振仰《ふりさ》けて若月《みかづき》見れば一目見し人の眉引《まよびき》おもほゆるかも

元興寺の僧

自ら嘆く歌

白珠《しらたま》は人に知らえず知らずともよし　知らずとも吾し知れらば知らずともよし

巻七

春日山《かすがやま》おして照らせるこの月は妹が庭にも清《さや》けかりけり*

あしひきの山河《やまがは》の瀬の響《な》るなべに弓月《ゆつき》が嶽《たけ》に

（上段）
*このとき太宰帥。
**あなたが普通の人なら。

（下段）
*以下、作者不詳。

雲立ち渡る*

大海に島もあらなくに海原のたゆたふ浪に立てる白雲

古の事は知らぬを我見ても久しくなりぬ天の香具山

ぬばたまの夜《よる》さり來ればまきむくの川音《かはと》高しも嵐かも疾《と》き**

さ檜《ひ》の隈檜《くまひ》の隈川《くまがは》の瀬を早み君が手取らば寄《よ》し言はむかも

いにしへにありけむ人も吾が如か三輪の檜原に挿頭《かざし》折りけむ***

往く川の過ぎにし人の手《た》折《を》らねばうらぶれ立てり三輪の檜原は

琴取れば歎息《なげき》さきだつ蓋《けだ》しくも琴の下樋《したび》****に妻やこもれる

宇治河を船渡せをと喚《よ》ばへども聞えざるらし楫《かぢ》の音もせず

しなが鳥猪《ゐ》名《な》野を來れば有間山夕霧立ちぬ宿《やどり》は無くて

さ夜深《ふ》けて夜中《よなか》の潟におぼほしく呼びし舟人《ふなびと》泊《は》てにけむかも

風《かざ》早の三穂の浦廻《み》をこぐ舟の船人騒ぐ浪立つらしも

志《し》珂《か》の白水郎《あま》の鹽燒く煙風をいたみ立ちはのぼらず山に棚引く

妹がため菅《すが》の實《み》採《と》りに行きし吾山路にまどひこの日暮らしつ*

道の邊の草深百合《くさふかゆり》の花咲《ゑみ》に咲《ゑ》まししからに妻

（上段）
*この作は人麿歌集。人麿歌集が人麿の歌のみかどうかは不詳。
**人麿歌集。
***以下二首人麿歌集。
****琴のうつろ。

（下段）
*人麿歌集。

といふべしや

曉《あかとき》と夜烏《よがらす》鳴けど　この山上《をか》の木末《こぬれ》の上はいま
だ靜けし

今年行く新防人《にひさきもり》が麻ごろも肩の紕《まよひ》は誰《たれ》か取り
見む

巻向《まきむく》の山邊とよみて行く水の水泡《みなわ》のごとし世
の人吾は*

住吉《すみのえ》の出見《いでみ》の濱の柴な苅りそね　娘子等《をとめら》が赤
裳の裾のぬれてゆかむ見む**

住吉の小田《をだ》を苅らす子奴《やつこ》かも無き　奴《やつこ》あれど
妹が御《み》爲と私田《わたくしだ》***苅る

夏影《なつかげ》の房《ねや》の下《した》に衣《きぬ》裁《た》つ吾妹《わぎも》　裏設《うらま》****けて吾がた
め裁たばやや大《おほ》に裁《た》て

君がため手力《たぢから》疲れ織りたる衣《きぬ》ぞ　春さらばい
かなる色に摺《す》りてば好《よ》けむ

春日すら田に立ち疲る君は哀《かな》しも　若草の妻《つま》
無き君が田に立ち疲る

水門《みなと》の葦の末葉《うらは》を誰《たれ》か手折《たを》りし　吾背子が振
る手を見むと我ぞ手折りし

この岡に草苅る小子《わらは》然《しか》な苅りそね　ありつつ
も君が來まさむ御馬草《みまくさ》にせむ

朝づく日向ひの山に月立てり見ゆ　遠妻《とほづま》を持
ちたる人し見つつ偲ばむ

河内女《かふちめ》の手染《てぞめ》の絲を絡《く》り反《かへ》し片絲にあれど絶
えむと念へや

冬ごもり春の大野を燒く人は燒き足らねかも
わが情《こころ》燒く

廣瀨川袖つくばかり淺きをや心深めてわが念

（上段）
*人麿歌集。
**以下の旋頭歌八首は人麿歌集。
***公田に対する私田。
****心用意して。

へらむ

福《さきはひ》のいかなる人か黑髮の白くなるまで妹が音《こゑ》を聞く*

吾背子を何處《いづく》行かめとさき竹の背向《そがひ》に宿《ね》しく今し悔しも

玉梓《づさ》の妹は珠かもあしひきの淸き山邊に蒔けば散りぬる

巻八

志貴皇子

懽《よろこび》の御歌

石《いは》ばしる垂水《たるみ》の上のさ蕨の萌え出づる春になりにけるかも

鏡王女

神奈備《かむなび》の伊波瀨《いはせ》の社《もり》の喚子鳥《よぶこどり》いたくな鳴きそわが戀益《まさ》る

尾張連《をはりのむらじ》（名闕く）

うち靡く春來るらし山の際《ま》の遠き木末《こぬれ》の咲き行く見れば

山部赤人

春の野に菫採《つ》みにと來し吾ぞ野をなつかしみ一夜宿《ね》にける

明日よりは春菜《はるな》採《つ》まむと標《し》めし野に昨日も今日も雪は降りつつ

厚《あつ》見《み》王

蝦鳴《かはづ》く甘南備《かむなび》河にかげ見えて今か咲くらむ山吹の花

中臣武良自《むらじ》

時は今は春になりぬとみ雪ふる遠山の邊に霞棚引く

大伴家持

（上段）
＊以下三首は挽歌。

うち霧《きら》し雪は零《ふ》りつつしかすがに吾家《わぎへ》の苑《その》に
うぐひす鳴くも

大伴坂上郎女

尋常《よのつね》に聞くは苦しき喚子《よぶこ》鳥《どり》聲なつかしき時に
はなりぬ

大伴坂上郎女

情《こころ》ぐきものにぞありける春霞たなびく時に戀
の繁きは

入唐使に贈る歌（長歌略）

笠　金村

波の上《うへ》ゆ見ゆる兒島《こじま》の雲隱《がく》りあな氣《いき》づかし相
別れなば

櫻花を娘子《をとめ》に贈る歌

藤原廣嗣《ひろつぐ》

この花の一瓣《ひとよ》のうちに百種《ももくさ》の言《こと》ぞ隱《こも》れるおほ
ろかにすな

大伴家持

夏山の木末《こぬれ》の繁《しげ》にほととぎす鳴きとよむなる
聲の遙けさ

舒明天皇

夕されば小倉《をぐら》の山に鳴く鹿は今夜《こよひ》は鳴かず寐《い》
ねにけらしも

穗積皇子

今朝《けさ》の朝け鴈《かり》が音《ね》聞きつ春日山黄葉《もみぢ》にけらし
わが情《こころ》いたし

聖武天皇

秋の田の穗田《ほだ》を鴈が音暗《くら》けくに夜のほどろに
も鳴き渡るかも

湯原王

夕月夜《ゆふづくよ》心もしのに白露の置くこの庭にこほろ
ぎ鳴くも

文《ふみの》馬養《うまかひ》

朝戸開《あ》けてもの思ふ時に白露の置ける秋萩見
えつつもとな
大伴旅人*

沫雪のほどろほどろに降りしけば平城《なら》の京師《みやこ》
し念ほゆるかも

巻九

太上天皇(持統)大行天皇(文武)の紀
伊國に幸しし時の歌

黒牛潟潮干の浦をくれなゐの玉裳裾びき行く
は誰《た》が妻**

弓削皇子に獻る歌

さ夜中と夜は深《ふ》けぬらし鴈が音の聞ゆる空に
月渡る見ゆ

御食《みけ》向《むか》ふ南淵《みなぶち》山の巖にはふれるはだれか消え
殘りたる***

落ち激《たぎ》ち流るる水の磐《いは》に觸れ淀める淀に月の
影見ゆ

上總《かみつふさ》の周淮《すゑ》の珠名娘子《たまなのをとめ》を詠める歌*

しなが鳥　安房《あは》に繼ぎたる　梓弓　周淮《すゑ》**の珠
名は　胸別《むなわけ》の　廣き吾妹《わぎも》　腰細《ぼそ》の　すがる娘《をと》
子《め》***の　その姿《かほ》の　きらきらしきに　花の如
咲《ゑ》みて立てれば　玉桙《ほこ》の　道行く人は　おの
が行く　道は行かずて　呼ばなくに　門《かど》に至
りぬ　さしなみの　隣の君は　あらかじめ
己妻《おのづま》離《か》れて　乞はなくに　鍵さへ奉る　人皆
の　かく惑へれば　うちしなひ　縁《よ》りてぞ妹
は　戯《たは》れてありける

反歌

金門《かなど》にし人の來立てば夜中にも身はたな知ら
ず出でてぞ逢ひける

紀伊國にて作る歌

鹽氣《しほけ》立つ荒磯《ありそ》にはあれど行く水の過ぎにし妹
が形見とぞ來《こ》し****

(上段)
*このとき太宰師。
**以下作者の名がないのは作者不詳。
***人麿歌集の歌。

(下段)
*高橋蟲麿歌集の歌。
**千葉縣の地名。
***蜂のような娘。
****挽歌、人麿歌集の歌。

巻十

ひさかたの天の香具《かぐ》山このゆふべ霞たなびく
春立つらしも*

君がため山田の澤にゑぐ採《つ》むと雪消《ゆきげ》の水に裳
の裾ぬれぬ

能登《のと》河《がは》の水《みな》底さへに光《て》るまでに三笠の山は咲
きにけるかも

うち靡く春さり來らし山の際《ま》の遠き木末《こぬれ》の咲
き行く見れば

春日《かすが》野に煙立つ見ゆ娘子等《をとめら》し春野の菟芽子《うはぎ》採
みて煮らしも

ももしきの大宮人は暇《いとま》あれや梅を挿頭《かざ》してこ
こに集《つど》へる

この頃の戀の繁けく夏草の苅り掃《はら》へども生ひ
しく如し

眞葛原なびく秋風吹くごとに阿太《あだ》の大野の萩
が花散る

秋風に大和へ越ゆる鴈がねはいや遠ざかる雲
がくりつつ

庭草にむら雨《さめ》ふりて蟋蟀の鳴く聲聞けば秋づ
きにけり

秋萩の枝もとををに露霜おき寒くも時はなり
にけるかも

九月《ながづき》の時雨の雨にぬれとほり春日の山は色づ
きにけり

大坂をわが越え來れば二上《ふたがみ》にもみぢ葉流る時
雨ふりつつ

あしひきの山かも高き卷向《まきむく》の岸の子松にみ雪

（上段）
*この作は人麿歌集。

降り來《く》る＊

卷向《まきむく》の檜原《ひはら》もいまだ雲居《ゐ》ねば子松が末《うれ》ゆ沫雪《あはゆき》流る

八田《やた》の野の淺茅色づく有乳《あらち》山峰の沫雪寒くふるらし

はなはだも夜深《ふ》けてな行き道のべの齋小竹《ゆざさ》が上に霜の降る夜を

巻十一

新室《にひむろ》の壁草《かべくさ》苅りに坐《いま》し給はね　草の如依り合ふ處女《をとめ》は君がまにまに＊＊

新室を踏み鎭《しづ》む子が手玉《ただま》鳴らすも　玉の如照りたる君を内へと白《まを》せ＊＊＊

長谷《はつせ》の齋槻《ゆつき》が下《した》に吾が隱せる妻　茜《あかね》さし照れる月夜《つくよ》に人見てむかも

めぐしと吾が念ふ妹は早も死ねやも　生けりとも吾に依るべしと人の言はなくに

朝戸出の君が足結《あゆひ》をぬらす露原　早く起き出でつつ吾も裳の裾ぬれな

玉垂《だれ》の小簾《をす》の隙《すけき》に入り通ひ來《こ》ね　垂乳根《たらちね》の母が問はさば風と申さむ＊

たらちねの母が手放《はな》れ斯くばかり術《すべ》なき事はいまだ爲《せ》なくに＊＊

うち日さす宮道《ぢ》を人は滿ち行けど吾が念ふ君はただ一人のみ

朝影に吾が身はなりぬ玉かぎるほのかに見えて去《い》にし子故に

行けど行けど逢はぬ妹ゆゑひさかたの天《あめ》の露霜にぬれにけるかも

（上　段）
＊人麿歌集。
＊＊以下五首の旋頭歌は人麿歌集。
＊＊＊以上二首は新室ほがいの歌。

（下　段）
＊この一首は古歌集に出ずとある。
＊＊以下十首は人麿歌集。

月見れば國は同じを山隔《へな》り愛《うつく》し妹は隔《へな》りたるかも

山科《やましな》の木幡《こはた》の山を馬はあれど歩《かち》ゆ吾が來《こ》し汝《な》を念ひかね

大船の香取の海に碇《いかり》おろし如何なる人か物念はざらむ

ぬばたまの黑髪山の山草《すげ》に小雨《こさめ》零《ふ》りしきしくしく思ほゆ

我背子にわが戀ひ居ればわが屋戸《やど》の草さへ思ひうらぶれにけり

たらちねの母が養《か》ふ蠶《こ》の繭《まよ》隱《ごも》りこもれる妹を見むよしもがも

たらちねの母に障らばいたづらに汝《いまし》も吾も事成るべしや

誰《たれ》ぞこのわが屋戸《やど》に來喚《きよ》ぶたらちねの母に嘖《ころ》ばえ物思ふ吾を

相見ては千歳や去《い》ぬる否をかも我や然《しか》念ふ君待ちがてに

振分の髪を短み春草を髪に束《た》くらむ妹をしぞおもふ

立ちて念ひ居てもぞ念ふくれなゐの赤裳裾《すそ》引き去《い》にし姿を

相見ては面隱さるるものからに繼ぎて見まくの欲しき君かも

戀ひ死なむ後は何せむわが命の生ける日にこそ見まく欲りすれ

驗《しるし》なき戀をもするか夕されば人の手まきて寐《ね》なむ兒ゆゑに

月夜《つくよ》よみ妹に逢はむと直道《ただぢ》から吾は來つれど夜ぞふけにける

燈《ともしび》のかげにかがよふ現身《うつせみ》の妹が咲《ゑまひ》しおもかげに見ゆ

宮材《みやぎ》引く泉の杣に立つ民の息む時無く戀ひわたるかも

かにかくに物は念はず飛驒《ひだ》人《びと》の打つ墨繩のただ一道に

あしひきの山田守《も》る翁《をぢ》が置く蚊火《かび》の下焦《したこが》れのみ我が戀ひ居らく

難波《なには》人《びと》葦火焚《た》く屋の煤《す》してあれど己《おの》が妻こそ常《つね》めづらしき

馬の音のとどともすれば松蔭に出でてぞ見つる蓋《けだ》し君かと

窓越しに月おし照りてあしひきの嵐吹く夜は君をしぞ念ふ

潮滿てば水沫《みなわ》に浮ぶ細砂《まさご》にも吾は生けるか戀ひは死なずて

志珂《しか》の海人《あま》の火氣《けぶり》たき立てて燒く鹽の辛《から》き戀をも吾はするかも

浪の間ゆ見ゆる小島の濱久木《ひさき》久しくなりぬ君に逢はずして

蘆垣の中の似兒草《にこぐさ》にこよかに我と咲《ゑ》まして人に知らゆな

伊勢の白水郎《あま》の朝《あさ》な夕《ゆふ》なに潜《かづ》くとふ鰒《あはび》の貝の片念《かたもひ》にして

み吉野の水隈《みくま》が菅を編まなくに刈りのみ刈りて亂りなむとや

巻十二*

わが背子が朝明《け》の姿よく見ずて今日の間《あひだ》を戀ひ暮らすかも**

人妻に言ふは誰《た》が言《こと》さ衣《ごろも》のこの紐解《と》けと言ふは誰が言

天地に少し至らぬ丈夫《ますらを》と思ひし吾や雄心《をごころ》もなき

人の見て言咎《ことどが》めせぬ夢《ゆめ》に吾今夜《こよひ》至らむ屋戸《やど》閉《さ》すなゆめ

玉《たま》かつま逢はむといふは誰《たれ》なるか逢へる時さへ面隠《おもがく》しする

今は吾は死なむよわが背戀すれば一夜一日も安けくもなし

なかなかに死なば安けむ出づる日の入る別知《わき》らぬ吾し苦しも

わが齢《よはひ》し衰へぬれば白たへの袖の馴れにし君をしぞ念ふ

年の經ば見つつ偲べと妹が言ひし衣の縫目《ぬひめ》見れば哀しも

あしひきの山より出づる月待つと人にはいひて妹待つ吾を

ひさかたの天《あま》つみ空に照る月の失せなむ日こそ吾が戀止まめ

淺茅原茅生《ちふ》に足踏み心ぐみ*わが念ふ兒らが家のあたり見つ

なかなかに人とあらずは桑子《くはこ》にもならましものを玉の緒ばかり

（上　段）
*巻十一と同じく、この巻も作者不詳の相聞歌集。
**この一首は人麿歌集。

（下　段）
*心が晴れないので。

おもはぬを想ふといはば眞鳥*住む卯名手《うなて》の社《もり》
の神し知らさむ

紫は灰注《さ》すものぞ海石榴市《つばいち》**の八十《やそ》の衢《ちまた》に逢へ
る兒や誰

たらちねの母が召す名を申さめど路行《みちゆ》く人を
誰と知りてか

櫻花咲きかも散ると見るまでに誰かもここに
見えて散りゆく

あしひきの片山雉《きぎし》立ちゆかむ君におくれて現《うつ》
しけめやも

巻十三***

三諸《みもろ》は　人の守《も》る山　本邊《もとべ》は　馬醉木《あしび》花咲き
末邊《すゑべ》は　椿花咲く　うらぐはし山ぞ　泣く兒《こ》
守《も》る山

相坂《あふさか》をうちいでて見れば淡海の海白木綿花《しらゆふばな》に
浪立ち渡る

敷島の　大和の國に　人多《さは》に　滿ちてあれど
も　藤浪の　思ひ纏《まつ》はり　若草の　思ひつき
にし　君が目に　戀ひや明《あ》かさむ　長きこの
夜を

反歌

敷島の大和の國に人二人ありとし念《も》はば何か
嘆かむ

小治田《をはりだ》の　愛智《あゆち》の水を　間無《まな》くぞ　人は汲む
とふ　時じくぞ　人は飲むとふ　汲む人の
間無きが如　飲む人の　時じきが如　吾妹子
に　吾が戀ふらくは　やむ時もなし

三諸の　神奈備《かむなび》山ゆ　との曇り　雨は降り來
ぬ　雨霧《あまぎら》ひ　風さへ吹きぬ　大口《くち》の　眞神《まがみ》の
原ゆ　思《しの》びつつ　還りにし人　家に到りきや

（上段）
*鷲。
**紫を染めるには椿の灰をさす、そのツバイチ…。歌垣の歌。
***この巻には長歌の歌謡を収録してある。

さし焼かむ　小屋《をや》の醜屋《しきや》に　掻棄《かきう》てむ　破薦《やれごも》
を敷きて　うち折らむ　醜《しこ》の醜手《しきて》を　さし交《か》
へて　宿《ね》なむ君ゆゑ　あかねさす　晝はしみ
らに　ぬばたまの　夜《よる》はすがらに　この床《とこ》の
ひしと鳴るまで　嘆きつるかも

反　歌

わが情《こころ》焼くも吾なり愛《は》しきやし君に戀ふるも
わが心から

うち日《ひ》さつ　三宅《みやけ》の原ゆ　直土《ひたつち》に　足踏み貫《ぬ》
き　夏草を　腰になづみ　如何なるや　人の
子ゆゑぞ　通はすも吾子《あご》　諾《うべ》な諾《うべ》な　母は知
らじ　諾な諾な　父は知らじ　蜷《みな》の腸《わた》*　か黑
き髪に　眞木綿《まゆふ》もち　あざさ**結《ゆ》ひ垂《た》り　大和
の　黃楊《つげ》の小櫛《をぐし》を　抑《おさ》へ插《さ》す　刺細《さすたへ》の子は
それぞ吾が妻

見渡しに　妹らは立たし　この方に　吾は立
ちて　思ふそら　安からなくに　嘆くそら
安からなくに　さ丹漆《にぬり》の　小《を》舟もがも　玉纏《まき》

の　小櫂《をかぢ》もがも　漕ぎ渡りつつも　あひ語ら
めを

押照《おして》る　難波の埼に　引きのぼる　赤《あけ》のそほ
舟*　そほ舟に　綱取り繫《か》け　引こづらひ　あ
りなみすれど**　言ひづらひ　ありなみすれど
ありなみ得ずぞ　言はれにし***　我が身

物念《も》はず　道行きなむも　靑山を　ふりさけ
見れば　躑躅花《つつじばな》　香未通女《にほひをとめ》　櫻花　盛未通女《さかえをとめ》
汝《な》をぞも　吾《わ》に依すとふ　吾《わ》をもぞ　汝《な》に依
すとふ　荒山も　人し依すれば　依そるとぞ
いふ　汝《な》が心ゆめ****

隱口《こもりく》の　泊瀨《はつせ》の國に　さよばひに　吾が來れ
ば　たなぐもり　雪はふり來《き》　さ曇り　雨は
降り來《く》　野つ鳥　雉《きぎし》はとよみ　家つ鳥　鷄《かけ》も
鳴く　さ夜は明け　この夜は明けぬ　入りて
かつ眠《ね》む　この戶開かせ*****

隱口《こもりく》の　泊瀨小國《はつせをぐに》に　よばひせす　吾がすめ

（上　段）
*枕詞。
**かみ飾りらしいが不明。

（下　段）
*赤くぬった舟。
**噂に抗して、無いことだと言おうとするけれど。
***噂をたてられた。
****しっかりしていてくれ。
*****次の歌との問答。

ろぎよ　奥床に　母は睡《ね》たり　外床《とどこ》に　父は
寝たり　起き立たば　母知りぬべし　出で行
かば　父知りぬべし　ぬばたまの　夜は明け
行きぬ　幾許《ここだく》も　念ふ如ならぬ　隠夫《こもりづま》かも

つぎねふ　山城道《ぢ》を　他夫《ひとづま》の　馬より行くに
己夫《おのづま》し　歩《かち》より行けば　見るごとに　哭《ね》のみ
し泣かゆ　そこ思ふに　心し痛し　たらちね
の　母が形見《かたみ》と　吾が持たる　まそみ鏡に
蜻蛉領巾《あきづひれ》*　負《お》ひ並《な》め持ちて　馬替《か》へ吾が夫《せ》

百小竹《ももしの》の　三野《みの》の王《おほきみ》　西の厩《うまや》　建てて飼ふ駒
東《ひむかし》の厩　建てて飼ふ駒　草こそは　取りて飼
ふがに**　水こそは　汲みて飼ふがに　何しか
も　葦毛《あしげ》の馬の　嘶《いば》え立ちつる***

反歌

衣手《ころもで》を葦毛《あしげ》の馬の嘶《いば》ゆ聲情《こころ》あれかも常ゆ異《け》に
鳴く

巻十四

東歌《あづまうた》

夏麻《なつそ》引く海上潟《うなかみがた》の沖つ渚《す》に船はとどめむさ夜
ふけにけり

筑波嶺《つくはね》の新桑繭《にひくはまよ》の衣《きぬ》はあれど君が御衣《みけし》しあや
に着欲《きほ》しも
或本の歌に云ふ、たらちねの、又云ふ、あまた着欲しも

筑波嶺に雪かも降らる否をかも愛《かな》*しき兒ろが
布《にの》乾さるかも

信濃なる須賀《すが》の荒野にほととぎす鳴く聲きけ
ば時すぎにけり

天《あま》の原富士の柴山木《こ》の暗《くれ》の時移《ゆつ》りなば逢はず
かもあらむ

霞ゐる富士の山傍《やまび》にわが來なば何方《いづち》向きてか
妹が嘆かむ

(上段)
*薄絹の領巾。
**食べさせてあるのに。
***これは挽歌。
(下段)
*いや、そうではなく。

駿河の海磯邊《おしべ》に生ふる濱つづら汝《いまし》を憑み母に
違《たが》ひぬ　一に云ふ、親に違ひぬ

ま愛《がな》しみさ寢《ね》に吾《わ》は行く鎌倉の美奈《みな》の瀬河《せがは》に
潮滿つなむか

足柄《あしがり》のままの小菅*《こすげ》の菅枕《すがまくら》何《あぜ》か纒《ま》かさむ兒ろせ
手《た》枕**

多麻河に曝《さら》す手作《てづくり》さらさらに何《なに》ぞこの兒のこ
こだ愛《かな》しき

武藏野の小岫《をぐき》***が雉立ち別れ往《い》にし宵より夫《せ》ろ
に逢はなふよ

葛飾《かつしか》の眞間《まま》の手古名《てこな》をまことかも吾《われ》に依すと
ふ眞間の手兒名を

葛飾の眞間の手兒名がありしかば眞間の磯邊《おすひ》
に波もとどろに

鳰鳥《にほどり》の葛飾早稻《わせ》を饗《にへ》すとも其の愛《かな》しきを外《と》に
立てめやも

筑波嶺《ね》の嶺《ね》ろに霞居《ゐ》過ぎがてに息づく君を率《ゐ》
寢《ね》てやらさね

筑波嶺《ね》の彼面《をても》此面《このも》に守部《もりべ》居《す》ゑ母い守《も》れども魂《たま》
ぞ逢ひにける

信濃道《ぢ》は今の墾道《はりみち》刈株《かりばね》に足踏ましなむ履《くつ》著《は》け
我が夫《せ》

日の暮に碓氷《うすひ》の山を越ゆる日は夫《せな》のが袖もさ
やに振らしつ

吾が戀は現前《まさか》もかなし草枕多胡《たご》の入《いり》野のおく
もかなしも

上毛野《かみつけ》安蘇《あそ》の眞麻《まそ》屯《むら》掻き抱《むだ》き寢《ぬ》れど飽かぬを
何《あ》どか吾がせむ

（上段）
*崖。
**戀人よ、私の手を枕にせよ。
***丘陵。

伊香保ろの傍《そひ》の榛原《はりはら》ねもころに奥をな兼ねそ
現前《まさか》し善《よ》かば

伊香保ろの八尺《やさか》の堰塞《ゐで》に立つ虹《のじ》の顯《あらは》ろまでも
さ寝をさ寝てば

上毛野佐野の舟橋《ふな》取り放し親は離《さ》くれど吾《わ》は
離《さか》るがへ

下毛野《しもつけ》三鴨《みかも》の山の小楢《こなら》の如す目細《まぐは》し兒ろは誰《た》が
笥《け》か持たむ

下毛野安蘇《あそ》の河原よ石踏まず空ゆと來ぬよ汝《な》
が心告《の》れ

筑紫《つくし》なるにほふ兒ゆゑに陸奥《みちのく》のかとり處女《をとめ》の
結《ゆ》ひし紐解く

都武賀《つむが》野に鈴が音《おと》きこゆ上志太《かむしだ》の殿の仲子《なかち》し
鳥狩《とがり》すらしも

鈴が音《ね》の早《は》馬驛《ゆまうまや》の堤井の水を賜へな妹が直手《ただて》
よ

乎久佐《をくさ》壯子《を》と乎具佐《をぐさ》助丁《すけを》と潮舟《しほぶね》の竝べて見れ
ば乎具佐勝《をぐさか》ちめり

おもしろき野をばな焼きそ古草《ふるくさ》に新草《にひくさ》まじり
生《お》ひば生ふるがに

うち日《ひ》さす宮の吾背は大和女《やまとめ》の膝枕《ひざま》くごとに
吾《あ》を忘らすな

稲つけば皹《かが》る我《あ》が手を今宵もか殿の稚子《わくご》が取
りて嘆かむ

誰《たれ》ぞこの屋《や》の戸押《お》そぶる新嘗《にふなみ》＊にわが背《せ》を遣《や》り
て齋《いは》ふこの戸を

あしひきの山澤人《びと》の人多《さは》にまな＊＊といふ兒があ
やに愛《かな》しさ

（下　段）
＊新嘗の物忌にこもって。
＊＊みんなが可愛いいという娘。

麻苧《あさを》らを麻笥《をけ》に多《ふすさ》に績《う》まずとも明日《あす》著《き》せさめ
やいざせ小床《をどこ》に*

兒《こ》毛《も》知《ち》山《やま》若鷄冠木《わかかへるで》のもみづまで宿《ね》もと吾《わ》は思《も》
ふ汝《な》は何《あ》どか思《も》ふ

我《あ》が面《おも》の忘れむ時《しだ》は國溢《はふ》り峰《ね》に立つ雲を見つ
つ偲《しの》ばせ

汝《な》が母に嘖《こ》られ吾《あ》は行く靑雲のいで來《こ》吾妹子
あひ見て行かむ

面形《おもがた》の忘れむ時《しだ》は大野ろにたなびく雲を見つ
つ偲ばむ

からすとふ大輕《おほを》率《そ》鳥《どり》の眞實《まさで》にも來まさぬ君を
兒ろ來《く》とぞ鳴く

垣越《くべご》しに麥食《は》む小馬《こうま》のはつはつに相見し子ら
しあやに愛《かな》しも

鹽船《しほぶね》の置かれば悲しさ寢つれば人言《ひとごと》しげし汝《な》
を何《ど》かも爲《し》む

かの兒ろと宿《ね》ずやなりなむはだ薄宇艮《すすきうら》野の山
に月片寄《つきかたよ》るも

巻十五

遣新羅使等の歌*

潮待つとありける船を知らずして悔しく妹を
別れ來にけり

あをによし奈艮の都にたなびける天の白雲見
れど飽かぬかも

山の端に月かたぶけば漁《いさり》する海人《あま》のともしび
沖になづさふ

吾のみや夜船は漕ぐと思へれば沖邊の方に楫《かぢ》
の音すなり

（上　段）
*明日お着にはなるまい。

（下　段）
*大使は阿部繼麿、副使大伴三中等、天平八年。

新羅《しらぎ》へか家にか歸る壹岐《ゆき》の島行かむたどきも
思ひかねつも*

百船の泊《は》つる對馬の淺茅《あさぢ》山《やま》時雨の雨にもみだ
ひにけり

天離《あまざか》る鄙《ひな》にも月は照れれども妹ぞ遠くは別れ
來にける

ぬばたまの夜《よ》明《あか》しも船はこぎ行かな御津《みつ》の濱
松待ち戀ひぬらむ**

中臣朝臣宅守***と狹《さ》野茅《ののち》上娘子《がみのをとめ》と贈り
答ふる歌

あしひきの山路越えむとする君を心に持ちて
安けくもなし

君が行く道の長路《ながて》を繰《く》り疊《たた》ね燒き亡ぼさむ天《あめ》
の火もがも

右は娘子の別に臨みて作る歌

あをによし奈良の大路は行きよけどこの山道
は行き惡《あ》しかりけり

畏《かし》みと告《の》らずありしをみ越路の峠《たむけ》に立ちて妹
が名告りつ

右は中臣宅守《やかもり》道に上りて作る歌

遠き山關も越え來ぬ今更に逢ふべきよしの無
きがさぶしさ　一に云ふ　さびしさ

天地の神なきものにあらばこそ吾《あ》が思《も》ふ妹に
逢はず死《しに》せめ

右は中臣宅守

命あらば逢ふこともあらむわが故にはたな思
ひそ命だに經ば

他國《ひとぐに》に君をいませて何時までか吾が戀ひ居ら
む時の知らなく

（上段）
*六人部鯖麿の作。壹岐で死んだ同行者を悼む挽歌の一つ。
**歸航時の作。
***禁を破り女官の茅上娘子に通じた罪で、越前に流された。

天地の至極《そこひ》のうらに吾《あ》が如く君に戀ふらむ人はさねあらじ

右は娘子

さす竹《たけ》の大宮人は今もかも人なぶりのみ好みたるらむ 一に云ふ今さへや

山川を中に隔《へな》りて遠くとも心を近くおもほせ吾妹《わぎも》

右は中臣宅守

魂《たましひ》はあしたゆふべに魂《たま》ふれど吾が胸痛し戀の繁きに

歸りける人來《きた》れりといひしかばほとほと死にき君かと思ひて

わが夫子《せこ》が歸り來まさむ時のため命殘さむ忘れ給ふな

右は娘子

今日もかも京《みやこ》なりせば見まく欲り西の御厩《みまや》の外《と》に立てらまし

右は中臣宅守

巻十六

昔者《むかし》娘子《をとめ》あり。字《な》を櫻兒《さくらこ》と曰《い》ひき。時に二《ふたり》の壯士《をとこ》あり。共にこの娘を誂《あと》へて、生《いのち》を損《す》てて挌競《あらそ》ひ、死を貪りて相敵《いど》みたりき。ここに娘子《をとめ》歔欷《なげ》きて曰ひけらく、古より今にいたるまで、未だ聞かず、未だ見ず、一《ひとり》の女の身、二つの門に往き適ふといふことを。方今《いま》壯士《をとこ》の意《こころ》和平《にき》び難きものあり。妾死《あれみまか》りて、相害《あらそ》ふこと永く息《や》めむには如《し》かじと。爾乃《すなはち》林の中に尋ね入りて、樹に懸りて經死《わなきし》にき。其兩《ふたり》の壯士《をとこ》哀慟するに敢《た》へず、血の泣《なみだ》襟に漣る。

各心緒を陳《の》べて作る歌

春さらば挿頭《かざし》にせむと我が念《も》ひし櫻の花は散

り去《い》にしかも

事しあらば小《を》泊瀬《はつせ》山の石城《いはき》にも隠《こも》らば共にな
思ひわが夫《せ》

右は傳へ云ふ。時に女子《をみな》あり、父母に知らせずして竊に壯士《をとこ》に接《あ》ひたりき。壯士其の親の呵嘖を悚《おそ》惕りて稍猶豫の意あり。これに因りて娘子此の歌を裁作り、其の夫《せ》に贈り與へたりき。

安《あ》積《さ》香《か》山影さへ見ゆる山の井の淺き心をわが
思《も》はなくに

右の歌は傳へ云ふ。葛城王《かつらきのおほきみ》陸奥國に遣されし時、國司祇承緩怠異に甚し。王の意《こころ》悦《よろこ》ばず、怒の色面に顯れ、飲饌《みあへ》を設《ま》けしかども、あへて宴樂せざりき。ここに前《さき》の采女《うねめ》あり、風流の娘子なり。左の手に觴《さかづき》を捧げ右の手に水を持ち、王の膝を撃ちて、此の歌を詠みき。ここに乃ち王の意解け悦びて、樂飲することを終日なりき。

池田朝臣（池田朝臣は名忘失せり）

大神朝臣奥守《おほみわのあそみおきもり》を嗤《そし》る歌

寺寺の女餓鬼《めがき》申さく大神《おほみわ》の男《を》餓鬼《がき》賜《たば》りて其の
子うまはむ

大神奥守《おきもり》

報《こた》へ嗤る歌

佛造《つく》る眞朱《まそほ》*足らずば水渟《たま》る池田の朝臣《あそ》が鼻の
上を穿《ほ》れ

大伴家持

痩せたる人を嗤り咲《わら》ふ歌

石麻呂《いはまろ》に吾物申《われものまを》す夏痩《やせ》に良しといふ物ぞ鰻漁《むなぎと》
り食《め》せ

痩《や》す痩《や》すも生けらばあらむを將《はた》や將鰻《はたむなぎ》を漁《と》る
と河に流るな

右、吉田連老《むらじおゆ》といふものあり。字を石麻呂と曰へり。所謂仁敬の子なり。その老、人と爲り身體甚《いた》く

（下段）
*赤い塗料の土。

痩せたり。多く喫飲すといへども形飢饉《うゑびと》に似たり。此《これ》に因りて大伴宿禰家持、聊かこの歌を作りて戯れ咲ふことを爲せり。

筑前國志賀《しか》の白水郎《あま》の歌*

山上憶良

荒雄らを來《こ》むか來じかと飯《いひ》盛りて門に出で立ち待てど來《き》まさず

荒雄らが行きにし日より志賀の海人《あま》の大浦田《おほうらた》沼《ぬ》はさぶしくもあるか

荒雄らは妻子《めこ》の産業《なり》をば思はずろ年の八歳《やとせ》を待てど來まさず

吾が門に千鳥數《しば》鳴く起きよ起きよ我が一夜妻人に知らゆな

能登國の歌

梯立《はしだて》の　熊來《くまき》のやらに**　新羅《しらぎ》斧《をの》　墜《おと》し入れ　わし***　懸けて懸けて　勿《な》泣かしそね　浮き出づるやと　見む　わし

梯立《はしだて》の　熊來《くまき》酒屋《さかや》に　眞罵《まぬ》らる奴《やっこ》　わし　誘《さす》ひ立て　率《ゐ》て來《き》なましを　眞罵《まぬ》らる奴《やっこ》　わし

卷十七

山部赤人

あしひきの山谷越えて野づかさに今は鳴くらむ鶯のこゑ

大伴家持に贈る歌

平《へ》群《ぐり》女郎

松の花花數《はなかず》にしもわが背子が思へらなくにもとな咲きつつ

土《は》師《じの》道良《みちよし》

ぬばたまの夜はふけぬらし玉くしげ二上山《ふたがみやま》に月かたぶきぬ

大伴家持

玉くしげ二上山に鳴く鳥の聲の戀しき時は來

（上　段）

*海路對島に糧を送ろうとして難破した荒雄を悼む十首のうち。憶良作と推定される。

**泥海。

***ハヤシことば。

にけり

巻十九

大伴家持

春の苑《その》くれなゐにほふ桃の花した照る道に出で立つ處女《をとめ》

もののふの八十《やそ》をとめ等が汲《く》み紛《まが》ふ寺井の上の堅香子《かたかご》の花

あしひきの八峯《やつを》の雉《きぎし》なき響《とよ》む朝明《け》の霞見ればかなしも

朝床《どこ》に聞けば遙けし射水河朝漕ぎしつつ唱《うた》ふ船人

この雪の消《け》殘る時にいざ行かな山橘の實の光《て》るも見む

春の野に霞たなびきうらがなしこの夕かげにうぐひす鳴くも

わがやどのいささ群竹《むらたけ》吹く風の音のかそけきこの夕かも

うらうらに照れる春日《はるび》に雲雀あがり情《こころ》悲しも獨りしおもへば

巻二十

防人歌

丈部眞麿《はせつかべのままろ》(遠江國)

時時の花は咲けども何すれぞ母とふ花の咲き出來《でこ》ずけむ

生玉部足國《いくたまべのたりくに》(同)

父母が殿の後《しりへ》の百代《ももよ》草百代いでませ我が來たるまで

我が妻も畫にかきとらむ暇《いつま》もが旅行く我《あれ》は見つつしのばむ
物部古麿《こまろ》(同)

大君の命《みこと》かしこみ磯に觸り海原《うのはら》渡る父母を置きて
丈部造《はせつかべのみやつこ》人麿(相模國)

眞《ま》木柱《けばしら》讚《ほ》めて造れる殿の如いませ母刀自《とじ》面變《おめがは》りせず
坂田部首麿《おびとまろ》(駿河國)

立薦《たちこも》の發《た》ちの騷きに相見てし妹が心は忘れせぬかも
丈部與呂麿《はせつかべのよろまろ》(上總國)

防人《さきもり》に發《た》たむさわきに家の妹《いも》が業《な》るべき事を言はず來ぬかも
若舍人《わかとねり》部廣足《べのひろたり》(常陸國)

大舍人《おほとねり》部《べの》千文(同)

筑波嶺《つくばね》のさ百合《ゆる》の花の夜床《ゆどこ》にも愛《かな》しけ妹ぞ晝もかなしけ
物部眞島《ましま》(下野國)

松の木《け》の竝《な》みたる見れば家人《いはびと》の吾《われ》を見送ると立たりし如《もころ》
占部虫麿(下總國)

旅と言《へ》ど眞旅《またび》になりぬ家の妹《も》が著せし衣《ころも》に垢《あか》つきにかり
物部眞根(武藏國)

家《いは》ろには葦火《あしぶ》焚《た》けども住み好《よ》けを筑紫《つくし》に到りて戀《こふ》しけもはも
防人の妻

防人《さきもり》に行くは誰《た》が夫《せ》と問ふ人を見るが羨《とも》しさ物思《も》ひもせず

古今集*

源　當純《まさすみ》

谷風にとくる氷のひまごとにうちいづる浪や春のはつ花

よみ人しらず

かすが野はけふはなやきそ若草のつまもこもれり我もこもれり**

春日野のとぶひの野守《のもり》いでて見よ今いくかありて若菜つみてむ

貫　之

かすがののわかなつみにや白妙の袖ふりはへて人のゆくらむ

よみ人しらず

百ちどりさへづる春は物ごとにあらたまれども我ぞふりゆく

をちこちのたづきもしらぬ山中におぼつかなくもよぶこ鳥かな

紀　友則

君ならで誰にか見せむ梅の花色をも香をもしる人ぞしる

前太政大臣*

年ふればよはひはおいぬしかはあれど花をしみれば物思もなし

在原業平朝臣

世の中にたえて櫻のなかりせば春の心はのどけからまし

素《そ》性《せい》法師

みわたせば柳櫻をこきまぜて都ぞ春の錦なりける

（上段）
*紀貫之・凡河内躬恒・壬生忠岑らを撰者とする勅撰集、九〇五年。
**伊勢物語の項参照。

（下段）
*藤原良房。

櫻花さきにけらしなあしひきの山のかひより
みゆる白雲
貫之

たれこめて春の行くへもしらぬまにまちし櫻
もうつろひにけり
藤原因香《よるか》

櫻花ちりぬる風のなごりには水なき空に浪ぞ
立ちける
貫之

いざけふは春の山べにまじりなむ暮れなばな
げの花の影かは
素性

春ごとに花のさかりはありなめどあひみむ事
はいのちなりけり
よみ人しらず

貫之
志賀の山ごえに、女のおほくあへり
けるによみてつかはしける

梓弓春の山邊を越えくれば道もさりあへず花
ぞちりける

よみ人しらず
かはづなく井での山吹ちりにけり花のさかり
にあはましものを

素性
おもふどち春の山べにうちむれてそこともい
はぬ旅ねしてしが

凡河内躬恒
梓弓春たちしより年月のいるがごとくもおも
ほゆるかな

よみ人しらず
わがやどの池の藤波さきにけり山郭公いつか
きなかむ

さ月まつ花橘の香をかげば昔の人の袖のかぞする

紀　友則

さみだれに物おもひをれば郭公夜深くなきていづち行くらむ

貫　之

夏のよのふすかとすれば郭公なく一こゑにあくるしののめ

藤原敏行朝臣

秋きぬとめにはさやかにみえねども風のをとにぞおどろかれぬる

よみ人しらず

木のまよりもりくる月の影みれば心づくしの秋はきにけり

いつはとは時はわかねど秋の夜ぞ物おもふ事のかぎりなりける

敏行朝臣

秋のよのあくるもしらず鳴く虫はわがごと物やかなしかるらむ

よみ人しらず

日ぐらしの鳴きつるなべに日はくれぬとおもへば山の陰《かげ》にぞありける

夜を寒み衣かりがねなくなべに萩のしたばもうつろひにけり

僧正遍昭

名にめでておれるばかりぞ女郎花我おちにきと人にかたるな

文室康秀

草も木も色かはれどもわたつうみの浪の花にぞ秋なかりける

よみ人しらず

たつ田河もみぢばながる神なびのみむろの山

に時雨ふるらし

素　性

もみぢばの流れてとまるみなとには紅ふかき
涙や立つらむ

興《おき》　風《かぜ》

み山よりおちくる水の色みてぞ秋は限とおも
ひしりぬる

よみ人しらず

夕されば衣手さむしみよしののよしのの山に
み雪ふるらし

ふる雪はかつぞけぬらしあしひきの山のたぎ
つせ音まさるなり

坂上是則

みよしのの山の白雪つもるらし故郷さむくな
りまさるなり

壬生忠岑

みよしのの山の白雪ふみわけて入りにし人の
をとづれもせぬ

貫　之

志賀の山ごえにて、いし井*のもとに
て、ものいひける人の別れけるをり
によめる

むすぶ手の滴ににごる山の井のあかでも人に
別ぬるかな

よみ人しらず

ほの〴〵とあかしの浦のあさ霧に嶋がくれ行
く舟をしぞおもふ

在原業平朝臣

あづまの方へ、友とする人、ひとり
ふたりいざなひていきけり。三河の
國やつはしといふ所にいたれりける
に、その河のほとりに、かきつばた
いと面白く咲けりけるを見て、木か
げにおりゐて、**かきつばたといふい

（下　段）
*石で圍った井戸。
**馬から下りて。

つ文字を句のかしらにすゑて、旅の心をよまむとてよめる

から衣きつつなれにしつま*しあればはるぐきぬる旅をしぞ思ふ

武蔵の國と、しもつふさの國との中にある、すみだ川のほとりにいたりて、みやこのいとこひしうおぼえければ、しばし河のほとりにおりゐて思ひやれば、かぎりなく遠くもきにけるかな、と思ひわびてながめをるに、わたしもり、はや舟にのれ、日くれぬ、といひければ、舟にのりて渡らむとするに、みな人ものわびしくて、京に思ふ人なくしもあらず、さるをりに、しろき鳥の、はし**とあしと赤きが、河のほとりにあそびけり。京にはみえぬ鳥なりければ、みな人見しらず、わたしもりに、これはなに鳥ぞと問ひければ、これなむみやこどり、といひけるを聞きてよめる

名にしおはばいざことゝはむ宮こどりわが思ふ人は有りやなしやと

よみ人しらず

郭公なくや五《さ》月のあやめぐさあやめもしらぬ戀もするかな

躬　恒

はつ雁のはつかにこゑをききしよりなかぞらにのみ物を思ふかな

よみ人しらず

夕暮は雲のはたてに物ぞ思ふあまつそらなる人をこふとて

我が戀はむなしき空にみちぬらし思ひやれども行く方もなし

唐衣ひもゆふぐれになる時は返す返すぞ人はこひしき

つれもなき人をこふとて山びこのこたへする

（上　段）
*衣のツマと妻をかける。
**くちばし。

までなげきつるかな

行く水にかずかくよりもはかなきはおもはぬ人
をおもふなりけり

小野小町

うたたねにこひしき人をみてしより夢てふ物
はたのみそめてき

いとせめて戀しき時はむば玉のよるの衣をか
へしてぞきる

紀 友則

よひのまもはかなくみゆる夏虫にまどひまさ
れるこひもするかな

よみ人しらず

戀しきにわびて魂まどひなばむなしきからの
名にや殘らむ

忠 岑

風ふけば峯にわかるる白雲のたえてつねなき
君が心か

貫 之

つの國のなにはのあしのめもはるにしげきわ
が戀人しるらめや

躬 恒

わが戀はゆくへもしらずはてもなしあふを限
と思ふばかりぞ

在原業平朝臣

おきもせずねもせでよるをあかしては春のも
のとてながめくらしつ*

よみ人しらず

こりずまに又もなき名は立ちぬべし人憎から
ぬ世にしすまへば

しののめのほがら〴〵とあけゆけばおのがき
ぬ〴〵なるぞかなしき

（下段）
*伊勢物語の項参照。

みちのくのあさかの沼の花かつみかつみる人
にこひやわたらむ

あすか河ふちは瀬になる世なりとも思ひそめ
てむ人はわすれじ

さむしろに衣かたしきこよひもや我をまつら
む宇治の橋姫

いつはりのなき世なりせばいかばかり人の言《こと》
のはうれしからまし

在原業平朝臣

五條のきさいの宮のにしの對に住みける人に、ほいにはあらで、物いひわたりけるを、む月の十日あまりになむ、ほかへかくれにける。あり所はききけれど、え物もいはで、又のとしの春、梅の花ざかりに、月のおもしろかりける夜、こぞをこひて、かのにしの對にいきて、月のかたぶくまで、あばらなる板じきにふせりてよめる

月やあらぬ春や昔の春ならぬ我が身ひとつは
もとの身にして*

典侍藤原直子《なほいこ》朝臣

あまのかる藻にすむ虫のわれからとねをこそ
なかめ世をばうらみじ

平　貞文

あき風の吹きうらがへす葛の葉のうらみても
猶うらめしき哉

貫　之

河原の左のおほいまうちぎみ**の身まかりてのち、かの家にまかりてありけるに、鹽釜といふ所のさまをつくれりけるを見てよめる

君まさで煙たえにししほがまのうらさびしく
もみえわたるかな

業平朝臣

(下　段)
*この話は伊勢物語にも見える。
**河原左大臣源融。

病して弱くなりにける時よめる

つゐに行く道とはかねてききしかど昨日けふとはおもはざりしを*

よみ人しらず

紫のひともとゆゑに武蔵野の草はみながらあはれとぞみる

わが心なぐさめかねつさらしなやをばすて山にてる月をみて

いにしへの野中の清水ぬるけれど本の心をしる人ぞくむ

世の中にふりぬるものは津の國のながらのはしと我となりけり

おほあらきの森のした草おいぬれば駒もすさめずかる人もなし

世の中はなにかつねなるあすか河昨日のふちぞけふは瀬になる

小野小町

わびぬれば身をうき草の根をたえてさそふ水あらばいなむとぞ思ふ

篁朝臣

隱岐の國に流され侍りける時によめる

思ひきや鄙のわかれ*におとろへてあまの縄たぎ**いさりせむとは

在原行平朝臣

田村の御時に、事にあたりて***、津の國の須磨といふ所にこもり侍りけるに、宮の内に侍りける人につかはしける

わくらばにとふ人あらばすまの浦に藻《も》鹽《しほ》たれつつわぶとこたへよ

業平朝臣

（上段）
*伊勢物語にも見える。

（下段）
*都に別れ流謫されていること。
**縄をたぐる。
***勅勘をこうむって。

惟喬の親王のもとにまかりかよひけるを、かしらおろして、小野といふ所に侍りけるに、正月にとぶらはむとてまかりたりけるに、ひえの山のふもとなりければ、雪いとふかかりけり。しひて、かの室《むろ》にまかりいたりておがみけるに、つれ〲として、いと物がなしくて、かへりまうできてよみてをくりける

忘れては夢かとぞおもふおもひきや雪ふみわけて君をみむとは*

よみ人しらず

わがいほはみわの山もとこひしくばとぶらひ來ませ杉たてる門《かど》

風ふけばおきつ白浪たつ田山夜半にや君がひとりこゆらむ

ある人、この歌は、昔大和の國なりける人のむすめに、ある人すみわたりけり。この女おやもなくなりて、家もわろくなり行くあひだに、この男河内の國に人をあひしりてかよひつつ、かれやうにのみなりゆきけり。さりけれども、つらげなるけしきもみえで、河内へいくごとに、男の心のごとくにしつつ、いだしやりければ、あやしと思ひて、もし、なきまにこと心もやあると疑ひて、月のおもしろかりける夜、河内へいくまねにて、前栽のなかにかくれてみければ、夜ふくるまで琴をかきならしつつ、うち歎きてこの歌をよみてねにければ、これをききてそれより又、ほかへもまからずなりにけり、となむいひつたへたる*

よみ人しらず

うちわたすをちかた人にもの申すわれ　そのそこに白くさけるはなにの花ぞも

おもふてふ人の心のくまごとにたちかくれつつみるよしもがな

（上段）
*伊勢物語にも見える。

（下段）
*伊勢物語の筒井筒の話の一部と同じ。

あふみぶり*

あふみより朝たちくればうねの野に鶴《たづ》ぞ鳴くなるあけぬこの夜は

みづぐきぶり

水ぐきの岡のやかたに妹とあれと寝ての朝けの霜のふりはも

採物《とりもの》の歌**

まきもくのあなしの山の山人と人もみるがに山かづらせよ

み山にはあられふるらし外《と》山なるまさきのかづら色づきにけり

みちのくのあだちの眞弓わが引かば末さへより來《こ》しのび〲に

ひるめのうた***

ささのくまひのくま川に駒とめてしばし水かへ影をだにみむ

水の尾の御べ*の美作の國の歌

美作《みまさか》やくめのさら山さら〱にわが名はたてじよろづよまでに

みちのくうた**

みさぶらひみかさとまをせ宮城野《みやぎの》の木のしたつゆは雨にまされり

もがみ河のぼればくだる稲《いな》舟のいなにはあらずこの月ばかり

きみをおきてあだし心をわがもたば末の松山浪もこえなむ

ひたちうた

つくばねのこのもかのもにかげはあれど君がみかげにますかげはなし

かひうた

かひがねをさやにも見しが***けけれなく****横ほりふせるさやの中山

（上　段）
*以下二首は大歌所の歌。
**以下五首は神あそびの歌。
***天照大神を祭る歌。しかし實は夫の後影を見送る戀歌。
（下　段）
*清和天皇の大嘗祭。
**以下五首は東歌。
***見たい。
****心なく。

難波津に咲くやこの花冬ごもり今は春べと咲
くやこの花*

伊勢物語**

むかし、男、初冠《うひかうぶり》して、奈良の京《みやこ》、春日の里にしるよしして、狩にゆきけり。その里に、いとなまめいたる女はらからすみけり。この男かいまみてけり。おもほえず古里《ふるさと》にいとはしたなくて***ありければ、心地まどひにけり。男の著たりける狩衣《かりぎぬ》の裾をきりて、歌をかきてやる。その男、信夫摺《しのぶずり》****の狩衣をなむ著たりける。

　春日野のわか紫の摺衣《すりごろも》しのぶのみだれか
　ぎり知られず

となむ、おひつきていひやりける。ついでおもしろき事ともや思ひけむ。

　陸奥《みちのく》のしのぶもぢずり誰ゆゑにみだ
　れそめにし我ならなくに*****

といふ歌の心ばへなり。むかし人は、かくいちはやきみやびをなむしける。

むかし、男ありけり。奈良の京《みやこ》ははなれ、この京は人の家まださだまらざりける時に、西の京に女ありけり。その女、世の人にはまされりけり。かたちよりは心なむまさりたりける。獨のみにもあらざりけらし。それをかのまめ男うち物がたらひて、歸り來て、いかが思ひけむ、時は三月《やよひ》のついたち、雨そぼふるにやりける。

　おきもせずねもせで夜《よる》をあかしては
　春のものとてながめくらしつ*

むかし、東《ひんがし》の五條に、大后宮《おほきさいのみや》おはしましける、西の對《たい》にすむ人ありけり。それを本意《ほい》にはあらで、志深かりける人、ゆきとぶらひけるを、正月《むつき》の十日ばかりのほどに、ほかに隱れにけり。あり所は聞けど、人の行き通ふべ

（上　段）
*古今集序より補充。古い傳承歌。
**平安朝前期の歌物語。作者・成立年不詳。
***似あわしくない。
****シノブ模様。
*****古今集に源融作として見える。

（下　段）
*古今集に業平作として見える。

き所にもあらざりければ、なほ憂《う》しと思ひつつなむありける。又の年の正月に、梅の花ざかりに、去年《こぞ》を戀ひて行きて、立ちて見、居て見、みれど、去年に似るべくもあらず、うち泣きて、あばらなる板敷に、月のかたぶくまでふせりて、去年を思ひいでてよめる。

　月やあらぬ春やむかしの春ならぬわ
　が身ひとつはもとの身にして*

とよみて、夜のほの〴〵と明くるに、泣く泣く歸りにけり。

むかし、男ありけり。京にありわびて、東《あづま》に行きけるに、伊勢、尾張のあはひの海づらを行くに、浪のいと白くたつを見て、

　いとどしく過ぎゆくかたの戀しきに
　うらやましくもかへる浪かな**

となむよめりける。

むかし、男ありけり。人のむすめを盗みて、武藏野へ率《ゐ》て行くほどに、盗人なりければ、國の守《かみ》にからめられにけり。女をば草むらの中におきて逃げにけり。道くる人、「この野は盗人あなり」とて、火つけむとす。女わびて、

　武藏野は今日はな燒きそ若草のつま
　もこもれりわれもこもれり

とよみけるを聞きて、女をば取りて、ともに率《ゐ》ていにけり。

後撰和歌集*

よみ人しらず

かきくらし雪はふりつつしかすがに我が家の
そのに鶯ぞなく

よそにても花見る毎に音をぞなくわが身に疎
き春のつらさに

をしめども春のかぎりのけふの又夕暮にさへ

(上段)
*古今集に業平作として見える。
**後撰集に業平作として見える。
(下段)
*勅撰集。源順、清原元輔らの撰、九五一年。

なりにけるかな

夏虫の身をたきすてて魂《たま》しあらば我とまねば
む人めもる身ぞ(は)

源宗于朝臣

からうじてあひしりて侍りける人に
つつむ事ありて又あひがたく侍りけ
れば

東路のさやの中山なかなかにあひみてのちぞ
わびしかりける

兼覧王

雨やまぬ軒のたまみづ數しらず戀しきことの
まさるころかな

よみ人しらず

陽炎《かげろふ》のほのめきつれば夕暮のゆめかとのみぞ
身をたどりつる

返事せぬ人に遣しける

うちわびてよばはむ聲に山彦のこたへぬ山は
あらじとぞ思ふ

かへし

山彦の聲のまにまに訪ひゆかばむなしき空に
行きやかへらむ

小野小町

さだめたる男もなくて物思ひけるこ
ろ

蜑のすむ浦こぐ船のかぢをなみ世をうみわた
るわれぞ悲しき

拾遺和歌集*

忠岑

おほあらきの森の下草繁りあひて深くも夏の
なりにけるかな

(下　段)
*勅撰集、花山法皇の撰とも藤原公任の撰ともいう。九九六年頃。

大貳高遠
少將に侍りける時駒迎*にまかりて
逢坂の關のいはかどふみならし山たち出づるきりはらの駒

僧正遍昭
秋山のあらしの聲をきく時は木の葉ならねど物ぞかなしき

貫之
あしひきの山かき曇りしぐるれど紅葉はいと照りまさりけり

源重之
蘆の葉に隱れて住みし津の國のこや**もあらはに冬はきにけり

貫之
思ひかねいもがりゆけば冬の夜の川風さむみ千鳥なくなり

よみ人しらず
東《あづま》にて養はれたる人の子は舌だみてこそものは言ひけれ

藤原高光
法師にならむと思ひ立ち侍りけるころ月を見侍りて
かくばかり經《へ》がたくみゆる世の中にうらやましくもすめる月かな

よみ人しらず
大井河くだす筏の水馴棹《みなれざを》みなれぬ人もこひしかりけり

よみ人しらず
女のもとに男の文つかはしけるに返事せず侍りければ
山彦もこたへぬ山の呼子鳥われひとりのみなきやわたらむ

よみ人しらず

（上段）

*八月十五日、諸國の牧から貢進される馬を、官人が近江の逢坂の關まで迎えに行く行事。

**攝津國の昆陽《こや》を小屋にかけている。

大空はくもらざりけり神無月時雨ごこちは我のみぞする

貫　之

朝な朝なけづれば積るおち髪のみだれて物を思ふころかな

よみ人しらず

風さむみ聲よわり行く虫よりもいはでもの思ふ我ぞまされる

冬よりひえの山にのぼりて春までおとせぬ人の許に

藤　原　清　正

ながめやる山邊はいとど霞みつつおぼつかなさのまさる春かな

善祐法師ながされて侍りける時母のいひつかはしける

泣く涙世は皆海となりななむ同じなぎさに流れよるべく

（下　段）

よみ人しらず

我がごとく物思ふ人はいにしへもいま行く末もあらじとぞ思ふ

ながされ侍りける時家の梅の花をみて

贈太政大臣*

こちふかば匂おこせよ梅の花あるじなしとて春をわするな

延喜の御時、南殿《なでん》に散りつみて侍りける花をみて

源公忠朝臣

殿守《とのもり》のとものみやつこ心あらば此の春ばかり朝ぎよめすな

清　原　元　輔

月影のたなかみ川に淸ければ網代に氷魚《ひを》のよるもみえけり

*菅原道眞。

後拾遺和歌集*

大江正言

山たかみ都の春をみわたせばただ一むらのかすみなりけり

曾禰好忠

みしま江につのぐみ渡る蘆のねの一よのほどに春めきにけり

能因法師

心あらむ人にみせばや津の國のなにはわたりの春のけしきを

源　重之

おともせで思ひにもゆる螢こそ鳴く虫よりも哀なりけれ

恵慶法師

あさぢ原玉まく葛のうら風のうらがなしかる秋は來にけり

大江匡衡朝臣

秋風に聲よわり行くすず虫のつひにはいかがならむとすらむ

曾根好忠

なけやなけ蓬《よもぎ》が杣《そま》のきり〴〵す過ぎ行く秋はげにぞかなしき

能因法師

都をば霞とともに立ちしかど秋風ぞふくしら川の關

山里に籠りゐて侍りけるに人をとかくする*がみえ侍りければよめる

和泉式部

立ちのぼるけぶりにつけておもふかないつ又我を人のかく見む

（上　段）
*勅撰集、藤原通俊の撰、一〇八六年。

（下　段）
*葬ること。

和泉式部

黑髮のみだれてしらずうちふせばまづかきやりし人ぞ戀しき

和泉式部

人の身も戀にはかへつ夏虫のあらはにもゆとみえぬばかりぞ

大納言道綱母

曇る夜の月とわが身の行く末とおぼつかなさはいづれまされり

齋宮女御

大空に風まつほどのくものい*の心ぼそさを思ひやらなむ

源　順

世の中を何にたとへむ秋の田をほのかにてらすよひのいなづま

中務卿兼明親王

小倉の家にすみ侍りける頃、雨のふりける日簑《みの》かる人の侍りければ山吹の枝をりてとらせて侍りけり。心も得でまかりすぎて又の日山吹のこゝろもえざりし由、いひにおこせて侍りける返事にいひつかはしける

七重八重花はさけども山吹のみの一つだになきぞかなしき

和泉式部

物思へば澤《さは》の螢もわが身よりあくがれ出づる魂《たま》かとぞみる

金葉和歌集*

攝政家參河

入日さすゆふくれなゐの色見えて山下《した》照らす岩躑躅《つつじ》かな

（上　段）
*くもの巣。
（下　段）
*勅撰集、源俊頼の撰、一一二四―一一二七年頃。

藤原孝善

郭公あかで過ぎぬる聲により跡なき空を眺めつるかな

源俊頼朝臣

うづら鳴く眞《ま》野の入江の濱風に尾花浪よる秋の夕暮

曾禰好忠

深山《みやま》木を朝な夕なにこりつみて寒さをこふる小野の炭燒

俊頼朝臣

我が戀はおぼろの清水*いはでのみせきやる方もなくて暮しつ

大中臣公長朝臣

戀わびて思ひ入るさの山の端にいづる月日の積りぬるかな

初戀の心をよめる　　源兼昌

けふこそは岩瀬の杜《もり》の下紅葉色に出づれば散りもしぬらめ

周防内侍

戀ひわびてながむる空の浮雲や我がしたもえの煙なるらむ

ふるさとを恨むる事ありて別れける時、河尻の程にてよめる　　大江正言

思ひ出もなきふるさとの山なれどかくれ行くはたあはれなりけり

修理大夫顯季

蜩《ひぐらし》の聲ばかりする柴《しば》の戸は入日のさすにまかせてぞ見る

律師實源

大路《おほじ》に子を捨てて侍りけるおしくく

（上段）
*大原にある。

み*に書きつけて侍りける

身にまさる物なかりけり緑兒《みどりご》はやらむ方なくかなしけれども

和泉式部

小式部内侍**うせて後、上東門院より年ごろたまはりけるきぬを、なきあとにもつかはしたりけるに、小式部内侍と書きつけられたるを見てよめる

もろともに苔の下には朽ちずしてうづまれぬ名を聞くぞかなしき

詞華和歌集***

大藏卿匡房****

氷りゐし志賀の唐崎うちとけてさざなみよする春風ぞ吹く

僧都覺雅

萠え出づる草葉のみかはをざさ原駒のけしきも春めきにけり

源　頼政

深《み》山木《やまぎ》のその梢とも見えざりし櫻は花にあらはれにけり

能因法師

山彦のこたふる山の郭公ひと聲なけばふた聲ぞきく

大貳高遠

鳴く聲も聞えぬもののかなしきは忍びに燃ゆる螢なりけり

曾禰好忠

杣川《そまがは》の筏《いかだ》のとこのうき枕夏は涼しきふしどなりけり

曾禰好忠

（上段）
*包むもの。
**和泉式部の子。
***勅撰集、藤原顕輔の撰、一一五二年頃。
****大江匡房。

山城《やましろ》の鳥羽田《とばた》の面《おも》を見わたせばほのかにけさ
ぞ秋風は吹く

藤原重基

秋の夜の月の光のもる山は木《こ》の下《した》かげもさや
けかりけり

花山院御製

秋の夜の月にこころのあくがれて雲井にもの
を思ふ頃かな

源　兼昌

夕霧に梢も見えず初瀬山いりあひの鐘の音ば
かりして

和泉式部

鳴く虫のひとつ聲にも聞えぬはこころごころ
にものやかなしき

曾禰好忠

山里はゆききの道も見えぬまで秋の木《こ》の葉に
うづもれにけり

大江嘉言

山ふかみ落ちて積れるもみぢ葉のかわける上
に時雨降るなり

曾禰好忠

外山《とやま》なる柴《しば》の立ち枝《え》に吹く風の音きく時ぞ冬
はものうき

左京大夫道雅

もろともに山めぐりする時雨かなふるにかひ
なき身とは知らずや

瞻西法師

いほりさす楢の木陰《こかげ》にもる月の曇ると見れば
時雨降るなり

藤原惟成

命あらばあふ夜もあらむ世の中になど死ぬば
かり思ふ心ぞ

坂上明兼

女のもとにまかりたりけるに、親のいさむれば今はえなむあふまじき、といはせて侍りければよめる

せきとむる岩間の水もおのづから下《した》にはかよふものとこそ聞け

藤原基俊

浅茅《あさぢ》はらけさおく露の寒けさにかれにし人のなほぞ戀しき

左京大夫顯輔

夜もすがら富士の高嶺に雲消えて清見《きよみ》が關に澄める月かな

源俊頼朝臣

しづのめがゑぐ*摘む澤《さは》の薄氷いつまでふべき我が身なるらむ

和泉式部

夕さればものぞかなしき鐘の音あすも聞くべき身とし知らねば

千載和歌集*

攝政前右大臣**

かすみしく春のしほぢを見わたせばみどりを分くる沖つ白波

皇太后宮大夫俊成

春の夜はのきばの梅をもる月のひかりもかをる心地こそすれ

藤原清輔朝臣

みこもりにあしの若葉やもえつらむ玉江のぬまをあさる春駒

崇徳院御製

あさゆふに花まつ程は思ひねの夢のうちにぞ

（上　段）
*芹の一種。

（下　段）
*勅撰集、藤原俊成の撰、一一八七年。
**藤原兼實。

咲きはじめける

後二條關白內大臣*

花ざかり春のやまべを見わたせば空さへにほふ心地こそすれ

讀人しらず**

さざなみやしがの都はあれにしを昔ながらのやまざくらかな

圓位法師***

おしなべて花のさかりになりにけり山の端ごとにかかる白雲

院御製****

池水にみぎはのさくら散りしきて波の花こそさかりなりけれ

左近中將良經

櫻さく比良の山かぜ吹くままに花になりゆく志賀のうらなみ

源義家朝臣

みちの國にまかりける時なこその關にて花の散りければよめる

吹く風をなこそのせきとおもへども道もせに散るやま櫻かな

式子內親王

ながむれば思ひやるべきかたぞなき春のかぎりの夕暮のそら

權大納言宗家

夕月夜いるさのやまの木隱《こがくれ》にほのかに名のるほととぎすかな

源俊賴朝臣

哀にもみさをにもゆる螢かな聲たてつべきこの世とおもふに*

法性寺入道前太政大臣**

夏ふかみ玉江にしげる葦の葉のそよぐや船の

（上　段）
*藤原師通。
**平忠度の作。勅勘の身であったため名をかくした。
***西行法師。
****御白河院。
（下　段）
*堪えしのんで。
**藤原忠通。

かよふなるらむ

皇太后宮大夫俊成

夕されば野邊のあきかぜ身にしみて鶉なくなりふかくさの里

源俊頼朝臣

何となくものぞかなしき菅原やふしみのさとの秋のゆふぐれ

源俊頼朝臣

こがらしの雲ふき拂ふ高嶺よりさえても月のすみのぼるかな

皇太后宮大夫俊成

石《いは》ばしる水のしらたまかず見えてきよたき川にすめる月かな

待賢門院堀河

さらぬだに夕さびしきやまざとの霧のまがきにを鹿なくなり

花山院御製

秋深くなりにけらしなきりぎりす牀《ゆか》のあたりに聲きこゆなり

花山院御製

さりともとおもふ心も蟲の音もよわり果てぬる秋のくれかな

前中納言匡房

高砂のをのへの鐘のおとすなりあかつきかけて霜やおくらむ

藤原基俊

楸《ひさぎ》生ふる小野の淺茅におく霜の白きをみれば夜やふけぬらむ

藤原基俊

霜さえて枯れゆく小野の岡べなる楢の廣葉にしぐれ降るなり

皇太后宮大夫俊成

まばらなる槇《まき》の板屋に音はしてもらぬ時雨や
木の葉なるらむ

加茂成保

霜がれの難波の蘆のほのぼのと明くるみなと
に千鳥鳴くなり

皇太后宮大夫俊成

月さゆるこほりのうへに霰ふりこころくだく
る玉がはのさと

左近中將良經

さゆる夜のまきのいたやの獨り寐にこころく
だけて霰ふるなり

心のほのかなる事ありて知らぬ國に
侍りける時よめる

平　康　賴

さつまがた沖の小島にわれはありと親にはつ
げよ八重の潮風

皇太后宮大夫俊成

住みわびて身を隱すべき山里にあまりくまな
き夜半の月かな

俊惠法師

ふるさとの板井のしみづ水草《みくさ》ゐて月さへすま
ずなりにけるかな

大江公景

ましばふくやどの霰に夢さめてありあけがた
の月を見るかな

藤原爲忠

ふかき夜の露ふきむすぶこがらしに空冴えの
ぼる山の端の月

夏草をよめる

源俊賴朝臣

汐みてば野島がさきの小百合葉《さゆりば》に波こす風の
吹かぬ日ぞなき

覺禪法師

修行にまかりありきける時よめる

思ひかねあくがれ出でてゆく道はあゆぐ*草葉
に露ぞこぼるる

俊成

面影に花の姿をさきだてて幾重越えきぬ峯の
しら雲**

和泉式部***

春の夜はいこそねられねおきゐつつまもるに
とまる物ならなくに

岩つつじをりもてぞみるせこがきし紅ぞめの
衣ににたれば

なつの夜は眞木《まき》の戸たたきかくたたき人だの
めなるくひななりけり

寝《ぬ》る人をおこすともなきうづみびを見つつは
かなくあかすよなよな

見えもせむ見もせむ人をあさごとにおきては
むかふかがみともがな

秋ふくはいかなる色の風なれば身にしむばか
りあはれなるらん

なげく事ありとききて、人の「いか
なる事ぞ」ととひたるに

ともかくもいはばなべてになりぬべしねに泣
きてこそみせまほしけれ

人はゆき霧はまがきに立ちどまりさも中《なか》空に
眺めつるかな

緒《を》をよわみ亂れておつる玉とこそ涙も人のめ
にはみゆらめ

（上段）
*ゆらぐ。
**この一首は俊成の家集より追加。
***十世紀末—十一世紀初期。歌集『和泉式部正・續集』。

瑠璃《るり》の地《ち》と人もみつべしわが床《とこ》は涙の玉と敷
きに敷ければ

くれぬなりいくかをかくて過ぎぬらん入相《いりあひ》の
鐘のつくづくとして

かぞふればむかしの罪の身をしらでただ目の
まへの袖ぞぬれぬる

外山《とやま》ふく嵐の風のおと聞けばまだきに冬のお
くぞしらるる

ねし床《とこ》に魂《たま》なき骸《から》をとめたらば無《な》げのあはれ
と人もみよかし

わが魂《たま》のかよふばかりの道もがなまどはむほ
どにきみをだにみん

身のうさをしるべきかぎりしりぬるを猶なげ
かるる事やなにごと

播磨のひじりのもとに

くらきよりくらきみちにぞいりぬべきはるか
にてらせ山のはの月

しはすの晦の夜

なき人のくる夜ときけど君もなしわがすむ里
や魂《たま》なきのさと

なほ尼にやなりなましと思ひたつに
も

すてはてんとおもふさへこそ悲しけれ君に馴
れにし我が身と思へば

おもひきやありて忘れぬおのが身をきみがか
たみになさむものとは

草のいと青う生ひたるをみて

わが心夏の野べにもあらなくにしげくも戀の
なり增さるかな

ひとりごとに

なけやなけわがもろ聲に呼子鳥よばばこたへてかへりくばかり

夕暮はいかなるときぞ目にみえぬ風のおとさへあはれなるかな

夜もすがら戀ひてあかせる曉はからすのさきに我ぞなきぬる

あしひきの山郭公われならば今なきぬべきここちこそすれ

ちりはててひと葉だになきふゆ山はなかなか風の音も聞えず

竹の葉にあられ降るなりさらさらに獨りは寢《ぬ》べき心地こそせね

をとこの、女のもとにやるふみをみれば、「あはれあはれ」とかきたり

あはれあはれ哀れ哀れとあはれあはれあはれいかなる人をいふらん

ときどきふみなどおこするをとこの、ひさしうおとせぬに

うきよりも忘れがたきはつらからでただにたえにし中《なか》にぞありける

秋のころ、めのさめたるに、雁のなくをききて

まどろまで哀れいくよになりぬらんただかりがねをきくわざにして

物けだつここち*に、うつしごころもなくわづらふを、問ひたるをとこに

とふやたれ我にもあらずなりにけり憂きを歎くはおなじ身ながら

冬比、荒れたる家にひとりながめて、またるる事のなかりしままに、いひあつめたる

つれづれと眺めくらせば冬の日のはるのいく

（下段）
*物の怪にとりつかれた心地。

かにことならぬかな

「ひさしくなりぬ、御ぐしまゐらん」
といふ、答《いら》へばあやしや

いとどしくあさねの髪はみだるれどつげのを
ぐしはささまうきかな

物おもへばしづ心なきよの中にのどかにもふ
る雨のうちかな

紫式部*

はじめて内わたりをみるにも、もの
のあはれなれば

身のうさは心のうちにしたひ來ていま九重《ここのへ》に
思ひ亂るる

すめる池の底まで照らす篝火《かがりび》のまばゆきまで
も憂きわが身かな

ひさしく訪れぬ人を思ひ出でたる折

さしてゆく山の端もみなかきくもり心の空に
消えし月影

花すすき葉分の露や何にかく枯れ行く野べに
消えとまるらむ

しののめの空きりわたり何時しかに秋のけし
きに世はなりにけり

何ばかり心づくしに眺めねど見しにくれぬる
秋の月かな

ふればかく憂さのみまさる世を知らで荒れた
る庭に積る白《(初)》雪

年くれてわがよふけゆく風の音に心のうちの
すさまじきかな*

（上段）
*九七八—一〇一六年(?)。家集『紫式部集』。
（下段）
*紫式部日記から。

中世篇

和歌

新古今集*

式子内親王

山ふかみ春とも知らぬ松の戸にたえだえかかる雪の玉水

藤原秀能

夕月夜しほ満ちくらし難波江のあしの若葉を越ゆるしらなみ

西行法師

降りつみし高嶺のみ雪解けにけり清瀧川の水のしらなみ

後徳大寺左大臣**

なごの海の霞の間よりながむれば入る日をあらふおきつしら浪

太上天皇*

見わたせば山もとかすむ水無瀬《みなせ》川夕べは秋となにおもひけむ

藤原家隆朝臣

霞立つすゑのまつやまほのぼのと波にはなるるよこぐもの空

藤原定家朝臣

春の夜の夢のうき橋とだえして峯にわかるるよこぐもの空

藤原定家朝臣

大空は梅のにほひにかすみつつくもりもはてぬ春の夜の月

宮内卿

薄く濃き野邊のみどりの若草にあとまで見ゆる雪のむらぎえ

（上　段）

*八代集の最後を飾る勅撰集。定家、家隆らの撰、しかし後鳥羽院親撰の性質が強い。一二〇五年。

**藤原實定。


（下　段）

*後鳥羽院。

西行法師

吉野山去年《こぞ》のしをりの道かへてまだ見ぬかたの花を尋ねむ

寂蓮法師

葛城や高間のさくら咲きにけり立田のおくにかかるしら雲

皇太后宮大夫俊成

またや見む交野《かたの》のみ野のさくらがり花の雪散る春のあけぼの

二條院讃岐

山たかみ峯の嵐に散る花の月にあまぎるあけがたのそら

太上天皇

みよし野の高嶺のさくら散りにけり嵐もしろき春のあけぼの

皇太后宮大夫俊成

駒とめてなほ水かはむ山吹のはなの露そふ井出の玉川

寂蓮法師

暮れて行く春のみなとは知らねども霞に落つる宇治の柴舟

皇太后宮大夫俊成女

いそのかみふるのわさ田をうち返し恨みかねたる春の暮かな

式子内親王

齋院に侍りける時、神《かん》だちにて

忘れめやあふひを草にひき結びかりねの野邊の露のあけぼの

皇太后宮大夫俊成

むかし思ふ草のいほりのよるの雨に涙な添へそ山ほととぎす

雨そそぐ花たちばなに風すぎてやまほととぎ
す雲に鳴くなり

西行法師

郭公ふかき峰より出でにけり外《と》山のすそに聲
の落ち來る

攝政太政大臣＊

うちしめりあやめぞかをる時鳥啼くやさつき
の雨のゆふぐれ

前大納言忠良

あふち咲くそともの木蔭つゆおちて五月雨晴
るる風わたるなり

太上天皇

郭公くもゐのよそに過ぎぬなり晴れぬおもひ
のさみだれの頃

皇太后宮大夫俊成

たれかまた花橘におもひ出でむわれもむかし
の人となりなば

式子内親王

かへり來ぬむかしを今とおもひ寐の夢の枕に
匂ふたちばな

窓近き竹の葉すさぶ風の音にいとどみじかき
うたたねの夢

西行法師

道の邊《(の)》に清水流るる柳かげしばしとてこそ立
ちとまりつれ

よられつる野もせの草のかげろひてすずしく
曇る夕立の空

從三位頼政

庭の面はまだかわかぬに夕立の空さりげなく
澄める月かな

式子内親王

（上段）
＊藤原良經。

ゆふだちの雲もとまらぬ夏の日のかたぶく山に日ぐらしの聲

前大納言忠良

夕づく日さすや庵《いほり》の柴の戸にさびしくもあるかひぐらしの聲

西行法師

おしなべて物をおもはぬ人にさへ心をつくる秋のはつかぜ

あはれいかに草葉の露のこぼるらむ秋風立ちぬ宮城野の原

式子内親王

花薄まだ露ふかし穗に出でてながめじとおもふ秋のさかりを

寂蓮法師

さびしさはその色としもなかりけりまき立つ山の秋の夕暮

西行法師

心なき身にもあはれは知られけりしぎたつ澤の秋の夕ぐれ

藤原定家朝臣

見わたせば花も紅葉もなかりけり浦のとまやの秋の夕ぐれ

西行法師

おぼつかな秋はいかなる故のあればすずろに物の悲しかるらむ

左衛門督通光

武藏野や行けども秋のはてぞなきいかなる風(か)の末に吹くらむ

攝政太政大臣

行くすゑは空もひとつのむさし野に草の原より出づる月かげ

藤原雅經

みよし野の山の秋風さ夜ふけてふるさと寒くころもうつなり

式子内親王

ふけにけり山の端ちかく月さえてとをちの里に衣うつこゑ

太上天皇

さびしさはみ山の秋の朝ぐもり霧にしをるるまきの下露

西行法師

横雲の風にわかるるしののめに山飛びこゆる初雁のこゑ

前大僧正慈圓

大江山傾く月のかげさえて鳥羽田の面に落つるかりがね

太上天皇

秋ふけぬ鳴けや霜夜のきりぎりすやや影さむしよもぎふの月

式子内親王

桐の葉もふみ分けがたくなりにけり必ず人を待つとなけれど

藤原秀能

山里の風すさまじきゆふぐれに木の葉みだれてものぞ悲しき

西行法師

月を待つたかねの雲は晴れにけりこころあるべき初時雨かな

源信明《さねあきら》朝臣

ほのぼのと有明の月の月影に紅葉吹きおろす山おろしの風

西行法師

をぐら山ふもとの里に木の葉散れば梢に晴る

る月を見るかな

式子内親王

風さむみ木の葉晴れゆく夜な夜なにのこる隈
なき庭の月影

西行法師

霜さゆる山田のくろのむら薄刈る人なしにの
こるころかな

西行法師

津の國の難波の春はゆめなれや蘆のかれ葉に
風わたるなり

寂しさに堪へたる人のまたもあれな庵《いほり》ならべ
む冬の山里

皇太后宮大夫俊成

かつ氷りかつはくだくる山河の岩間にむせぶ
あかつきの聲

式子内親王

見るままに冬は來にけり鴨のゐる入江のみぎ
は薄氷りつつ

藤原家隆朝臣

志賀の浦や遠ざかりゆく波間より氷りて出づ
るありあけの月

後徳大寺左大臣

夕なぎにとわたる千鳥波間より見ゆるこじま
の雲に消えぬる

藤原定家朝臣

駒とめて袖うち拂ふかげもなし佐野のわたり
の雪のゆふぐれ

皇太后宮大夫俊成(女)

へだてゆく世々の面影かきくらし雪とふりぬ
る年の暮かな

藤原定家朝臣

母身まかりにける秋、野分しける日、
もと住み侍りける所に罷りて

玉ゆらの露もなみだもとどまらず亡き人戀ふるやどの秋風

定家朝臣の母身まかりて後、秋の頃、
墓所近き堂にとまりてよみ侍りける

稀に來る夜半もかなしき松風を絶えずや苔のしたに聞くらむ

太上天皇

思ひ出づる折りたく柴の夕煙むせぶもうれし忘れがたみに

人におくれて歎きける人に遣はしける

西行法師

亡き跡の面影をのみ身に添へてさこそは人の戀しかるらめ

陸奥國《みちのくに》へ罷りける人に、餞《はなむけ》し侍りけるに

君いなば月待つとてもながめやらむ東《あづま》のかたの夕暮の空

都にて月をあはれと思ひしは數にもあらぬすさびなりけり

藤原定家朝臣

旅人の袖吹きかへす秋かぜに夕日さびしき山のかけはし

あづまの方に罷りけるに、よみ侍りける

西行法師

年たけてまた越ゆべしと思ひきやいのちなりけりさよの中山

太上天皇

思ひつつ經にける年のかひやなきただあらましの夕暮のそら

式子内親王
忘れてはうち歎かるるゆふべかなわれのみ知りて過ぐる月日を

わが戀は知る人もなしせく床のなみだもらすな黄楊《つげ》の小まくら

皇太后宮大夫俊成
思ひあまりそなたの空をながむれば霞を分けて春雨ぞ降る

西行法師
有明はおもひ出あれや横雲のただよはれつるしののめの空

定家朝臣
歸るさのものとや人の眺むらむ待つ夜ながらの有明の月

家隆朝臣
思ひ出《い》でよ誰がかねごとの末ならむ昨日の雲のあとの山風

西行法師
疎くなる人をなにとて恨むらむ知られず知らぬ折もありしに

今ぞ知る思ひ出でよと契りしは忘れむとてのなさけなりけり

定家朝臣
消えわびぬうつろふ人の秋の色に身をこがらしの森の下露

尋ね見るつらき心の奥の海よ汐干の潟のいふかひもなし

白妙の袖の別れに露落ちて身に沁む色の秋風ぞ吹く

搔きやりしその黑髮の筋每《すぢごと》にうち臥すほどは面影ぞ立つ

西行法師

世の中を思へばなべて散る花のわが身をさてもいづちかもせむ

後徳大寺左大臣

朽ちにけるながらの橋を來て見れば葦の枯葉に秋風ぞ吹く

攝政太政大臣

人住まぬ不破の關屋の板びさし荒れにし後はただ秋の風

伊勢に罷りける時よめる　西行法師

鈴鹿山うき世を外にふり捨てていかになりゆくわが身なるらむ

前大僧正慈圓

風になびく富士の煙の空に消えて行方も知らぬわが思かな

（下段）

西行法師

吉野山やがて出でじと思ふ身を花ちりなばと人や待つらむ

太上天皇

奥山のおどろが下も踏みわけて道ある世ぞと人に知らせむ

西行法師

古畑のそばのたつ木にゐる鳩の友よぶ聲のすごきゆふぐれ

宮内卿

竹の葉に風吹きよわる夕暮の物のあはれは秋としもなし

太上天皇

われこそは新島守よ隱岐の海の荒き波風こころして吹け*

*この一首は増鏡より追加。

西　行

水邊ノ柳

水底《みなぞこ》にふかきみどりの色見えて風に波よる川やなぎかな

よしの山こずゑの花を見し日より心は身にもそはずなりにき

あくがるる心はさても山櫻ちりなん後や身にかへるべき

花見ればそのいはれとはなけれども心の內ぞ苦しかり(る)けり

花にそむ心の(を)いかで殘りけん捨て果ててき(に)とおもふ我身に

（上段）
＊一一一八—一一九〇年。家集『山家集』。

願はくは花のもと(した)にて春死なんそのきさらぎの望月のころ

年を經て同じこずゑと匂(に)へども花こそ人にあかれざりけれ

春かぜの花の吹雪(錦)にうづもれて行きもやられぬ志賀の山みち

惜まれぬ身だにも世にはあるものをあなあやにくの花の心や

もろともに我をもぐして散りね花うき世をいとふ心ある身ぞ

梢ふく風の心はいかが(に)せんしたがふ花のうらめしきかな

夢中落花といふことを前齋院にて人々よみけるに

春風の花を散らすと見る夢はさめても胸の騷

ぐなりけり

散りて後花をおもふといふことを

青葉さへ見れば心のとまるかな散りにし花の
名殘とおもへば

行く春をとどめかねぬる夕ぐれは曙よりも哀
れなりけり

行路夏といふことを

雲雀あがる大野の茅原夏くれば涼む木蔭をね
がひてぞ行く

松風如レ秋といふことを北白川なる
所にて人々よみて又水聲秋ありとい
ふことを重ねけるに

松かぜのおとのみ何か石走《いはばし》る水にも秋はあり
けるものを

おもふにも過ぎて哀れに聞ゆるは荻の葉みだ（わた
る）る秋の夕風

播磨潟なだのみ沖にこぎ出てあたり思はぬ
月をながめん

うちつけに又來ん秋のこよひまで月故をしく
なるいのちかな

月を見て心うかれしいにしへの秋にも更に巡
りあひぬる

なにごとも變りのみゆく世の中におなじ影に（に
も）てすめる月かな

ゆくへなく月に心をすみすみて果はいかにか
ならんとすらん

ながむるもまことしからぬ心地して世に餘り
たる月の影かな

さだめなく鳥（き）やなくらん秋の夜は月の光を思
ひまがへて

影さえてまことに月の明きには心も空にうかれてぞすむ

ながむればいなや心の苦しきにいたくなすみそ秋の夜の月

もろともに影を並ぶる人もあれや月の漏りくる笹の庵に

過ぎやらで月近く行く浮雲のただよふ見れば佗しかりけり

いとへどもさすがに雲の打ち散りて月のあたりを離れざりけり

ねざめする人の心をわびしめてしぐるる音は悲しかりけり

木の葉ちれば月に心ぞあこがるるみ山がくれにすまんと思ふに

冬枯のすさまじげなる山ざとに月のすむこそ哀れなりけれ

陸奥國《みちのく》にてとしのくれによめる

常よりも心細くぞおもほゆる旅の空にて年の暮れぬる

いつか我れ昔の人といはるべきかさなる年を送りむかへて

辛くともあはずば何のならひにか身のほどしらず人を怨みん

葉がくれに散りとどまれる花のみぞ忍びし人にあふ心ちする

しらざりき雲井のよそにみし月の影を袂にやどすべしとは

物おもふ心のたけぞしられぬる(ける)よなよな月を

眺め明して
あしひきの山のあなたに君すまば入るとも月を惜まざらまし
よしさらば涙の池に身をなして心のまゝに月をやどさん
こひしさや思ひ弱るとながむればいとど心を砕く月かな
ともすれば月すむ空にあくがるる心の果をしるよしもがな
あまぐものわりなきひまをもる月の影ばかりだに相見てしがな
歎くともしらばや人のおのづから哀れと思ふことも有るべき
何となくさすがにをしき命かな有り經ば人や思ひしるとて
物おもへどかからぬ人もある物を哀なりける身のちぎりかな
中々に思ひしるてふ言の葉はとはぬに過ぎて怨めしきかな
哀々《あはれあはれ》この世はよしやさもあらばあれ來む世もかくや苦しかるべき
つくづくと物を思ふにうちそへてをり哀なる鐘の音かな
なさけありし昔のみ猶忍ばれて長らへまうき世にも有《（ふる）》かな
何事も昔をきくはなさけ有りて故あるさま《（よし）》に忍ばるるかな
長らへんと思ふ心ぞ露もなき厭ふにだにもた

らぬうき身は

思ひ出づる過ぎにし方を耻かしみあるに物憂
きこの世なりけり

世をのがれけるをりゆかりなりける
人の許へ云ひおくりける

世の中を反《そむ》き果てぬといひおかん思ひしるべ
き人はなくとも

いつの世に長き眠の夢さめて驚く事のあらん
とすらん

世の中を夢と見る見るはかなくも(哀れにも・哀れとも)猶《なほ》驚かぬ我
が心かな

亡き跡を誰としらねど鳥部山おのおのすごき
塚の夕暮

惑ひ來て悟りうべくも無かりつる心を知るは
心なりけり

晴間なく雲こそ空に滿ちにけれ月見る事は思
ひ斷たなん

春になる櫻の枝は何となく花なけれどもむつ
まじきかな

菫さく横野のつばな生ひ(老い)ぬれば思ひ思ひに人
通ふなり

ませにさく花にむつれてとぶ蝶の羨しく(き)も儚《はかな》
かりけり

秋の末に、寂然高野にまゐりて、く
れの秋によせておもひをのべけるに

なれきにし都もうとくなり果てて悲しさそふ
る秋の暮かな

何となく春になりぬときく日より心にかゝる
み吉野の山

四國のかたへぐしてまかりたりける同行の、都へかへりけるに

かへりゆく人の心をおもふにもはなれがたきは都なりけり

修行してとほくまかりけるをり、人の思ひへだてたるやうなることの侍りければ

よしさらば幾重ともなく山越えてやがても人に隔てられなん

思はずなることおもひたつよし、聞えける人の許へ、高野よりいひつかはしける

栞せでなほ山深く分け入らん憂きこと聞かぬ所ありやと

みちのくにへ修行してまかりけるに、白川の關に泊りて所がらにや常よりも月おもしろく哀れにて、能因が秋風ぞ吹くと申しけんをりいつなりけんとおもひ出られて、名殘おほく覺えければ、關屋の柱に書付ける

白川の關屋を月のもる影は人の心を止むるなりけり

十月十二日、平泉にまかりつきたりけるに、雪ふり嵐はげしく事の外あれたりけり。いつしか衣河みまほしくて、まかりむかひて見けり。河の岸につきて衣河の城しまはしたる事柄、やうかはりて物を見る心ちしけり。汀こほりて取分けさびければ

とりわきて心もしみてさえぞ渡る衣河みにきたる今日しも

松の絶間より纔《わつか》に月のかげろひてみえけるを見て

影うすみ松の絶間を漏りきつつ心ぼそくや三日月の空

山ふかみ苺《こけ》の莚《むしろ》の上に居て何心なく鳴くましらかな

今よりはあはで物をばおもふとも後うき人に
身をばまかせじ

辛《つら》からん人故身《ゆゑみ》をば恨みじと思ひしかども叫《かな》
はざりけり

いとほしやさらに心のをさなびてたまぎれら
るる戀もするかな

心から心に物を思はせて身を苦しむる我が身
なりけり

ここを又我がすみうくてうかれなば松は獨《ひとり》に
ならんとすらん

月のすむ御《み》祖《おや》川《が》原《はら》に霜さえて千鳥とほだつこ
ゑきこゆなり

いつか我このよの空をへだたらん哀々《あはれあはれ》と月を
おもひて

（下　段）
＊以下は『異本山家集』『聞書集』より。

あしよし《(よしあし)》を思ひ分くこそ苦しけれ只あらるれ
ばあられける身を

無　常

うつつをもうつつと更に思はねば夢をも夢と
何かおもはん

さきそむる花を一えだまづ折りて昔の人のた
めとおもはん＊

春をへて花のさかりにあひきつつ思ひでおほ
き我が身なりけり

立田山時雨《しぐれ》しぬべく曇る空に心の色をそめは
じめつる

浮世をばあられればあるにまかせつつ心よいた
く物なおもひそ

世をすつる人はまことにすつるかはすてぬ人

こそすつるなりけれ
ふけにける我が世の影を思ふまにはるかに月
のかたぶきにける
山里にうき世いとはん人もがなくやしく過ぎ
し昔かたらん
いづくにもすまれずばただすまであらん柴の
庵のしばしなる世に
鳥羽院に、出家《すけ》のいとま申すとてよ
める
惜むとてをしまれぬべき此世かは身をすてて
こそ身をもたすけめ
かくれなく藻にすむ蟲のみゆれども我からく
もる秋のよの月
嵯峨に住みけるに、たはぶれ歌とて
人々よみけるを
うなゐ兒がすさみに鳴らす麥笛のこゑに驚く
夏の晝臥《ひるぶし》
心からせし隠れ遊びになりなばや片隅ごとに
寄り伏せりつつ
篠《しの》ためて雀弓張る男《を》のわらは額《ひたひ》烏帽子のほし
げなるかな
地獄畫を見て
見るも憂《う》しいかにかすべき我が心かかる報ひ
の罪やありける
黒きほむらの中に、をとこをみな燃
えけるところを
なべてなき黒きほむらの苦しみは夜の思ひの
報ひなりけり
あはれみし乳房のことも忘れけり我悲しみの
苦のみおぼえて

たらちをの行方をわれも知らぬかなおなじ焰
の尾にむせぶらめ

さて扉ひらくはざまよりけはしき焰あらくいでて罪人の身にあたる音の夥しさ、申しあらはすべくもなし。焰にまくられて罪人地獄へ入りぬ。扉たてて強くかためつ。獄卒うちうなだれて歸るけしき、あらきみめには似ず哀れなり。悲しきかなや何時出づべしともなくて苦をうけむことは、ただ地獄菩薩をたのみ奉るべきなり。その御あはれみのみ心、あか月ごとにほむらの中にわけ入りて、悲しみをばとぶらひたまふなれ。地獄菩薩とは地藏の御名なり

すさみすさみ南無《なも》と稱《とな》へし契りこそならくの
底の苦にかはりけり

世の中に武者おこりて、にしひんがし北南、いくさならぬところなし。打ち續き人の死ぬる數きく夥し。まこととも覺えぬほどなり。こは何事の爭ひぞや、あはれなることの樣かなとおぼえて

死手の山こゆる絶間はあらじかし亡くなる人
の數つゞきつつ

中有の心を

いかばかり哀れなるらん夕間暮ただひとりゆ
く旅の中空《なかぞら》

建《けん》禮《れい》門《もん》院《ゐん》右《う》京《きやう》大夫《だいぶ》*

夜ふかき春雨

ふくる夜の寢覺さびしき袖の上を音にもぬら
す春の雨かな

海のみちの春のくれ

いかりおろす波間にしづむ入日こそくれ行く
春のすがたなりけれ

（下　段）

*建禮門院（清盛の娘）に仕えた女性。私家集『建禮門院右京大夫集』。平重盛の次子資盛との悲戀を歌ったこの集は平家哀史の一節といいうる。一二三二年ころの成立。

契りとかやはのがれがたくてや、思ひの外に物思はしきことそひて、*さまざま思ひみだれしころ、さとにて、**はるかに西の方をながめやる、梢は、夕日の色しづみて、あはれなるに、またかきくらししぐるるを見るにも

夕日うつる梢の色のしぐるるに心もやがてかきくらすかな

つねよりも思ふことあるころ、尾花が袖の露けきをながめいだして

露のゐる尾花が袖をながむればたぐふ涙ぞやがてこぼるる

物思へなげけとなれるながめかなたのめぬ秋の夕暮の空

雪の深くつもりたりしあした、さとにて、荒れたる庭を見いだして今日こむ人をとながめつつ、薄柳の衣、紅梅のうすぎぬなど着てゐたりしに、枯野の織物の狩衣、すはうのきぬ、紫の織物の指貫きてただひきあけて入りきたりしおもかげ、*我ありさまには似ず、いとなまめかしく見えしなど、つねに忘れがたくおぼえて、年月おほくつもりぬれど、心には近**きも、かへすがへすむづかし

年月のつもりはててもそのをりの雪のあしたはなほぞ戀しき

***人の心の思ふやうにもなかりしかば、すべて、しられずしらぬ昔になしはててあらむなど思ひしころ、

つねよりも面影にたつゆふべかな今やかぎりと思ひなるにも

よしさらばさてやまばやと思ふより心よわさのまたまさるかな

いと久しくおとづれざりしころ、夜ふかくねざめて、とかく物を思ふに、おぼえず涙やこぼれにけむ、つとめ

（上　段）
*資盛との關係を指す。
**宮中から退出して自分の家で。
（下　段）
*資盛のおもかげ。
**今のことのように思われるもの。
***資盛の心。

て見れば、花田の薄様の枕ことのほかに、かへりたれば、*

移り香もおつる涙にすすがれて形見にすべき色だにもなし

はじめつ方は、なべてあることともおぼえず、いみじう物のつつましくて、朝夕みかはすかたへの人々も、まして男たちも、知られなばいかにとのみ悲しくおぼえしかば、手習にせられし。**

こひ路には迷ひいらじと思ひしをうき契にもひかれぬるかな

車おこせつつ、人のもとへゆきなどせしに、ぬしつよく定まるべし***など聞きしころ、なれぬる枕に、硯の見えしを引きよせて、かきつくる。

たれが香に思ひうつると忘るなよ夜な夜な馴れし枕ばかりは

月の夜、れいの思ひ出でずもなくて、

おもかげを心にこめてながむれば忍びがたくもすめる月かな

壽永元暦*のころの世のさわぎは、夢とも、まぼろしとも、あはれとも、なにとも、すべてすべていふべききはにもなかりしかば、よろづいかなりしとだに思ひわかれず、なかなか思ひもいでじとのみぞいままでもおぼゆる。見し人人**の都別ると聞きし秋ざまのこと、とかくいひても思ひても、心も詞もおよばれず。まことのきはは、われも人も、かねていつと知る人なかりしかば、ただいはむ方なき夢とのみぞ、近くも遠くも、見聞く人皆まよはれし。大方の世さわがしくて、心ぼそきやうにきこえたりしころなどは、藏人頭***にて、殊に心のひまなかりしうへ、あたりなりし人も、あいなきことなりなどいふこともありて、更にまた、ありしよりけにしのびなどして、おのづか

（上　段）
＊色がさめる。
＊＊すさびにかいた歌。
＊＊＊資盛に正妻が決まる。

（下　段）
＊源平の争亂、平家の都落ち。
＊＊平家の人々。
＊＊＊資盛は。

111　建禮門院右京大夫

ら、とかくためらひてぞ物いひなどせし折折も、ただ大方のことぐさにも、*「かかる世のさわぎになりぬれば、はかなき数に唯今にてもならむことは、うたがひなきことなり。さらばさすがに、つゆばかりの哀はかけてんや。たとひ何と思はずとも、かやうにきこえ馴れても、年月といふばかりにしもなりぬるなさけに、**道の光をかならず思ひやれ、もし命たとひ今しばしなどありとも、すべて今は心を昔の身とは思はじと、思ひしたためてなむある。そのゆゑは、物をあはれとも、何のなごり、その人のことなど思ひたちなば思ふかぎりもおよぶまじ、心よわさも、いかなるべしとも身ながらおぼえねば、なにごともおもひ捨てて、人のもとへ、さてもなどいひて文やることなども、いづこの浦よりもせじと思ひとりたるを、なほざりにてきこえぬなどなおぼしそ、よろづただいまより、身をかへたると思ひなりぬるを、なほともすればもとの心になりぬべきなん、いとくちをしき」といひしことの、げにさることと聞きしも何とかいはれむ。ただ涙の外は言の葉もなかりしを、つひに*秋のはじめつ方、夢のうちの夢を聞きし心地、何にかはたとへむ。さすが心あるかぎり、この哀をいひ思はぬ人はなけれど、かつ見る人人も、わが心の友は誰かはあらむとおぼえしかば、人にもいはれず、つくづくと思ひつづけて、胸にもあまれば、佛に向ひ奉りて、泣きくらすより外のことなし。されど、げに命は限あるのみにあらず、さまかふることだにも、身を思ふやうに心に任せで、一人走り出など、はたえせぬままに、さてあらるるが、**かへすがへす心うくて、

又ためしたぐひも知らぬ憂きことを見てもさてある身ぞうとましき

いはむ方なき心地にて秋ふかく成り

(上　段)
*カツコのなかは、資盛のいい残した言葉。
**後世をきっと弔ってくれ。

(下　段)
*平家都落ちは壽永三(一一八四)年七月二十五日。
**そのまま永らえているのが。

行くけしきに、まして堪へてあるべき心地もせず、月のあかき夜、空のけしき、雲のたたずまひ、風のおと、ことに悲しきをながめつつ、行方もなき旅の空、いかなる心地ならむとのみ、かきくらさる。

いづこにていかなることを思ひつつ今宵の月
に袖しぼるらむ

夜のあけ日のくれ、なにごとを見聞くにも、片時おもひたゆむことは、いかにしてかあらむ、さればいかにしてか、せめては今ひとたび、かく思ふことをもいはむなど思ふも、かなふまじき悲しさ、ここかしことうきたるさま*など、傳へ聞くもすべていはむ方なし

いはばやと思ふことのみ多かるもさてむなし
くやつひになりなむ

おそろしきもののふども**、いくらもくだる。なにかと聞くにも、いかなることをいつ聞かむと、悲しく、心うく、泣く泣く寝たる夢につねに見しままの直衣姿にて、風のおびただしく吹くところに、いと物思はしげにうちながめてあると見て、さわぐ心に、やがてさめたる心地、いふべき方なし。ただ今も、げにさてもあるらむと思ひやられて、

波風のあらきさわぎに漂ひてさこそはやすき
空なかるらめ

あまりさわがしき心地のなごりにや、身もぬるみて*、心地もわびしければ、さらばなくなりなばやと**おぼゆ。

うき上のなほうきはてを聞かぬさきにこの世
の外によしならばなれ

と思へど、さもなきつれなさも心うし。

あるべき心地もせぬになほ堪へて今日まで
ふるぞ悲しかりける

(上　段)
*西海の波に平家一門の轉々たるさま。
**源氏の武士。
(下　段)
*發熱。
**いっそ死にたい。

またの年の春ぞ、まことにこの世の外に聞きはてにし*。そのほどのことは、ましてなにとかいはむ。皆かねて思ひしことなれど、ただほれぼれ**とのみおぼゆ。あまりにせきやらぬ涙も、かつはみる人人にもつつましければ、何とか人は思ふらめど、心地のわびしきとて引きかづきて、ねくらしてのみぞ、心のままに泣きすぐす。いかで物を忘れんと思へど、あやにくに面影は身にそひ、言の葉ごとに聞く心地して、身をせめて、悲しきこといひつくすべき方なし。ただかぎりある命にて、はかなくなどきくことをだにこそ、悲しきことにいひ思へ。これは何をかためしにせむと、かへすがへすおぼえて、

なべて世のはかなきことを悲しとはかかる夢みぬ人やいひけむ

さても今日までながらふる世のならひ心うく、明けぬくれぬとしつつ、さすがにうつし心もまじり、物をとかく思ひつづくるままに、かなしさもなほまさる心地す。はかなくあはれなりける契のほども我身ひとつのことにはあらず、同じゆかりの夢みる人*は、知るも知らぬもさすが多くこそなれど、さしあたりては、ためしなくのみおぼゆ。昔も今も、ただのどかなるかぎりある別こそあれ、かくうきことはいつかはありけるとのみ思ふもさることにて、ただとかく、さすが思ひなれにしことのみ忘れがたさ、いかでいかで今は忘れむとのみ思へど、かなはぬも悲しうて、

ためしなきかかる別れになほとまる面影ばかり身にそふぞうき

いかで今はかひなきことを歎かずて物忘れする心にもがな

忘れむと思ひてもまたたちかへりなごりなからむことぞ悲しき

（上　段）
*資盛の死。
**茫然と。
（下　段）
*平家一族と契りを結んだ悲しみの女。

夏深き頃、常にゐたる方の遣戸は、谷の方にて、見おろしたれば、竹の葉は强き日によられたるやうにて、まことに土さへさけて見ゆる世のけしきにも、わが袖ひめやと、又かきくらさるるに、ひぐらしは、繁き梢にかしがましきまでなきくらすも、友なる心地して、

こととはむ汝《なれ》もや物を思ふらむ諸共になく夏のひぐらし

そともの鳴子のおとなひも、さびしさそふ心地して、大方の四方のこずゑ、野べのけしきも、年のくれなば、皆かれ野にて、吹きはらひたる、なにとなくなごりなき世のけしきも、思ひよそへらるることおほし。

秋すぎてなるこは風に殘りけり何のなごりも人の世ぞなき

藤原定家*

ながめても定めなき世の悲しきは時雨にくもるありあけの空

なにとなく心ぞとまる山のはにことし見初むる三日月のかげ

つづきたつ蟬の諸聲《もろ》はるかにてこずゑも見えぬならの下陰

出づるより照る月かげの清見潟空さへこほる波のうへかな

くれて行くかたみにのこる月にさへあらぬ光をそふる秋かな

大方の秋のけしきはくれはててただ山の端の

(下段)

*一一六二―一二四一年。新古今集撰者の一人。家集『拾遺愚草』『拾遺愚草員外』。

ありあけの月

山深きたけのあみ戸に風さえていく夜たえぬる夢路なるらむ

咲くと見し花の梢はほのかにてかすみぞにほふ夕ぐれのそら

里びたる犬の聲にぞきこえける竹よりおくのひとのいへゐは

こもりえの蘆の下葉の浮き沈み散りうせぬ世のあぢきなの身や

思ひねの夢にもいたく馴れぬればしのびもあへず物ぞ悲しき

松蟲のこゑだにつらき夜な夜なを果はこずゑに風よわるなり

秋のみか風もこころもとどまらずみな霜がれのふゆの山ざと

おのづから人も時の間思ひ出でばそれをこの世の思出にせむ

なにとなくうらみなれたる夕べかなやよひの空の花のちる頃

眺むれば松より西になりにけり影はるかなるあけがたの月

風立ちて澤邊にかけるはやぶさの早くも秋のけしきなるかな

夕立のくもまの日影はれそめて山のこなたをわたるしら鷺

わきかぬる夢のちぎりに似たるかな夕の空にまがふかげろふ

末とほき若葉のしばふうちなびき雲雀鳴く野

のはるの夕ぐれ
冬來ぬとしぐれの音に驚けば目にもさやかに
はるる木のもと
面影にあらぬむかしもたちそひてなほしのの
めぞ旅は悲しき
きえせぬはあはれ幾世のおもひ川空しく越え
しせぜのうき涙
しぐれ行く生田のもりのこがらしに池のみく
さも色かはる頃
さゆりばのしられぬ戀もあるものを身より餘
りて行く螢かな
吹きさらふもみぢの上の霧はれて嶺たしかな
るあらし山かな
ゆきなやむ牛のあゆみに立つちりの風さへあ

つき夏の小車
行く春よわかるる方も白雲のいづれの空をそ
れとだに見む
秋を經て昔は遠きおほぞらにわが身ひとつの
もとの月かげ
冴えとほる風の上なる夕月夜あたるひかりに
霜ぞ散りくる
うつりあへぬ花のちぐさに亂れつつ風の上な
る宮城野のつゆ
僞りのなき世なりけり神無月誰《た》がまことより
しぐれそめけむ
吹きみだるゆきのくもまを行く月のあまぎる
風に光そへつつ
思ふこと誰に殘して眺めおかむこころにあま

る春のあけぼの

山里は蟬のもろごゑあきかけてそともの桐のしたば落つなり

塚ふりてその世も知らぬ春の草さらぬ別れとたれしたひけむ

おもひいづる雪ふる年よ己のみ玉きはるよの憂きに堪へたる

源實朝*

たまくしげ箱根の山の郭公《ほととぎす》むかふの里《さと》に朝な朝な鳴く

泉川ははその森になく蟬のこゑのすめるは夏のふかさか

吹く風は(の)涼しくもあるかおのづから山の蟬鳴きて秋は來にけり

萩の花くれぐれまでもありつるが月いでて見るになきがはかなき

小笹《をざさ》はら夜半に露ふく秋風をやや寒しとや蟲の鳴くらむ

ぬばたまのいもが黑髮うちなびき冬ふかき夜に霜ぞ置きける

夜を寒み河瀨にうかぶ水の泡の消えあへぬほどに氷しにけり

もののふの矢なみつくろふ小手《こて》の上に霰たばしる那須の篠原《しのはら》

笹の葉に霰さやぎてみ山べのみねの木がらししきりて吹きぬ

（上段）
*一一九二—一二一九年。歌集『金槐和歌集』。

ゆふされば鹽かぜ寒し波間より見ゆる小島《こじま》に
雪はふりつつ

かつらぎや雲をこだかみ雪しろしあはれと思
ふとしの暮かな

おく山の岩がき沼に木葉《このは》落ちてしづめるこ
ろ人知るらめや

かくれぬの下はふ蘆《あし》のみごもりに我ぞ物おも
ふ行方《ゆくへ》しらねば

箱根路《はこねぢ》をわが越えくれば伊豆の海や沖の小島《こじま》
に波の寄るみゆ

　同詣下向の後朝にさぶらひども見え
　ざりしかば詠める

旅をゆきし跡の宿守《やどもり》おれおれ*にわたくしあれ
や今朝はまだこぬ

　思罪業歌

焰のみ虚空《こくう》にみてる阿鼻《あび》地獄ゆくへもなしと
いふもはかなし

世の中は鏡にうつる影にあれやあるにもあら
ずなきにもあらず

玉くしげ箱根の海はけけれあれやふた山(國)にか
けて何(中に)かたゆたふ

紅《くれなゐ》のちしほのまふり*山のはに日の入るときの
空にぞありける

時により過ぐれば民のなげきなり八大龍王《はちだいりゆうわう》雨
やめ給へ

百人一首**

天智天皇

秋の田のかりほの庵《いほ》の苫《とま》を荒みわがころも手

(上　段)
*おのおの。
(下　段)
*幾度も染めた紅の布のような色。
**藤原定家撰といわれる。

は露にぬれつつ　（後撰集）

持統天皇
春すぎて夏來にけらし白妙の衣ほすてふ天の香具山　（新古今集）

柿本人麿
あしびきの山鳥の尾のしだり尾のなが〱し夜をひとりかもねむ　（拾遺集）

山部赤人
田子の浦にうち出でて見れば白妙の富士の高嶺に雪は降りつつ　（新古今集）

猿丸大夫《だいふ》
奥山にもみぢふみ分けなく鹿のこゑ聞くときぞ秋は悲しき　（古今集）

（大伴）中納言家持
かささぎの渡せる橋におく霜の白きを見れば夜ぞふけにける　（新古今集）

安倍仲麿
あまのはらふりさけ見れば春日《かすが》なる三笠の山に出でし月かも　（古今集）

喜《き》撰《せん》法師
わが庵《いほ》は都のたつみしかぞすむ世をうぢやまと人はいふなり　（古今集）

小野小町
花の色は移りにけりないたづらにわが身世にふるながめせしまに　（古今集）

蟬《せみ》丸《まる》
これやこの往くもかへるも別れては知るもしらぬも逢坂《あふさか》の關　（後撰集）

（小野）參議篁《たかむら》
わたの原八十島《やそしま》かけて漕《い》ぎ出でぬと人には告げよあまの釣り舟　（古今集）

僧正遍昭
天つ風雲のかよひ路ふきとぢよ小女《をとめ》のすがた
しばしとどめむ
（古今集）

陽成院
つくばねの嶺《みね》より落つるみなの川戀ぞつもり
て淵となりぬる
（後撰集）

河原左大臣
陸奥《みちのく》のしのぶもぢずり誰ゆゑに亂れそめにし
われならなくに
（古今集）

光孝天皇
君がため春の野に出でて若菜つむわが衣手《ころもで》に
雪はふりつつ
（古今集）

（在原）中納言行平《ゆきひら》
たち別れいなばの山の嶺に生ふるまつとし聞
かば今歸り來む
（古今集）

在原業平朝臣
ちはやぶる神代もきかず龍田川からくれなゐ
に水くくるとは
（古今集）

藤原敏行朝臣
住の江の岸による浪よるさへや夢のかよひ路《ぢ》
人目《ひとめ》よくらむ
（古今集）

伊勢
難波《なには》潟《がた》みじかき蘆《あし》のふしの間もあはでこの世
を過《すぐ》してよとや
（新古今集）

元良《もとよし》親王
わびぬれば今はた同じ難波なるみをつくして
も逢はむとぞ思ふ
（後撰集）

素《そ》性《せい》法師
今來むといひしばかりに長月《ながつき》のありあけの月
を待ち出づるかな
（古今集）

文《ふん》屋《や》康《やす》秀《ひで》
吹くからに秋の草木のしをるればむべ山風を

あらしといふらむ　（古今集）

大江《おほえの》千里《ちさと》

月みればちぢにものこそ悲しけれわが身ひとつの秋にはあらねど　（古今集）

菅《くわん》家《け》＊

このたびは幣《ぬさ》もとりあへず手向山《たむけやま》もみぢの錦神のまにまに　（古今集）

三條右大臣＊＊

名にしおはば逢坂山のさねかづら人にしられでくるよしもがな　（後撰集）

貞《てい》信《しん》公《こう》＊＊

小倉山《をぐらやま》峯のもみぢ葉こころあらばいまひとたびのみゆき待たなむ　（拾遺集）

（藤原）中納言兼輔

みかの原わきて流るるいづみ川いつみきとてか戀しかるらむ　（新古今集）

源宗于《むねゆき》朝臣

山里は冬ぞさびしさまさりける人目《ひとめ》も草もかれぬと思へば　（古今集）

凡河内躬恒

心あてに折らばやをらむ初霜のおきまどはせる白菊の花　（古今集）

壬生《みぶの》忠岑《ただみね》

有明《ありあけ》のつれなく見えしわかれより曉ばかりうきものはなし　（古今集）

坂上是則《これのり》

朝ぼらけ有明の月と見るまでに吉野の里にふれる白雪　（古今集）

春道列樹《はるみちのつらき》

山川《がは》に風のかけたるしがらみは流れもあへぬ紅葉なりけり　（古今集）

（上段）
＊菅原道眞。
＊＊藤原忠平。

紀　友則

久かたの光のどけき春の日にしづ心なく花のちるらむ
（古今集）

藤原興風《おきかぜ》

誰をかも知る人にせむ高砂《たかさご》の松もむかしの友ならなくに
（古今集）

紀　貫之

人はいさ心もしらずふるさとは花ぞむかしの香に匂ひける
（古今集）

清原深養父《ふかやぶ》

夏の夜はまだ宵ながら明けぬるを雲のいづこに月やどるらむ
（古今集）

文屋朝康

白露に風のふきしく秋の野はつらぬきとめぬ玉ぞちりける
（後撰集）

右《う》近《こん》＊

忘らるる身をば思はず誓《ちか》ひてし人の命のをしくもあるかな
（拾遺集）

参議（源）等《ひとし》

浅茅生《あさぢふ》の小野《をの》のしの原忍ぶれどあまりてなどか人の戀しき
（後撰集）

平　兼盛

忍ぶれど色に出でにけりわが戀はものや思ふと人の問ふまで
（拾遺集）

壬生《みぶの》忠見《ただみ》

戀すてふわが名はまだき立ちにけり人知れずこそ思ひそめしか
（拾遺集）

清原元輔＊

契りきなかたみに袖をしぼりつつ末の松山浪こさじとは
（後撰集）

權中納言（藤原）敦忠

逢ひ見ての後の心にくらぶればむかしはもの

（上段）＊右近少將藤原季縄女。
（下段）＊清少納言の父。

を思はざりけり　（拾遺集）

（藤原）
中納言朝忠

逢ふことの絶えてしなくばなかなかに人をも
身をもうらみざらまし　（拾遺集）

謙徳《けんとく》公《こう》*

あはれともいふべき人はおもほえで身のいた
づらになりぬべきかな　（拾遺集）

曾根好忠

由良《ゆら》の門《と》をわたる舟人かぢをたえ行くへも知
らぬ戀のみちかな　（新古今集）

惠慶《ゑぎやう》法師

八重むぐらしげれる宿のさびしきに人こそ見
えね秋は來にけり　（拾遺集）

源　重《しげ》之《ゆき》

風をいたみ岩うつ浪のおのれのみくだけて物
をおもふころかな　（詞花集）

大中臣能宣朝臣

みかきもり衞士のたく火の夜は燃えて晝はき
えつつものをこそ思へ　（詞花集）

藤《ふじ》原《はらの》義《よし》孝《たか》

君がためをしからざりし命さへ長くもがなと
おもひけるかな　（後拾遺集）

藤原實方《さねかた》朝臣

かくとだにえやはいぶきのさしも草《ぐさ》さしも知
らじなもゆる思ひを　（後拾遺集）

藤原道信朝臣

明けぬれば暮るるものとは知りながらなほ恨
めしき朝ぼらけかな　（拾遺集）

右大將道綱母*

なげきつつ獨りぬる夜のあくるまはいかに久
しきものとかは知る　（拾遺集）

（上　段）
*藤原伊尹《これただ》。
（下　段）
*蜻蛉日記の作者。

忘れじの行末まではかたければ今日をかぎりの命ともがな

儀同三司母《ぎどうさんしのはは》（新古今集）

瀧の音は絶えて久しくなりぬれど名こそながれてなほきこえけれ

大納言公任《きんたふ》（拾遺集）

あらざらむこの世の外の思ひ出に今ひとたびの逢ふこともがな

和泉式部（後拾遺集）

廻《めぐ》りあひて見しやそれともわかぬ間に雲がくれにし夜半の月かな

紫式部（新古今集）

ありま山ゐなのささ原風吹けばいでそよ人を忘れやはする

大貳三位*（後拾遺集）

赤染衛門

やすらはで寝なましものを小夜ふけて傾くまでの月を見しかな

（後拾遺集）

大江山いく野の道の遠ければまだふみもみず天の橋立

小式部内侍*（金葉集）

いにしへの奈良の都の八重櫻けふ九重に匂ひぬるかな

伊勢大輔《たいふ》（詞花集）

夜をこめてとりの空音《そらね》ははかるともよにあふ坂の關はゆるさじ

清少納言（後拾遺集）

今はただ思ひ絶えなむとばかりを人づてならで云ふよしもがな

左京大夫道雅《みちまさ》（後拾遺集）

朝ぼらけ宇治の川霧たえだえにあらはれわた

（藤原）權中納言定賴

（上段）*紫式部の娘。
（下段）*和泉式部の娘。

る瀬々の網《あ》代《じろ》木《ぎ》　（千　載　集）

相《さが》模《み》

恨みわびほさぬ袖だにあるものを戀にくちな
む名こそ惜しけれ　（後拾遺集）

大僧正行《ぎやう》尊《そん》

もろともにあはれと思へ山櫻花よりほかに知
る人もなし　（金　葉　集）

周防内侍

春の夜の夢ばかりなる手《た》枕にかひなく立たむ
名こそ惜しけれ　（千　載　集）

三　條　院

心にもあらでうき世にながらへば戀しかるべ
き夜半の月かな　（後拾遺集）

能　因　法　師

あらし吹く三《み》室《むろ》の山のもみぢ葉は龍田の川の
にしきなりけり　（後拾遺集）

良《りやう》暹《ぜん》法　師

さびしさに宿を立ちいでて眺むればいづこも
おなじ秋の夕ぐれ　（後拾遺集）

大納言經《つね》信《のぶ》

夕されば門田の稲葉おとづれてあしのまろ屋
に秋風ぞ吹く　（金　葉　集）

祐子内親王家紀伊

音にきく高《たか》師《し》の濱のあだ浪はかけじや袖の濡
れもこそすれ　（金　葉　集）

（大江）權中納言匡房

高砂の尾の上の櫻咲きにけり外《と》山《やま》のかすみ立
たずもあらなむ　（後拾遺集）

源俊頼朝臣

うかりける人を初瀬の山おろしはげしかれと
は祈らぬものを　（千　載　集）

藤原基俊

契りおきしさせもが露を命にてあはれ今年の秋も去《い》ぬめり　（千載集）

法性寺入道前關白太政大臣＊

わたの原こぎ出でて見れば久かたの雲ゐにまがふおきつ白浪　（詞花集）

崇徳院

瀬を早み岩にせかるる瀧川のわれても末に逢はむとぞ思ふ　（詞花集）

源兼《かね》昌《まさ》

淡路島かよふ千鳥のなく聲にいく夜ねざめぬ須磨の關守　（金葉集）

左京大夫顯輔

秋風にたなびく雲の絶え間よりもれ出づる月の影のさやけさ　（新古今集）

待賢門院堀川

長からむ心も知らず黑髪の亂れて今朝はものをこそ思へ　（千載集）

後徳大寺左大臣＊

ほととぎす鳴きつる方をながむればただ有明の月ぞのこれる　（千載集）

道因法師

思ひわびさても命はあるものを憂きにたへぬは涙なりけり　（千載集）

皇太后宮大夫（藤原）俊成

世の中よ道こそなけれ思ひ入る山のおくにも鹿ぞなくなる　（千載集）

藤原清輔朝臣

ながらへばまたこの頃や忍ばれむうしと見し世ぞいまは戀しき　（新古今集）

俊恵法師

夜もすがら物思ふ頃は明けやらで閨《ねや》のひまさ

（上段）＊藤原忠通。
（下段）＊藤原實定。

へつれなかりけり　（千載集）

西行法師

歎けとて月やはものを思はするかこち顔なる
わが涙かな　（千載集）

寂蓮法師

むら雨《さめ》の露もまだひぬ槇《まき》の葉に霧たちのぼる
秋の夕暮　（新古今集）

皇嘉門院別当

難波江のあしのかりねの一夜ゆゑ身をつくし
てや戀ひわたるべき　（千載集）

式子内親王

玉の緒よ絶えなば絶えね長らへば忍ぶること
の弱りもぞする　（新古今集）

殷富《いんぷ》門院大輔《もんいんのたいふ》

見せばやな雄島《をじま》の海士《あま》の袖だにも濡れにぞ濡
れし色はかはらず　（千載集）

後京極攝政前太政大臣*

きりぎりす鳴くや霜夜のさむしろに衣かたし
きひとりかもねむ　（新古今集）

二條院讃岐

わが袖は潮干に見えぬ沖の石の人こそ知らね
乾くまもなし　（千載集）

鎌倉右大臣**

世の中は常にもがもな渚《なぎさ》こぐ海士《あま》の小舟の綱
手かなしも　（新勅撰集）

（藤原）參議雅經

みよし野の山の秋風さよふけてふるさと寒く
衣うつなり　（新古今集）

前大僧正慈圓

おほけなくうき世の民におほふかなわがたつ
杣《そま》***にすみぞめの袖　（千載集）

（下段）
*藤原良經。
**源實朝。
***比叡山。

花さそふ嵐の庭の雪ならでふりゆくものはわが身なりけり
入道前太政大臣*　（新勅撰集）

來ぬ人をまつほの浦の夕なぎに焼くや藻鹽の身もこがれつつ
權中納言定家　（新勅撰集）

風そよぐならの小川の夕暮は御禊《みそぎ》ぞ夏のしるしなりける
從二位家隆　（新勅撰集）

人もをし人も恨めしあぢきなく世を思ふ故にものおもふ身は
後鳥羽院　（續後撰集）

ももしきや古き軒端のしのぶにもなほあまりある昔なりけり
順德院　（續後撰集）

玉葉和歌集*

永福門院**

猶さゆるあらしは雪を吹きまぜて夕暮さむき春雨の空

木木の心花ちかからし昨日けふ世はうすぐもり春雨のふる

院御製***

山の端も消えていくへの夕霞かすめるはては雨になりぬる

永福門院

山もとの鳥の聲より明けそめて花もむらむら色ぞ見えゆく

入相の聲する山の陰くれて花の木のまに月出

（上段）
*藤原公經。
（下段）
*勅撰集、京極爲兼撰。一三一三年頃成立。
**伏見院の后。
***伏見院。

でにけり

前大納言爲兼

枝にもる朝日の影のすくなきに涼しさふかき
竹のおくかな

永福門院

しをりつる風は籬《まがき》にしづまりて小萩がうへに
雨そそぐなり

永福門院内侍

吹きしをる四方の草木のうら葉見えて風にし
らめる秋の曙

院御製

秋風の寒くしなれば朝霧のやへ山こえて鴈も
來にけり

永福門院

降りまさる雨夜の閨《ねや》のきりぎりす絶え絶えに
なる聲も悲しき

河千鳥月夜をさむみ寝ねずあれや寝覺むるご
とに聲の聞こゆる

前大納言爲兼

さゆる日の時雨の後の夕山にうす雪ふりて雲
ぞ晴れゆく

永福門院

音せぬが嬉しき折もありけるよ賴みさだめて
後の夕暮

前大納言爲兼

涙の上にうつる夕日の影はあれど遠つ小島は
色くれにけり

院御製

長き夜もはや明け方や近からしねざめの窓に
月ぞめぐれる

永福門院

山風の吹き渡るかと聞くほどに檜原に雨のか
かるなりけり

前大納言爲兼

山風は垣ほの竹に吹きすてて嶺の松よりまた
響くなり

院御製

田の面より山もとさして行く鷺の近しとみれ
ば遙かにぞ飛ぶ

風雅和歌集*

院御製**

我が心春にむかへる夕暮のながめの末も山ぞ
かすめる

前大納言爲兼

沈みはつる入日のきはにあらはれぬ霞める山
のなほ奥の峯

鶯の聲ものどかに鳴きなしてかすむ日影は暮
れむともせず

うち渡す宇治のわたりの夜深きに河音すみて
月ぞかすめる

永福門院

何となく庭の梢は霞ふけて入るかた晴るる入
方の月

何となき草の花さく野べの春雲に雲雀の聲も
のどけき

花の上にしばし映ろふ夕づく日入るともなし
に影消えにけり

散り浮ける山の岩根の藤躑躅色にながるる谷
川の水

（上段）
＊勅撰集、光厳院撰、一三四八年に成る。
＊＊花園院のこと。

前大納言爲兼

おりはへていまここになく時鳥きよくすずしき聲の色かな

進子内親王

雨はれて露吹きはらふ木ずゑより風にみだるる聲のもろごゑ

永福門院

むら雀聲する竹にうつる日の影こそ秋の色になりぬれ

眞萩ちる庭の秋風身にしみて夕日の影ぞかべに消え行く

前大納言爲兼

哀れさもその色となき夕暮の尾花が末に秋ぞうかべる

永福門院

きりぎりす聲はいづくぞ草もなき白洲の庭の秋の夜の月

伏見院御製

にほひしらみ月の近づく山のはの光によわるいなづまのかげ

院御製

霧はるる田の面の末に山見えて稲葉につづく木々の紅葉ば

進子内親王

見るままに壁に消え行く秋の日の時雨にむかふうき雲の空

前中納言爲相

時雨れ行く雲間に弱き冬の日のかげろひあへず暮るる空かな

永福門院

むらむらに小松まじれる冬枯の野べすさまじき夕暮の雨

鳥の聲松の嵐の音もせず山しづかなる雪の夕ぐれ

前大納言爲兼

暮るるまでしばしば拂ふ竹の葉に風はよわりて雪ぞ降りしく

永福門院

さてもわが思ふおもひよ終《つひ》にいかに何のかひなき眺めのみして

進子内親王

今朝よなほ怪しく變るながめかないかなる夢のいかが見えつる

永福門院

なるるまの哀れにつひにひかれ來て厭ひがたくぞ今はなりぬる

今日はしも人もや我を思ひ出づる我も常より人の戀しき

山あひにをりしづまれる白雲の暫しと見ればはや消えにけり

沈みはてぬ入日は波の上にして汐干に淸き磯の松原

正《しやう》徹《てつ》*

きぬ〴〵をしたひし夜半はへだたりて徒らに立つ嶺の横雲

さても猶心まよひの山のはにほのみし雲の行くへ知らばや

かげろふのもゆる春日のおのづから積れば消えて沫雪ぞふる

(下段)

*一三八一—一四五九年。歌集『草根集』。

冱《さ》えつくす霜や氷を日のうちに集めて四方《よも》に
くだす影かな

冱えわたる天の川瀬に音はせで氷をきしる月
かとぞ見る

落ちかかる入日のしたの山の端をこえて待ち
とる沖つ白浪

くれわたる山ぎは晴れて一むらの雲に影する
秋の稲妻

おく霜も氷れる影の物ごとにきしる音して更
くる夜の月

木の間もる日影に消えて笹の葉のみ山は霜の
曇る色かな

臥しかねて又かきおこす埋火はあれどもさゆ
る閨《ねや》の月影

俤《おもかげ》に見ぬを見るかな箱根路や坂の上なるにほ
の湖

明けわたる山もと深くゐる霧の底の心よをち
こちの里

山里は庭に木の葉を巻く風の弱れば落つる聲
の淋しき

埋火のあたりをぬるみまどろめば行するゑ遠き
春の夜の夢

うき雲にほのみか月《づき》のまゆごもりいぶせくも
あるか秋の遠山

穂に出づる尾花みだれて遠《をち》かたの入日をまね
く野べの秋風

松しをる嵐にしづむ入相の聲より高き嶺の古
寺

瀧川や涙（に）もくだけて石の火の出でけるものとちる螢かな

吹きしをり野分をならす夕立の風の上なる雲よ木の葉よ

秋の日は糸よりよわきささがにのくものはたてに荻の上風

きえかねし雪の跡とやきぎすなく片山がくれ草ぞ短かき

遠方《をちかた》に鳴きたつ蟬のこゑ過ぎて梢しづかにくるる夏かな

きえ殘る雪のみ山のむら烏たえだえおのが色ぞかくるる

この夕入相のかねのかすむかな音せぬかたに春や行くらむ

花はちりぬ夕の雨もふり果てよ鳥の入るてふ雲のなきまで

あふち散る一むら雲の紫をくだきて落す野べの山風

秋はまだ照る日もつよく吹く風の身にしむべくもあらぬ空かな

霜はらひ空に聲する鴨の足の短かき冬の日は寒くして

渡りかね雲も夕をなほたどる跡なき雪の嶺のかけはし

月の中にひびきのぼると思ふまで霜夜の鐘に影ぞ冱えゆく

松の葉の夕ぐれ急ぐ色もなし雪に晴れたる遠かたの山

夕暮の心の色を染めぞおくつき果つる鐘の聲の匂ひに

松さわぐ嶺の嵐も吹きしきて入相の鐘をうづむ雲かな

見ざりつる遠き山ぎは顯れて雲のは匂ふ宵の稲妻

入日さす夕立ながら立つ虹の色もみどりに晴るる山かな

よもすがら聲をぞはこぶ世々の人雲となりにし故郷の雨

雪の上に入相の聲はかさなれど暮るる色なき山の陰かな

風きけば嶺の木の葉の中空《なかぞら》に吹き捨てられて落つる聲々

瀧のもと寄りゐる岩は水よりも身にとほるまでさゆる夏かな

哀にも鳥のしづまる林かな夕とどろきの里はのこりて

くらき夜の誰に心をあはすらん雲ぞまたたく秋の稲妻

さよ風はただ一足にしづまりて遠《をち》かたきけば雪折の聲

老いはてて寒き霜夜に消えぬべき我をいけおく埋火のもと

連歌

莵《つ》玖《く》波《ば》集*

心から憂きにぬれたる我が袂
花のしづくや雨とふるらん　花山院入道

のぼりもあへぬよどの友舟
かきくもりあやめも知らぬ五月雨に　後鳥羽院

短夜《みぢかよ》の月のゆくへも知らぬかな
鵜川のかがり影ばかりして　前参議雅経《まさつね》

闕の夕の嵐吹くなり
一木ある松にさはらぬ月清み　救済《ぐさい》法師

など我はかく心よわきぞ
僞りと思はば待たであるべきに　平時助

別れても同じうき世の中なるに
とはるることを命にぞまつ　源　氏光

かねて聞きしは同じ言の葉
この暮もまたいつはりの鐘のこゑ　二品法親王

高根の雪は幾重ともなし
月寒き比良のみづ海氷りゐて　道光法師

一村の松こそ遠き波間なれ
夕日隠れて山の端《は》もなし　權律師玄祐

貞任・宗任が衣の城おとしておひかけて

ころものたてはほころびにけり

と侍るに、馬の鼻をかへて

年を經し絲のみだれのくるしきに　安倍貞任

出づる空なき春の夜の月
故郷にまつらん人を思ひつつ　赤染右衛門

（上段）
*准勅撰集、一三五六年、二條良基撰。

發句

春の發句の中に

半天のかすみに遲きひかげかな　前大納言爲相

日影さす雲にも寒き嵐かな　前大納言尊氏

川音のうへなる月の氷かな　淨阿法師

竹《ちく》林《りん》抄《せう》*

浪風も江の南こそ長閑《のどか》なれ
難波にかすむ紀路の遠山　心敬

森のは曇る春雨の跡
人も見ぬ田中のむらに花開《さき》て　智蘊

はな一木つゝ明る春の夜
遠《をち》近《こち》の家々櫻咲つゞき　智蘊

見はてぬ月ぞ夏の空なる
茂り行《ゆく》峰の卯花《うのはな》木かぐれて　賢盛

生田の河のふかきなみだよ
をち歸りなくねは森の時鳥《ほととぎす》　賢盛

やすむかたなくさすや船人
鵜かひ火の影に手繩の數くりて　專順

たく火しめれば月ぞふけ行《ゆく》
蛬《きりぎりす》秋の神樂《かぐら》をうたふ夜に　賢盛

ちかき隣の秋の人ごゑ
火をとるや身にしむ風をふせぐ覽《らん》　能阿

こゆべき末の遠き山の端《は》
武藏野に天の原なる月更《ふけ》て　宗《そう》砌《ぜい》

哀にも眞柴折《をり》たく夕煙

（上段）
＊一四七六（文明八）年、宗祇編。

炭うる市の歸るさのやま　心敬
いかでむかしをしのびかへさん
くだる世の天津神樂の舞の袖　宗砌
雪に猶《なほ》園の呉《くれ》竹《たけ》打靡《なび》き
梅さだかなる冬の一本　專順
くやしやこゝろあぢきなの身や
一夜《ひとよ》ねし人にあさくもわがとけて　心敬
なげく思ひよ天地もしれ
國となり世となるよりの戀もうし　心敬
恨ある人やわすれてまたるらん
おもひすつれば雨のゆふぐれ　心敬
われとつくれる罪はおそろし
その色をかりのまゆ墨はなやかに　宗砌
人のかげなき里の淋しさ
一村《ひとむら》の野中の市の日も過《すぎ》て　心敬
うきもつらきも里によりけり
朝市に世をわび人の數見えて　心敬
田かへす人の袖ぞかすめる
いそのかみ布留《ふる》の山もと雨はれて　宗砌

發句

朝霞いろづく雨の木末かな　賢盛
遠近《をちこち》にかすむ一木のこずゑかな　專順
影移る星か河邊の梅の花　賢盛
雨しらぬかすみの軒の雫かな　專順
花落て鳥なく春のわかれかな　賢盛

あづまに下りし時日光山といふ寺に

上りて會侍しに卯花を

卯の花にとほき高ねや去年《こぞ》の雪　心敬

おなじこゝろを

卯《うの》花《はな》の月にかたぶく籬《まがき》かな　智蘊

今朝かるゝあやめや軒の一夜つま　宗砌

五月雨のあめこまかなるはれ間かな　賢盛

雨あをし五月の雲のむら柏　心敬

うら葉ふく秋風しろき木末かな　能阿

月は猶《なほ》てりそふほしの二夜かな　賢盛

鳥の音も色なる秋の山路かな　心敬

長月や山とりの尾のはつ時雨　智蘊

伊吹山しぐるゝ雪の麓かな　専順

（下段）

遠山は雪ふる雲のはれまかな　専順

早梅を

冬さくや一重こゝろの梅の花　専順

白雪のひかりに暮れぬ年もかな　行助

新撰菟玖波集*

おもふともわかれし人はかへらめや
ゆふぐれふかしさくらちるやま　讀人しらず

ゆきゝもかげにしげき青柳《あをやぎ》
つばめとぶ春の河づら水すみて　宗長《そうちやう》法師

くだるもはやく水ぞくれゆく
もがみ河のぼれば月のなをすみて　前中納言雅康

＊准勅撰集、一四九五（明應四）年、宗祇ら撰。

人にゆるさぬこゝろなりけり
あら鷹のねぶるまもなく夜ひへて　多々良政弘朝臣
おもへばとはぬ事もうらめし
とけてねし一よをいまは命にて　藤原景豊
うからじとてや身をばすつらん
くやしきはいとふをしらぬ恨にて　法橋兼載
世にありとてもたれかとひこん
いまは身の命をかこつ思ひにて　法眼快勝
花の比《ころ》おぼえず日をや送るらん
春草たかしかへるふるさと　宗伊法師
かすみがくれの里の一村
春草《はるくさ》に牛引かへる野はくれて　宗長法師
たれゆへにさて惜むいのちぞ
すつれども猶《なほ》あすまでの世を侘《わび》て　權大納言宣胤

發句

月いづく空はかすみのひかり哉《かな》　肖柏法師
なく鹿のこゑも色あるしぐれ哉　多々良政弘朝臣

水《み》無《な》瀬《せ》三《さん》吟《ぎん》百韻《ひやくゐん》*

賦何人連歌

一　雪ながら山もとかすむ夕かな　宗祇
二　行《ゆく》水《みづ》遠く梅にほふ里　肖柏
三　河風に一むら柳春見えて　宗長
四　舟さすおともしるきあけがた　祇
五　月やなをきり渡る夜に殘るらん　柏
六　霜おく野はら秋は暮れけり　長

（下段）
*一四八八（長享二）年正月、宗祇・肖柏・宗長による水無瀬宮への奉納連歌。

七　鳴むしの心ともなく草かれて　祇
八　かきねをとへばあらはなる道　柏
九　やまふかき里や嵐にをくるらん　長
一〇　なれぬすまゐぞ寂しさもうき　祇
二〇　夢にうらむる荻のうは風　柏
二一　みしはみな故郷人のあともなし　長
二二　老のゆくへよなにゝかゝらむ　祇

宗《そう》祇《ぎ》*發句

身やことし都をよその春霞
雪ながら山本かすむ夕哉
鐘遠くかすむや林雪の暮
白雲のたてるやいづこ花ざかり
鳥の音に花の宿とふ山路哉
空にみつ匂ひは花の千里哉
まゆにほふ遠山あをし春の海
かきつばた花に水行川邊哉
うふる田の雨になびくや秋の雲
夏山はいらかばかりの木のま哉
霧はれて河風きよし柳かげ
あさ霧は山よりさきの山路哉

（上段）

*一四二一（應永二八）—一五〇二（文龜二）年、『新撰菟玖波集』の編者の一人。その連歌集に、『萱草』『老葉』『下草』等がある。

朝ぼらけ月にわかるゝ光かな
つちくれもうごかぬ雨や一時雨《ひとしぐれ》
世にふるもさらに時雨のやどり哉
鳥の音も雲にしぐるゝ深山《みやま》哉
そめ〳〵てちるも時雨の木葉哉
霜あさの月は夜ふかき光哉
月さえて光にこもる嵐哉

犬《いぬ》筑《つく》波《ば》集*

かすみのころもすそはぬれけり
佐保姫のはるたちながらしとをして
春の野にいんぎむ講の始まりて
まづつく〳〵し袴《はかま》をぞ着る
首をのべたるあけぼのゝ空
きぬ〴〵におほ若衆の口すひて
命しらずとよしいはゞいへ
君ゆゑに腎虚《じんきよ》*せんこそ望なれ
無念ながらも嬉しかりけり
去りかぬる老い女を人に盗まれて
子を思ふゆゑ土に臥しけり
起せども深くね入りの芋頭《いもがしら》

（上　段）
*宗鑑撰。天文年間か。
（下　段）
*房事過度のための衰弱症。

歌謡

梁塵秘抄《りやうぢんひせう》*

そよや** こ柳《やなぎ》によな
下《さが》り藤の花やな さき匂《にほ》へけれ ゑりな
睦《むつ》れたはぶれ や うち靡《なび》きよな
青柳《あをやなぎ》のや や いとぞめでたきや なにな
そよな

佛は常にいませども 現《うつつ》ならぬぞあはれなる
人の音せぬ曉《あかつき》に ほのかに夢に見え給ふ

彌陀の御顔《みかほ》は秋の月 青蓮《しやうれん》の眼《まなこ》は夏の池
四十の齒ぐきは冬の雪 三十二相《さう》春の花

はかなき此の世を過《す》ぐすとて 海山《うみやま》かせぐとせし程に
萬《よろづ》の佛に疎《うと》まれて 後生《ごしやう》我が身をいかにせん

住吉四所の御前《おまへ》には 顔よき女躰《によたい》ぞおはします
男は誰ぞと尋ぬれば 松が崎なる好色漢《すきをとこ》

鈴は亮振《さや》る*藤太巫女《みこ》 目より上《かみ》にぞ鈴は振る
ゆら〱と振り上げて 目より下にて鈴振れば
懈怠《けたい》なりとて 忌忌《ゆゆ》し 神腹立ちたまふ

筑紫の門司《もじ》の關
關の關守老いにけり 鬢《びん》白し
何とて据ゑたる關の關屋の關守なれば
年の行くをば停《とど》めざるらん

（上 段）
*一一七九年？古代末期の歌謡集。後白河院編。
**「そよや」以下「よな」「や」等皆ハヤシことば。

（下 段）
*美しい音色で。

常に戀するは
空には織女流星《たなばたよばひぼし》
野邊には山鳥秋は鹿
流れの*君達《きうたち》冬は鴛鴦《をし》

我をたのめて來ぬ男　角三つ生《お》ひたる鬼にな
れ
さて人に疎《うと》まれよ　霜雪霰《しもゆきあられ》ふる水田の鳥とな
れ
さて足冷かれ　池の萍《うきくさ》となりねかし
と搖りかう搖り　搖《ゆ》られ歩《あり》け

冠者《くわじゃ》は妻《め》設《まう》けに來《き》んけるは
かまへて**二夜《ふたよ》は寢にけるは
三夜《みよ》といふ夜の夜半《よなか》ばかりの曉《あかつき》に
袴取《はかまと》りして***逃げにけるは

吾主《わぬし》は情無《なさけな》や
妾《わらは》があらじとも住まじとも　いはばこそ憎か
らめ
父《てて》や母の離《さ》けたまふ仲なれば
斬《き》るとも刻むとも　よにもあらじ

美女《びんでう》打見れば　一本葛《ひともとかづら》ともなりなばやとぞ思
ふ
本より末まで縒《よ》られればや
斬るとも刻むとも　離れ難きはわが宿世《すくせ》

君が愛せし綾藺《あやゐ》笠《がさ》
落ちにけり〱　賀茂川に　川中に
それを求むと尋ぬとせし程に
明《あ》けにけり〱　さら〱さやけの秋の夜は

御厩《みまや》の隅なる飼猿《かひざる》*は

(上　段)
*遊女。
**だまして。
***あわてふためき。
(下　段)
*馬の病気よけになる。

絆《きづな》はなれてさぞ遊ぶ　木《き》にのぼり
常盤《ときは》の山なる楢柴《ならしば》は
風の吹くにぞ　ちうとろ搖《ゆる》ぎて裏がへる

遊びをせんとや生れけん　戯れせんとや生れけん
遊ぶ子供の聲きけば　我が身さへこそ動《ゆる》がるれ*

甲斐《かひ》の國より罷り出でて
信濃《しなの》の御坂《みさか》をくれ〴〵と　はる〴〵と
鳥の子にしもあらねども　産毛《うぶげ》も變らで歸れとや

わが子は十餘に成りぬらん
巫《かうなぎ》してこそ歩《あり》くなれ**
田子の浦に汐ふむと　いかに海人集《あまびとつど》ふらん
まだしとて　問ひみ問はずみなぶるらん
いとほしや

わが子は二十《はたち》に成りぬらん
博打《ばくち》してこそ歩《あり》くなれ
國々の博黨《ばくたう》に　さすがに子なれば憎かなし
負《まか》いたまふな　王子の住吉《すみよし》西の宮

山城茄子《やましろなすび》は老ひにけり
採らで久しくなりにけり　あこかみたり*
さりとてそれをば捨つべきか
措《お》いたれ〳〵種採らむ

楠葉《くすは》の御牧《みまき》の土器作り**
土器は造れど娘の貌《かほ》ぞよき　あな美しやな
あれを三車《みくるま》の四車《よくるま》の　愛行輦《あいぎやうてぐるま》に打ち載せて
受領《ずりやう》の北の方と言はせばや

（上　段）
*遊女の感慨。
**歩きミコ。
（下　段）
*赤らんだ。
**河内國交野郡。

遊女《あそび》の好むもの　雑藝鼓小端舟《ざふげいつづみこはしぶね》*
大笠翳《かざ》し艫取女《ともとりめ》**　男の愛祈る百大夫***

娑婆にゆゆしく憎きもの
法師のあせる跳《あが》り馬に乗りて　風吹けば口開
きて
頭《かしら》白かる翁どもの若女好《わかめごの》み
姑《しうとめ》の尼君のもの妬《ねた》み

烏は見る世に色黒し
鷺は年は經《ふ》れどもなほ白し
鴨の首をば短しとて繼ぐものか
鶴の足をば長しとて切るものか

瀧は多かれど　嬉しやとぞ思ふ
鳴る瀧の水　日は照るとも絶えでとふたり
やれことつとう****

舞へ〳〵蝸牛《かたつぶり》　舞はぬものならば
馬《むま》の子や牛の子に蹴《くゑ》させてん　踏み破《わ》らせて
ん
眞《まこと》に美しく舞うたらば　華の園まで遊ばせん

居よ〳〵蜻蛉《とうばう》よ
かたしを*まゐらん　さて居たれ　働かで
簾篠《すだれしの》の先に馬の尾《を》縒《よ》り合はせて　搔ひ附けて
童冠者《わらはべ》ばらに繰らせて遊ばせん

鵜飼《うかひ》は悔《くや》しかる
何しに急いで漁《あさ》りけむ　萬却年經《としふ》る龜殺しけ
む
現世は斯くてもありぬべし　後世我が身を如
何にせんずらむ

山伏の腰に着けたる法螺貝《ほら》の　丁と落ちて

（上　段）
*水驛の遊女は小舟を操って客に對した。
**老いた遊女は母中で笠をさしかけたり、舟を操ったりした。
***遊女らの守り神。
****ハヤシことば。

（下　段）
*「挿頭《カザシ》を」か？

いと割れ　砕けて物を思ふ頃かな
淀河の底の深きに鮎《あゆ》の子の
鵜《う》といふ鳥に背《せ》中《なか》食はれて　きり〱めく
いとほしや

唯心房集*

今様

無常のあらしに　さそはるる
此のよの榮花に　よそふれば
あだなるものぞと　おもひこし
みねのさくらは　のどかなり

あるかなきかの　世の中を
なにかたとへて　おもふべき

いはもるしみづに　やどりつつ
むすべどとられぬ　月のかげ

ちぐさににほへる　あきの野の
はなはいづれも　身にぞしむ
むなしきいろぞと　おもはねば
これゆゑ生死に　かへるなる

までども〱　きみはこで
さよもなかばに　すぎにけり
荻の葉そよめく　風のおとは
來ぬ人よりも　うらめしや

ひとり物おもふ　あきのよは
まん〱としてぞ　あけがたき
またたくともし火　ほのかにて
しづかにまどうつ　あめのこゑ

（上段）
*大原三寂の一人寂然（俗名頼業）の集。短歌と今様とから成る。

さてもそのよは　きみやこし
我やゆきけむ　おぼつかな
ゆめかうつつか　たどられて
おもへど〱　あさましや

あけぬくれぬと　いふほどに
わがみははかなく　おいにけり
かがみのかげに　ふれるゆき
みればなみだも　とどまらず

田植草紙*

吉野の中のむらの中の森が撓《たわ》うだ
げに森がたわうだ　夜《よ》露に森がたわうだ
露が深うて吉野の森がたわうだ
風や吹けかし　吉野の森がのらうぞ

のぼるやら下るやら鮎が三つ連れてな
せいろう瀬*にすむ　淵へはいらいで
濁さじ　鮎とる川のかしらを
簗《やな》を打ていの　鮎とる川のしもには
鮎の白干《しらぼし》め**　もとの小潮に迷うた

つばくらに羽生え揃はば遠く立てや
養ふ親の身は苦しみ
羽を揃えて常磐《ときは》の國へたたれた
つばくらの親には心やすかれ
羽を揃えてみな一ときに立たれた

栗原を通れば　ていと落つる栗あり
破れたる袖でたまらざりけりやれ
一つ落ちつるさ夜うつ山の早《わさ》栗
繁う落つるは老葉《おいは》の栗のならひか
往《い》なうや參らうや　あの山中の栗原

（上　段）
*時代不明、廣島縣に傳わった田植歌謠。かりに中世歌謠の部に入れる。
（下　段）
*水清い瀬。
**鹽を加えずに乾したもの。

日のくれに鳴こそ二つ西へ行く
西にも池があるげな
鳴が落ちつるあの山中の小池に
鳴が契るか聲の高いは
二つ連れたる並うだ仲のよさよなう

狂言小歌*

戀や戀　我中空《われなかぞら》になすな戀
戀風が　來ては袂《たもと》に搔纒《かいもつ》れて
なう袖の重さよ　戀風は重いものかの

ハアさて　かの人の面影を
いつの春か見初《みそ》め思い初めて忘られぬ
花の緣にや　花の緣やろ

おれが殿御《とのご》は　お茶山にお茶山に

緣《えん》な盡きせぬ此の茶園《ちゃゑん》　此の茶園
茂り茂れる葉も茂れ
二人隱れて見えぬ程に　見えぬ程に

愛《いと》し若衆《わかしゅ》との小鼓《こつづみ》は　締《し》めつ緩《ゆる》めつの
調べつつ　ねいらぬ先になるかならぬか
ちちたつぽぽ　ぷぽぽいや　なるかならぬか

番匠屋《ばんじょや》の娘子《むすめご》の　召したるや帷子《かたびら》
肩に鉋箱《かんなばこ》　腰に小《こ》鑿《のみ》小ぢよんの*　木椎《さいづち》や鋸《のこぎり》
忘れたりや墨差《すみさし》　裾《すそ》に鉋屑《かんなくづ》　吹きや散らした
はつと散らしたお方に　名殘《なごり》が惜しいけれど
よ
裏《うら》や濱の手繰舟《たぐりぶね》が**　急ぐ程にの
やがて來《こ》うぞい

餘りの徒然《とぜん》に　餘りの徒然に
門《かど》に瓢簞《へうたんつ》釣るいて　折節《をりふし》風が吹いて來て

（上段）
*中世の歌謡で、狂言にとりこまれている小歌。
（下段）
*小手斧。
**網繰《アグリ》舟。

彼方《あなた》へちやつきりひよ　此方《こなた》へちやつきりひよ
ひよひよらひよひよ　瓢簞釣るいて面白や

何《なん》ぼう先《さき》の宵《よひ》よ　先の夜《よ》
忍ぶ小切戸《こきりど》がきりりと鳴る程に
誰《た》そよと思うて走り出でて見たれば
北風の山颪《やまおろし》めが吹き來て妻戸《つまど》に當《あた》りた
おやしや　吾御寮《わごりよ》と思うたりや
憂し《(ぬし)》や　へん《(緣)》なやなう　風ぢやもの

しめしめと降る雨も
西が晴るれば止むものを
何とてか我が戀の
晴れやる事のなかるろ

十七八《じふしちはち》は棹《さを》に干《ほ》いた細布《ほそぬの》
取り寄りや愛《いと》し　手繰《たぐ》り寄りや愛《いと》し

絲より細い腰を締むればい　たんとなほ愛《いと》し

引く引くとて鳴子《なるこ》は引かで*
あの殿《との》の袖引く
浦には魚《うを》取る網を引けば
鳥取る鷹野《たかの》に犬引く
何時《いつ》までか北の里に繫《つな》がれん
味氣《あぢき》なや　引き捨てばやな
此の鳴子《なるこ》　ホウイホウイ

濱千鳥の友よぶ聲は
ちりちりやちりちり
ちりちりやちりちり
ちりちりやちりちりと
散り飛んだり

山田作れば庵寢《いほね》する
何時か此の田を刈り入れて　思ふ人と寢《ね》うず

(下　段)

*引物盡しの歌。

る
寝たれば夢を見る　覺むれば鹿の音《ね》を聞く
寝にくの枕や　寝にくの庵《いほ》の枕や

綾《あや》の錦の下紐《したひも》は　解けてなかなかよしなや
柳の絲の亂れ心　いつ忘られぬ

寺々の鐘撞《つ》く奴めは憎いの
戀ひ戀ひて稀に逢ふ夜は
日の出る迄も寝よとすれば
まだ夜深きに　かうかうかうかう
かうかうかうと撞《つ》くに　又寝られぬ

ほとほとと叩いた　水鶏《くひな》にさへも身は窶《やつ》す

ただ置いて雨に打たせよ
科《とが》はの　夜更けて來たが憎いほどに

（下段）

餘所《よそ》の女﨟《ぢよろ》見て我が妻見れば　我が妻見れば
深山《みやま》の奥の馬鹿猿《こけざる》*めが　雨にしよぼ濡れて
ついつくばうたにさも似た

京《きやう》に京に流行《はや》る起上がり小法師《こぼふし》　つい轉ぶ
やよ殿だに見ればつい轉《ころ》ぶ
合點《がつてん》か合點か　合點々々々々ぢや

法師《ほふし》が母が能《のう》には　法師が母が能には
先づ春は蕨《わらび》折り　さて又夏は田を植ゑ
秋は稲扱《こ》きに行き歸り　冬にもなりぬれば
背戸《せど》の窓の明りにて、萠黄《もえぎ》の布を織るとの
素《す》袍袴《はうはかま》や十徳《じつとく》　布子《ぬのこ》の表帷子《おもてかたびら》をば
誰《た》が織りてくれうぞ、法師が母ぞ戀しき

さて汐の干《ひ》る時は、行き連れて汲まうよ

*うずくまった。

さて汐の滿つ時は　軒端《のきば》に待ちて汲まうよ
汀《みぎは》の浪のよるの汐　月影ながら汲まうよ
情《つれ》なく命永《いのちなが》らへて　秋の木《こ》の實《み》の落ちぶれて
や
何時まで汲むべきぞ味氣《あぢき》なや

あわわあわわ、てうちてうちあわわ
かぶりかぶりかぶりや　めめこめめこめめこ
や
やんまやんま　棹《さを》の先に止まり
やよ　雁金《かりがね》通れ　棹になつて通れ
往《い》んで乳飲まう　乳飲まう＊

曉の明星《みやうじやう》は　西へちろり東へちろり
ちろりちろりとする時は
扇押《あふぎおつと》取り刀佩《は》いて　太刀《たち》の柄《つか》に手うちかけて
往《い》なうよ戻らうよと言うては袂《たもと》に取り付いた
往なうとも戻らうとも　何とも其方《そなた》の御計《おんはからひ》と
言うては小腰に抱き付いた

可愛《いとし》には限《き》りなう　きりきり限《き》りなう
手も力もないもの

石河《いしこ》藤五《とうご》郎殿《らうどの》は、石を引きやるの
石に飾りの衣《きぬ》を着せて引きやるの
先づは引いた引き振《ふり》　さても引いた引き振
人目だに思はずは　するすると走りよつて
いとし腰を締めうよ＊

あの山から此の山へ　飛んで來るは何ぢやる
ろ
頭《かしら》にふつふつと二つ　細うて長うて　ぴんと
撥《は》ねたを
ちやつと推《すゐ》した兎ぢや

尼が崎から聟が來るやら　傘をさし艪《ろ》を押す
艪を押す
お方《かた》は何處に　播磨の明石《あかし》へ螺《にし》踏みに

（上　段）
＊わらべ歌。
（下　段）
＊石挽歌か。

ぞんぞりぞぞんぞりぞ　ここまでからげりや
恥かし

つと立つたは杉の木　屈《かが》うだは松の木
松の枝《えんだ》の下《さが》り枝《えんだ》が　あちへこちへすぢりもぢ
りもぢつたる中に
藤の花《はんな》がたよたよと咲き亂れて
きりりと廻つて這ひかかつたが面白いとの

室町時代小歌*

霜枯の葛《くず》の末葉《うらば》のきりぎりす
恨みては鳴き　恨みてぞ啼く

月に啼き候《そろ》
あの野に鹿が只一聲

鶯は音《ね》を出《いだ》すに細る細る
我らは忍《しの》び夫《づま》を待つに細る

若狹土産《みやげ》の皮草履《かわじやうり》
おれが履《は》かうずと思うたものを
後妻《うはなり》*がなう
しやらりしやしやらりしやと履く面《つら》の憎さよ

雪の上降る雨候《そろ》よ
添へば心の消え消え消えと

門《もん》に閂《くわんのき》えびを下《おろ》いた
押さへたとなう　押さへたとなう
例の又悋氣奴《りんきめ》が押さへたとの

君待ちて待ち兼ねて　定番鐘《ぢやうばんがね》**のその下で

（上　段）
*室町時代末期の歌謡集。閑吟集・隆達小歌と共通した歌が多い。

（下　段）
*本妻に對する次妻。
**警備用の鐘。

なう　地《ぢ》たた地たた地たた地たを蹈む
黄金庫《こがねくら》取らうか　器用《きよう》の好い殿《との》取らうか
いやおりやよからう
器用の好からう貧《ひん》な殿を

閑吟集*

西楼《せいろう》に月おちて　花の間もそひはてぬ
契ぞ薄きともし火の殘りてこがるる
影はづかしきわが身かな

なにせうぞくすんで
一期《いちご》は夢よ　ただ狂へ

宇治の川せの水車

なにとうき世をめぐるらう

思へどおもはぬふりをしてなう
おもひやせに疲候《やせそろ》

ただ人はなさけあれ
夢の〳〵〳〵きのふは今日のいにしへ
今日はあすのむかし

舟ゆけば岸うつる　涙川の瀬枕
雲はやければ月はこぶ
うはの空の心や*
うはの空かや　何ともな**

人買船は沖をこぐ
とてもうらるる身を
ただ靜《しづか》に漕げよ船頭殿

（上　段）
*中世の歌謡集。一五一八年。

（下　段）
*相手の心がうわの空であるを嘆く意。
**何としようぞ。

また湊へ舟が入るやらう
唐艪《からろ》の音がころりからりと

身はやぶれ笠よなう
着もせで掛けて置かるる

一夜馴《な》れたが名残をしさに
いでて見たれば
沖《おき》中に舟のはやさよ　霧のふかさよ

月は山田の上にあり
船は明石《あかし》の沖をこぐ
さえよ月　霧には夜舟のまよふに
さよ*〱〱ふけがたの夜
鹿のひとこゑ

一夜こねばとて　とがもなき枕を
縦な投げに　横な投げに
なよな枕よ　なよ枕

衣〱《きぬぎぬ》の砧《きぬた》の音が
枕にほろ〱〱〱とか
それをしたふは涙よなう　涙よなう

ふたり寝しもの　ひとりも〱ねられけるぞや
身はならはしよなう　身はならはしのもの哉

獨り寝はするとも　嘘《うそ》な人はいやよ
心は盡《つ》くいてせんなやなう
世の中の嘘が去《い》ねかし　嘘が

（上段）
*小夜。

人の心と堅田《かただ》の網とは
夜こそひきよけれ　夜こそよけれ
晝は人目のしげければ

あまり見たさに　そと隱れて走《はし》てきた
先づ放さいなう　放して物を言はさいなう
そぞろいとほしうて　何とせうぞなう

近世篇

俳諧

蕉風以前

順禮の棒ばかりゆく夏野哉《かな》　重《しげ》頼《より》

これはくとばかり花の吉野山　貞室

一《いち》僕《ぼく》とぼくくありく花見かな　季吟

有《あり》明《あけ》の油ぞ殘るほとゝぎす　宗因

世の中よ蝶々とまれかくもあれ

長持に春ぞ暮れ行く更衣《ころもがへ》　西鶴

鯛は花は見ぬ里もあり今日の月

浮世の月見過しにけり末《すゑ》二年

やどがへやすめば都の町はづれ

こしばりにする公《く》家《げ》衆の文

御《ご》公《こう》儀《ぎ》の御《おん》觸《ふれ》きいた時《ほと》鳥《とぎす》

牢《らう》人《にん》置くな*卯の花の宿

淋しさも薄《うす》鍋《なべ》一つたのしみて

むかし遣《つか》ひし錢ようでゐる

寢ぬに目《め》覺《ざま》すのら犬の數　友雪

俳諧師ひとり淋しき戻りあし　西鶴

（下段）

*浪人法度。

蛇《じゃ》之《の》介《すけ》*が恨《うら》みの鐘や花の暮　常《つね》矩《のり》

城見えて紙羽《カッパ》はおもしゆきの春　信徳

旅行

富士に傍《そう》て三月七日八日かな

雨の日や門《かど》提《さげ》てゆくかきつばた

さびしくて目出たきものよ一重梅

虫啼《ない》て茄子《なすび》のひとつ黄《き》也《なり》けり

名月や今宵生るゝ子もあらん

白魚やさながら動く水の色　來山

むしつてハむしつてハ捨つ春の草

菊はかえて同じ女郎ぞめでたけれ

錢《ぜに》賣《うり》*の花にまじるも都かな

見かへれば寒し日暮の山櫻

早《さ》乙女《をとめ》やよごれぬ物は歌ばかり

春雨や降るともしらず牛の目に

山のべや風より下をゆく燕

春の夢氣の違ハぬが恨《うら》めしい

靑し靑し若菜の靑し雪の原

是ほどの三味線暑し膝の上

はづかしや十六夜《いざよひ》までの二ごゝろ

（上段）
*底抜け上戸の異名。

（下段）
*金銭を賣買する者。両替をして歩く者。

眠る蝶それなりに散る牡丹かな

玉椿柱も石になりかゝり

行水《ぎやうずゐ》も日まぜになりぬ虫の聲

鑓《やり》買《かう》てもどるに寒きしぐれ哉《かな》

お奉行の名さへ覺へず年くれぬ

我《わが》寝たを首あげて見る寒さ哉《かな》

雨戸越す秋のすがたや灯の狂ひ

秋たつやはじかみ漬《づけ》もすみきつて

客盡《つき》て歸るや雪の比《び》丘《く》尼《に》舟《ぶね》

言《ごん》水《すゐ》

山《さ》茶《ざん》花《くわ》に囮《をとり》鳴く日のゆふべかな

猫逃げて梅匂ひけり朧月

菜の花や淀も桂も忘れ水

早《さ》乙《をと》女《め》の見にゆく宮の鏡かな

つむ女わが世をいのれ紅《べに》の花

牛部屋に昼みる草の螢哉

卯の花も白し夜半《なか》の天の河

七夕

星待《まつ》て水虫つるむ今宵かな

秋の夕ぐれ

法師にもあはず鳩吹く男かな

凩《こがらし》の果《はて》はありけり海の音
碁は妾に崩されてきくちどりかな
才麿《さいまろ》
笹折りて白魚のたえ〴〵青し
雨燕うつくし風を舞ふ柳
紅の裩《こん》*照ル白《はく》雨《う》の女哉《かな》
水凝《こ》りて鴨《かも》なく星の林かな
おもひ出て物なつかしき柳かな
つく〴〵といとゆふや氣のむすぼゝれ
夕ぐれのものうき雲やいかのぼり
しら雲を吹盡ッたる新樹かな

ながれより上にくだけて雲の峯
秋は夕を男は泣かぬ物なればこそ
鬼貫《おにつら》
あけぼのや麥の葉末の春の霜
永き日*を遊び暮れたり大津馬
行水のすて所なき虫のこゑ
さゝ栗の柴に刈らるゝ小春かな
飛《とぶ》鮎《あゆ》の底に雲ゆく流かな
ゆく水や竹に蟬なく相《しやう》國《こく》寺《じ》
なんとけふの暑さハと石の塵を吹《ふく》

（上　段）
*蹴出し。
（下　段）
*日永、遅日(春)。

水鳥のおもたく見えて浮きにけり

卯の花や踊崩れてほとゝぎす

秋風の吹きわたりけり人の顔

冬枯や平《びやう》等《どう》院《ゐん》の庭の面《おも》

素堂

浮《うき》葉《ば》巻《まき》葉《ば》此の蓮《れん》風《ふ》情《ぜい》過《すぎ》たらん

青海や大鼓ゆるまる春の聲

目には青葉山《やま》郭公《ほととぎす》はつ鰹

春もはや山《やま》吹《ぶき》しろく苣《ちさ》苦《にが》し

西《すゐ》瓜《くわ》獨《ひとり》野《の》分《わき》をしらぬ朝かな

朝虹やあがる雲雀《ひばり》のちから草

南《たう》瓜《なす》やずつしりと落ちて暮淋し

さびしさを裸にしけり須磨の月

夕だつや石山寺の錢のおと

網さらす松原ばかりしぐれかな

塔高し梢の秋のあらしより

あはれさやしぐるゝ比《ころ》の山《さん》家《か》集《しふ》

ふらばふれ牛は牛づれ秋のくれ

鶉聲して鼠ハふるすに歸《かへり》けり

市《し》に入《い》つてしばし心を師《し》走《はす》かな

芭蕉*

連句

『冬の日』**木枯の、の巻

笠は長途の雨にほころび、紙衣《かみこ》はとまりとまりのあらしにもめたり。わびつくしたるわび人《びと》、我さへあはれにおぼえける。むかし狂歌の才士***、此國にたどりし事をふと思ひ出て申侍る。

狂句木枯の身は竹齋《ちくさい》に似たるかな　芭蕉
誰《た》そやとばしる笠の山茶花《さざんくわ》　野《や》水《すゐ》
有明の主水《もんど》に酒屋つくらせて****　荷《か》兮《けい》
かしらの露をふるふ赤馬　重五
朝鮮のほそり薄《すすき》のにほひなき　杜《と》國《こく》
日のちりちりに野に米を苅る　正平
わが庵《いほ》は鷺に宿かすあたりにて　野水
髪はやす間《ま》をしのぶ身のほど*　芭蕉
いつはりのつらしと乳をしぼりすて**　重五
消えぬ卒塔婆《そとば》にすごすごと泣く　荷兮
影法《かげぼふ》の暁寒く火をたきて　芭蕉
あるじは貧に絶えし虚家《からいへ》　杜國
田中なる小萬***が柳落つる頃　荷兮
霧に舟曳く人はちんばか　野水
黄昏《たそがれ》を横に眺むる月細し****　杜國
隣さかしき町に下り居る　重五
二の尼に近衛《このゑ》の花の盛りき*****　野水
蝶はむぐらにとばかり鼻かむ　芭蕉
のり物に簾《すだれ》透く顔おぼろなる　重五
今ぞ恨みの矢を放つ聲　荷兮
盗人《ぬすびと》の記念《かたみ》******の松の吹折れて　芭蕉

（上　段）

*一六四四（寛永二一）—一六九四（元祿七）年。

**一六八四（貞享元）年刊。

***竹齋のこと。假名草子『竹齋物語』の主人公、山城の國の藪醫者で、狂歌をよみ、江戸に下る途中、尾張に留って狂歌をのこした。

****月の座。


（下　段）

*戀の座。

**戀の座。

***宿場女郎などを連想させる假設の人名。

****月の座。

*****花の座。

******美濃國青野村にある熊坂長範物見の松。

しばし宗祇の名を付けし水　杜國
笠ぬぎて無理にもぬるる北時雨　荷兮
冬枯《ふゆがれ》わけてひとり唐苣《たうちさ》　野水
しらしらと砕けしは人の骨か何　杜國
烏賊《いか》は夷《えびす》の國の占形《うらがた》　重五
あはれさの謎にも解けし郭公《ほととぎす》　野水
秋水一斗もりつくす夜ぞ　芭蕉
日東《じつとう》の李白*が坊に月を見て**　重五
巾《きん》に木槿《むくげ》をはさむ琵琶《びわ》打《うち》　荷兮
牛の跡とぶらふ草の夕暮に　芭蕉
箕《み》に鮗《このしろ》の魚《うを》をいただき　杜國
我が祈りあけがたの星孕むべく***　荷兮
今日は妹《いもと》の眉かきに行き****　野水
綾一重居湯《をりゆ》に志賀の花漉《こ》して*****　杜國
廊下は藤の影つたふなり　重五

『冬の日』初雪の、の巻

七　雨こゆる淺香*の田螺《たにし》ほり植へて　杜國
八　奥のきさらぎを只なきになく　野水
九　床ふけて語ればいとこなる男**　荷兮
一〇　緣さまたげの恨み殘りし***　はせを
一五　縄あみのかがりはやぶれ壁落ちて　重五
一六　こつこつとのみ地藏切る町　荷兮
一七　初花の世とや嫁入《よめり》のいかめしく****　杜國
一八　かぶろいくらの春ぞかはゆき*****　野水

『ひさご』******

九　入込《いりこみ》*******に諏訪の涌湯《いでゆ》の夕まぐれ　曲水
一〇　中にもせいの高き山伏　芭蕉

（上　段）
*石川丈山をいう。
**月の座。
***戀の座。
****戀の座。
*****花の座。
（下　段）
*雨越ゆる。
**戀の座。
***戀の座。
****花・戀の座。
*****戀の座。
******一六九〇（元祿三）年刊。
*******混浴。

一一 いふ事をただ一方へ落しけり　珍《ちん》碩《せき》
一二 ほそき筋より戀ひつのりつつ*　水
一三 物おもふ身にもの喰へとせつかれて**　蕉
一四 月見る顔の袖おもき露***　碩

『卯辰集』****

七 霰《あられ》降る左の山は菅《すげ》の寺　北枝
八 遊女四五人田舎わたらひ　曾《そ》良《ら》
九 落書に戀しき君が名も有りて　芭蕉

『猿蓑』*****市中は、の巻

市《いち》中《なか》は物のにほひや夏の月******　凡兆
あつしあつしと門《かど》々《かど》の聲　芭蕉
二番草取りも果さず穂に出でて　去來
灰うちたたくうるめ一枚　兆
この筋は銀も見知らず不自由さよ　蕉
ただとひやうしに長き脇《わき》指《ざし》*　來
草むらに蛙こはがる夕まぐれ　兆
蕗《ふき》の芽とりに行燈《あんど》ゆりけす　蕉
道心のおこりは花の蕾《つぼ》む時**　來
能《の》登《と》の七尾《ななを》の冬は住みうき　兆
魚《うを》の骨しはぶるまでの老《おい》を見て　蕉
待《まち》人《びと》入れし小《こ》御《み》門《かど》の鎰《かぎ》***　來
立ちかかり屏風《びやうぶ》を倒す女子共****　兆
湯殿は竹の簀《す》子《のこ》侘しき　蕉
茴香《うゐきやう》の實を吹落す夕嵐　來
僧やや寒く寺にかへるか　兆
猿引の猿と世を經《ふ》る秋の月*****　蕉
年に一斗の地子《ぢし》はかるなり　來
五六本生木つけたる水だまり　兆

（上段）
*戀の座。
**戀の座。
***月の座。
****一六九一（元祿四）年刊。
*****一六九一（元祿四）年刊。
******月の座。

（下段）
*むやみに。
**戀の座。
***戀の座。
****戀の座。
*****月の座。

足袋《たび》ふみよごす黑ぼこの道　蕉
追たてて早き御馬の刀持　來
でつちが荷《にな》ふ水こぼしたり　兆
戸障子もむしろがこひの賣屋敷　蕉
天上まもりいつか色づく　來
こそこそと草鞋《わらぢ》を作る月夜ざし*　兆
蚤をふるひに起きし初秋　蕉
そのままにころび落ちたる升落《ますおとし》**　來
ゆがみて蓋のあはぬ半櫃《はんびつ》　兆
草庵にしばらく居ては打ちやぶり　蕉
いのち嬉しき撰集のさた　來
さまざまに品かはりたる戀をして***　兆
浮世の果はみな小町なり****　蕉
なに故ぞ粥《かゆ》すするにも涙ぐみ　來
御留守となれば廣き板敷　兆
手のひらに虱這はする花のかげ*****　蕉
かすみうごかぬ晝のねむたさ　來

『猿蓑』鳶の羽も、の巻

一　鳶の羽もかいつくろひぬ初時雨　去來
二　一ふき風の木の葉しづまる　芭蕉
二五　うき人を枳《き》殼垣《こくがき》よりくぐらせん　芭蕉
二六　いまや別れの刀さし出す　去來
二七　せはしげに櫛でかしらをかきちらし　凡兆
二八　思ひ切つたる死狂《しにぐる》ひ見よ　史邦
二九　青天に有明月の朝ぼらけ　去來
三〇　湖水の秋の比良のはつ霜　芭蕉

『炭俵』* 振賣の、の巻

神無月二十日ふか川にて即興

（上　段）
*月の座。
**升で鼠を捕るしかけ。
***戀の座。
****戀の座。
*****花の座。
（下　段）
*一六九四（元祿七）年刊。

一　振賣《ふりうり》の雁《がん》あはれなりゑびす講*　芭蕉
二　降つてはやすみ時雨する軒　野《や》坡《は》
三　番匠《ばんしやう》が樅《もみ》の小節《こぶし》を引きかねて　孤屋
四　片《かた》はげ山に月を見るかな**　利牛
一三　上置《うはおき》の干菜《ほしな》***刻《きざ》むもうはの空****　野坡
一四　馬に出ぬ日は*****内で戀する******　芭蕉

『炭俵』梅が香に、の巻

一　梅が香にのつと日の出る山路かな　芭蕉
二　處々に雉子《きじ》の啼きたつ　野坡
三　家《や》普請《ぶしん》を春のてすきにとり付きて　同
四　上《かみ》*******のたよりにあがる米の値《ね》　芭蕉
五　宵のうちはらはらとせし月の雲********　同
六　藪越しはなす秋のさびしき　野坡

七　御頭《おかしら》へ菊もらはるるめいわくさ　同
八　娘を堅う人にあはせぬ*　芭蕉
九　奈良がよひおなじつらなる細資本《ほそもとで》**　野坡

發句

元日は田《た》毎《ごと》の日こそ戀しけれ

庭訓《ていきん》の往來《わうらい》***誰が文庫より今朝の春

都ちかき所にとしをとりて

薦《こも》を着て誰人います花のはる

三日口を閉て題正月四日

大津繪の筆のはじめは(や)何佛

蓬萊《ほうらい》に聞《きか》ばや伊勢の初便

年は人にとらせていつも若夷《えびす》****

初瀬

（上段）

*陰暦十月二十日、商家でえびす神を祭り商賣繁昌を祈る。この日には市がたち賑う。振売とは、街をふれあるいて売る呼売。

**月の座。

***飯の上にのせて盛る副食物。

****戀の座。

*****馬方が仕事に出ぬ日。

******戀の座。

*******上《かみ》方《がた》。

********月の座。

（下段）

*戀の座。

**同じ程度の細もとで。戀の座。

***漢文調でかかれた四季の消息文範。延宝期の作。

****延宝期の作。

春の夜や籠リ人《ど》ゆかし堂の隅
行《ゆく》春《はる》にわかの浦にて追付たり
行《ゆく》はるや鳥啼《なき》うをの目は泪《なみだ》
行《ゆく》春《はる》を近江《あふみ》の人とおしみける(り)
枯芝やゝかげろふの一二寸
丈六《ぢやうろく》*にかげろふ高し石の上
春雨のこしたにつたふ清水哉
春雨や蓬《よもぎ》をのばす艸《くさ》の道
不性《ぶしやう》さやかき起されし春の雨
春雨や蜂の巣つたふ屋ねの漏《もり》

伊勢にて

神垣やおもひもかけず涅《ね》槃《はん》像

二月堂に籠りて

水とりや氷の僧の沓《くつ》の音
内裏《だいり》雛《びな》人形《にんぎやう》天皇《てんわう》の御宇《ぎよう》とかや
草の戸も住《すみ》替《かは》る代ぞひなの家
青柳《あをやぎ》の泥にしだるゝ鹽干《しほひ》かな

午ノ年伊賀の山中

種芋や花のさかりを賣ありく
麥めしにやつるゝ戀か猫の妻*
猫の戀やむとき閨《ねや》の朧月

膳所へゆく人に

獺《かはうそ》の祭**見て來よ瀬田のおく

(上段)
*今はなき石台の上の本尊の高さをいう。
(下段)
*猫の戀(早春)。
**正月、獺がとった魚をならべるさまを俗に獺の祭という。

鶯や餅に糞する椽《えん》の先

永き日を(も)囀りたらぬ雲雀かな

雲雀より上にやすらふ峠かな

高野にて

父母のしきりに戀し雉子《きじ》の聲

山居

蛇くふときけば恐ろし雉の聲

雲とへだつ友かや雁の生き別れ

藻にすだく白魚やとらば消えぬべき

明ぼのやしら魚しろきこと一寸

白魚や黒き目を明ク法《のり》の網

古池や蛙飛こむ水のをと

蝶の飛《とぶ》ばかり野中の日かげ哉

此梅に牛も初音と鳴つべし

梅林

梅白し昨日や鶴をぬすまれし

御《お》子《こ》良《ら》子《ご》*の一もと床し梅の花

梅若菜まりこの宿のとろゝ汁

山里は萬《まん》歳《ざい》おそし梅の花

人も見ぬ春や鏡のうらの梅

梅が香にのつと日の出る山路かな

八九間空で雨ふる柳哉

水口《みなくち》にて二十年を經て故人に逢ふ

(下段)
*伊勢神宮で神饌のことに従う童女。

命二ツの中に活《いき》たる櫻哉

奈良七重七堂伽藍八重ざくら

故主君蟬吟公の庭前にて

さま〴〵の事おもひ出す櫻かな

乾坤無住同行二人*

よし野にて櫻見せうぞ檜の木笠

木《こ》のもとに汁も鱠《なます》も櫻かな

阿《お》蘭《らん》陀《だ》も花に來にけり馬に鞍

憂《テハ》方《ニ》知《リ》二酒《ノ》聖《ヲ》一　貧《シテハ》始《テ》覺《ル》二錢《ノ》神《ヲ》一

花にうき世我酒白く食《めし》黒し

辛《から》崎《さき》の松は花より朧にて

花の雲鐘は上野か淺草歟《か》

伊勢山田

何の木の花とはしらず匂哉

あすは檜の木とかや谷の老木のいへる事ありきのふは夢と過てあすはいまだ来らずたゞ生前一樽のたのしみの外にあすは〳〵といひくらして終に賢者のそしりをうけぬ

さびしさや華のあたりのあすならふ*

景《かげ》清《きよ》も花見の座には七《しち》兵《びやう》衞《ゑ》

酒落堂記

四方より花吹入てにほの波

草《くた》臥《びれ》て宿かる比《ころ》や藤の花

ほろ〳〵と山吹ちるか瀧の音

晝の休らひとて旅店に腰を懸て

つゝじいけて其《その》陰《かげ》に干《ひ》鱈《だら》さく女

（上　段）
*杜國同行、杜國「よし野にて我も見せうぞ檜木笠」。

（下　段）
*翌檜、檜に似る。

李下芭蕉を送る

ばせを植てまづにくむ荻の二ば哉

山路來て何やらゆかしすみれ草

衰《おとろへ》や歯に喰あてし海苔《のり》の砂

奥州名取の郡に入て中將實方の塚はいづくにやと尋待れば道より一里半ばかり左ッの方笠島といふ處に有とをしゆふりつゞきたる五月雨いとわりなく打過るに

笠島やいづこ五月《さつき》のぬかり道

暑き日を海にいれたり最上川

夏の夜や崩《くづれ》て明《あ》けしひやし物

秋ちかき心の寄《よる》や四疊半

（下段）

五月雨に御《おん》物《もの》遠《どほ》*や月の貌《かほ》

五月雨に鳰《にほ》の浮巣を見に行む

五月雨にかくれぬものや瀬田の橋

五月雨のふり殘してや光《ひかり》堂

さみだれを集《あつめ》て早し最上川

明日は落柿舎を出んにと名殘おしかりければ奥口の一間〳〵を見廻りて

五月雨や色《しき》紙《し》へぎたる壁の跡

五月雨や蠶わづらふ桑ばたけ

さみだれの空吹《ふき》おとせ大井川

雲の峯いくつ崩《くづ》れて月の山

河邊眺望

＊当時の消息文などにみられた言葉で、御疎音の意。

此あたり目に見ゆる物はみなすゞし

涼しさを我宿にしてねまる*也

涼しさやほの三か月の羽黒山

汐《しほ》越《こし》や鶴はぎぬれて海涼し

夏の月御《ご》油《ゆ》より出て赤坂**や

明石夜泊

蛸《たこ》壺《つぼ》やはかなき夢を夏の月

手を打《うて》ば木《こ》魂《だま》に明《あく》る夏の月

結ぶより早《はや》齒にひゞく泉かな

馬ぼく〳〵我をゑに見る夏野哉

一ツぬひで後に負ぬ衣がへ

粽《ちまき》結《ゆ》ふ片《かた》手にはさむ額《ひたひ》髪《がみ》

田一枚うへてたちさる柳かな

風流の初やおくの田植うた

早《さ》苗《なえ》とる手もとや昔しのぶ摺《ずり》

おもしろうてやがてかなしき鵜舟哉

佐夜中山にて

命なりわづかの笠の下涼ミ

卯月の末庵に旅のつかれをはらすほどに

夏衣いまだ虱をとりつくさず

野を横に馬牽《ひき》むけよほとゝぎす

ほとゝぎす大竹藪をもる月夜

（上段）
*寝そべるか又はあぐらをかく。
**御油・赤坂はともに五十三次の宿名。

京にても京なつかしやほとゝぎす

寄二夏艸一

時鳥《ほととぎす》啼《なく》や五尺のあやめ草

郭公《ほととぎす》聲横たふや水の上

ほとゝぎす横たふ聲や水の上

うき我を淋しがらせよかんこ鳥

這出よかひや*が下のひきの聲

かたつぶり角ふりわけよ須磨明石

閑《しづか》さや岩にしみ入《いる》蟬の聲

頓《やが》て死ぬけしきは(も)見えず蟬の聲

蚤《のみ》虱《しらみ》馬の尿《しと》する枕もと

圓覺寺の大顛和尚今年睦月の初遷化し給ふよしまことや夢の心地せらるに先道より其角が許へ申遣しける

梅こひて卯花《うのはな》拜むなみだ哉

麥の穂を力につかむ別《わかれ》哉

たけのこや稚《をさな》き時の繪のすさび

若葉して御《おん》めの雫ぬぐはゞや

あらたうと青葉若葉の日の光

幻住菴記

先《まづ》たのむ椎《しひ》の木も有《あり》夏木立

駿河路や花《はな》橘《たちばな》も茶の匂ひ

牡丹蘂《しべ》ふかく分《わけ》出《い》づる蜂の名殘哉

仙臺に入てあやめふく日也旅宿に趣

(上段)
*飼屋、養蚕室。

き畫工嘉右衞門と云もの紺の染緒付
たる草鞋二足餞すればこそ風流の
しれもの爰にいたりて其實をあらは
す

あやめ草足にむすばん草鞋《わらぢ》の緒《を》

椎の花の心にも似よ木曾の旅

行《ゆく》すゑは誰が肌ふれむ紅《べに》の花＊

朝露によごれて涼し瓜の土（泥）

晝顔に米つき涼むあはれ也

清《きよ》瀧《たき》や波に散込《ム》青松葉

石の香や夏草赤く露暑し

奥州高館にて

なつ草や兵《つはもの》どもが夢の跡

文月や六《むい》日《か》＊も常の夜には似ず

はつ秋や海も青田の一みどり

牛部屋に蚊の聲闇《くら》き殘暑哉

ひや〳〵と壁をふまへて晝寐哉

野ざらしを心に風のしむ身哉

枯枝に烏のとまりけり（たるや）秋の暮

武蔵野を出る時野ざらしを心におも
ひて旅立ければ

死にもせぬ旅寐の果よ秋の暮

雲竹自畫像

こちらむけ我もさびしき秋の暮

人聲や此道かへる秋のくれ

（上　段）
＊西華集に、「此の句はいかなる時の作にかあらん翁の句なるよし人のつたへ申されしが題しらず」とある。

（下　段）
＊陰暦七月、七夕の前夜。

176　芭　蕉

所思
此道や行《ゆく》人《ひと》なしに秋の暮

秋の夜を打崩したる咄《はなし》かな

憶フ二老杜ヲ一
髭風ヲ吹て暮秋歎ズルハ誰ガ子ゾ*

蛤のふたみにわかれ行《ゆく》秋ぞ

行《ゆく》秋《あき》や手をひろげたる栗のいが

ゑちごのくに出雲崎といふところより沖の方十八里に佐渡が島見ゆ東西三十里餘りに横折ふしたりむかしよりこのしまはこがね多く涌出で世にめでたき島にて侍るを重罪朝敵の人〳〵の遠流の地にていとおそろしき名に立り折ふし初秋七日の夜宵月入果て波の音とう〳〵とものすごかりければ
あら海や佐渡によこたふ天の川

いなづまを手にとる闇の紙燭《しそく》哉

猪もともに吹かるゝ野分かな

吹とばす石はあさまの野分哉

猿を聞く人捨子に秋の風いかに

義朝の心に似たり秋の風*

不破
秋風や藪も畠も不破の關

塚もうごけ我《わが》泣《なく》こゑは秋の風

あか〳〵と日は難面《つれなく》もあきの風

石山のいしより白し秋のかぜ

秋風のふけども青し栗のいが

（上　段）
*天和二年以前の作。

（下　段）
*守武の俳諧の連歌『独吟千句』に「上、月みてやときはのさとにかゝるらん、下、よしとも殿ににたる秋かぜ」とある。

177 芭蕉

座右之銘
人の短をいふ事なかれ
己が長をとく事なかれ

物いへば唇寒し秋の風

牛部屋に蚊の聲よはし秋の風

三日月の(に)地は朧なりそば(の花)畠

名月や池をめぐりて夜もすがら

名月や北《ほっ》國《こく》日和《びより》定《さだめ》なき

名月や門にさしくる潮頭

伊賀山中にありて
名月や(の)花かと見えて綿ばたけ

明月に麓のきりや田のくもり

於大津義仲菴
三井寺の門たゝかばやけふの月

うち出の濱にて
十六夜や海老煎《に》る程の宵の闇

月をわび身をわび拙きをわびてわぶ
と答へむとすれど問ふ人もなしなほ
わび〱て
侘《わび》テすめ月《つき》侘《わび》齋《さい》がなら茶哥*

馬に寝て殘《ざん》夢《む》月遠し茶のけぶり

みそか月なし千とせの杉を抱《だく》あらし

月はやし梢は雨を持ながら

越人を供して木曾の月見し比
俤《おもかげ》や姨《うば》ひとり泣く月の友

元祿二年つるがの湊に月を見て氣比

（下段）
*延宝九年以前の作。

の明神に詣遊行上人の古例をきく*
月清し遊《ゆ》行《ぎやう》のもてる砂の上
月さびて(よ)明智が妻の咄せむ
入《いる》月《つき》の跡は机の四《よ》隅《すみ》哉
秋もはや(ば)はらつく雨に月の形《なり》
夜ル竊《ヒソカ》ニ蟲は月下の栗を穿《うが》ッ**

同行にわかれいづるとて　行〳〵て
たふれふすともはぎのはら　曾良
といひ置たり行ものゝ悲しみ殘るものゝうらみ双鳧のわかれて雲にまよふがごとし予も又

けふよりや書《かき》付《つけ》***消さむ笠の露
西行の草鞋もかゝれ松の露
手にとらば消んなみだぞあつき秋の霜

合《ね》歡《む》の木の葉《は》越《ごし》もいとへ星のかげ

尼壽貞が身まかりけるときゝて
數ならぬ身となおもひそ玉祭り
家はみな杖にしら髮《が》の墓參
物書いて扇引さく餘《なご》波《り》哉

よしのにて
きぬたうちて我にきかせよ坊がつま
升買《かう》*て分別かはる月見かな
ひ(び)いと啼《な》く尻聲かなし夜の鹿

堅田にて
病鴈《びやうがん》**の夜さむに落て旅ね哉
むざんやな甲《かぶと》の下のきり〴〵す

（上　段）

*『奥の細道』に、「往昔、遊行二世の上人大願發起の事ありて、みづから草を刈、土石を荷ひ泥渟をかはかせて参詣往来の煩なし。古例今にたえず、神前に眞砂を荷ひ給ふ。これを遊行の砂持と申侍ると亭主のかたりける」とある。

**延宝八年の作。

***笠に記した同行二人の文字。


（下　段）

*住吉神社の神事である升市。

**「病ム雁のかた田におりて旅ね哉」（枯尾花）とあり、病雁は「やむかり」或は「やむがん」とよんだかもしれない。

179　芭　蕉

海士《あま》の屋《や》は小海老にまじるいとゞ*哉

寝たる萩や容《ヨウ》顔《ガン》無禮花の顔**

一家《ひとつや》に遊女もねたり萩と月

白露を(も)こぼさぬ萩のうねりかな

山中や菊はたおらぬ湯の匂

草の戸や日暮てくれし菊の酒***

菊の後大根の外更になし

菊の花咲や石屋の石の間《あひ》

菊の香や奈良には古き佛達

しら菊の目にたてゝ見る塵もなし

道のべの木槿《むくげ》は馬にくはれけり

あさがほに我は食《めし》くふおとこ哉

閉關之比

蕣《あさがほ》や晝は錠《じやう》おろす門の垣

芭蕉野《の》分《わき》して盥《たらひ》に雨を聞く夜哉

鷄頭や雁の來る時尚あかし

棧《かけはし》やいのちをからむつたかつら

青くてもあるべき物を唐がらし

芋あらふ女西行ならば哥よまむ

かゞの國に入

早稲《わせ》の香や分け入る右は有《あり》磯《そ》海《うみ》

雨の日や世間の秋を堺町《さかひちやう》*

(上　段)

*えびこおろぎ。

**寛文五年以前の作。

***『笈日記』に「九月九日乙州が一樽をたづさへ来りけるに」とあり、重陽の日、菊花の酒を祝うその酒。

(下　段)

*延宝六年以前の作。

見渡せば詠《ながむ》れば見れば須磨の秋*

秋十《と》年《とせ》却《かへ》つて江戸を指す古郷

おくられつおくりつはては木曾の秋

秋涼し手《て》毎《ごと》にむけや瓜《うり》なすび

秋のいろぬかみそつぼもなかりけり

此秋は何で年よる雲に鳥

秋深き隣は何をする人ぞ

伽藍なし秋のみ深き木々の奥

鹽鯛の齒ぐきも寒し魚の店《たな》

葱白く洗ひたてたるさむさ哉

から鮭*も空《くう》也《や》**の痩《やせ》も寒《かん》の内

何に此《この》師《し》走《はす》の市《いち》に行く烏

年くれぬ笠着て草鞋はきながら

乞て喰貰ふてくらひさすがにとしのくれければ

めでたき人の數にもいらむ老の暮

ふるさとや臍《ほぞ》の緒に泣く年の暮

分別の底たゝきけり年の昏《くれ》

旅人と我名よばれん初《はつ》霽《しぐれ》

初しぐれ猿も小簑をほしげ也

けふばかり人も年よれ初時雨

いづく霽《しぐれ》傘《かさ》を手にさげて歸る僧***

（上段）
*延宝六年の作。

（下段）
*乾鮭。
**空也僧。
***延宝八年の作。

此海に草鞋《わらんぢ》すてん笠しぐれ

雪見にありきて

市人《いちびと》よ此の笠うらふ雪の傘

馬をさへながむる雪の朝《あした》哉

深川雪夜

酒のめばいとゞ寐られぬ夜の雪

京まではまだ半空《なかぞら》や雪の雲

信濃路を過るに

雪ちるや穂屋《ほや》*の薄の刈残し

雪の中に兎の皮の髭つくれ

少將のあまの咄《はなし》や志賀の雪

いざ行かむ雪見にころぶ所まで

きみ火をたけよき物見せん雪まろげ

狂句こがらしの身は竹齋《ちくさい》*に似たる哉

深川冬夜ノ感

櫓《ろ》の聲波ヲうつて腹氷《はらわた》ル夜やなみだ**

茅舎買フレ水ヲ

氷苦《にが》く偃鼠《えんそ》***が咽《のど》をうるほせり

病中の吟

旅にやんで夢は枯野をかけ廻る

神無月廿日　ふか川にて即興

振《ふり》賣《うり》の雁《がん》あはれ也ゑびす講《かう》****

金屏の松の古さよ冬籠

いね〳〵と人にいはれても猶喰あらす旅のやどりどこやら寒き居心を侘

（上　段）

*薄の穂をもって作る神の御假屋。

（下　段）

*前出、一六四頁。

**天和元年、または延宝八年の作。

***どぶ鼠。天和二年の作。

****前出、一六八頁。

て

住つかぬ旅のこゝろや置火燵

ある人の追善に

埋火《うづみび》もきゆやなみだの烹《に》ゆる音

節季候《せきぞろ》*の來《く》れば風雅も師走《しはす》哉

乙州が新宅にて

人に家をかはせて我は年忘

鷹一ツ見付てうれしいらこ崎

海邊に日暮して

海くれて鴨《かも》のこゑほのかに白し

鳴海にとまりて

星崎の闇を見よとや啼く千鳥

富家《ハ》喰《クラヒ》二肌肉《ヲ》一丈夫《ハ》喫《キツス》二菜《サイ》根《ヲ》一

予ハ乏し

雪の朝獨《ひと》リ干鮭《からざけ》を嚙《かみ》得タリ

あら何共《なんとも》なやきのふは過て河豚汁《ふぐとじる》*

いきながら一つに氷る海鼠《なまこ》哉

こゝのとせの春秋市中に住侘て居を深川のほとりに移す長安は古來名利の地空手にして金なきものは行路難しと云けむ人のかしこく覺へ侍るはこの身のとぼしき故にや

柴の戸に茶を木の葉搔くあらし哉

寒菊や粉糠《こぬか》のかゝる臼の端

世にふるも(は)さらに宗祇のやどり哉**

ものひとつ瓢《ひさご》はかろきわが世哉

（上段）

*師走の中頃より「せきぞろ」といって、祝詞を唱えながらあるく乞食。「せきぞろ」とは節季で候の意であろう。

（下段）

*延宝五年の作。

**宗祇「世にふるもさらに時雨のやどり哉」。

おくのほそ道

冒頭

月日は百代《はくだい》の過客《くわかく》にして、行《ゆき》かふ年も又旅人也。舟の上に生涯をうかべ馬の口とらえて老《おい》をむかふる物は、日々《ひび》旅にして旅を栖《すみか》とす。古人も多く旅に死せるあり。予もいづれの年よりか、片雲《へんうん》の風にさそはれて、漂泊の思ひやまず海濱にさすらへ、去年《こぞ》の秋江上《かうじやう》の破屋《はをく》に蜘の古巣をはらひて、やゝ年も暮《くれ》春立《たて》る霞の空に白川の關こえんと、そゞろ神《がみ》の物につきて心をくるはせ、道祖神《だうそじん》のまねきにあひて取《とる》もの手につかず、もゝ引《ひき》の破《やぶれ》をつゞり笠《かさ》の緒《を》付《つけ》かえて、三里に灸すゆるより松嶋の月先《まづ》心にかゝりて、住《すめ》る方《かた》は人に譲り杉風《さんぷう》が別墅《べつしよ》に移るに、

草の戸も住替《すみかは》る代《よ》ぞひなの家

面八句《おもてはちく》を庵《いほり》の柱に懸置《かけおく》。

旅立

彌生《やよひ》も末の七日《なぬか》、明ぼのゝ空朧々《ろうろう》として、月は在明《ありあけ》にて光おさまれる物から、不二《ふじ》の峯幽《みねかすか》にみえて、上野谷中《うへのやなか》の花の梢《こずゑ》又いつかはと心ぼそし。むつましきかぎりは宵よりつどひて、舟に乘て送る。千じゆと云《いふ》所にて船をあがれば、前途三千里のおもひ胸にふさがりて、幻のちまたに離別の泪をそゝく。

行《ゆく》春や鳥啼魚《なきうを》の目は泪《なみだ》

是《これ》を矢《や》立《たて》の初《はじめ》として行道《ゆくみち》なをすゝまず。人々は途中に立《たち》ならびて、後《うしろ》かげのみゆる迄は見送《おくる》なるべし。

蕉門

其《き》角《かく》

日の春をさすがに鶴の歩み哉《かな》

鐘ひとつ賣れぬ日はなし江戸の春
鶯の身をさかさまに初音哉
水影や鼯《むささび》わたる藤の棚
京町*の猫通ひけり揚《あげ》屋町《やまち》**
美しき顔かく雉子の距《けづめ》かな
越後屋***にきぬさく音や更衣《ころもがへ》
子規《ほととぎす》一《いち》二《に》の橋の夜明かな
蚊柱にゆめのうき橋かゝるなり
夕立や田を見めぐりの神ならば
秋の空屋上《をのへ》の杉をはなれたり
聲かれて猿の歯白し峯の月

鯛は花は江戸に生れてけふの月
此の木戸や鎖《じやう》のさゝれて冬の月
夜神樂や鼻息しろき面《めん》のうち

傾廓

時鳥《ほととぎす》あかつき傘を買はせけり
夕顔や一臼のこす花の宿

嵐《らん》雪《せつ》

濡縁や薺《なづな》こぼるゝ土ながら
梅一《いち》輪《りん》一輪ほどの暖かさ
出《で》がはり*や幼心《をさなごころ》に物あはれ
石女《うまずめ》の雛かしづくぞ哀れなる
竹の子や兒《ちご》の歯ぐきのうつくしき

(上段)
*吉原の京町。
**傾城町。
***三井呉服店。
(下段)
*三月五日、九月五日の二回、奉公人が雇傭期間をおえて入れ替ること。

名月や烟《けむり》這ひゆく水のうへ
沙魚《はぜ》釣るや水《すゐ》村《そん》山《さん》廓《くわく》酒《しゆ》旗《き》の風
蒲團着て寝たる姿や東山
今少し年より見たし鉢《はち》たたき*
黄菊白菊其外の名はなくもがな
鴨《かも》おりて水まで歩む氷かな

丈草

大原や蝶の出て舞ふ朧月
我が事と鯲《どぢやう》の逃げし根《ね》芹《ぜり》哉
春雨や抜け出たまゝの夜着の穴
うづくまる薬のもとの寒さかな**

引よせてはなしかねたる柳かな
取つかぬ心でうかぶ蛙かな
花曇り田《た》螺《にし》のあとや水の底
時鳥《ほととぎす》啼くや湖水のさゝ濁り
蚊帳を出て又障子あり夏の月
水底の岩に落つく木の葉かな
幾人かしぐれかけぬく勢田の橋
下京《しもぎやう》をめぐりて火燵行《あん》脚《ぎや》かな
鷹の目の枯野に居《すわ》る嵐かな
水底を見て來た顔の小鴨哉
山鼻や渡りつきたる鳥の聲

(上段)
*鉦を叩いて家家をまわって歩く空也念佛の僧。
**師・芭蕉の病床に侍しての吟。

去來

元日や家に譲りの太刀佩《はか》ん
うごくとも見えで畑うつ男かな
何事ぞ花見る人の長《なが》刀《がたな》
郭公《ほととぎす》なくや雲雀と十文字
湖の水まさりけり五月雨
舟乗の一《ひと》濱《はま》留守ぞ芥子の花
螢火や吹とばされて鳰《にほ》のやみ
葉がくれをこけ出て瓜の暑さかな
岩鼻やこゝにもひとり月の客
初露や猪《ゐ》の臥《ふす》芝の起上り
秋風やしら木の弓に弦はらん
木枯の地にも落さぬしぐれ哉《かな》
おう〱といへど敲《たた》くや雪の門
荒礒やはしり馴たる友千鳥
鴨なくや弓矢を捨て十余年
尾《を》頭《がしら》の心もとなき海鼠《なまこ》哉
有明にふりむきがたき寒さ哉
瀧つぼもひしげと雉子のほろゝかな
高潮や海より暮てうめの花
振《ふる》舞《まひ》や下《しも》座《ざ》に直《なほ》る去《こ》年《ぞ》の雛《ひな》
花守や白き頭をつきあはせ

猪の寝にゆく方や明の月

鳶の羽も刷《かいつくろひ》ぬはつしぐれ

いそがしや沖の時雨の眞帆片帆

翁の病中祈禱の句

木がらしの空見直すや鶴の聲

傷二亡師終焉一

わすれ得ぬ空も十《じふ》夜《や》*の泪《なみだ》かな

許六

苗《なは》代《しろ》の水に散り浮く櫻哉《かな》

十《とを》團《だ》子**も小粒になりぬ秋の風

大《おほ》髭《ひげ》に剃刀《かみそり》の飛ぶ寒さ哉

朝鹿の身ぶるひ高し堂の椽

新《しん》藁《わら》の屋根の雫や初しぐれ

下京《しもぎやう》の果のはてまで十夜かな

支考

馬の耳すぼめて寒し梨の花

出《で》女《をんな》*の口紅をしむ西瓜かな

歌書よりも軍書にかなし吉野山

北枝

田を賣りていとゞ寝られぬ蛙哉《かな》

牡丹散つて心もおかず別れけり

さびしさや一尺消てゆくほたる

しら露もまだあらみの**行衛哉

おもしろもなうて身にしむ神樂かな

（上　段）

*浄土宗の法要。陰暦十日六日から同十五日まで十晝夜の間念佛を修す。

**駿河國宇津の山の名物。

（下　段）

*宿場驛の飯盛女。

**「あらみの」は新しい藁で作った簑、しら露のまばらに置く、にかけてある。この句の前に「贈簑」とある。

山伏の火をきりこぼす花野哉《かな》

野坡《やは》

猫の戀初手から鳴て哀也

夕すゞみあぶなき石にのぼりけり

桃隣

たくましき松も眠るや春の雨

白桃や雫も落ちず水の色

晝舟に乗るや伏見のもゝの花

眞直に霜をわけたり長慶寺

つゝみかねて月とり落すしぐれ哉《かな》

杜國

うれしさは葉がくれ梅の一つ哉

馬はぬれ牛は夕日の村しぐれ

芭蕉翁をおくりてかへる時

この比《ごろ》の氷ふみわる名殘かな

木履《ぼくり》はく僧もありけり花の雨

年の夜や吉野見てきた檜笠《ひのきがさ》

杉風《さんぷう》

子や待たん餘り雲雀《ひばり》の高上リ

越人《えつじん》

うらやまし思ひ切る時猫の戀

山寺に米搗《つ》く程の月夜哉《かな》

雁がねも靜かに聞けばからびずや

惟然《ゐぜん》

更《ふけ》行《ゆく》や水田のうへの天の川

ひだるさに馴てよく寝る霜夜哉
どつかりと上から臼がこけました
凡兆

灰捨てて白梅うるむ垣根かな
鶯や下駄の歯につく小田*の土
藏並ぶ裏は燕のかよひ道
花散るや伽《が》藍《らん》の樞《くるる》**落し行く
市《いち》中《なか》は物のにほひや夏の月
すゝしさや朝草門ンに荷ひ込《こむ》
灰《あ》汁《く》桶《をけ》の雫やみけりきり〴〵す
上《うへ》行《ゆく》と下くる雲や秋の天《そら》

朝露や鬱《う》金《こん》畠《ばたけ》の秋の風
百《も》舌鳥《ず》鳴や入日さし込《こむ》女《め》松原
しぐるゝや黒木積む屋の窓明り
炭竈に手負の猪《しし》の倒れけり
門前の小家もあそぶ冬《とう》至《じ》かな
呼かへす鮒賣見えぬあられ哉
下《しも》京《ぎやう》や雪つむ上の夜の雨
長々と川一筋や雪の原
浪《らう》化《くわ》

首たてて鵜のむれのぼる早瀬哉《かな》
青空の底といふべき柳かな

（上段）
*小田は歌語で土に同じ。
**落し戸の桟。

稲むしろ近江の國のひろさかな

雨に猶《なほ》宵の雛《ひいな》の品さだめ

乙《おつ》由《いう》

閑居鳥われも淋しいか飛んでゆく

高野木食堂にて

猶《なほ》哀《あはれ》栗も蜜柑も花の時

曾《そ》良《ら》

秋鴉主人の佳景に對す

山も庭もうごきいるゝや夏座敷

行《ゆき》〱てたふれ伏《ふす》とも萩の原*

伊賀の境にて

なつかしや奈良の隣の一時雨

路《ろ》通《つう》

芭蕉葉は何になれとや秋の風

鳥どもも寝入つて居るか余吾《よご》の海*

いね〱と人に言はれつ年の暮

荷《か》兮《けい》

陽炎やとりつき兼《かね》る雪の上

鵜《う》のつらに篝《かがり》こぼれて憐《あはれ》也

こがらしに二日の月のふきちるか

涼《りやう》菟《と》

木枯の一日吹いて居りにけり

史《し》邦《はう》

廣澤やひとりしぐるゝ沼《ぬま》太《た》郎《らう》**

膝つきにかしこまり居る霰かな

初雪に鷹部屋のぞく朝朗《ぼらけ》

（上　段）

*『奥の細道』に「曾良は腹を病て、伊勢の國長嶋と云所にゆかりあれば、先立て行に」とある。

（下　段）

*近江國伊香郡、琵琶湖の北にある小湖。

**鳥、鴻《ヒシクイ》の一種。

千那《せんな》

常齋《じやうとき》＊にはづれてけふは花の鳥

時雨きや竝びかねたる魦《いさざ》ぶね

裾道《きよだう》

澁柿をながめて通る十夜かな

珍碩《ちんせき》

鳩ふく＊＊や澁柿原の蕎麥畠

高土手に鶸《ひは》の鳴《なく》日《ひ》や雲ちぎれ

蕪村＊＊＊

三椀の雜煮かゆるや長者ぶり

遲き日＊＊＊＊のつもりて遠きむかしかな

けふのみの春をあるひて仕舞けり

ゆく春や横河《よかは》へのぼるいもの神＊

橋なくて日暮れんとする春の水

足よは＊＊のわたりて濁るはるの水

春雨や人住ミて煙壁を洩る

物種の袋ぬらしつ春のあめ

春雨や小磯の小貝ぬるゝほど

はるさめや暮れなんとしてけふも有

陽炎や名もしらぬ虫の白き飛

春の海終日《ひねもす》のたり〳〵哉

(上　段)

＊斎は僧の食事で、常斎は時間の定っている食事。

＊＊秋の季語、鳩の聲をまねる。

＊＊＊一七一六(享保元)七八年一一三(天明三)年。

＊＊＊＊遅日。

(下　段)

＊疱の神。

＊＊足弱。

ゆく春やおもたき琵琶の抱《だき》ごゝろ

おぼろ月蛙に濁る水や空*

春雨やゆるい下駄借す奈良の宿

春の水山なき國を流れけり

やぶ入の夢や小豆《あづき》の煮《に》ゆるうち

畑うつやうごかぬ雲もなくなりぬ

よもすがら音なき雨や種俵

箱を出る貌《かほ》わすれめや雛二對

雛見世の灯を引ころや春の雨

几巾《いかのぼり》きのふの空のありどころ

うぐひすのあちこちとするや小家がち

龜山*へ通ふ大工やきじの聲

燕啼て夜蛇をうつ小家哉

うつゝなきつまみごゝろの胡蝶哉

青柳や芹《せり》生《ふ》**の里のせりの中

草菴

二もとの梅に遅速を愛す哉

白梅や墨芳《かんば》しき鴻《こう》鸕《ろくわん》館***

しら梅や誰《た》がむかしより垣の外

舞《まひ》〳〵《まひ》****の場もふけたり梅がもと

隈《すみ》〳〵《ずみ》に殘る寒さやうめの花

梅遠《をち》近《こち》南《みんなみ》すべく北すべく

(上　段)
*新後拾遺集「水上の月を、水や空空や水とも見えわかず通ひてすめる秋の夜の月」。

(下　段)
*丹波亀岡。
**洛北にある地名。
***鴻臚館の誤。昔外國の賓客を接待した館舍。
****幸若の舞。

これきりに徑《こみち》盡きたり芹の中
玉《たま》人《すり》*の座右にひらくつばき哉
琴心挑美人**
妹が垣根さみせん草***の花咲きぬ
紅梅や比丘《びく》より劣る比丘尼寺
山吹や井手を流るゝ鉋屑《かんなくづ》
嵯峨へ歸る人はいづこの花に暮れし
菜の花や鯨もよらず海暮れぬ
しら梅に明る夜ばかりとなりにけり
石高な都よ花のもどり足
なのはなや晝ひとしきり海の音

短夜や芦間流るゝ蟹の泡
日帰りの兀《はげ》山越るあつさ哉
麥秋や狐のゝかぬ小百姓
さみだれや大河を前に家二軒
おろし置く笈《おひ》に地震《ナヘフル》なつ野哉
石工の鑿冷したる清水かな
二人してむすべば濁る清水哉
夕だちや草葉をつかむむら雀
うきくさも沈むばかりよ五月雨
更衣《ころもがへ》野路の人はつかに白し

(上段)
*玉を磨く玉造りの職人。
**司馬相如が、琴心(琴をもって意を逹す)を以て文君を挑んだ故事(史記)。
***三味線草を琴になぞらえた。

御手討の夫婦なりしを更衣
草の雨祭の車過てのち
鮒ずしや彦根が城《じやう》に雲かゝる
夏百日墨もゆがまぬこゝろかな
涼しさや鐘をはなるゝかねの聲
繪團《あうちは》のそれも清十郎にお夏かな
朝かぜのふきさましたる鵜川哉
鮓《すし》おしてしばし淋しきこゝろかな
寂寞《じやくまく》と晝間を鮓のなれ加減
鞘走《さやばし》る友切丸*やほとゝぎす
子規《ほととぎす》柩《ひつぎ》をつかむ雲間より

閑居鳥寺見ゆ麥林寺とやいふ*
鮎くれてよらで過《すぎ》行《ゆく》夜半の門
古井戸や蚊に飛ぶ魚の音くらし
夕風や水青鷺の脛《はぎ》をうつ
飛《は》蟻《あり》とぶや富士の裾野ゝ小家より
牡丹散て打かさなりぬ二三片
閻王の口や牡丹を吐んとす
寂として客の絶間のぼたん哉
地車《ぢぐるま》**のとゞろとひゞく牡丹かな
ちりて後おもかげにたつぼたん哉

（上段）
*源家重代の宝劍。
（下段）
*麥林舎乙由の句に、「閑居鳥われも淋しいか飛んでゆく」。
**重い物を運ぶ荷車。

牡丹切て氣のおとろひし夕かな
方百里雨雲よせぬぼたむ哉
蟻《ぎ》垤《てつ》*
蟻王宮朱門を開く牡丹哉
山蟻のあからさま也白牡丹
廣庭のぼたんや天の一方に
絶頂の城たのもしき若葉かな
若竹や橋本の遊女ありやなし
花いばら故郷の路に似たる哉
愁ひつゝ岡にのぼれば花いばら
たちばなのかは**たれ時や古館《ふるやかた》
路邊の刈藻花さく宵の雨

いづこより礫《つぶて》うちけむ夏木立
秋たつや何におどろく陰《おん》陽《みやう》師《じ》
硝子《びいどろ》の魚おどろきぬけさの秋
きり〴〵す自在をのぼる夜寒哉
門を出て故人にあひぬ秋のくれ
軒に寢る人追聲や夜半の秋
秋風や酒《しゅ》肆《し》*に詩うたふ漁者樵者
しら露やさつ男**の胸毛ぬるゝほど
月天心貧しき町を通りけり
名月や神泉苑***の魚躍る

（上　段）
*蟻塚。
**橋の香にかけてある。
（下　段）
*居酒屋。
**かりゅうど。
***平安京大内裏造営の際につくられた禁苑。雨乞いの道場でもあった。

名月やあるじをとへば芋掘に
五六升芋煮る坊の月夜哉
唐《たう》黍《きび》のおどろきやすし秋の風

秋夜閑窓のもとに指を屈して、世になき友を算ふ

とうろうを三たびかゝげぬ露ながら
戀さま〴〵願の糸も白きより*
つと入やしる人に逢ふ拍子ぬけ
夕露や伏見の角力ちり〴〵に
負まじき角力を寝ものがたり哉

遊行柳**のもとにて

柳散清水涸《かれ》石處〻

腹の中へ歯はぬけけらし種ふくべ
甲斐がねや穂《ほ》蓼《たで》の上を鹽車*
古傘の婆《ば》娑《さ》と月夜の時雨哉
鋸の音貧しさよ夜半の冬

笠着てわらぢはきながら**

芭蕉去てそのゝちいまだ年くれず
蕭條として石に日の入《いる》枯野かな
雪の暮鴫《しぎ》はもどつて居るような
釣人の情《じやう》のこはさよ夕しぐれ
焚火して鬼こもるらし夜の雪
葱買《かう》て枯木の中を歸りけり

（上　段）

*七夕に五色の糸をそなえて技芸の上達を願う、その五色の糸も白い糸が染められたものであるように、戀もまた少女の純な心からはじまり、さまざまに変ってゆくという意。

**下野芦野の里にあり、謡曲遊行柳の傳説で名高く、又西行の「道のべに」の歌でも知られる。


（下　段）

*鹽を運ぶ車。

**芭蕉「年くれぬ笠着て草鞋はきながら」。

うら町に葱うる聲や宵の月

晋我追悼曲

北壽老仙*をいたむ

君あしたに去ぬゆふべのこゝろ千々に
何ぞはるかなる
君をおもふて岡のべに行つ遊ぶ
をかのべ何ぞかくかなしき
蒲公《たんぽぽ》の黄に薺《なづな》のしろう咲たる
見る人ぞなき
雉子のあるかひたなきに鳴を聞ば
友ありき河をへだてゝ住にき
へげ**のけぶりのはと打ちれば西吹風の
はげしくて小竹原眞すげはら
のがるべきかたぞなき
友ありき河をへだてゝ住にきけふは
ほろゝともなかぬ
君あしたに去ぬゆふべのこゝろ千々に
何ぞはるかなる
我庵のあみだ佛ともし火もものせず
花もまいらせずすご〳〵と彳《ただず》める今宵は
ことにたうとき

春風馬堤曲と澱河歌

余一日問耆*老於故園**。渡澱水***過馬堤****。偶逢女歸省郷者。先後行數里。相顧語。容姿嬋娟。癡情可憐。因製歌曲十八首。代女述意。題曰春風馬堤曲。

（上　段）
*早見普我の號。
**竈の古言。
（下　段）
*耆は六十歳以上、老は七十歳以上をいう。
**毛馬村。
***淀河。
****毛馬の堤。

春風馬堤曲　十八首

○やぶ入や浪花を出て長柄川
○春風や堤長うして家遠し
○堤《ヨリ》下《テ》摘芳草　荊与蕀塞路
荊蕀何妬情　裂裙且傷股
○渓流石點々　踏石撮《とる》香芹
多謝水上石　教儂《われをして》不《すそを》沾《ぬらさ》裾《しめず》
○一軒の茶見世の柳老にけり
○茶店の老婆子儂《ワレ》を見て慇懃に
無恙を賀し且儂か春衣を美《ほ》ム
○店中有二客　能解江南語*
酒銭擲三緡《びん》**　迎我譲榻***去
○古驛三両家猫児妻を呼妻来らず
○呼雛籬外鶏　籬外草満地
雛飛欲越籬　籬高堕三四
○春艸路三叉中に捷径あり我を迎ふ
○たんぽゝ花咲り三々五々五々は黄に
三々は白し記得《きとく》*す去年此路よりす
○憐みとる蒲公茎短して乳を涓《アマセリ》
○むかし〳〵しきりにおもふ慈母の恩
慈母の懐袍別に春あり
○春あり成長して浪花にあり
梅は白し浪花橋邊財主の家
春情まなび得たり浪花風流《フリ》
○郷を辞し弟に負《そむ》く身三春
本をわすれ末を取接木の梅
○故郷春深し行々て又行々
楊柳長堤道漸くくだれり
○矯首《けうしゅ》**はじめて見る故園の家黄昏
戸に倚る白髪の人弟を抱き我を
待春又春
○君不見古人太祇が句

(上　段)
*浪華の言葉。
**銭さしに貫いた銭。
***茶店の床几。

(下　段)
*おぼえる。
**頭をあげる。

藪入の寝るやひとりの親の側

澱河歌　三首

○春水浮梅花　南流菟*合澱
錦纜君勿解　急瀬舟如電
○菟水合澱水　交流如一身
舟中願同寝　長爲浪花人
○君は水上の梅のごとし花水に
浮て去こと急《すみや》カ也
妾は江頭の柳のごとし影水に
沈てしたがふことあたはず

老鶯児

○春もやゝあなうぐひすよむかし聲

一　茶*

目出度さも中《ちゅう》くらゐ也おらが春
門々の下駄の泥より春立ちぬ
長閑さや浅間のけぶり晝の月
霞む日や夕山かげの飴の笛
ねはん像銭見ておはす貌《かほ》もあり
ぶらんど**や櫻の花をもちながら
かの岸もさくら咲く日となりにけり
雀の子そこのけそこのけお馬が通る
うつくしや雲雀の鳴きし跡の空

（上段）
*宇治川。
（下段）
*一七六三（宝暦十三）年—一八二七（文政十）年。
**ブランコのこと。

いうぜんとして山を見る蛙哉《かな》

蟻の道雲の峰よりつづきけん

地獄

夕月や鍋の中にて鳴く田にし

犬の子の咥《くは》へて寐たる柳哉

あさら井や小魚と遊ぶ心太《ところてん》

云ひぶんのあるつらつきやひきがへる

大螢ゆらりゆらりと通りけり

やれ打つな蠅が手をする足をする

膝抱《だい》て羅《ら》漢《かん》顔《がは》して秋の暮

十二月廿四日柏原に入る

是がまあつひの栖《すみか》か雪五尺

大雪や膳の際《きは》から越後山

さて長い夜が永いぞよなむあみだ

節《せ》季《き》候《ぞろ》*やささらでなでる梅の花

天明以後

行く女袷《あはせ》着なすや憎きまで

大《たい》祇《ぎ》

あつき日に水からくりの濁《にごり》かな

橋落ちて人岸にあり夏の月

角《つの》出して這はで止みけり蝸牛

（下段）*前出、一八二頁。

初戀や燈籠によする顔と顔

犬にうつ石の扨《さて》なし冬の月

萬《まん》才《ざい》や舞おさめたるしたり顔

喰ずともざくろ興有《ある》形かな

ちりのこるほどの櫻は雨おもし

麥水

石を出る流れは白し花薄

靜さや蓮の實の飛ぶあまたたび

曉《きやう》臺《たい》

火ともせばうら梅がちに見ゆるなり

日の春のちまたは風の光り哉《かな》

九月盡《じん》*はるかに能登の岬かな

茫ゝと芒《すすき》折《をれ》ふす秋の水

冬の情月明らかに霰《あられ》降《ふ》る

樗《ちよ》良《ら》

山寺や誰も參らぬ涅《ね》槃《はん》像《ざう》

鳥ぬれて猶《なほ》色ふかし春の雨

嵐吹く草の中より今日の月

橋高しもみぢを埋む雨のくも

蘭《らん》更《かう》

正月や三日過ぐれば人古し

大木を見てもどりけり夏の山

鵜の面《つら》に川波かゝる火影哉《かな》

白《しら》雄《を》

（上段）
*九月の晦日、即ち秋の終りをいう。

木鋏《ばさみ》の白《しら》刃《は》に蜂の怒りかな
蠟燭のにほふ雛《ひいな》の雨夜かな
人戀し灯ともし頃を櫻散る
園《その》くらき夜を靜かなる牡丹かな
露はれて露の流るる芭蕉かな
酒桶に千鳥舞入あらしかな
鶏《とり》の嘴《はし》に氷こぼるる菜《な》屑《くづ》かな
岩《いは》端《ばな》の鷲吹きはなつ野《の》分《わき》かな
蓼《れう》太《た》
更くる夜や炭もて炭を碎《くだ》く音
あら蓑の蘖の青みや初時雨

召《せう》波《は》
地《ぢ》車《ぐるま》*に起きゆく草の胡蝶かな
傘《からかさ》の上は月夜の時雨かな
憂きことを海月《くらげ》に語る海《な》鼠《まこ》哉《かな》
冬ごもり五《ご》車《しや》**の反《ほう》古《ご》の主《あるじ》哉
此日ごろ梅にながるゝ野河哉
菜の花に春行《ゆく》水の光かな
みじか夜をしらで明けり草の雨
少年の犬走らすや夏の月
秋の夜をあはれ田守の皷かな
大《たい》魯《ろ》
崖落て半《なかば》は水の柳かな

(下段)
*前出、一九四頁。
**多くの書を五車の書といった。

雨の鴫《しぎ》一羽もたゝず暮にけり
初時雨眞晝の道をぬらしけり
河内《かはち》女《め》や干《ほし》菜《な》に暗き窓の機《はた》
几《き》董《とう》
戀《れん》々《れん》として柳遠のく舟路哉《かな》
繪草紙に鎭《しづ》置く店や春の風
菜の花や雲たち隔つ雨の山
湖の水かたぶけて田植かな
葛《くず》水やうかべる塵を爪はじき
やはらかに人分け行くや勝角力
悲しさに魚《うを》食ふ秋の夕哉

ひとの國にやゝ馴るゝ夜の碪《きぬた》かな
冬《ふゆ》木《こ》立《だち》月骨《こつ》髓《ずゐ》に入《いる》夜哉
舟慕ふ淀野の犬や枯尾花
寒聲やあはれ親ある白拍子
麥秋の草《くた》臥《びれ》聲《ごゑ》や念佛講
青《せい》蘿《ら》
雉子啼て跡は鍬うつ光かな
春雨の赤《あか》兀《はげ》山に降り暮れぬ
春の夜のみじかきは花のあたり哉《かな》
角《つの》上げて牛人を見る夏野かな
此頃の銀河や落てそばの花

大江丸

一茶坊の東へ歸るを

雁はまだ落ちついてゐるにお歸りか

夕涼み地藏こかして逃げにけり

秋來ぬと目にさや豆のふとり哉

成《せい》美《び》

子供の道中双六《だうちゆうすごろく》といふものうつを見て

東海道のこらず梅*になりにけり

紙雛《かみびな》は花見る顔に書きにけり

後《のち》の月葡《ぶ》萄《だう》に核《さね》の曇《くも》り哉《かな》

魚《うを》食うて口腥《なまぐさ》し晝の雪

巣《さう》兆《てう》

梅散るや難波の夜の道具市

江《え》に添うて家々に結《ゆ》ふ粽《ちまき》かな

柴の戸に夜明烏の初しぐれ

士朗

大蟻の疊をありく暑さ哉《かな》

湖の水のひくさよ稻のはな

足輕のかたまつて行く寒さ哉

木枯や日にく鴛《を》鴦《し》の美しき

乙《おつ》二《に》

反《ほ》古《ご》燒いて鶯待たん夕心

春雨や木の間に見ゆる海の道

水はやし龍《りん》膽《だう》なんどながれ來る

（上段）

*梅形に切った札。

和歌

賀茂眞淵*

むらさきのめもはる〱といづる日に霞いろこき武蔵野の原

故郷は春のくれこそあはれなれ妹に似るてふ山ぶきのはな

たなばたのあふ夜となれば世の中のひとのこころもなまめきにけり

秋の夜のほがら〱と天の原てる月影にかりなきわたる

にほどりの葛飾《かつしか》早稲《わせ》のにひしぼりくみつつをれば月かたぶきぬ

しなのなるすがのあら野をとぶ鷲のつばさもたわにふく嵐かな

うま酒の歌*

うまらに《美飲》をやらふる《喫》かねや《哉》　ひとつき《一杯》ふた《二》
つき《杯》ゑら〱《楽悦》に　たなそこ《掌底》うちあぐる《拍擧》かね
や　みつき《三杯》よつき《四杯》　ことなほし《言直》　こゝろなほ《心直》
しもよ　いつつき《五杯》むつき《六杯》　あまたらしくにた《天足國足》
らすもよ　なゝつき《七杯》やつき《八杯》

香川景樹**

おぼつかなおぼろ〱と吾妹子が垣根も見えぬ春の夜の月

空にのみあくがれはててかげろふのありともなしにくらす春かな

筏おろす清瀧河のたきつ瀬に散りてながるゝ

（上段）
*一六九七—一七六九年。國學者。歌集『賀茂翁家集』。

（下段）
*記紀歌謡に模した作。
**一七六八—一八四三年。桂園と号す。歌集『桂園一枝』『桂園一枝拾遺』。

山吹のはな

うづみ火のにほふあたりは長閑《のどか》にて昔がたりも春めきにけり

うづみ火の外に心はなけれどもむかへば見ゆるしら鳥の山

六月の末やみおとろへて夜たゞねられぬに

燈に消えをあらそふ夏蟲の影ともわれはなりにけるかな

野も山も霞みこめたる大ぞらにあらはれわたる春のいろ哉

大空にたはるる蝶の一つがひ目にもとまらずなりにける哉

桐の花おつる五月《さつき》の雨ごもり一葉ちるだにさびしきものを

なく鳥も空にきこえず谷川のおとのみまさる五月雨のころ

限なくすめる月にはいにしへの人の影さへ見えわたるかな

大空はさながらくれて夕時雨ふる音ばかりのこりけるかな

夕ぐれは雲の色だにかなしきに音さへたててふるしぐれ哉

青海のうづまさ寺にきて見れば身もなげつべき花の蔭かな

我妹子がひたひ髪ゆふ元結《もとゆひ》のこむらさきなる藤なみのはな

なら山の兒手柏《このてがしは》にかぜふれてうらおもしろき夏はきにけり

ねられねば舟ばた叩き諷《うた》ふ夜をくひなも聲を
あはせ顔なる

しら河の末の草河ふゆがれてほそきながれに
千鳥なくなり

墨染のゆふべの山をながむれば松のたてるも
寂しかりけり

淺澤のぬまのま菰の墨をとりてこつま少女は
眉つくりせり

大原やみ幸《ゆき》のあとの柴ぐるまめぐればうつる
あはれ世の中

あら玉の年のくれにも人こふる心の鬼はやら
ひかねつつ

大方のよその情《こころ》をみし日よりこひしき人にな
りにけるかな

橘　曙覧*

（下段）
*一八一二—一八六八年。越前福井の人。國學者。歌集『志濃夫廼《しのぶの》舎《や》歌集』。

蝨《しらみ》

着る物の縫ひめ縫ひめに子をひりてしらみの
神世始まりにけり

綿いりの縫目に頭さしいれてちぢむ蝨よわが
おもふどち

やをら出てころものくびを匍匐《はひ》ありき我に恥
見する蝨どもかな

酒人

とくとくと垂りくる酒のなりひさごうれしき
音をさする物かな

一人だに我とひとしき心なる人に遇ひ得で此
の世すぐらむ

うまれつき拙き人にまじらへばわかれて後もここちあしきなり

我がりきて人あしくいふ人はまた人がり行きて我をそしるひと

わが歌をよろこび涙こぼすらむ鬼のなく聲する夜《よる》の窓

燈火《ともしび》のもとに夜な夜な來れ鬼我がひめ歌の限りきかせむ

人臭き人に聞かする歌ならず鬼の夜ふけて來ばつげもせむ

凡人《ただびと》の耳にはいらじ天地《あめつち》のこころを妙《たへ》に洩らすわがうた

世の中のありさま思ひなげかれて

せめておちし涙もいまは盡きはてて空うちらみから泣きをする

獨樂吟

たのしみは艸のいほりの莚敷ひとりこころを靜めをるとき

たのしみはすびつのもとにうち倒れゆすり起こすも知らで寐し時

たのしみは珍らしき書《ふみ》人にかり始め一ひらひろげたる時

たのしみは紙をひろげてとる筆の思ひの外に能くかけし時

たのしみは百日《ももか》ひねれど成らぬ歌のふとおもしろく出できぬる時

たのしみは妻子《めこ》むつまじくうちつどひ頭ならべて物をくふ時

たのしみは物をかかせて善き價借しみげもなく人のくれし時

たのしみは朝おきいでて昨日まで無かりし花の咲ける見る時

たのしみは心にうかぶはかなごと思ひつづけて煙艸《たばこ》すふとき

たのしみは常に見なれぬ鳥の來て軒遠からぬ樹に鳴きしとき

たのしみはあき米櫃に米いでき今一月はよしといふとき

たのしみは物識人に稀にあひて古しへ今を語りあふとき

たのしみは門賣りありく魚買ひて烹る鐺《なべ》の香を鼻に嗅ぐ時

たのしみはまれに魚煮て兒等皆がうましうましといひて食ふ時

たのしみはそぞろ讀みゆく書《ふみ》の中に我とひとしき人を見し時

たのしみは雪ふるよさり酒の糟あぶりて食ひて火にあたる時

たのしみは書よみ倦めるをりしもあれ聲知る人の門たたく時

たのしみは錢なくなりてわびをるに人の來りて錢くれし時

たのしみは世に解きがたくする書の心をひとりさとり得し時

たのしみは炭さしすてておきし火の紅くなりきて湯の煮ゆる時

たのしみは心をおかぬ友どちと笑ひかたりて腹をよるとき

たのしみは晝寐せしまに庭ぬらしふりたる雨をさめてしる時

たのしみは晝寐目ざむる枕べにことことと湯の煮えてある時

たのしみは湯わかしわかし埋火《うづみび》を中にさし置きて人とかたる時

たのしみはとぼしきままに人集め酒飲め物を食へといふ時

たのしみは客人《まらうど》えたる折しもあれ瓢《ひさご》に酒のありあへる時

たのしみは機おりたてて新しきころもを縫ひて妻が着する時

たのしみは人も訪ひこず事もなく心をいれて書《ふみ》を見る時

たのしみは明日物くるといふ占《うら》を咲くともし火の花にみる時

たのしみは木芽煮やして大きなる饅頭を一つほほばりしとき

たのしみはつねに好める焼豆腐うまく烹《に》たてて食はせけるとき

たのしみは小豆《あづき》の飯の冷えたるを茶漬てふ物になしてくふ時

たのしみはいやなる人の來りしが長くもをらでかへりけるとき

たのしみは田づらに行きしわらは等が耒鍬《すきくは》とりて歸りくる時

たのしみは衾《ふすま》かづきて物がたりいひをるうちに寝入りたるとき

たのしみはわらは墨するかたはらに筆の運びを思ひをる時

たのしみは好き筆をえて先づ水にひたしねぶりて試るとき

たのしみはほしかりし物錢ぶくろうちかたむけてかひえたるとき

たのしみは數ある書を辛くしてうつし竟《を》へつつとぢて見るとき

たのしみはふと見てほしくおもふ物辛くはかりて手にいれしとき

良　寛*

霞たつながき春日に(を)子供らと手毬つきつつこの日暮しつ

天《あめ》も水もひとつに見ゆる海の上に浮び出でたる佐渡が島山

この里の桃のさかりに來て見れば流にうつる花のくれなゐ

むらぎもの心樂しも春の日に鳥のむらがり遊ぶを見れば

あしびきの山田の田居に鳴くかはづ聲のはるけき此の夕べかも

行く秋のあはれを誰れに語らましあかざ籠《こ》にみて歸る夕ぐれ

(下段)
*一七五七―一八三一年。

あわ雪の中に立ちたる三千大千世界《みちあふち》又其の中にあわ雪ぞ降る

里べには笛や太鼓の音すなり深山《みやま》は澤に松の音して

秋の野《ぬ》ににほひて咲ける藤袴折りておくらん其の人なしに

月よみの光を待ちてかへりませ山路は栗のいがの多きに（二首定珍との贈答歌）

いざ歌へ我れ立ち舞はんぬばだまの今宵の月にいねらるべしや

風は清し月はさやけしいざともに踊りあかさん老のなごりに

さす竹の君がすすむるうま酒にわれ酔ひにけりそのうま酒に

山かげの岩間をつたふ苔水のかすかにわれはすみ渡るかも

いとはねば何時かさかりは過ぎにけり待たぬに來るは老にぞありける

世の中を思ひおもひてはて〴〵はいかにやいかにならむとすらむ

我がごとやはかなきものは又もあらじと思へばいとどはかなかりけり

夕ぐれの岡の松の木人ならば昔の事も問はましものを

老が身のあはれを誰に語らまし杖を忘れて歸る夕暮

月の兎

いそのかみ　ふりにし御代に
ありといふ　猿《まし》と兎《をさぎ》と
狐《きつに》とが　友を結びて
あしたには　野山にあそび
ゆふべには　林にかへり
かくしつつ　年のへぬれば
ひさがたの　天《あめ》の帝《みかど》の
ききまして　それがまことを
しらんとて　翁となりて
そがもとに　よろぼひ行きて
申すらく　いましたぐひを
ことにして　同じ心に
遊ぶてふ　まこと聞きしが
ごとならば　翁が飢を
救へと　杖を投げて
いこひしに　やすきこととて
ややありて　猿《まし》はうしろの
林より　木の實ひろひて
來りたり　狐は前の
川原より　魚をくわへて
あたへたり　兎はあたりに
飛びとべど　何もものせで
ありければ　兎は心
異なりと　ののしりければ
はかなしや　兎はかりて
申すらく　猿《ましら》は柴を
刈りて來よ　狐はこれを
焚きてたべ　いふが如くに
なしければ　烟の中に
身を投げて　知らぬ翁に
あたへけり　翁はこれを
見るよりも　心もしぬに
久がたの　天をあふぎて
うち泣きて　土にたふりて
ややありて　胸うちたたき
申すらく　いまし三人《みたり》の
友だちは　いづれ劣ると
なけれども　兎はことに
やさしとて　から*を抱へて
ひさがたの　月の宮にぞ

（下　段）
＊亡きがら。

はふりける　今の世までも
語りつぎ　月の兎と
いふことは　これがもとにて
ありけりと　聞くわれさへも
白たへの　衣の袖は
とほりて濡れぬ

木下幸文*

貧窮百首

今年さへかくてくれぬと故郷の空をあふぎてなげきつる哉

かにかくに疎くぞ人のなりにける貧しきばかり悲しきはなし

さかしらに貧しき良しといひしかど今日としなればここらすべなし

あしひきの山つづらをりおりおりていかになるべき身の行方かも

から衣妻だにあらばかかる時語り合ひてもなぐさめてまし

天地《あめつち》にあふるばかりの黄金《こがね》もが世の人皆をあきたらはさむ

ことしさへぬふ妹をなみから衣肩もまよひぬ*袖もまよひぬ

あしひきの片山邊なるしぶ柿のうまくなりなむ時をこそまて

いにしへの人の飲みけんかすゆ酒われもすすらん此の夜寒しも

涙よする入江の蘆のしたにのみ朽《くち》はてぬべき我が世かなしも

（上段）
*一七六三―一八〇五年。備中の人。家集『亮々遺稿』。

（下段）
*ほころびる。

たわやめの指《および》にかくる白玉のあなあはれともいふ人のなき

かくしのみわびむと知らば故郷の吉備《きび》の山田も作りてましを

ふる里のきびの小山田うちかへし悔しき事の多くもある哉

久かたの雨もる宿の板びさしいたくも世にはあはぬ我かな

うき事も嬉しき事も知らざらむあはれ此の世に富みたれる人

終《つひ》にはと思ふ心のなかりせば今日の悔しさ生きてあられめや

我が宿に何のよろこびうるさうるさ門《かど》さしこめてなしといはばや

門さして人を入れじとせしほどに春さへもこずなりにける哉

少女《をとめ》らが春の遊びにつくまりのつくづく我はものぞ悲しき

鷺のゐる澤田の沼のしりくさのしりう言*のみしげき世の中

春なれば先づうちかへす山畑のはたやことしも物をおもはん

平賀元義**

上山《うへやま》は山風寒しちちのみの父のみことの足ひゆらむか

五番町《ごばんちやう》石橋の上にわが麻羅を手草《たぐさ》にとりし吾妹子《わぎもこ》あはれ

（下段）
*かげロ。
**一八〇〇—一八六八年。備前岡山の人。

あかねさす日は照りながら紅の淺原山ゆ雪のちり來る

大井川あさかぜ寒み大丈夫《ますらを》と念ひてありし吾ぞはなひる

さよ中と夜はふけぬらし今しこそ行きてもあはめ妹が小床《をどこ》に

さよ中に妹が小床をまぎつつも母にころばえ*かへるすべなさ

契りたる女の家に夜ふけて行きて

いひし如《ごと》まこと違《たが》はず妹が家の板戸《いたど》はくぎをささでありけり

天保十四年八月十五日美作國二上山の麓に顔よき女ありと聞き行て共に月を見て

むかひ居て見れどもあかず美作《みまさか》や二上山《ふたかみやま》の秋の夜の月

眞《ま》木《き》山《やま》に霞たなびき五月雨《さみだれ》の日にけにふれば母をしぞ思ふ

窮《きはま》りて貧しき我も立ちかへり富足行《とみたりゆか》む春ぞ來向ふ

埋火《うつみび》は消えはてにけり旅にして身に副寐べき妹もあらなくに

清瀧をわが見にくればあしびきのやまの木ごとに蟬ぞなくなる

（上段）*叱られ。

歌謡

隆達節《りゅうたつ》小歌*

思ひ切りしに　又見えて
肝をいらする　肝をいらする

褐帷巾《かちんかたびら》に**　四つ割の
帯を後に　しやんと結んだ
あらうつゝなの　面影やの

さてもそなたは　霜か霰《あられ》か初雪か
しめてぬる夜はなう
消え〴〵となる

さてもそなたは　霜の白菊
うつりやすやなう
うつりやすやなう

さないこそ命よ
情のおりやらぬには
生きられうかの

さのみ人をも　恨むまじ
我が心さへ　従《したが》はぬ身を

たゞおいて　霜に打たせよ
科《とが》はの
夜更けて來たが　憎いほどに

人と契《ちぎ》らば　薄く契りて末遂げよ
紅葉ばを見よ　濃きは散るもの

（上段）
*作者隆達。一五二七（大永七）—一六一一（慶長一六）年。
**かちんは褐色《かちいろ》。平民をあらわす色。

人と契らば　濃く契れ
薄き紅葉も　散れば散るもの

ひとは戀しし　名は洩《も》れじとす
是かや戀の　重荷になるらむ

山家鳥蟲歌*

明くれば出て　暮るゝまで
身は粉《こ》になるか　裸麥

様《さま》のやうな〱　瓢箪《へうたん》男
川へ流して　鯰《なまづ》と語《かた》りや

與作《よさく》丹波《たんば》の　馬追《うまお》ひなれど
今はお江戸の　刀指《かたなさ》し

與作《よさく》思へば　照る日も曇る
關《せき》の小萬《こまん》が　涙雨か

松の葉*

深山《みやま》おろしの小笹《をざさ》の霰《あられ》の、さらりさら〱としたる心こそよけれ、険《けは》しき山の九折《つづらをり》のかなたへまはり、此方《こなた》へまはり、くるりくるくるとしたる心は面白や（本手）

われが殿御はとう五郎どの、朱雀《じゆじやか》粟田口《あはたぐち》より石また曳《ひ》きやる、えいややころさにやつというて曳きやる、お聲きくさへ四肢《よふし》が萎《な》ゆる、まして添《そ》うたら死のずよの（端手）

（上　段）
*一七七一（明和八）年頃、南山子編、明和年間に流行していた全國農村の歌謡、田植歌、草取歌、木植歌などを蒐集したもの。

（下　段）
*一七〇三（元祿一六）年、秀松軒編。

朝妻舟《あさづまぶね》

仇《あだ》しあだ波よせてはかへる浪、朝妻舟《あさづまぶね》の淺ましや、あゝまたの日は誰に契《ちぎ》りを交《かは》して色を、かはして色を、枕恥《まくらはづか》し僞《いつは》りがちなる我床《わがとこ》の山、よしそれとても世の中（端歌）

おなじく

あだしあだなる身は憂き枕、習はぬ程の床の露、あゝ幾度か袖に餘れる涙の色を、あゝ袂の色を、峯の紅葉ば獨りこがれて枕の涙、あはれと人の訪《と》へかし

落葉集*

與作踊《よさく》

與作丹波の仕合《しあはせ》よしの、ふみ馬御免あづま入り、馬方なれど、今はお江戸の刀さしぢや、しやんとさせ與さ與作え、ぱつぱの大小七ところ、大紋當世長羽織、振り手の衆〱、ふり〱ふり〱手ぶり振り手の衆、おうさ、振り手の衆、是がうき世の中山道《なかせんだう》、なりからふりからもの好きで、しやんとさせ與さ與作え（踊歌）

馬士踊《むまかた》

關のお地藏は親よりましぢや、親も定めぬつまを持つよの、かへではないかこれ與作、さつたもない事、ほてつぱらめがえ、坂は照る〱鈴鹿は曇る、さきはいと言うてはいどうし、間《あひ》の土山《つちやま》雨が降る（踊歌）

鑓權三男踊《やりのごんざ》

そりや〱そりや〱、鑓の權三は蓮葉《はすば》に御座る、谷のやつとんとさゝやでやあゝ、そろへにかゝる、しなへてかゝる、どうでも權三はぬれ者だ、油壺《あぶらつぼ》から出すやうな男、しつと

（上段）

*一七〇四（元祿一七）年大夫扇徳編。一名『松の落葉』。

んとろりと見とれる男、磯の千鳥を追つかけて、石突《づき》つかんでづんづとのばしやる〱、さあさえいさつさ〱、えいさつさ〱、さつさどうでも權三は、よつどつこい、よい男え。（祇園町踊之唱歌）

辛崎《からさき》心中*

此の世の名殘《なご》り夜も名殘、死に行く身を譬ふれば、仇しが原の道の霜、一足づつに消えて行く、夢の夢こそあはれなれ、あれ數ふれば曉の、七つの時が六つ鳴りて、殘る一つは今生《こんじやう》の、鐘の響きの聞き納め、寂滅爲樂《じやくめつゐらく》と響くなり、鐘ばかりかは草も木も、空も名殘と見あぐれば、北斗は冴えて影映る、星の妹背《いもせ》の天の川、渡せる橋を鵲《かささぎ》の橋と契《ちぎ》りていつまでも、我と其方《そなた》は女夫星《めうとぼし》、必ず添ふと縋《すが》りより、二人が中に降る泪《なみだ》、川の水嵩《みかさ》も増るべし、道行く人の聲高く、京や大阪の心中の、言の葉草のとり〲を、聞くに心もくれは鳥、あやなや昨日今日までも、よそに言ひしが明日よりは、我も噂の數に入り、世に謠はれん、歌はゞ歌へ、歌ふも舞ふも法《のり》の聲、實《げ》に思へども歎けども、身も世も思ふまゝならず、いつを今日とて今日までも、心ののびし夜半《よは》もなく、思ひの色につらかりしに、どうした事の縁ぢややら、忘るゝ暇もないわいの、放ちはやらじと泣きゐたり、歌も多きにあの歌を、歌ふはたそや聞くは我、過ぎにし人も我々も一つ思ひと縋りつき、月の影さへとどまらで、心も夏の夜のならひ、命をおはゆる鷄のこゑ、明けなばつらや辛崎の、濱で死なんと手を引て、志賀のさゞ波さよ烏、明日は我が身を餌食《ゑじき》ぞや、誠に今年はこなさんも廿五歳の厄《やく》の年、わしも十九の厄なれば、思ひあうたる厄だたり縁の深さのしるしかや、神や佛にかけおきし、現世《げんせ》の願《ぐわん》を今こゝで、未來へ回向《ゑかう》し後の世も、猶《なほ》し一つ蓮《はちす》ぞと、つまぐる數珠《じゆず》の百八に、涙の玉の數添ひて、盡きせぬあはれ盡きる道、心も空も影くらく、波打寄する辛崎の、松の木蔭に着き給ふ。（古來中興當流はやり歌）

（上　段）

*『曾根崎心中』の道行文と同文。

近代篇

近代詩

小學唱歌集*

第十七　蝶々

一　てふ〳〵てふ〳〵。菜の葉にとまれ。
なのはにあいたら。櫻にとまれ。

さくらの花の。さかゆる御代《みよ》に。

とまれよあそべ。あそべよとまれ。

二　おきな〳〵。ねぐらのすゞめ。
朝日のひかりの。さしこぬさきに。

ねぐらをいでゝ。こずゑにとまり。

あそべよすゞめ。うたへよすゞめ。

於《お》母《も》影《かげ》*

ミニヨンの歌**

其一

「レモン」の木は花さきくらき林の中に
こがね色したる柑子《かうじ》は枝もたわゝにみのり
晴れて青き***空よりしづやかに風吹き
「ミルテ」の木はしづかに「ラウレル」の
木は高く
くもにそびえて立てる國をしるやかなたへ
君と共にゆかまし

其二

高きはしらの上にやすくすわれる屋根は
そらたかくそばだちひろき間もせまき間も
皆ひかりかゞやきて人がたしたる石は
ゐみつゝおのれを見てあないとほしき子よと
なぐさむるなつかしき家をしるやかなたへ
君と共にゆかまし

（上段）

*文部省編。一八八一年刊。


（下段）

*一八八九年刊、新聲社同人（森鷗外、井上通泰、落合直文、市村瓚次郎、小金井きみ子）譯。

**原作はゲーテ（ドイツ、一七四九ー一八三二）。

***（青く晴れし）。

其　三

立ちわたる霧のうちに驢馬は道をたづねて
いなゝきつゝさまよひひろきほらの中には
もゝ年*經たる龍の所えがほにすまひ
岩より岩をつたひしら波のゆきかへる
かのなつかしき山の道をしるやかなたへ
君と共にゆかまし

北村透谷**

蓬萊曲《ほうらいきよく》***（抄の一）

（蓬萊原の道士鶴翁と柳田素雄連立）
（ちて出づ。雲重く垂れて夜は暗黒）

わが眼はあやしくもわが内をのみ見て外《よそ》は
見ず、わが内なる諸々《もろ〳〵》の奇しきことがらは
必らず究めて殘すことあらず。
且つあやしむ、光にありて内をのみ注視《みつめ》た
りしわが眼《め》の、いま暗《くらき》に向ひては内を捨《すて》
外《そと》なるものを明らかに見きはめんとぞ
すなる。
暗《やみ》のなかには忌はしきもの這へるを認《み》る、
然れどもおのれは彼を怖るゝものならず、
暗の中《なか》には嫌《きら》はしき者住めるを認る、
然れども己れは彼を厭《いと》ふ者ならず、
暗の中《なか》には醜《みにく》きもの居《を》れるを認る、
然れども己れは彼を退《しりぞ》くる者ならず、
暗《やみ》の中《うち》には激しき性《さが》の者歩むを認る、
然れども己れは彼の前を逃ぐる者ならず。
わが内をのみ見る眼は光にこそ外《よそ》の、この
世のものにも甚《いた》く惱みてそこを逃れけれ、
いかで暗の中にわが敵を見ん。
暗《やみ》を厭ふは己れが幼かりしときのみ、
光りの中に敵《あだ》を得てしより暗は却《たゞ》われを
隱すに便《たより》あるのみ。
今己れが友なる暗《やみ》に己れの閉ぢくちたりし
眼《まなこ》を圓《まろ》く開きて、
今日《けふ》迄おのれを病ませ疾《わづら》はせたりし種々《さま〴〵》の

（上段）
＊（いく年）。
＊＊一八六八―一八九四年。
＊＊＊一八九一年刊。三齣より成る本篇の外、別篇（未定稿）を含む詩劇。

光に住める異形《いぎやう》の者の惡氣《にくげ》なく眠れる態《さま》を
見る中《なか》に、……またおのれは今暗《やみ》に住める
あやしきものどもの樂しみ遊べるさまを見
る中に、たゞひとことの足らぬ心地ぞする。*

蓬萊曲（抄の二）

（俯し覗ひて）
あら間近《まぢか》なるあの烟《けぶり》は？
燃上《もえあが》る、あの火は？　其色の白き黑き、赤
き青き入雜《いりまじ》れるは、何事ぞ、何事ぞ！
あれ、あれ、あの火の都《みやこ》の方よ！
都よ！　都！　都のいつの間《ま》にかこの山の麓
に移れりと覺ゆる、
その火！　その火！　都！　都！
みやこ！　さてもわが呱々《ここ》の聲を擧げしと
ころ、
みやこ！　わが戯れしところ、無邪氣なり
しところ、
みやこ！　われを迷《まよは》せし學《まなび》の巷《ちまた》も、わが狂
ひ初《そ》めしいつはりの理《り》も、
わがあやまりし智慧《ちゑ》の木も、親しかりしもの
も惡《にく》かりしものも、そこに、
あれ、あれ、あの火の中に」！
さてもあの白き火は？
　これは出づ、高廈《かうか》珠殿《しゆでん》の間《あひだ》より、
さてもあの黑き火は？
　これは群籍寶典《ぐんじやくはうてん》の眞中《まなか》より、
さてもあの赤き火は？
　これは酣醉蹈舞《かんすゐたうぶ》の際《あはひ》より、
さてもあの青き火は？
　これは茅屋廢家《ばうをくはいか》のかたはらより、
陰々陽々曖々《あい〳〵》憺々《たん〳〵》、烟となつては火に還り、
火となつては再《ま》た烟となりつ、
立登《たちのぼ》り立騰《たちのぼ》る——虚空《こくう》もこげて星も落ち散
る、物凄《ものすご》や〳〵。
あの火の下に、あれ、あれ、あれ、何者ぞ？
（巖の極角に進みて）
あれ、あれ、わが住《すみ》馴れしあたりは早や灰
となれる、早や、早や灰よ、灰よ！
むかしの家はなく生命《いのち》の氣《き》もなし、

（上段）
*第二齣、第二場「蓬萊原の二」より。道士鶴翁と語る柳田素雄の言葉。

むつみ遊びしものも優しかりし乙女子も、
わが植《うゑ》たりし草も樹も、
ひとつは髑髏《どくろ》となりて路《みち》に仆《たふ》れ、
他は死の色に變れる。あれ、あれいまはしや惡鬼ども灰を蹴《け》立《たて》て、飛びつ躍りつ擧ぐるかちどき、
白鬼、黑鬼、赤鬼、靑鬼、入り亂れ行き違ひ、叫びつ舞ひつ、鼓撃《つゞみう》ち跳《は》ね遊び、祝ひ歌唱ひ、酒筵《さかむしろ》ひろげ、醉ふてはなほも狂ひ躍り、
落散《おちちれ》る骨をかき集めて打たゝき、
まだ足らぬ、まだ足らぬと
つぶやく聲のきこゆる。
嗚呼、わがみやこ！　あれ、あれ、みやこ！
捨てたりとは言へ、還《かへ》るまじとは言へ、
わがみやこ、悲しきかな、あの火！
無殘《むざん》、限りなき人を
晩《おそ》からず盡《み》な灰にす可きぞ。」
いづこにや隱れし、妙《たへ》なる法《のり》の道、
いづこにや逃れし、まこと世を愛《めづ》る人、
あの火に燬《や》かれしか、はた恐れて去《され》るか、
あなや！　あなや！*

蝶のゆくへ

舞ふてゆくへを問ひたまふ、
　心のほどぞうれしけれ、
秋の野面《のづら》をそこはかと、
　尋ねて迷ふ蝶が身を。

行くもかへるも同じ關、
　越え來《こ》し方《かた》に越えて行く。
花の野山に舞ひし身は、
　花なき野邊も元の宿。

前もなければ後もまた、
　「運命《かみ》」の外には「我」もなし。
ひら〱と舞ひ行くは、
　夢とまことの中間《なかば》なり。

（下段）
*第三齣、第二場「蓬萊山頂」より。山頂で大魔王と語る柳田素雄の言葉。

宮崎《みやざき》湖《こ》處《しよ》子《し》*

流　水**

いとけなき時魚《いを》***とりて
遊びし川を來て見れば、
かへらぬ水のいまも猶、
むかしのまゝに流れけり。

水のながれのさら〳〵と、
いつも變らぬ音きけば、
この川べにてすぐしたる
いとけなき日ぞしのばるゝ。

わが足もとの水際《みぎは》より、
思ひもかけず驚きて、
淵にのがるゝ魚《うを》****見れば、
いまも心のうごくなり。

いつともしらずながれ來て、
あさせにとまる石くれも、
こゝを堰《せ》きつる折折に、
もちひしものゝ心地して。

その年月を今もなほ
昨日のごとく思へども。
かへらぬ水のいつしかも
ゆきて久しくなりにけり。

擣《たう》　衣《い》

隣の姉とわが姉と、
はやも衣をうちそめつ。
かた〳〵とおもしろく、
きぬたの音の聞ゆなり。
きのふの夕《ゆふべ》わが姉は、
となりの姉をたすけけり。
かた〳〵とふくるまで、

（上　段）
*一八六四—一九二二年。
**以下二篇『湖處子詩集』（一八九三年刊）より。
***ルビは編者。
****同右。

きぬたの音のきこえたり。

けふの夕にわが姉を、
となりの姉のたすけつゝ。
かた〱とひぐれより、
きぬたの音のきこゆなり。

夜ふけてきけば折々は、
わらふ聲さへまじりつゝ。
かた〱とおもしろく、
きぬたの音のあひにけり。

國木田獨歩*

山林に自由存す**

山林に自由存す
われ此句を吟じて血のわくを覺ゆ
嗚呼《あゝ》山林に自由存す
いかなればわれ山林をみすてし

あくかれて*虚榮の途にのぼりしより
十年の月日塵のうちに過ぎぬ
ふりさけ見れば自由の里は
すでに雲山千里の外にある心地す

眥《まなじり》を決して天外を望めば
をちかたの高峰の雪の朝日影
嗚呼山林に自由存す
われ此句を吟じて血のわくを覺ゆ

なつかしきわが故郷は何處《いづこ》ぞや
彼處《かしこ》にわれは山林の兒なりき
顧みれば千里江山
自由の郷は雲底に沒せんとす

たき火

（上　段）
*一八七一—一九〇八年。
**宮崎八百吉（湖處子）編『抒情詩』（一八九七年刊）より。
（下　段）
*あくがれて。

一

逗子《づし》の砂やま草かれて
夕日さびしく殘るなり
沖の片帆の影ながく
小坪の浦はほどちかし

箱根足柄、雪はれて
こがねの雲を戴きぬ
ゆふばえ映る汐ひがた
飛びかふ千鳥こゑ寒し

落葉たゞよふさとがはの
葦間にのこるうすこほり
ふみて碎きて飛びたちぬ
羽音したかし、しぎ一羽

小舟こぐ手もたゆみたり
富士の高峰《たかね》をみかへりて
今日も暮れぬとふな人の
歌はきくべしたび人も

二

濱邊につどふわらべあり
みるま忽ちおのがじゝ
水際《みぎは》あさりてゆきゝせり
拾ひし木々を積み上げぬ

潮風さむし身に沁めば
わらべは小枝をりそへて
たき火いそぎぬあやにくに
ひろひし木々はうるほへり

かたみに吹けど煙たち
たばしる涙ふきあへず
かたみに笑ふ際《ひま》くれて
かはたれ時となりにけり

ゆふぞら晴れて星一つ
影をさやかに映すなり
干潟の千鳥みえわかず
相模の灘は暮れにけり

三

節ありあはれ歌のごと
童は水際にたちならび
「伊豆のやま人ふきおくれ
野火をいざのふ*風あらば」

鬼火か、あらず、いさり火か
伊豆の山こそやけそめぬ
冬のたび人ゆきくれて
のぞみて泣くはこの火なり

わらべは指してうれしげに
もろ聲あはせうたひけり
「伊豆のやま人ふきおくれ
野火をいざのふ風あらば」

かはたれ時の濱遠く
罪なき聲はたゞよひぬ
海の女神はこたへせり
みち來る汐はさゝやきて

四

童のかへり遲しとて
母なる一人よびたてぬ
「夕暮さむしいつまでか
淋しき濱にあそぶぞ」と

稚きわらべげにもとて
砂山さしてかけゆきぬ
つゞく友どちそのまゝに
たき火をすてゝ走りたり

かしらの童ふりかへり
濱のこなたを見下しぬ
風は炎をいさなひて
今しも荒く燃えたちぬ

うれしとのみは思へども
童はそこに居ならびて
わが火もえぬと叫びつゝ
家路をさして馳せさりぬ

（上　段）
*仮名遣いは原典通り。

五

海暮れ野くれ山くれて
冬のさびしき夜となりぬ
逗子の濱邊は人げなく
あるじなき火の影あかし

と見る、人あり近寄りぬ
足おと重したび人か
たき火慕ふは袖ひぢて
かわかす間《ひま》もなかりしか

火影《ほかげ》にうつる顔くろく
額にきざむ皺ふかく
六十路《むそぢ》にあまる髯枯れて
衣のすそはやぶれたり

ふるさと遠くたびねして
ゆくへも知らずさすらふか
ゆめは枯野にさめやすく
草をまくらの老の身か

六

あはれ此火よたがわざぞ
かたじけなしとかざす手は
炎まぢかくふるひたり
まなさしにぶく見まはしぬ

身うちの氷とけそめて
心ゆたかになりにけり
燃ゆる炎のかなたには
昔のわが身うかびたり

なぎさゆたかに滿ち來なる
汐はまさごとしたしみて
さゝやく音はおのづから
おきながなみだ誘ひけり

仰ぐ大ぞら星さえて
霜をつゝめる天《あま》の河
伊豆の岬をゆびさしぬ
天のはる〴〵人こひし

七

ひぢし衣もかはきたり
殘りすくなに燃えつきぬ
たき火の炎かすかなり
おきな今はと、杖とりぬ

小坪のかたは道くらし
ゆき去りかねしたび人は
あとふりかへりたゝずみつ
たき火のぬしをことぶきぬ

有明ちかく月さえて
逗子のうら人ゆめふかし
伊豆の孫やま火はきえて
いさり火のみぞのこるなる

里の童がたきし火は
さすらふ人の足跡は
とこしへの波おともなく
夜半《よは》のみち汐かき消しぬ

島崎藤村*

こゝろなきうたのしらべは
ひとふさのぶだうのごとし
なさけあるてにもつまれて
あたゝかきさけとなるらむ

ぶだうだなふかくかゝれる
むらさきのそれにあらねど
こゝろあるひとのなさけに
かげにおくふさのみつよつ

そはうたのわかきゆゑなり
あぢはひもいろもあさくて
おほかたはかみてすつべき
うたゝねのゆめのそらごと**

（下段）
*一八七二—一九四三年。
**『若菜集』（一八九七年刊）序詞中に無題所収。

初　戀*

まだあげ初《そ》めし前髪《まへがみ》の
林檎のもとに見えしとき
前にさしたる花櫛《はなぐし》の
花ある君と思ひけり

やさしく白き手をのべて
林檎をわれにあたへしは
薄紅《うすくれなゐ》の秋の實《み》に
人こひ初《そ》めしはじめなり

わがこゝろなきためいきの
その髮の毛にかゝるとき
たのしき戀の盃《さかづき》を
君が情《なさけ》に酌みしかな

林檎畠の樹《こ》の下《した》に
おのづからなる細道は
誰《た》が踏みそめしかたみぞと
問ひたまふこそこひしけれ

秋風の歌

さびしさはいつともわかぬ山里に
　尾花みだれて秋かぜぞふく

しづかにきたる秋風《あきかぜ》の
西の海より吹き起り
舞ひたちさわぐ白雲《しらくも》の
飛びて行くへも見ゆるかな

暮影《ゆふかげ》高く秋は黃の
桐の梢の琴の音《ね》に
そのおとなひを聞くときは
風のきたると知られけり

ゆふべ西風《にしかぜ》吹き落ちて
あさ秋の葉の窓に入り
あさ秋風の吹きよせて

（上段）
*以下二篇『若菜集』より。

ゆふべの鶉巣《す》に隠《かく》る
ふりさけ見れば青山《あをやま》も
色はもみぢに染めかへて
霜葉《しもば》をかへす秋風の
空《そら》の明鏡《かゞみ》にあらはれぬ

清《すゞ》しいかなや西風の
まず秋の葉を吹けるとき
さびしいかなや秋風の
かのもみぢ葉《ば》にきたるとき

道を傳ふる婆羅門《ばらもん》の
西に東に散るごとく
吹き漂蕩《たゞよは》す秋風に
飄《ひるがへ》り行く木《こ》の葉かな

朝羽《あさば》うちふる鷲鷹《わしだか》の*
明闇天《あけぐれそら》をゆくごとく
いたくも吹ける秋風の
羽《はね》に聲あり力あり

見ればかしこし西風の
山の木《こ》の葉《は》をはらふとき
悲しいかなや秋風の
秋の百葉《ももは》を落すとき

人は利劒《つるぎ》を振へども
げにかぞふればかぎりあり
舌は時世《ときよ》をのゝしるも
聲はたちまち滅ぶめり

高くも烈し野も山も
息吹《いぶき》まどはす秋風よ
世をかれ〴〵となすまでは
吹きも休《や》むべきけはひなし

あゝうらさびし天地《あめつち》の
壺の中《うち》なる秋の日や
落葉と共に飄《ひるがへ》る
風の行衛《ゆくゑ》を誰か知る

（上　段）
*（鷲鷹《わしたか》）。（明闇《あけくれ》）。

小諸なる古城のほとり*

小諸《こもろ》なる古城《こじやう》**のほとり
雲白く遊子《いうし》悲しむ
緑なす蘩蔞《はこべ》は萌えず
若草も藉《し》くによしなし
しろがねの衾《ふすま》の岡邊
日に溶けて淡雪流る

あたゝかき光はあれど
野に滿つる香《かをり》も知らず
淺くのみ春は霞みて
麥の色はづか***に青し
旅人の群《むれ》はいくつか
畠中の道を急ぎぬ

暮れ行けば淺間も見えず
歌哀《かな》し佐久の草笛《くさぶえ》
千曲《ちくま》川《がは》いざよふ波の
岸近き宿にのぼりつ
濁り酒濁れる飲みて
草枕しばし慰む

椰子の實

名も知らぬ遠き島より
流れ寄る椰子の實《み》一つ

故郷《ふるさと》の岸を離れて
汝《なれ》はそも波に幾月《いくつき》

舊《もと》の樹は生《お》ひや茂れる
枝はなほ影をやなせる

われもまた渚《なぎさ》を枕
孤身《ひとりみ》の浮寢の旅ぞ

實《み》をとりて胸にあつれば
新《あらた》なり流離の憂《うれひ》

（上　段）

*以下三篇『落梅集』（一九〇一年刊）より。うち『小諸なる古城のほとり』は雑誌『明星』創刊号（明治三十三年四月号）に発表当時は『旅情』と題し、『落梅集』のあと『千曲川旅情の歌』（一）と改題。

**ルビは編者。『旅情』では（ふるき）とルビ。そのあとルビなし。

***（わずか）。

海の日の沈むを見れば
激《たぎ》り落つ異郷の涙

思ひやる八重の汐々
いづれの日にか國に歸らん

千曲川旅情のうた

昨日《きのふ》またかくてありけり
今日《けふ》もまたかくてありなむ
この命なにを齷齪《あくせく》
明日《あす》をのみ思ひわづらふ

いくたびか榮枯《えいご》*の夢の
消え殘る谷に下《くだ》りて
河波のいざよふ見れば
砂まじり水卷き歸る
嗚呼《あゝ》古城《こじやう》なにをか語り
岸の波なにをか答ふ

過《いに》し世を靜かに思へ
百年《もゝとせ》もきのふのごとし

千曲川柳《やなぎ》霞みて
春淺く水流れたり
たゞひとり岩をめぐりて
この岸に愁《うれひ》を繫《つな》ぐ

土《つち》井《ゐ》晩《ばん》翠《すゐ》*

暮鐘**

"La cloche ! écho du ciel placé
　près de la terre !
Voix grondante qui parle
　à côté du tonnerre.
Fait pour la cité comme
　lui pour la mer !

（上段）
＊ルビは『落梅集』による。あとルビなし。

（下段）
＊一八七一―一九五二年。
＊＊『天地有情』（一八九九年刊）より。

Vase plein de rumeur qui
se vide dans l'air !”
——Hugo : Les Chants du Crépuscule.

森のねぐらに夕鳥を
麓の里に旅人を
靜けき墓になきがらを
夢路の暗《やみ》にあめつちを
送りて響け暮の鐘。

春千山《せんざん》の花ふゞき
秋落葉《らくえふ》の雨の音
誘ふて世々の夕まぐれ
劫風《ごふふう》ともに鳴りやまず。

天の返響地の叫び
恨の聲か慰めか
過ぐるを傷む悲みか
來るを招く喜びか
無常をさとすいましめか
望を告ぐる法音《ほふいん》か。

友高樓のおばしまに
別れの袂重きとき
露荒涼の城あとに
懷古の思《おもひ》しげきとき
聖者靜けき窓の戶に
無象《むざう》の天《そら》を思ふとき
大空高く聲あげて
今はと叫ぶ暮の鐘。

人住むところ行くところ
歎《なげき》と死とのあるところ
歌と樂《がく》とのあるところ
涙、悲み、憂きなやみ
笑、喜び、たのしみと
互に移りゆくところ、
都大路の花のかげ
白雲深き鄙《ひな》の里
白波寄する荒磯邊、
無心の稚子《ちご》の耳にしも
無聲の塚の床にしも
等しく響く暮の鐘。

雲飄揚《うんぺうやう》の身はひとり
五城樓下の春遠く
都の空にさすらへつ
思《おもひ》しのぶが岡の上
われも夕の鐘を聞く。

鐘の響きに夕がらす
入日名殘《なごり》の影薄き
あなたの森にゐるがごと
むらがりたちて淀みなく
そゞろに起るわが思ひ。

靜まり返る大ぞらの
波をふたゝびゆるがして
雲より雲にとよみなく
餘韻かすかに程遠く
浮世の耳に絶ゆるとも
しるや無象の天の外
下界の夢のうはごとを
名殘の鐘にきゝとらん

高き、尊き靈ありと。

天使の群をかきわけて
昇りも行くか「無限」の座
鐘よ光の門の戸に
何とかなれの叫ぶらむ、
下界の暗《やみ》は厚うして
聖者の憂絶えずとか
浮世の花は脆うして
詩人の涙涸れずとか。

長く、かすけく、また遠く
今はたつゞく一ひゞき
呼ぶか閻浮《えんぶ》*の魂《たま》の聲
かの永劫の深みより
「われも浮世のあらし吹く
波間にうきし一葉舟《ひとはぶね》
入江の春は遠くして
舟路半ばに沈みぬ」と。

恨みなはてそ世の運命《さだめ》、

（下段）
*人間世界。

無限の未來後にひき
無限の過去を前に見て
我いまこゝに惑あり
はたいまこゝに望あり、
笑、たのしみ、うきなやみ
暗と光と織りなして
歌ふ浮世の一ふしも
いざ響かせむ暮の鐘、
先だつ魂に、來ん魂に
かくて思をかはしつゝ
流一筋大川の
泉と海とつなぐごと。

吹くや東の夕あらし
寄するや西の雲の波
かの中空《なかぞら》に集りて
しばしは共に言もなし
ふたつ再び別るとき
「祕密」と彼も叫ぶらむ。

人生、理想、はた祕密
詩人の夢よ、迷《まよひ》よと
我笑《あざま》ひしも幾たびか
まひるの光かゞやきて
望の星の消ゆるごと
浮世の塵にまみれては
罪か濁世《ぢよくせ》かわれ知らず。

其《その》塵深き人の世の
夕暮ごとに聲あげて
無限永劫神の世を
警《いまし》め告ぐる鐘の音、
源流《げんりう》すでに遠くして
濁波《だくは》を揚ぐる末の世に
無言の教宣《の》りつゝも
有情《うじやう》の涙誘へるか。

祇園精舍《ぎをんしやうじや》の檐《のき》朽ちて
葷酒《くんしゆ》の香《か》のみ高くとも
セント、ソヒヤ*の塔荒れて
福音《ふくいん》俗に媚ぶるとも
聞けや夕の鐘のうち

（下段）
＊セント（聖）ソフィア寺。

靈鷲《れいじゆ》橄欖いにしへの
高き、尊き法《のり》の聲。

天地有情の夕まぐれ
わが驂鸞《さんらん》の夢さめて
鳳樓《ほうろう》いつか跡もなく
花もにほひも夕月も
うつゝは脆き春の世や
岑上《をのへ》の霞たちきりて
縫へる仙女《せんによ》の綾ごろも
袖にあらしはつらくとも
「自然」の胸をゆるがして
響く微妙の樂の聲
その一音はこゝにあり。

天の莊嚴《しやうごん》地の美麗
花かんばしく星てりて
「自然」のたくみ替らねど
わづらひ世々に絶えずして
理想の夢の消ゆるまは
たえずも響けとこしへに
地籟天籟身に兼ぬる
ゆふ入相《いりあひ》の鐘の聲。

與謝野鐵幹《よさのてつかん》*

敗荷**

夕不忍《ゆふべしのばず》の池ゆく
涙おちざらむや
蓮折れて月うすき
長酡亭《ちやうだてい》酒寒し
似ず住の江のあづまや
夢とこしへ甘きに

とこしへと云ふか
わづかひと秋
花もろかりし

（下段）
＊一八七三—一九三五年。
＊＊やれはす。『紫』（一九〇一年刊）より。

人もろかりし
おばしまに倚りて
君伏目がちに
嗚呼《あゝ》何とか云ひし
蓮《はちす》*に書ける歌

中學唱歌**

荒城の月

作詞　土井晩翠
作曲　瀧　廉太郎

第一章

春高樓の花の宴
　めぐる盃かげさして
　　千代の松が枝《え》わけいでし
　　　むかしの光いまいづこ

第二章

秋陣營の霜の色
　鳴きゆく雁《かり》の數見せて
　　植うるつるぎに照りそひし
　　　むかしの光いまいづこ

第三章

今荒城のよはの月
　替らぬ光たがためぞ
　　垣に殘るはたゞかつら
　　　松に歌ふはたゞあらし

第四章

天上影は替らねど
　榮枯は移る世の姿
　　寫さんとてか今もなほ
　　　嗚呼荒城のよはの月

薄《すす》田《き》泣《だ》菫《きうきん》*

（上　段）
*ルビは編者。
**東京音楽學校編。一九〇一年刊。

（下　段）
*一八七七—一九四五年。

公孫樹下にたちて*

一

あゝ日は彼方《かなた》、伊太利《いたりあ》の
七つの丘の古跡《ふるあと》や、
圓《まろ》き柱に照りはえて、
石床《いしゆか》しろき回廊《わたどの》の
きざはし狹《せば》に居《ゐ》ぐらせる、
青地《あをぢ》襤褸《つゞれ》の乞食《かたゐ》らが、
月を經て來《こ》む降誕祭《くりすます》、
市《いち》の施物《せもつ》を夢みつゝ
ほくそ笑《ゑみ》する顏や射む。
あゝ日は彼方、北海《きたうみ》の
波の穗がしら爪《つま》じろに、
ぬすみに獵《あさ》る蜑《あま》が子の、
氷雨《ひさめ》もよひの日こそ來《く》れ、
幸《さち》は足りぬ、と直《ひた》むきに、
南へかへる舟《ふな》よそひ、
破《や》れの帆脚《ほあし》や照すらむ。
こゝには久米《くめ》の皿山《さらやま》の
嶺《いたゞき》ごしにさす影を、
肩にまとへる銀杏《いてふ》の樹《き》、
向脛《むかはぎ》ふとく高らかに、
青きみ空にそゝりたる、
見れば鎧《よろ》へる神の子の
陣に立てるに似たりけり。

二

こゝ美作《みまさか》の高原《たかはら》や、
國のさかひの那義《なぎ》山《せん》の
谿にこもれる初嵐、
ひと日高みの朝戸《あさと》出《で》に、
遠く銀杏のかげを見て、
あな誇りかの物《もの》めきや、
わが手力《たぢから》は知らじかと
軍《いくさ》もよひの角笛《くだぶえ》を、
木木に空門《からと》に吹きどよめ、
家の子あまた集《つど》へ來て、
黑尾《くろを》峠《たうげ》の懸路《かけぢ》より、
風下小《かざしたを》野《の》のならび田に、
穗波なびきてさやぐまで、
勢《いきほひ》あらく攻めよれば、

（上段）
*以下二篇『二十五弦』（一九〇五年刊）より。

あなや大樹《おほき》のやなぐひの
黄金《こがね》の矢束鳴《やづかなり》だかに、
諸肩《もろがた》つよく搖《ゆら》ぎつゝ、
賤《いや》しきものゝ逆《さか》らひに、

滅びはつべき吾が世かと、
あざけり笑ふどよもしや、
矢種皆《やだねみな》がらかたむけて、
射繼早《いつぎばや》なるおろし矢に、

射ずくめられし北風は、
またも新手《あらて》をさきがけに、
雄詰《をたけび》たかく手突矢《てつきや》の
鏃《やじり》ひかめく圍みうち。
頃は小春《こはる》の眞晝すぎ、
因幡《いなば》ざかひを立ちいでゝ、

晴れ渡りたる大空を、
南の吉備《きび》へはしる雲、
白き額《ひたひ》をうつぶしに、
下なる邦《くに》のあらそひの
なじかはさのみ忙《せは》しなと、
心うれひに堪へずして、
顧みがちに急ぐらむ。

黄泉《よみ》の洞《ほら》なる戀人に、
生命《いのち》の水を掬《むす》ばむと、
七つの關《せき》の路守《みちもり》に、
冠《かむり》と衣《きぬ》を奪はれて、
『あらと』の邦におりゆきし、
生身《なまみ》素肌《すはだ》の神の如《ごと》、
あゝ爭ひの七八日《なゝやうか》、
銀杏は征矢《そや》を射つくして、
雄々《をゝ》しや、空手《むなで》眞裸《まはだか》に、
ほまれの創《きず》の諸肩《もろかた》を、
さむき入日《いりひ》にいろどりて、
み冬の領《りやう》にまたがりぬ。

三

あゝ名と戀と歡樂《たのしみ》と、
夢のもろきにまがふ世に、
いかに雄々しき實在の
眩《はゆ》きばかりの證明《あかし》ぞや。
夏とことはに絶ゆるなく、
青きを枝にかへすとも、

冬とことはに盡くるなく、
つねにその葉を震ひ去り、
さては八千歳《やちとせ》、靈木《りやうぼく》の、
背《そびら》の創《きず》は癒えずして、
戰ひとはに新らしく、
はた勇ましく繰りかへる。

銀杏よ、汝常盤木《なんぢときはぎ》の
神のめぐみの緑葉《みどりば》を、
霜に誇るにくらべては、
いかに自然の健兒ぞや。
われら願はく狗兒《いぬころ》の
乳《ち》のしたゝりに媚ぶる如、
心よわくも平和《やはらぎ》の
小《ちひ》さき名をば呼ばざらむ。
絶ゆる隙《ひま》なきたゝかひに、
馴れし心の驕《おご》りこそ、
ながき吾世のながらへの
榮《はえ》ぞ、價値《あたひ》ぞ、幸福《さいはひ》ぞ。
公孫樹《いてふ》よ、汝《なれ》のかげに來て、
何かも知らぬ睦魂《むつだま》の
よろこび胸に溢るゝに、
許せよ、幹《みき》をかき抱き、
長き千代《ちよ》にも更《か》へがたの
刹那《せちな》の醉《ゑひ》にあくがれむ。

（三十四年十月、作州津山の近ほとりにて）

戀のわな

あけぼの破《わ》るゝ光《ひかり》にながれ、
　然《さ》りやな、
君にまとひて、
面照《おもでり》はなにほてるまで、
　さりやな、
戀のたはむれ、
　さりやな。

日なか小百合《さゆり》の蕚《うてな》にかくれ
　さりやな、
君に折られて、
息のかをりに咽《むせ》ぶまで、

さりやな、
さても口《くち》づけ、
さりやな。

夜《よ》ぶか夜殿《よどの》の夢路にひそみ、
さりやな、
をぐな姿や、
君と花野のめぐりあひ、
さりやな、
胸もゆらゝに、
さりやな。

はては黄泉門《よみど》の眞闇《まやみ》にしのび、
さりやな、
君を待ちえて、
諸手《もろて》やはらにかき擁《いだ》き、
さりやな、
ながき眠《ねむり》に、
さりやな。

ああ大和にしあらましかば*

（上　段）

ああ、大和《やまと》にしあらましかば、
いま神無月《かみなづき》、
うは葉散《ばち》り透く神無備《かみなび》の森の小路《こみち》を、
あかつき露《づゆ》に髪ぬれて、往きこそかよへ、
斑鳩《いかるが》へ。平群《へぐり》のおほ野《の》、高草《たかくさ》の
黄金《こがね》の海とゆらゆる日、
塵居《ちりゐ》の窓のうは白《じら》み、日ざしの淡《あは》に、
いにし代《よ》の珍《うづ》の御經《みきやう》の黄金文字《こがねもじ》、
百濟緒琴《くだらをごと》に、齋《いは》ひ瓮《べ》に、彩畫《だみゑ》の壁に
見《み》ぞ恍《ほ》くる柱がくれのたたずまひ、
常花《とこはな》かざす藝《げい》の宮、齋殿深《いみどのふか》に、
焚きくゆる香《か》ぞ、さながらの八鹽折《やしほをり》
美酒《うまき》の甕《みか》のまよはしに、
さこそは醉はめ。

新墾路《にひばりみち》の切畑《きりばた》に、
赤《あか》ら橘葉《たちばな》がくれに、ほのめく日なか、
そことも知らぬ靜歌《しづうた》の美《うま》し音色《ねいろ》に、
目移《めうつ》しの、ふとこそ見まし、黄鶲《きびたき》の

*以下三篇『白羊宮』（一九〇六年刊）より。

あり樹《き》の枝《えだ》に、矮人《ちひさご》の樂人《あそびを》めきし
戯《ざ》ればみを。尾《を》羽《ば》身がろさのともすれば、
葉の漂《ただよ》ひとひるがへり、
籬《ませ》に、木《こ》の間《ま》に、——これやまた、野の法子《ほふし》
　兒《ご》の
化《け》のものか、夕寺深《ゆふでらふか》に聲《こわ》ぶりの、
讀經《どきやう》や、——今か、靜《しづ》こころ
そぞろありきの在《あ》り人《びと》の
魂《たましひ》にしも泌み入らめ。

日は木がくれて、諸《もろ》とびら
ゆるにきしめく夢殿《ゆめどの》の夕庭寒《ゆふにはさむ》に、
そそ走《ばし》りゆく乾反葉《ひそりば》の
白膠木《ぬるで》、榎《え》、楝《あふち》、名こそあれ、葉廣菩提樹《はびろぼだいじゆ》、
道ゆきのさざめき、諳《そら》に聞きほくる
石廻廊《いしわたどの》のたたずまひ、振りさけ見れば、
高塔《あららぎ》や、九輪《くりん》の銹に入日かげ、
花に照り添ふ夕《ゆふ》ながめ、
さながら、緇衣《しえ》の裾ながに地に曳きはへし、
そのかみの學生《がくじやう》めきし浮歩《うけあゆ》み、——
ああ大和《やまと》にしあらましかば、

今日神無月《かみなづき》、日のゆふべ、
聖《ひじり》ごころの誓《しば》しをも、
知らましを、身に。

望郷の歌

わが故郷《ふるさと》は、日の光《ひかり》蟬の小《を》河《がは》にうはぬるみ、
在木《ありき》の枝《えだ》に色鳥《いろどり》の咏《なが》め聲《ごゑ》する日ながさを、
物詣《ものまうで》する都女《みやこめ》の歩みものうき彼《ひ》岸會《がんゑ》や、
桂《かつら》をとめは河《かは》しもに梁誇《やなぼこ》りする鮎汲みて、
小網《さで》の雫《しづく》に清酒《きよみき》の香をか嗅ぐらむ春日《はるひ》なか、
櫂《かい》の音《と》ゆるに漕ぎかへる山櫻會《やまざくらゑ》の若人《わかうど》が、
瑞木《みづき》のかげの戀語《こひがた》り、壬生狂言《みぶきやうげん》の歌舞伎子《かぶきこ》が
技《わざ》の手《て》振《ぶり》の戯《ざれ》ばみに、笑《ゑ》み廣《ひろ》ごりて興じ合ふ
かなたへ、君といざかへらまし。

わが故郷は、楠樹《くすのき》の若葉《わかば》仄《ほの》かに香《か》ににほひ、
葉《は》びろ柏《がしは》は手《て》だゆげに、風に搖《ゆら》ゆる初夏《はつなつ》を、
葉洩《はも》りの日《ひ》かげ散斑《ばらふ》なる糺《ただす》の杜《もり》の下路《したみち》に、
葵《あふひ》かづらの冠《かむり》して、近衞使《このゑづかひ》の神まつり、

塗《ぬり》の轅《ながえ》の牛車《うしぐるま》、ゆるかにすべる御生《みあれ》の日
また水無月《みなづき》の祇園會《ぎをんゑ》や、日ぞ照り白《しら》む山鉾《やまぼこ》の
車きしめく廣小路《ひろこうぢ》、祭物見《まつりものみ》の人ごみに、
比枝《ひえ》の法師も、花賣も、打ち交りつつ頽《なだ》れゆ
く
かなたへ、君といざかへらまし。

わが故郷は、赤楊《はんのき》の黄葉《きば》ひるがへる田中路《たなかみち》、
稲搗《いなき》をとめが靜歌《しづうた》に黄《あめ》なる牛はかへりゆき、
日は今終《つひ》の目移《めうつ》しを九輪《くりん》の塔《だふ》に見はるけて、
靜かに眠《ねむ》る夕まぐれ、稍《やゝ》散り透きし落葉樹《おちばぎ》は、
さながら老いし葬式女《はふりめ》の、懶《たゆ》げに被衣《かづき》引延《ひきは》へ
て、
物歎《ものなげ》かしきたたずまひ、樹間《こま》に仄《ほの》めく夕月の
夢見《ものみ》ごこちの流眄《ながしめ》や、鐘の響の青びれに、
札所《ふだしよ》めぐりの旅人《たびびと》は、すずろ家族《うから》や忍ぶらむ
かなたへ、君といざかへらまし。

わが故郷は、朝凍《あさじみ》の眞葛《まくづ》が原に楓《かへで》の葉、
そそ走《ばし》りゆく霜月《しもつき》や、專修念佛《せんじゆねぶち》の行者《ぎやうじや》らが
都入《みやこい》りする御講凪《おかうな》ぎ、日は午《ひる》さがり、夕越《ゆふごえ》の
路にまよひし旅心地《たびごゝち》、物わびしらの涙目《いやめ》して、
下京《しもぎやう》あたり時雨《しぐれ》する、うら寂しげの日《ひ》短《みぢか》を、
道《みち》の者なる若人《わかうど》は、ものの香《か》朽《く》ちし經藏《きやうざう》に、
塵居《ちりゐ》の御影《みかげ》、古渡《こわた》りの御經《みきやう》の文字や愛《めて》しれて、
夕《ゆふ》くれないの明《あか》らみに、黄金《こがね》の岸も慕ふらむ
かなたへ、君といざかへらまし。

をとめごころ

一

黄金覆盆子《こがねいちご》は葉がくれに、
眼《まなこ》うるみて泣きぬれぬ。
青水無月《あをみなづき》の朝野《あさの》にも、
歎きはありや、わが如く。

二

幸《さち》も、希望《のぞみ》も、やすらひも、
海のあなたに往き消えつ。
この世はあまりか廣くて、
をとめ心《ごゝろ》はありわびぬ。

三

朝践《あさふ》む風のささやきに、
覆盆子《いちご》のまみは耀《かがや》きぬ。
神はをとめを路《みち》しばの
片葉《かたは》とだにも見給はじ。

蒲《かん》原《ばら》有《あり》明《あけ》*

牡蠣の殼**

牡蠣《かき》の殼《から》なる牡蠣の身の
かくもはてなき海にして
獨りあやふく限ある
そのおもひこそ悲しけれ

身はこれ盲目《めしひ》すべもなく
巖《いはほ》のかげにねむれども
ねざむるままにおほうみの
潮《しほ》のみちひをおぼゆめり

いかに黎明《あさあけ》あさ汐の
色しも淸くひたすとて
朽つるのみなる牡蠣の身の
あまりにせまき牡蠣の殼

たとへ夕づついと淸き
光は涙の穗に照りて
遠野《とほの》が鴿《はと》の面影に
似たりとてはた何ならむ

痛ましきかなわたつみの
ふかきしらべのあやしみに
夜もまた晝もたへかねて
愁《うれひ》にとざす殼のやど

されど一度《ひとたび》あらし吹き
海の林のさくる日に
朽つるままなる牡蠣の身の

(上段)
*一八七六―一九五二年。
**『草わかば』(一九〇二年刊)より。

殻もなどかは砕《くだ》けざるべき

さいかし*

落葉林《おちばばやし》の冬の日に
さいかし一樹《ひとき》**
　（さなりさいかし、）
その實《み》は梢いと高く風にかわけり。
落葉林のかなたなる
里の少女《をとめ》は
　（さなりさをとめ、）
まなざし淸きその姿なよびたりけり。
落葉林のこなたには
風に吹かれて、
　（さなりこがらし、）
吹かれて空にさいかしの莢《さや》こそさわげ。
さいかしの實の殻は墜ち、
風にうらみぬ、——
　（さなりわびしや、）
『命は獨りおちゆきて拾ふすべなし。』
さいかしの實は枝に鳴り、
音もをかしく
　（さなりきけかし、）
墜ちたる殻の友の身をともらひ歎く、——
『嗚呼世に盡きぬ命なく、
朽ちせぬ身なし。』——
　（さなりこの世や、）
人に知られでさいかしの實は鳴りにけり。
風おのづから彈きならす
小琴《をごと》ならねど、
　（さなりひそかに、）
枝に縋れる殻の實のおもひかなしや。
わびしく實《みの》る殻の種子《たね》
この日みだれて

（上段）
*『独絃哀歌』（一九〇三年刊）より。
**さいかち。豆科の落葉喬木。

(さなりすべなく、)
音《ね》には泣けども調《しらべ》なき愁ひをいかに。

かくて世にまた新《あらた》なる
光あれども、
(さなり光や、)
われは歎きぬさいかしの古き愁ひを。

静かにさめしたましひの*

静かにさめしたましひの
一日《ひとひ》は花とにほひ咲く、
ゆふべにねむる花なれば
賷らむすべはなけれども、
わが戀ふる人、君をこそ、
君が眼をこそ慕ひ咲け。

いかにひらきてたましひの
花となりけむ知らねども、
この曉の水を出で、
一日《ひとひ》のすがたゆるされて、
一夜《ひとよ》に消ゆるこの花の
さだめもすでにつたなしや。

高き臺《うてな》のあらばあれ
光みがける欄干《おばしま》に
垂れてかからむすべもなく、
底ひもわかぬ青淵《あをぶち》の
涙に流るるひもすがら
君にむかひて咲けるのみ。

静かにひらく花なれど
花の頸《うなじ》は傾きぬ、
夕ばえ小島巖《いはほ》かげ
彩帆《あやほ》あげゆく鳥船《とりふね》の
すがたはあらで、さびしくも
ゆらぎてたてる花の性《さが》。

いにしへ一代《ひとよ》、后土《おほつち》の
いまだ焔と燃えし時、
火の海原《うなばら》の母の貝、

(上　段)
*『春鳥集』(一九〇五年刊)より。

殻《から》の雙葉《もろは》に晶玉《しやうぎよく》を
いつか産みしと人知らぬ
それにも似たるたましひの花。

智慧の相者は我を見て*

智慧《ちゑ》の相者《さうじや》は我を見て今日し語らく、
汝《な》が眉目《まみ》ぞこは兆悪《さがあ》しく日曇《ひなぐも》る、
心弱くも人を戀ふおもひの空の
雲、疾風《はやち》、襲はぬさきに遁れよと。

噫《あゝ》遁れよと、嫋《たを》やげる君がほとりを、
緑牧《みどりまき》、草野《くさの》の原のうねりより
なほ柔かき黑髪の綰《わがね》の波を、——
こを如何に君は聞き判《わ》きたまふらむ。

眼をし閉《とづ》れば打續く沙《いさご》のはてを
黄昏《たそがれ》に頸《うなだ》垂れてゆくもののかげ、
飢ゑてさまよふ獸《けもの》かととがめたまはめ、
その影ぞ君を遁れてゆける身の
乾ける旅に一色《ひといろ》の物憂き姿、——
よしさらば、香《にほひ》の渦輪《うづわ》、彩《あや》の嵐に。

茉莉花

咽び歎かふわが胸の曇り物憂き
紗《しや》の帳《とばり》しなめきかかげ、かがやかに、
或日は映る君が面《おも》、媚《こび》の野にさく
阿芙蓉《あふよう》の萎《な》え嬌《なま》めけるその匂ひ。

魂《たま》をも蕩《た》らす私語《さゝめき》に誘はれつつも、
われはまた君を擁《いだ》きて泣くなめり、
極祕《ごくひ》の愁《うれひ》、夢のわな、——君が腕《かひな》に、
痛ましきわがただむきはとらはれぬ。

また或宵は君見えず、生絹《すゞし》の衣《きぬ》の
衣ずれの音《おと》のさやさやすずろかに
ただ傳ふのみ、わが心この時裂けつ、

（上段）
＊以下四篇『有明集』（一九〇八年刊）より。

茉莉《まづり》花《くわ》の夜《よる》の一室《ひとま》の香《か》のかげに
まじれる君が微笑《ほゝゑみ》はわが身の痍《きず》を
もとめ來て沁みて薰りぬ、貴《あて》にしみらに。

秋のこころ

黃《きば》みゆく木草《きぐさ》の薰り淡々《あは〳〵》と
野の原に、將《は》た水の面《も》にただよひわたる
秋の日は、淸げの尼のおこなひや、
懺悔《ざんげ》の壇の香《かう》の爐に信の心の
香木《かうぼく》の髓《ずゐ》の膏《あぶら》を炷《た》き燻《く》ゆし、
きらびやかなる打敷《うちしき》は夢の解衣《ときぎぬ》、
過ぎし日の被衣《かつぎ》の遺物《かたみ》、——靜やかに
垂れて音なき繡《ぬひ》の花、また襞《ひだ》ごとに、
ときめきし胸の名殘の波のかげ、
搖めきぬとぞ見るひまを聲は直《ひた》泣く——
看經《かんぎん》の、噫《あゝ》、秋の聲、歡樂《くわんらく》と
悔《くい》と念珠《ねんじゆ》と幻《まぼろし》と、いづれをわかず、
ひとつらに長き恨《うらみ》の節細《ふしほそ》く、
雲の翳《かげり》にあともなく滅《き》えてはゆけど、
窮《きは》みなき輪廻《りんね》の業《ごふ》のわづらひは
落葉《おちは》の下《もと》に、草の根に、潛みも入るや、——
その夕《ゆふべ》、愁《うれひ》の雨は梵行《ぼんぎやう》の
亂れを痛《いた》みさめざめと繁《しじ》にそそぎぬ。

碑銘

其一

よろこびぬ、倦みぬ、
爭ひぬ、厭きぬ。

生命《いのち》の根《ね》白く
死の實《み》こそにほへ。

眠《ねぶり》なり、つえぬ、
墮《お》ちぬまを吸ひぬ。

其二

ここよりは路《みち》もなし、
やすし、はた路の岐《わかれ》も。

蒼白き啜泣《すゝりな》き、
聲鎛《こゑひび》くゐまひの狹霧《さぎり》。
魂《たま》と魂あひ寄るや、
寂寞《じやくまく》の、あはれ、晶玉《しやうぎよく》。

死はなべて價《あたひ》のきはみ、
得難しや、されど終《つひ》には。

其　三

人々よ、奥津城《おくつき》の冷たき碣《いし》を、
われを、いざ、踏みて立て。烏許《をこ》の輩《ともがら》、
盲《めし》ひたり、躓《つまづ》かめ、將來《ゆくすゑ》遠く
つづきたる階《きざはし》の、われも一段《ひときだ》。

其　四

肉は、靈は、
二つのちから、
生は、死はよ、
眞砥《まと》の堅石《かたいし》、

研《みが》きいづれ、
摩尼《まに》*の金剛《こんがう》。

あざれし肉
「神」の牲《いけにへ》。

虚しき靈
「蝮《まむし》」の智《さとり》。

肉の肉を
われは今おぼゆ。
覺めよ、「人」は
靈の靈。

或る日の印象

熰《いぶ》り蒸す風景よ。小流《こながれ》をうねりうねりて、
とろとろに燗《たゞ》れたる銅《あかゞね》の湯は漲《みなぎ》らひ、

（下段）
*珠、宝。

その岸に傴僂《せむし》なる身を伸《の》す童《わらは》の一人。
素裸の肋骨《あばらぼね》日に萎《な》えて高熱を病《や》む。

その童、とかくして、抄網《たも》を手に徐《やを》らさしのべ、
とろみたる銅の水底《みなぞこ》をかい捜《さぐ》りつつ、
蒼《あを》びれし太陽を魚かとぞ掬ひすくへる。
いつまでと果《はて》しなし、無益《むやく》なる無言《むごん》の戯れ。

彼方《かなた》には、この夕、人間の屍骸《しかばね》焼くか、
白く黄に、灰汁《あく》のごと濁りたる煙騰《あが》れり、
工場《こうば》にもありぬべき赤煉瓦、ただぐらぐらと、
酔《ゑ》ひ凝《し》れし烟突《えんとつ》の吐く煙、こはまた眞直《ますぐ》に。

見てあれば、わけもなき空虚《うつろ》さはすべてを封じ、
世は、あはれ、唖《おし》となり、とろみたる湯川《ゆかは》掩ひて
黄泉《よみぢ》なす闇の香《か》の呪《まじ》こると知るや知らずや、
軟骨《なんこつ》の童のみ落日《らくじつ》の死軀《むくろ》を捜《さぐ》る。

上田　敏*

信太翁《おきのたいふ》**　シャルル・ボードレール***

波路遥けき徒然《つれづれ》の慰草《なぐさめぐさ》と船人《ふなびと》は、
八重の潮路《しほぢ》の海鳥《うみどり》の沖の太夫《たいふ》を生擒《いけど》りぬ、
楫《かぢ》の枕のよき友よ心閑《のど》けき飛鳥かな、
奥津《おきつ》潮騒《しほざゐ》すべりゆく舷《ふなばた》近くむれ集ふ。

たゞ甲板《かふはん》に据ゑぬればげにや笑止《せうし》の極《きはみ》なる。
この青雲《あをぐも》の帝王も、足どりふらゝ、拙《つたな》くも、
あはれ、眞白き雙翼《さうよく》は、たゞ徒らに廣ごりて、
今は身の仇、益《やう》も無き二つの櫂《かい》と曳きぬらむ。

天《あま》飛ぶ鳥も、降《くだ》りては、やつれ醜き瘠姿《やせすがた》、
昨日《きのふ》の羽根のたかぶりも、今はた鈍《おぞ》に痛はしく、
煙管《きせる》に嘴《はし》をつゝかれて、心無《こころなし》には嘲けられ、
しどろの足を模《ま》ねされて、飛行《ひぎやう》の空に憧《あこ》がるゝ、

雲居《くもゐ》の君のこのさまよ、世の歌人《うたびと》に似たらず

（下段）
*一八七四—一九一六年。
**以下五篇『海潮音』（一九〇五年刊）より。
***フランス、一八二一—一八六七年。

や、
暴風雨《あらし》を笑ひ、風凌《しの》ぎ獵男《さつを》の弓をあざみしも、
地《つち》の下界にやらはれて、勢子《せこ》の叫《さけび》に煩へば、
太《ふと》しき雙《さう》の羽根さへも起居《たちゐ》妨《さまた》ぐ足まとひ。

落葉《らくえふ》

ポール・ヴェルレーヌ*

秋の日の
ギオロンの
ためいきの
身にしみて
したぶるに**
うら悲し。

鐘のおとに
胸ふたぎ
色かへて
涙ぐむ
過ぎし日の
おもひでや。

げにわれは
うらぶれて
こゝかしこ
さだめなく
とび散らふ
落葉《おちば》かな。

山のあなた

カール・ブッセ*

山のあなたの空遠く
「幸《さいはひ》」住むと人のいふ。
噫、われひとゝ尋《と》めゆきて、
涙さしぐみ、かへりきぬ。
山のあなたになほ遠く
「幸《さいはひ》」住むと人のいふ。

黄昏《たそがれ》

ジョルジュ・ロデンバック**

（上　段）
*フランス、一八四四―一八九六年。
**ひたぶるに。

（下　段）
*ドイツ、一八七二―一九一八年。
**ベルギー、一八五五―一八九八年。日本ではふつうローデンバッハと読まれている。

夕暮がたの蕭《しめ》やかさ、燈火《あかり》無き室《ま》の蕭やかさ。
かはたれ刻《どき》は蕭やかに、物靜かなる死の如く、
朧々《おぼろ〳〵》の物影のやをら浸《し》み入り廣ごるに、
まず天井の薄明《うすあかり》、光は消えて日も暮れぬ。

物靜かなる死の如く、微笑《ほゝゑみ》作るかはたれに、
曇れる鏡よく見れば、別《わかれ》の手振《てぶり》うれたくも
わが俤《おもかげ》は蕭やかに、辷《すべ》り失《う》せなむ氣色《けはひ》にて、
影薄れゆき、色蒼《あを》み、絶えなむとして消つべきか。

壁に掲《か》けたる油畫に、あるは朧《おぼろ》に色褪めし、
框《わく》をはめたる追憶《おもひで》の、そこはかとなく留まれる
人の記憶の圖の上に心の國の山水《さんすゐ》や、
筆にゑがける風景の黑き雪かと降り積る。

夕暮がたの蕭《しめ》やかさ。あまりに物のねびたれば、
沈める音《おと》の絃《いと》の器《き》に、枷《かせ》をかけたる思にて、
無言を辿《たど》る戀なかの深き二人の眼差《まなざし》も、
花毛氈《はなまうせん》の唐草に絡《から》みて縒《よ》るゝ夢心地。

いと徐《おもむ》ろに日の光隱《かく》ろひてゆく蕭《しめ》やかさ。
文目《あやめ》もおぼろ、蕭やかに、噫、蕭やかに、つくねんと、
沈默《しゞま》の鄕《さと》の偶座《むかひゐ》は一つの香《かう》にふた色の
匂交れる思にて、心は一つ、えこそ語らね。

嗟歎《といき》

ステファンヌ・マラルメ*

靜かなるわが妹《いもと》、君見れば、想《おもひ》すゞろぐ。
朽葉色《くちばいろ》に晚秋《おそあき》の夢深き君が額《ひたひ》に、
天人《てんにん》の瞳《ひとみ》なす空色の君がまなこに、
憧るゝわが胸は、苔古《こけふ》りし花苑《はなぞの》の奥、
淡白《あはじろ》き吹上《ふきあげ》の水のごと、空へ走りぬ。
その空は時雨《しぐれ》月《づき》、淸らなる色に曇りて、
時節《をりふし》のきはみなき鬱憂《うついう》は池に映《うつ》ろひ
落葉《らくえふ》の薄黃《うすぎ》なる憂悶《わづらひ》を風の散らせば、
いざよひの池水に、いと冷《ひ》やき綾は亂れて、

(下段)

*フランス、一八四二—一八九八年。

ながながし梔子《くちなし》の光さす入日たゆたふ。

蟾蜍*

トリスタン・コルビエール**

風の無い晩に歌がきこえる…………
——月は黒ずんだ青葉の
曲折《ぎざぐ》に銀を被《き》せてる。
……歌がきこえる、生埋《いきうめ》になつた
木精《こだま》かしら・そらあの石垣の下さ……
——已《や》んだ。行つて見よう、そこだ、その陰
だ。
——蟾蜍《ひきがへる》よっ・——なにも恐《こは》い事は無い。
こつちへお寄り、僕が附いてる、
よつく御覧、これは頭を圓《まる》めた、翼《はね》の無い詩
人さ
溝《どぶ》の中の迦陵頻伽《かりようびんが》……あら厭だ。
……歌つてる——おゝ厭だ。なぜ厭なの。
そら、あの眼の光つてること……
おや冷《すま》して、石の下へ潜《もぐ》つてく。
さよなら——あの蟾蜍《ひきがへる》は僕だ。

お月様のなげきぶし

ジュール・ラフォルグ*

星の聲

膝の上、
天道様《てんたうさま》の膝の上
踊るは、をどるは、
膝の上、
天道様の膝の上、
星の踊のひとをどり。
——もうし、もうしお月さま、
そんなに、つんとあそばすな
をどりの組へおいでなら、
金《きん》の頸環《くびわ》をまゐらせう。

（上　段）
*以下三篇『牧羊神』（一九二〇年刊）より。
**フランス、一八四五—一八七五年。

（下　段）
*フランス、一八六〇—一八八七年。

おや、まあ、いつそ難有《ありがた》い
思召《おぼしめし》だが、わたしには
お姉様《あねえさま》のくだすつた
これ、このメダルで澤山よ。

——ふふん、地球なんざあ、いけ好《すか》ない、
ありやあ、思想の臺《だい》ですよ、
それよか、もつと歴《れき》とした
立派な星がたんとある。

——もう、もう、これで澤山よ、
おや、どこやらで聲がする。
——なに、そりや何かのききちがひ、
宇宙の含密《せいみ》が鳴るのでしよう。

——口のわるい人たちだ、
わたしや、よつぴて起きててよ。
お引摺《ひきずり》のお轉婆《てんば》さん、
夜遊《よあそび》にでもいつといで。

——こまつちやくれた尼つちよめ、
へへへのへ、のんだくれの御本尊《ごほんぞん》、
掏摸《すり》や狗《いぬ》のお守番《もりばん》、
猫の戀のなかうど、
あばよ、さばよ。

衆星退場。静寂と月光。遙に聲

はてしらぬ
空《そら》の天井《てんじよ》のその下《した》で
踊るは、をどるは
はてしらぬ
空《そら》の天井《てんじよ》のその下《した》で
星の踊をひとをどり。

別離

ポール・フォール*

せめてなごりのくちづけを濱へ出てみて送りませう。
いや、いや、濱風、むかひ風、くちづけなんぞは吹きはらふ。
せめてわかれのしるしにと、この手拭《ハンケチ》をふり

（下段）
*フランス、一八七二年—。

ませう。
いや、いや、濱風、むかひ風、手拭《ハンケチ》なんぞは
　飛んでしまふ。
せめて船出のその日には、涙ながして、おく
　りませう。
いや、いや、濱風、むかひ風、涙なんぞは干《ひ》
　てしまふ。
えゝ、そんなら、いつも、いつまでも、思ひ
　つづけて忘れまい。
ああ、それでこそお前だ、それでこそお前だ。

伊《い》良《ら》子《こ》清白《せいはく》*

淡路にて**

古翁《ふるおきな》しま國の
野にまじり覆盆子《いちご》摘み
門《かど》に來て生鈴《いくすゞ》の
百層《もゝさか》を驕りよぶ
白晶《はくしやう》の皿をうけ
鮮《あざら》けき乳《ち》を灑《そゝ》ぐ
六月の飲食《いんじき》に
けたゝまし虹走る
清涼《せいらう》の里いでゝ
松に行き松に去る
大海のすなどりは
ちぎれたり繪卷物

五月野

鳴門の子海の幸
魚《な》の腹を胸肉《むなじゝ》に
おしあてゝ見よ十人《とたり》
同音《どうおん》にのぼり來る

（上段）
*一八七七—一九四六年。
**以下三篇『孔雀船』（一九〇六年刊）より。

五月野《さつきの》の晝しみら
瑠璃囀《るりてん》の鳥なきて
草長き南國《みなみぐに》
極熱《ごくねつ》の日に火《も》ゆる

謎と組む曲路《まがりみち》
深沼《ふけぬま》の岸に盡き
人形《ひとがた》の樹立《こだち》見る
石の間《ひま》青き水

水を截《き》る圓肩《まろがた》に
睡蓮花《ひつじぐさ》を分け
のぼりくる美《うま》し君
柔かに眼を開《あ》けて

玉藻《たまも》髪《がみ》捌《さば》け落ち
眞素《ます》膚《はだ》に黐《か》へる泪
木々の道木々に倚り
多《さは》の草多《さは》にふむ

葉の裏に虹懸り

姫の路金《こがね》撲《う》つ
大地《おほづち》の人離野《ひとがれの》
變化《へんげ》居《を》る白日《まひる》時《どき》

垂鈴《たりすゞ》の百濟《くだら》物《もの》
熟《う》れ撓《たわ》む石の上
みだれ伏す姫の髪
高圓《たかまど》の日に乾く

手枕《たまくら》の腕《かひな》つき
白玉《しらたま》の夢を展《の》べ
處女子《をとめご》の胸肉《むなじゝ》は
力ある足《たり》の弓

五月野の濡跡《ぬれと》道《みち》
深沼の小《を》黑水《ぐろみづ》
落星《おちぼし》のかくれ所《ど》と
傳へきく人の子等

空像《うたかた》の數知らず
うかびくる岸の隈《くま》

湧き上《の》ぼる高水《たかみづ》に
いま起る物の音《おと》

めざめたる姫の面《おも》
丹穂《にのほ》なす火にもえて
たわわ髪身を起す
光宮玉《ひかりみやたま》の人

微笑《ほゝゑ》みて下《くだ》り行く
湖《うみ》の底姫の國
足《あ》うらふむ水の梯《はし》
物の音遠ざかる

目路のはて岸木立《きしこだち》
晝下《お》ちず日の眞洞《まほら》
迷野《まよひの》の道の奥
水姫《みづひめ》を誰知らむ

初陣

父よ其手綱《たづな》を放せ
槍の穂に夕日宿れり
數ふればいま秋九月
赤帝《せきてい》の力衰へ
天高く雲野に似たり
初陣《うひぢん》の駒鞭うたば
夢杳《はる》か兜の星も
きらめきて東道《みちしるべ》せむ

父よ其手綱を放せ
狐啼く森の彼方《かなた》に
月細くかゝれる時に
一すぢの烽火《のろし》あがらば
勝軍《かちいくさ》笛ふきならせ
軍神《いくさがみ》わが肩のうへ
銀燭の輝く下《もと》に
盃《さかづき》を洗ひて待ちね

父よ其手綱を放せ
髪皤《しろ》くきみ老いませり
花若く我胸踊る

橋を斷ちて砲《つゝ》おしならべ
巖《いは》高く劍《つるぎ》を植ゑて
さか落し千丈の崖《がけ》
旗さし物亂れて入らば
大雷雨奈落の底
風寒しあゝ皆血汐

父よ其手綱を放せ
君しばしうたゝ寢のまに
繪卷物逆《ぎやく》に開きて
夕べ星波間に沈み
霧深く河の瀨なりて
野の草に亂るゝ螢
石の上惡氣《あつき》上《のぼ》りて
亡跡《なきあと》を君にしらせん

父よ其手綱を放せ
故郷《ふるさと》の寺の御庭《みには》に
うるはしく列《なら》ぶおくつき
栗の木のそよげる夜半《よは》に
たゞ一人《ひとり》さまよひ入りて

母上よ晩《おそ》くなりぬと
わが額《ぬか》をみ胸にあてゝ
ひたなきになきあかしなば
わが望滿ち足らひなん
神の手に抱《いだ》かれずとも

父よ其手綱を放せ
雲うすく秋風《あきかぜ》吹きて
萩芒高なみ動き
軍人《いくさびと》小松のかげに
遠祖《みおや》らの功名《いさを》をゆめむ
今ぞ時貝《かひ》が音《ね》ひゞく
初陣の駒むちうちて
西の方廣野《かたひろの》を驅らん

河井醉茗《すゐめい》*

落葉を焚く歌**

（下段）
*一八七四年―。
**『玉蟲』（一九〇六年刊）より。

秋晴《しうせい》の朝、庭守《にはもり》は
黄なる樺なる雌黄《しわう》なる
木《こ》の葉うづたかく
火をうつさんとかゞまりぬ

夜《よ》にうるほひし露霜《つゆじも》も
一葉〳〵に乾《かわ》きゆく
烟のかげに立ち添ひて
葉守《はもり》の神やあらはれむ

眞夏大野《おほの》を覆ひたる
國つ鎭めの公孫樹《こうそんじゆ》
光に透いて金葉《きんえふ》の
皆地に落つる響かな

櫻の精は遠春《とほはる》の
海を渡りて去《い》にゝけり
朽ちては輕き乾き葉《ば》の
梢はなるゝ力かな

常盤《ときは》なるべき檜葉《ひば》杉葉
うらがれたるがめら〳〵と
火になりやすき秋のはて
地の美はそらに収まらむ

機《はた》にかゝれる織絹の
自然の彩《あや》のまばゆきも
捲かるゝまゝに彼方《かなた》なる
はてしなき手に渡されぬ

あゝ落つる葉に驚いて
烟を擧ぐる庭守よ
萬葉《ばんえふ》焚いて盡《つ》きせざる
林に入らば悸《をのの》かむ

岩野泡鳴*

闇中悲歌**

(下段)
*一八七三―一九二〇年。
**『闇の盃盤』(一九〇八年刊)より。

ああ、闇の矢　よ、
　うつろ　の　胸　を　射《い》て、
その數《かず》　あまた、
　拔きさす　餘地　も　なし。

われ、針ねずみ、
　針　みな　逆生《さかば》えて
まろべば　深き
　痛手《いたで》　の　疼《うづ》く　のみ。

樂しき　小夢《をゆめ》
　その影　晝の間《ま》　の
光《ひかり》　と　消えて、
　こゝろ　は　うるし室《むろ》。

戸《と》ざせる　窓　の
　しめり　は　黑くして、
暗《くら》き　に　乾く
　御靈《みたま》　の　見ゆべしや。

苦しき　肉　の
　癈《し》ひ目《め》　を　しぼりづる
涙　や、實《げ》にも、
　やみ夜　の　闇　映す。

神ら　は　亡び、
　望み　も　失せし　世　ぞ、
おのれ　を　追ひて
　生き死ぬ　物　の　呼吸《いき》——

はじめ　の　呼び　に
　潜める　獸《しし》　動き、
次ぎなる　吸《ひ》き　に
　むくろ　は　開けつゝ。

ああ、この闇　に
　醒めたる　われ　は　あり、
刹那《せつな》　に　つゞく
　死の苦《く》　を　こそ　思へ。

隣り　の　水車《すゐしや》、

かたこと　音《おと》絶えず、
わが胸　深く
　悲痛　を　刻む　なり。

何の爲めに僕*

何の　爲めに、僕、
樺太へ　來たのか　分らない。
蟹の　罐詰、何だ　それが？
酒と　女、これも　何だ？

東京を　去り、友輩に　遠ざかり、
愛婦と　離れ、文學的努力　を　忘れ、
握り得たのは　金でも　ない
ただ　僕自身の　力、
これが　思ふ樣に　動いて　ゐない　夕べに
は、
單調子な　樺太の　海へ
僕の　身も　腹わたも　投げて　しまひたく
なる。

森　鷗外*

沙羅《さら》の木**

褐色《かちいろ》の根《ね》府《ぶ》川石《かはいし》に
白き花はたと落ちたり、
ありとしも青葉がくれに
見えざりしさらの木の花。

日《くさ》下《か》部《べ》***

汽車待つ間《ま》、木枕借りて
横になる竹えんの足
漬す水ちよろちよろ流る。
懈《たゆ》き目に見つつ眠りし
水いつか枕をぬけて、

（上　段）
＊小説『放浪』（一九一〇年刊）より。のち詩集『戀のしやりかうべ』（一九一五年刊）に収む。

（下　段）
＊一八六二―一九二二年。
＊＊以下二篇『沙羅の木』（一九一五年刊）より。
＊＊＊一九〇六年發表。

耳の根をちよろちよろ流る。

北原白秋*

謀《む》叛《ほん》**

ひと日、わが精舎《しやうじや》の庭に、
晩秋《おそあき》の静かなる落日《いりひ》のなかに、
あはれ、また、薄黄《うすぎ》なる噴水《ふきあげ》の吐《と》息《いき》のなかに、
いとほのにギオロンの、その絃《いと》の、
その夢の、哀愁《かなしみ》の、いとほのにうれひ泣く。

蠟《らふ》の火と懺悔《ざんげ》のくゆり
ほのぼのと、廊《らう》いづる白き衣《ころも》は
夕暮に言《もの》もなき修道女《しうだうめ》の長き一列《ひとつら》。
さあれ、いま、ギオロンの、くるしみの、
刺すがごと火の酒の、その絃《いと》のいたみ泣く。

またあれば、落日《いりひ》の色に、
夢燃ゆる噴水《ふきあげ》の吐息のなかに、
さらになほ歌もなき白鳥《しらとり》の愁《うれひ》のもとに、
いと強き硝薬の、黒き火の、
地の底の導火《みちび》燬《や》き、ギオロンぞ狂ひ泣く。

跳り來《く》る車輛《しやりやう》の響、
毒の彈丸《たま》、血の烟《けむり》、閃めく刄《やいば》、
あはれ、驚破《すは》、火とならむ、噴水《ふきあげ》も、精舎《しやうじや》も、
　空も。
紅《くれなゐ》の、戰慄《わななき》の、その極《はて》の
瞬間《たまゆら》の叫喚《さけび》燬《や》き、ギオロンぞ盲《めし》ひたる。

四十年十二月

斷章*（抄）

七

かの小鳥
見るとなく涙ながれぬ

（上段）
＊一八八五―一九四二年。
＊＊『邪宗門』（一九〇九年刊）より。
（下段）
＊以下二篇『思ひ出』（一九一一年）より。

在ればまた來て、
茨《いばら》のなかの紅き實を啄《ついば》み去るを。
あはれまた、
啄み去るを。

十三

なやましき晩夏《おそなつ》の日に、
夕日浴び立てる少女の
餘念なき手にも揉《も》まれて、
やはらかににじみいでたる
色あかき爪《つま》くれなゐの花。

五十八

ほの青く色ある硝子
透かし見すれば
内部《うちら》なる耶蘇《やそ》の龕《みづし》にひとすぢの香《かう》たちのぼる。
街をゆき、透かし見すれば
日の眞晝ものの靜かにほのかにも香たちのぼる。

石竹の思ひ出

なにゆゑに人々の笑《ゑま》ひしか。
われは知らず、
え知る筈なし、
そは稚《いとけな》き三歳《さんさい》のむかしなれば。

暑き日なりき。
物音もなき夏の日のあかるき眞晝なりき。
息ぐるしく、珍らしく、何事か意味ありげなる。

誰《た》が家か、われは知らず。
われはただ老爺《ヂィヤン》の張れる黄色かりし提燈《ちやうちん》を知る。
眼のわろき老婆《バン》の土間《どま》にて割《さ》きつつある
青き液《しる》出す小《ちひ》さなる貝類のにほひを知る。
わが悩ましき晝寐の夢よりさめたるとき、
ふくらなる或る女の兩手《もろて》は
彈機《ばね》のごとも慌てたる熱き力もて

かき抱き、光れる緣側へと連れゆきぬ。
花ありき、赤き小さき花、石竹《せきちく》の花。

無邪氣なる放尿……
幼兒《をさなご》は靜こころなく凝視《みつ》めつつあり。
赤き赤き石竹の花は痛きまでその瞳《め》にうつり、
何ものか、背後《うしろ》にて擽《こそば》ゆし、繪艸紙の古ぼけし手觸《てざはり》にや。

なにごとの可笑《をかし》さぞ、
數多《あまた》の若き漁夫《ロツキユ》と着物つけぬ女との集まりて、
珍らしく、恐ろしきもの、
そを見むと無益《むやく》にも靈《たまし》動かす。

柔かき乳房もて頭《かうべ》を壓され、
幼兒《をさなご》は怪しげなる何物をか感じたり。
何時《いつ》までも何時までも、五月蠅《うるさ》く、なつかしく、やるせなく、
身をすりつけて女は呼吸《いき》す、
その汗の臭《にほひ》の强さ、くるしさ、せつなさ、
恐ろしき何やらむ、背後《うしろ》にぞ居れ。

なにゆゑに人々の笑《ゑま》ひつる。
われは知らず、
え知る筈なし、
そは稚き三歳の日のむかしなれば。

暑き日なりき。
物音もなき鹹河《しほがは》の傍のあかるき眞晝なりき。
蒸すが如き幼年の恐怖《おそれ》より
尿《いばり》しつつ……われのただ凝視《みつ》めてありし
赤き花、小さき花、眼に痛き石竹の花。

片戀

あかしやの金《きん》と赤とがちるぞえな。
かはたれの秋の光にちるぞえな。
片戀の薄著《うすぎ》のねるのわがうれひ
「曳舟《ひきふね》」の水のほとりをゆくころを。
やはらかな君が吐息《といき》のちるぞえな。
あかしやの金と赤とがちるぞえな。

四十二年十月

落葉松

一

からまつの林を過ぎて、
からまつをしみじみと見き。
からまつはさびしかりけり。
たびゆくはさびしかりけり。

二

からまつの林を出でて、
からまつの林に入りぬ。
からまつの林に入りて、
また細く道はつづけり。

三

からまつの林の奥も
わが通る道はありけり。
霧雨《きりさめ》のかかる道なり。
山風のかよふ道なり。

四

からまつの林の道は
われのみか、ひともかよひぬ。
ほそぼそと通ふ道なり。
さびさびといそぐ道なり。

五

からまつの林を過ぎて、
ゆゑしらず歩みひそめつ。
からまつはさびしかりけり。
からまつとささやきにけり。

六

からまつの林を出でて、
淺間嶺《あさまね》にけぶり立つ見つ。
淺間嶺にけぶり立つ見つ。
からまつのまたそのうへに。

七

からまつの林の雨は

さびしけどいよよしづけし。
かんこ鳥鳴けるのみなる。
からまつの濡るるのみなる。

八

世の中よ、あはれなりけり。
常なけどうれしかりけり。
山川に山がはの音、
からまつにからまつのかぜ。

城ケ島の雨

雨はふるふる、城ケ島の磯に、
利休鼠の雨がふる。
雨は眞珠か、夜明の霧か、
それともわたしの忍び泣き。
舟はゆくゆく通り矢のはなを
濡れて帆あげたぬしの舟。
ええ、舟は櫓でやる、櫓は唄でやる、
唄は船頭さんの心意氣。
雨はふるふる、日はうす曇《ぐも》る。
舟はゆくゆく、帆がかすむ。

からたちの花

からたちの花が咲いたよ。
白い、白い、花が咲いたよ。

からたちのとげはいたいよ。
青い青い針のとげだよ。

からたちは畑《はた》の垣根よ。
いつもいつもとほる道だよ。

からたちも秋はみのるよ。
まろいまろい金《きん》のたまだよ。

からたちのそばで泣いたよ。
みんなみんなやさしかつたよ。

からたちの花が咲いたよ。
白い、白い、花が咲いたよ。

三木露風*

五月ひるすぎ**

五月《ごぐわつ》ひるすぎ
軟風《なよかぜ》の、野面《のおも》にうかぶかゞやきよ、
ゆらゆる歌のまぼろしよ。

あはれその
歌のまぼろし
あはれその
風のかゞやき。

眼《まなこ》閉づればその中に光ぞひゞく、
日のゆらぎ過《す》がひみだるゝ影の文《あや》

青き木立の合歓《ねむ》のかげ、仰ぎ伏したる
我額《ぬか》に蒸してゆれるもろ〳〵の
光の息のなやましさ、心も浸り
いつしかにあまき白日《まひる》の夢も趁《お》ふ、
南の國の風に咲く五月の花の
幻の透き入るなべに日のかたに
聽くとしもなき夢ごころ聽くは彼方《かなた》の
岡ゆ鳴る青き寺院《みてら》の鐘樂《しょうがく》の
妙《たへ》なるしらべ、息深く消えゆくひゞき、
はて遠く空にたゞよふ鳥のむれ
影もうるみて野の末を戀ひ鳴きわたる
ひそめきも、あるはきゝぬれ、ほのに今
青草ゆるき敷浪《しきなみ》の樂《がく》のおきふし、
過《す》がひとぶ蝗《いなご》の群《むれ》のもろつばさ
輕き羽音《はおと》を、うつゝなき蜜蜂《すがる》の歌を。

五月ひるすぎ
軟風《なよかぜ》の、野面《のおも》にうかぶかゞやきよ、
ゆらゆる歌のまぼろしよ。

あはれ、かの、鳥のひそめき。

（上　段）
＊一八八九年—。
＊＊『廢園』（一九〇九年刊）より。

あはれ、かの、若き鐘樂。
五月ひるすぎ夢に入る。

四十一年三月

神と魚*

つねに曙の寂寥に棲む。

太陽は海の彼方をめぐり、
夜はまたこのところを忘れ去る。

神の名を彫りてその石を埋《う》め、
その石埋《うも》れてふたたび見ず。
ああ！　雪は單調なる世界を築く。

葉もなき木は
凍れる池の上に影を映せり。
長き時を費せども、その影うごかず。
いま見よ。魚は下より浮びいづ。

魚は下より……事もなく外をうかがふ。

現《うつ》身《しみ》*

春はいま空のながめにあらはるゝ
ありともしれぬうすぐもに
なやみて死ぬる蛾のけはひ。

ねがひはありや日は遠し、花は幽《かすか》にうち薫《くん》ず。
ゆるき光に靈《たましひ》の
煙のごとく泣くごとく。

わが身のうつゝながむれば
紅玉《かうぎよく》の靄たなびけり。
隱《かぐ》ろひわたり、染《そ》みわたり
入日《いりひ》の中にしづく聲。

心もかすむ日ぐれどき、
鳥は嫋《ね》びつゝ花は黄に、
恍惚《くわうこつ》の中吹き過ぎて

（上　段）
＊『寂しき曙』(一九一〇年刊)より。

（下　段）
＊以下二篇『白き手の猟人』(一九一三年刊)より。

色と色とは弾《ひ》きあそぶ。

慕はしや、春うつす
永遠《えいゑん》*のゆめ、影のこゑ。
身には揺れどもいそがしく
入日の花のとゞまらず。

春はわが身にとゞまらず。
ありともしれぬうすぐもに
なやみこがるゝ蛾のけはひ。

栴《せん》檀《だん》

せんだんの花のうすむらさき
ほのかなる夕《ゆふべ》ににほひ、
幽《かすか》なる想《おもひ》の空に
あくがれの影をなびかす。

しめり香《が》や、染《そ》みつつきけば
やはらかに忍ぶ音《ね》もあり。

とほつ代のゆめにさゆらぎ
木のすがた、絶えずなげかふ。

ああゆふべ、をぐらく深く、
わがむねをながるるしらべ。
せんだんの花にふるへて、
わがむねをながるるしらべ。

世は闇にはやも満つれど
たぐひなきあくがれごこち。
消えて身は空になびくか。
せんだんの、あはれなる花のこころよ。

石川啄木*

はてしなき議論の後

1911. 6. 15 Tokyo

われらの且《か》つ讀み、且つ議論を闘はすこと、
しかしてわれらの眼の輝けること、

（上　段）
*ルビは『白き手の獵人』による。
（下　段）
*一八八五—一九一二年。

五十年前の露西亜《ろしあ》の青年に劣らず。
われらは何を爲すべきかを議論す。
されど、誰一人、握りしめたる拳《こぶし》に卓をたたきて、
'V NAROD!'* と叫び出づるものなし。

われらはわれらの求むるものの何なるかを知る、
また、民衆の求むるものの何なるかを知る、
しかして、我等の何を爲すべきかを知る。
實に五十年前の露西亜の青年よりも多く知れり。
されど、誰一人、握りしめたる拳に卓をたたきて、
'V NAROD!' と叫び出づるものなし。

此處にあつまれる者は皆青年なり、
常に世に新らしきものを作り出だす青年なり。
われらは老人の早く死に、しかしてわれらの遂に勝つべきを知る。
見よ、われらの眼の輝けるを、またその議論の激しきを。
されど、誰一人、握りしめたる拳に卓をたたきて、
'V NAROD!' と叫び出づるものなし。

ああ、蠟燭はすでに三度も取りかへられ、
飲料《のみもの》の茶碗には小さき羽蟲の死骸浮び、
若き婦人の熱心に變りはなけれど、
その眼には、はてしなき議論の後の疲れあり。
されど、なほ、誰一人、握りしめたる拳に卓をたたきて、
'V NAROD!' と叫び出づるものなし。

ココアのひと匙

1911. 6. 15 TOKYO

われは知る、テロリストの
かなしき心を——
言葉とおこなひとを分ちがたき
ただひとつの心を、

（上　段）
*民衆の中へ！

奪はれたる言葉のかはりに
おこなひをもて語らんとする心を、
われとわがからだを敵に擲《な》げつくる心を——
しかして、そは眞面目にして熱心なる人の常
　に有《も》つかなしみなり。

はてしなき議論の後の
冷《さ》めたるココアのひと匙を啜りて、
そのうすにがき舌觸りに、
われは知る、テロリストの
かなしき、かなしき心を。

呼子の笛

げに、かの場末の緣日の夜の
活動寫眞の小屋の中に、
青臭きアセチレン瓦斯の漂へる中に、
鋭くも響きわたりし
秋の夜の呼子の笛はかなしかりしかな。
ひよろろろと鳴りて消ゆれば、
あたり忽ち暗くなりて
薄青きいたづら小僧の映畫ぞわが眼にはうつ
　りたる。
やがて、また、ひよろろと鳴れば、
聲嗄《しはが》れし說明者こそ、
西洋の幽靈の如き手つきして、
くどくどと何事をか語り出でけれ。
我はただ涙ぐまれき。

されど、そは三年《みとせ》も前の記憶なり。

はてしなき議論の後の疲れたる心を抱き、
同志の中の誰彼の心弱さを憎みつつ、
ただひとり、雨の夜の町を歸り來れば、
ゆくりなく、かの呼子の笛が思ひ出されたり。
——ひよろろろと、
また、ひよろろろと——

我は、ふと、涙ぐまれぬ。
げに、げに、わが心の餓ゑて空しきこと、
今も猶昔のごとし。

（一九一一・六・一七）

木下杢《もく》太《た》郎《らう》*

金粉酒**

Eau-de-vie de Dantzick.《オオドヴイドダンチック》
黄金《こがね》浮く酒、
おお、五月、五月、小酒盞《リケエルグラス》、
わが酒舗《バア》の彩色玻璃《ステエンドグラス》、
街にふる雨の紫。

をんなよ、酒舗《バア》の女
そなたもうセルを著たのか、
その薄い藍《あゐ》の縞を？
まつ白な牡丹の花、
觸《さは》るな、粉《こな》が散る、匂ひが散るぞ。

おお、五月、五月、そなたの聲は
あまい桐の花の下の竪笛《フリウト》の音色《ねいろ》、
わかい黑猫の毛のやはらかさ、
おれの心を熔《とろ》かす、日本《にっぽん》の三味線。
Eau-de-vie de Dantzick.《オオドヴイドダンチック》

五月だもの、五月だもの——

（v. 1910.）

兩國

兩國の橋の下へかかりや
大船《おほぶね》は檣《はしら》を倒すよ、
やあれそれ船頭が懸聲《かけごゑ》をするよ。
五月五日《いつか》のしつとりと
肌に冷たき河の風、
四ツ目《め》から來る早船《はやふね》の緩かな艪拍子《ろびやうし》や、
牡丹を染めた袢纏《はんてん》の蝶々が波にもまるる。

灘の美酒、菊正宗、
薄玻璃《うすはり》の杯《さかづき》へなつかしい香を盛つて
旗亭《レストウラント》の二階から

（上段）
*一八八五―一九四五年。
**以下三篇『食後の唄』（一九一九年刊）より。

ぼんやりとした、入日空《いりひぞら》、
夢の國技館の圓屋根《まるやね》こえて
遠く飛ぶ鳥の、夕鳥《ゆふとり》の影見れば
なぜか心のこがるる。

（v. 1910.）

五月

五月が來た。郊外を夕方步けば
家々の表で藁を燃《も》すにほひ、
林の櫟《くぬぎ》に新芽が出《で》、
葉茶屋《はぢやや》に新茶、
落日《いりひ》の金茶《きんちや》、
伯爵家の別莊には罌粟《けし》の花が赤く咲いたげな。
人をたづねて街をゆけば
酒屋の電燈《でんき》が菰《こも》の銘《めい》を照らし、
みすぼらしい小間物屋にも夏帽子が出、
そして呉服屋で暖簾《のれん》を取込む。
五位鷺が啼く原を通つて小川に沿つてゆき
早くお前と會ひたい、いつもの所で。

五月が來た、五月が來た、
一年經つてまた五月が來た。

（v. 1910.）

永井荷風*

秋の歌**　シャルル・ボードレール***

一

吾等忽ちに寒さの闇に陷らん、
夢の間《ま》なりき、强き光の夏よ、さらば。
われ既に聞いて驚く、中庭の敷石に、
落つる木片《きぎれ》のかなしき響。

冬の凡《すべ》ては――憤怒《いかり》と憎惡《にくしみ》、戰慄《をののき》と恐怖《おそれ》や、
又强ひられし苦役はわが身の中《うち》に歸り來《く》る。
北極の地獄の日にもたとへなん、
わが心は凍りて赤き鐵の破片《かけら》よ。

（下段）
＊一八七九年―。
＊＊以下七篇『珊瑚集』（一九一三年刊）より。
＊＊＊二五四頁下段註を見よ。

をのきてわれ聞く木片の落つる響は、
斷頭臺《くびきりだい》を人築《ひときづ》く音なき音にも增《まさ》りたり。
わが心は重くして疲れざる
戰士の槌《つち》の一擊に崩れ倒るる觀樓《ものみ》かな。

かかる懶《ものう》き音《ね》に搖《ゆ》られ、何處《いづこ》にか、
いとも忙《せは》しく柩《ひつぎ》の釘を打つ如き……そは、
昨日《きのふ》と逝《ゆ》きし夏の爲め。秋來《き》ぬと云ふ
この怪しき聲は宛《さな》がらに、死せる者送出す鐘と
　聞かずや。

二

長き君が眼の綠の光のなつかしし。
いと甘かりし君が姿もなど今日《けふ》の我には苦《にが》き。
君が情《なさけ》も、暖かき火の邊《ほとり》や化粧《けしやう》の室《へや》も、
今のわれには海に輝く日に如《し》かず。

さりながら我を憐れめ、やさしき人よ。
母の如《ごと》かれ、忘恩の輩《ともがら》、ねぢけしものに。
戀人か將《は》た妹《いもと》か。うるはしき秋の榮《さかえ》や、
又沈む日の如、束の間《つかま》の優しさ忘れそ。
定業《さだめ》は早し。貪《むさぼ》る墳墓はかしこに待つ。
ああ君が膝にわが額《ひたひ》を押《お》し當てて、
暑くして白き夏の昔《むかし》を嘆き、
軟くして黃《きいろ》き晚秋の光を味はしめよ。

ぴあの

ポール・ヴェルレーヌ*

しなやかなる手にふるるピアノ
おぼろに染まる薄薔薇色の夕《ゆふべ》に輝く。
かすかなる翼《つばさ》のひびき力なくして快き
すたれし歌の一節《ひとふし》は
たゆたひつつも恐る恐る
美《うつく》しき人の移香《うつりが》こめし化粧《けしやう》の間《ま》にさまよふ。

ああ我思《わが》ひをばゆるゆるゆする眠りの歌、
このやさしき唄の節《ふし》、何をか我に思へとや。
一節《ひとふし》毎に繰返す聞えぬ程の REFRAIN《ルフラン》 は
何をかわれに求むるよ。

(下段)
*フランス、一八四四―一八九六年。

聞かんとすれば聞く間もなく
その歌聲は小庭《こには》の方《はう》に消えて行く。
細目にあけし窓のすきより。

夕ぐれ　アンリ・ド・レニエ

夕暮の底遠くして海のほとりに
われ嘗て都をのぞみき。
鮮かなる銀色《ぎんしよく》と褪《さ》めたる紅《くれなゐ》の
夕暮の底遠くして海のおもてに
その影を流す大理石と黒鐵《くろがね》の
都をわれは嘗てのぞみき。

扉《とびら》と家をもわれは見たりき。
（血の夕暮はその時海にあり）
風は明《あかる》き煖爐の火も見ゆる
戸口の篝火《かゞりび》をいらだたしめ
はたとばかりに扉《とびら》をとざしぬ。

「死」と「望み」とは過ぎ去りぬ。

暗《くら》き空の下、褪めたる銀色《ぎんしよく》の海の面《おもて》に
その影と影とは漂ひぬ。
わが身には此の時よりして
海に昇る夕暮の悲しかりけり。

年の行く夜　アンリ・ド・レニエ

丈《せ》の高いランプが
私《わたし》の首を垂れた机の上
開いた書物の間《なか》に突立《つツた》つて
音もなく燃えてゐる。
何かぢつと見詰めてゐるやうな
物哀れな老耄《らうまう》した「月日」が
書齋の中をあちこち彷徨《さまよ》ひ歩く
其の足音ももう聞えない。

低くかざす其手《そのて》を暖めようと
明《あかる》い煖爐の傍に坐りかける老耄した「月日」
は、
着てゐる冬と云ふ灰色の着物の爲めに、

（上段）
＊フランス、一八六四―一九三六年。

何となく謙遜らしく我慢づよく
而も又眞面目らしく見えた。
丁度《ちやうど》私が想《おもひ》の底を過ぎて
其の灰の上を歩くやうに思はれる輕い足音に、
老耄した「月日」の姿は
何となく優しく又何となく嚴格《おごそか》にも見える。

夏と秋との手籠《てかご》は
向うの壁の上に掛けられてあるが、
時々《ときぐ》に其の籠を編む柳の枝の彈《はじ》けて破《やぶ》れ、
莖も葉も枯れてしまつた花瓶《はながめ》の
蘆をば風がゆすぶる。
其の度度《たびたび》に私ははつと思つて
耳を澄まして
老耄した「月日」の顔を眺めると、
彼の老女は灰色の着物を着たまま身動きもせ
ず、
眞直《まつすぐ》に伸びて鞭のやうに閃く
柔かな柳の若枝《わかえだ》の一條一條《ひとすぢひとすぢ》折りまげて、
笑つた夏の日
花籠を編みながら歌つた
その忘れた昔の歌を歌ひもせぬ。

然しその絲車ばかりは
何處《どこ》かで蜂の鳴くやうに、
高く低く遠く近く
呟き唸つて
恰《あたか》も黄昏《たそがれ》の絲をつむぐがやう。
高い處にかかつてゐる時計は
鱗形《うろこがた》の彫《ほり》をした黃楊《つげ》の箱から、
消え行く時間に又一時間を加へ、
夜半《よは》の十二時になるまで
時は次第次第に進んで行《ゆ》く。

すると桃色と灰色の着物きて
煖爐の傍に默つて坐つてゐた「月日」は
立上つて消えた火を搔き起す。
希望の焰はパッと燃え上つて、
黑ずんだ敷瓦を赤く色付《いろづ》け、
凍えた「月日」の手先をあたためた。
私は早くも這入《はい》つて來る「時」の入口から、
「月日」の新しい顏が私の思想に向つて

微笑《ほゝゑ》んでゐるやうな心持《こゝろもち》がした。

暮方の食事　シャルル・ゲラン＊

歌ひながらに戀人は、飛ぶ蜂の翅《つばさ》きらめく光《ひかり》のかげ、暮方の食事にと、庭の垣根の果實《くだもの》と、白きパン、牛の乳《ちゝ》とを準《とゝの》へ置きて、いざや、寄添ひて坐らんと、わが身のほとりに進み來ぬ。

雨は晴れたり。空氣はうるほひ、木立《こだち》の匂ひはみなぎりて、明け放ちたる窓の外、木葉《このは》に滴る雫の音は、室《へや》のすみ、いづこと知らず啼きいづる、蟲の調にまじりたり。

食卓に肱つきて、ささやかなる料理の皿もその儘《まゝ》に、二人ともどども思ひ沈めば、言葉もなく誰《た》だ折折《をりをり》に、戀人は、吹く風の冷き吐息に打顫ふ、あらはなる其の腕を、わが脣《くちびる》の上によこたへき。

くもりなき水晶の花瓶《はながめ》や、可笑《をか》しげにふくらみて、二人の顔のうつりたる、圓《まる》き其横腹《そのよこはら》の面《おもて》には、窓なる額縁《がくぶち》に限られて、森の茂りと古里《ふるさと》の、空《そら》の畫《ゑ》こそ描かれたれ。

かしこにぞ、秋の空は紅《くれなゐ》に悲しめる。ああ、長閑《のどか》なるなつかしき此の戀の一刻《いつこく》よ。いつしかに黄昏《たそがれ》は、花瓶《はながめ》の面《おもて》にうつる空《そら》の色、二人が瞳子《ひとみ》をくもらして、ささやかの二人が世界の、物の彩《あ》色《いろ》を消して行く。

わが顔押《おし》あてし、戀人の胸はとどろけり。吹く風ぬれたる木立を動かせば、想《おもひ》に沈める二人は共に突《つ》とさめて、木の實《こみ》の庭に、落《おつ》る響に耳を澄ます。

かくて、吾等二人は、過來《すぎこ》し方《かた》をふりかへる旅人《たびびと》か、また暮れて行く今日《けふ》の一日《ひとひ》を思ひ返して、燃え出づる同じ心の祈禱《きたう》と共に、その手、その聲、その魂を結びあはする。

（上段）
＊フランス、一八七三―一九〇七年。

九月の果樹園

伯爵夫人マチュー・ド・ノワイユ*

炎暑は地平線をくもらしたり。夏のあつさ。やはらかき毛織物。空氣は重く閉《とざ》して隙間《すきま》もなし。勇ましき機織《はたお》りの響の如く、蜜蜂の群《むれ》は果物《くだもの》の匂ひに喧《かしま》しくも喜び叫ぶ。われその蒸暑《むしあつ》き庭の小徑《こみち》を去れば、緑なす若き葡萄の畠中《はたなか》の、ここは曲りし道の果。家の戸口は開かれて、鍬、鋤、灌水器《じょうろ》なぞは、黄《きいろ》き日光《ひかげ》に照されし貧しき住居《すまゐ》の門の前、色づく夕暮の中に横はりたり。

われ、涼しき隱家《かくれが》の中に進み入れば、果實《くわじつ》の匂のいかに清涼なる。思はずためらひて、耳を澄す。ひややかなる圓天井《まるてんじやう》の陰《かげ》には、そよとの風もなく、あたり蕭條《しめやか》に、心自《おのづか》ら長閑《のどか》なれば、屋根低く涼しき尼寺か。夏の匂の漲《みなぎ》り流るる、幽暗《いうあん》なる地下室にや例《たと》ふべけん。庭と水との吐く熱氣は、ここに閉されて休み息《いこ》へり。ああ。寺院の靜寂、清淨の安眠よ。

新しき梨と林檎の實とは、果樹園の群を去りて家の棚の上、空しき影の中《うち》に熟してあり。その酸《す》くして甘き味ひは滴り、香氣は池の水の如くに沈みて動かず。鳴きつかれし腰細蜂《ゲエプ》の唯一《ただひと》つ、物音遠く靜かなる、狹き硝子窓の四角なる面《おもて》に、黑き點を描きたり。

おびただしき果實《くわじつ》の匂ひかな。この匂は藍色の大空と、薔薇色の土を以て、暑き夏の造り釀《かも》せしものなれば、うつくしき果實の肉の中《なか》には、明け行く大空の色こそ含まれたれ。心も清く氣も新なる歡びのその匂、その光、その流れ。大氣と土壤の戯れより生れたる濃厚の液汁、溶けたる砂糖。手桶の底に生れたる君こそは、冷たき藁の上なる小《ちひ》さき神なれ。木の樽と鐵の鋤、緑色《みどりいろ》なる灌水器《じようろ》の友よ。いざ、深密《しんみつ》なる君が匂ひの舞踊《まひをど》る、甘き輪舞《ロンド》の列にわれを取卷け。

（上　段）

*フランス、一八七六—一九三三年。

ああ、日毎《ひごと》暮るればここに來て、庭造る愛《あい》らしき器物《うつはもの》、手籠、灌水器《じようろ》の傍《そば》近く、空想に耽れば、ああわが若かりし折の思出。幸福を歌ふ啜り泣は、心の底より迸《ほとばし》り出づ。われは靜寂の來りて宿る果樹園の、うつくしく穩かなる生活を、今ぞ見たり、今ぞ知りたり。悟りたり。わが生命《いのち》、そが爲めに燒《やか》れたるおそろしき思ひを、いざ抛《なげう》たん。

欲望よ、われを去れ。われは十二の月月に鶯と駒鳥と、大麥の冠《かんむり》つけし神神と、額綠《ひたひみどり》の夕《ゆふ》蟬《せみ》と、いと高くいと優しく、また美しく靜かなる、女神 **Pomone**《ポモン》 の御手《みて》によりて、匂《にほ》はされたる大空の見渡す晴色《はれ》と、共に踊らん。

夏の夜の井戸

スチュアール・メリル*

寐入りし乙女《をとめ》の夢さへ覺ます月の光に
吠ゆる飼犬はただ眞靑《まつさを》な影かとばかり。
焔の雫の小《ちひ》さな星一ツ
旅籠屋《はたごや》の井戸の底に落ちるを
戀知りそめた子供のやうに
私等《わたしら》二人は眺めてゐた時。
お前の髮を解きほごす素《す》早《ばや》い私の指先から、
長いお前の髮毛《かみのけ》は
旅籠屋の井戸の中へと流れ込んだ。
忘れはせまい。蟋蟀《こほろぎ》は庭の小高《こだか》い處から、
綱に引き掛けた洗濯物の
風にも動かず干されてある
河邊《かはべ》の方まで啼きしきつてゐた。
「恐れ」がさまよひ歩くと云はれた
向うの小山の森はいとも靜けく
夜《よる》の暗さにつつまれて、
酒場で酒呑む人の叫び聲は
しんとした冬の夜《よ》のやうに
錫の器《うつは》や瀬戸物や
硝子の 盃《さかづき》照す燈火《ともしび》と共に消えてゐた。
お前は何やら小聲にささやいたが、

（上段）
*フランス、一八六三—一九一五年。

私は其の囁きをお前の唇《くちびる》の、
この六月に咲く赤い花瓣《はなびら》の上に押潰して、
顫へるお前の兩手をばお前の胸から引取つて、
私も同じやう何やらお前に云つたのだけれど、
今は早《はや》何と云つたのか覺えてはゐない。

あらはなるお前の腕《かひな》に
私は抱《いだ》かれてゐる間《ま》もなく、
森に通ふ街道に、それは宛《さなが》ら
沈黙と血の中《なか》に揉み消したいと思ふやうな
物狂《ものぐる》はしい思《おもひ》出での夢かとばかり、
突然聞える醉拂つた人達の叫び聲。

お前と私は、それなり、別れてしまつたのだ。
星の雫の降りそそぐ井戸のほとりに。

高村光太郎*

失はれたるモナリザ**

モナリザは歩み去れり
かの不思議なる微笑に銀の如き顫音《せんおん》を加へて
「よき人になれかし」と
とほく、はかなく、かなしげに
また、凱旋の將軍の夫人が偸視《ぬすみみ》の如き
冷かにしてあたたかなる
銀の如き顫音を加へて
しづやかに、つつましやかに
モナ・リザは歩み去れり

モナ・リザは歩み去れり
深く被はれたる煤色の假漆《エルニ》こそ
はれやかに解かれたれ
ながく畫堂の壁に閉ぢられたる
額ぶちこそは除かれたれ
敬虔の涙をたたへて
畫布《トワアル》にむかひたる
迷ひふかき裏切者の畫家こそはかなけれ
ああ、畫家こそははかなけれ
モナ・リザは歩み去れり

（上段）
*一八八三—一九五五年。
**以下二篇『道程』（一九一四年刊）より。

モナリザは歩み去れり
心弱く、痛ましけれど
手に權謀の力つよき
畫みれば淡綠《たんりょく》*に
夜みれば眞紅《しんく》**なる
かのアレキサンドルの靑玉《せいぎょく》の如き
モナ・リザは歩み去れり

モナ・リザは歩み去れり
我が魂を脅し
我が生の燃燒に油をそそぎし
モナ・リザの唇はなほ微笑せり
ねたましきかな
モナ・リザは涙をながさず
ただ東洋の眞珠の如き
うるみある淡碧《うすあを》の齒をみせて微笑せり
額ぶちを離れたる
モナ・リザは歩み去れり

モナ・リザは歩み去れり

かつてその不可思議に心をののき
逃亡を企てし我なれど
ああ、あやしきかな
歩み去るその後《うしろ》かげの慕はしさよ
幻の如く、又阿片《あへん》を燔《や》く烟の如く
消えなば、いかに悲しからむ
ああ、記念すべき霜月の末の日よ
モナ・リザは歩み去れり

（一九一〇年十二月十四日）

わが愛せし某樓の女を我假にモナ・リザと名けたりき。

寂寥

赤き辭典に
葬列の歩調あり
火の氣なき暖爐《ストオブ》は
鑛山《かなやま》にひびく杜鵑《とけん》の聲に耳かたむけ
力士小野川の嗟嘆は
よごれたる絨毯の花模樣にひそめり

（上　段）
＊ルビは編者。
＊＊同右。

何者か來り
窓のすり硝子に、ひたひたと
燐をそそぐ、ひたひたと——
黄昏《たそがれ》はこの時赤きインキを過《あやま》ち流せり

何處《いづこ》にか走らざるべからず
走るべき處なし
何事か爲さざるべからず
爲すべき事なし
坐するに堪へず
脅迫は大地に滿てり

いつしか我は白のフランネルに身を捲き
蒸風呂より出でたる困憊《こんぱい》を心にいだいて
しきりに電磁學の原理を夢む

朱肉は塵埃に白けて
今日の佛滅の黑星を嗤《わら》ひ
晴雨計は今大擾亂を起しつつ
月は重量を失ひて海に浮べり

鶴香水は封筒に默し
何處よりともなく、折檻《せつかん》に泣く
お酌の悲鳴きこゆ

ああ、走る可き道を教へよ
爲す可き事を知らしめよ
氷河の底は火の如くに痛し
痛し、痛し

（一九一一年三月十三日）

雨にうたるるカテドラル＊

おう又吹きつのるあめかぜ
外套の襟を立てて横しぶきの此の雨にぬれな
がら、
あなたを見上げてゐるのはわたくしです。
毎日一度は屹度《きつと》ここへ來るわたくしです。
あの日本人です。
けさ、
夜明方から急にあれ出した恐ろしい嵐が、

（下段）
＊『道程（改訂版）』（一九四〇年刊）より。

今巴里《パリ》の果から果を吹きまくつてゐます。
わたくしにはまだ此の土地の方角が分かりま
　せん。
イイル　ド　フランス*に荒れ狂つてゐるこの
　嵐の顔がどちらを向いてゐるかさへ知りま
　せん。
ただわたくしは今日も此處に立つて、
ノオトルダム　ド　パリのカテドラル、
あなたを見上げたいばかりにぬれて來ました、
あなたにさはりたいばかりに、
あなたの石のはだに人しれず接吻したいばか
　りに。

おう又吹きつのるあめかぜ。
もう朝のカフエの時刻だのに
さつきポン　ヌウフから見れば、
セエヌ河の船は皆小狗《こいぬ》のやうに河べりに繋が
　れたままです、
秋の色にかがやく河岸の並木のやさしいプラ
　タン**の葉は、
鷹に追はれた頬白の群のやう、
きらきらぱらぱら飛びまよつてゐます。
あなたのうしろのマロニエは、
ひろげた枝のあたまをもまれるたびに
むく鳥いろの葉を空に舞ひ上げます。
逆に吹きおろす雨のしぶきでそれがまた
矢のやうに廣場の敷石につきあたつて碎けま
　す。
廣場はいちめん、模樣のやうに
流れる銀の水と金茶焦茶の木の葉の小島とで
　一ぱいです。
そして毛あなにひびく土砂降の音です。
何かの吼える音きしむ音です。
人間が聲をひそめると
巴里中の人間以外のものが一齊に聲を合せて
　叫び出しました。
外套に金いろのプラタンの葉を浴びながら
わたくしはその中に立つてゐます。
嵐はわたくしの國日本でもこのやうです。
ただ聳立《そびえた》つあなたの姿を見ないだけです。

おうノオトルダム、ノオトルダム、

（上段）
*パリを首都とする古いフランスの州名。
**プラタナス。

岩のやうな山のやうな鷲のやうなうづくまる獅子のやうなカテドラル、
灝氣《かうげ》の中の暗礁
巴里の角柱、
目つぶしの雨のつぶてに密封され、
平手打の風の息吹をまともにうけて、
おう眼の前に聳え立つノオトルダム　ド　パリ、
あなたを見上げてゐるのはわたくしです。
あの日本人です。
わたくしの心は今あなたを見て身ぶるひします。
あなたの此の悲壯劇に似た姿を目にして、
はるか遠くの國から來たわかものの胸はいつぱいです。
何の故かまるで知らず心の高鳴りは
空中の叫喚に聲を合せてただをののくばかりに響きます。
おう又吹きつのるあめかぜ。
出來ることならあなたの存在を吹き消して
もとの虛空に返さうとするかのやうな此の天然四元のたけりやう。
けぶつて燐光を發する雨の亂立《らんたつ》。*
あなたのいただきを斑《まば》らにかすめて飛ぶ雲の鱗。
鐘樓の柱一本でもへし折らうと執念《しふね》くからみつく旋風のあふり。
薔薇《ばら》窓**のダンテル***にぶつけ、はじけ、ながれ、羽ばたく無數の小さな光つたエルフ。****
しぶきの間に見えかくれるあの高い建築べりのガルグイユ*****のばけものだけが、
飛びかはすエルフの群を引きうけて、
前足を上げ首をのばし、
齒をむき出して燃える噴水の息をふきかけてゐます。
不思議な石の聖徒の幾列は異樣な手つきをして互にうなづき、
横手の巨大な支壁《アルブウタン》はいつもながらの二の腕を見せてゐます。
その斜めに弧線をゑがく幾本かの腕に
おう何といふあめかぜの集中。

(下　段)

*ルビは『道程』(改訂版)による。

**ばらの花にかたどった円形の装飾文様をもった窓。とくにゴシック聖堂のファサード(正面)飾りの特徴である。

***レース様になつた、手の込んだ装飾細工。

****小妖精。

*****動物などにかたどった樋口《とい》。

ミサの日のオルグ*のとどろきを其處に聞きま
　す。
あのほそく高い尖塔のさきの鷄はどうしてゐ
　るでせう。
はためく水の幔《まん》まくが今は四方を張りつめま
　した。
その中にあなたは立つ。

おう又吹きつのるあめかぜ。
その中で、
八世紀間の重みにがつしりと立つカテドラル、
昔の信ある人人の手で一つづつ積まれ刻《きざ》まれ
　た幾億の石のかたまり。
眞理と誠實との永遠への大足場。
あなたはただ默つて立つ、
吹きあてる嵐の力をぢつと受けて立つ。
あなたは天然の力の强さを知つてゐる、
しかも大地のゆるがぬ限りあめかぜの跳梁に
　身をまかせる心の落著《おちつき》を持つてゐる。
おう錆びた、雨にかがやく灰いろと鐵いろの
　石のはだ、

それにさはるわたくしの手は
まるでエスメラルダ*の白い手の甲にふれたか
　のやう。
そのエスメラルダにつながる怪物
嵐をよろこぶせむしのクワジモト**がそこらの
　くりかたの蔭に潜んでゐます。
あの醜いむくろに盛られた正義の魂、
堅靱《けんじん》な力、
傷くる者、打つ者、非を行はうとする者、蔑
　視する者
ましてけちな人の口の端《は》を默つて背にうけ
おのれを微塵にして神につかへる、
おうあの怪物をあなたこそ生んだのです。
せむしでない、奇怪でない、もつと明るいも
　つと日常のクワジモトが、
あなたの莊嚴なしかも掩ひかばふ母の愛に滿
　ちたやさしい胸に育《はぐく》まれて
あれからどのくらゐ生れた事でせう。
おう雨にうたるるカテドラル。
息をついて吹きつのるあめかぜの急調に

（上　段）

*パイプ・オルガン。

（下　段）

*ヴィクトール・ユゴーの小説『ノートルダーム・ド・パリ』の登場人物。ジプシーの美女。

**同右。せむしの寺男。

俄然とおろした一瞬の指揮棒、
天空のすべての樂器は混亂して
今そのまはりに旋回する亂舞曲。
おうかかる時默り返つて聳え立つカテドラル、
嵐になやむ巴里の家家をぢつと見守るカテド
　ラル、
今此處で、
あなたの角石《かどいし》に両手をあてて熱い頰《ほ》を
あなたのはだにぴつたり寄せかけてゐる者を
　ぶしつけとお思ひ下さいますな、
醉へる者なるわたくしです。
あの日本人です。

樹下の二人*

—みちのくの安達が原の二本松
松の根かたに人立てる見ゆ—

あれが阿多多羅《あたたら》山、
あの光るのが阿武隈《あぶくま》川。

かうやつて言葉すくなに坐つてゐると、
うつとりねむるやうな頭の中に、
ただ遠い世の松風ばかりが薄みどりに吹き渡
　ります。
この大きな冬のはじめの野山の中に、
あなたと二人靜かに燃えて手を組んでゐるよ
　ろこびを、
下を見てゐるあの白い雲にかくすのは止しま
　せう。

あなたは不思議な仙丹を魂の壺にくゆらせて
ああ、何といふ幽妙な愛の海ぞこに人を誘ふ
　ことか、
ふたり一緒に歩いた十年の季節の展望は、
ただあなたの中に女人《によにん》の無限を見せるばかり。
無限の境に烟るものこそ、
こんなにも情意に悩む私を清めてくれ、
こんなにも苦澁を身に負ふ私に爽かな若さの
　泉を注いでくれる、
むしろ魔もののやうに捉へがたい
妙に變幻するものですね。

（上 段）
*以下二篇『智恵子抄』（一九四一年刊）より。

あれが阿多多羅山、
あの光るのが阿武隈川。

ここはあなたの生れたふるさと、
あの小さな白壁の點點があなたのうちの酒庫《さかぐら》。
それでは足をのびのびと投げ出して、
このがらんと晴れ渡つた北國《きたぐに》の木の香に満ち
　た空氣を吸はう。
あなたそのもののやうな此のひいやりと快い、
すんなりと彈力ある雰圍氣に肌を洗はう。
私は又あした遠く去る、
あの無頼《ぶらい》の都、混沌たる愛憎の渦の中へ、
私の恐れる、しかも執着深いあの人間喜劇の
　ただ中へ。
ここはあなたの生れたふるさと、
この不思議な別箇の肉身を生んだ天地。
まだ松風が吹いてゐます。
もう一度この冬のはじめの物寂しいパノラマ
　の地理を教へて下さい。

あれが阿多多羅山
あの光るのが阿武隈川。

風にのる智恵子

狂つた智恵子は口をきかない
ただ尾長や千鳥と相圖する
防風林の丘つづき
いちめんの松の花粉は黄いろく流れ
五月晴の風に九十九里の濱はけむる
智恵子の浴衣が松にかくれ又あらはれ
白い砂には松露がある
わたしは松露をひらひながら
ゆつくり智恵子のあとをおふ
尾長や千鳥が智恵子の友だち
もう人間であることをやめた智恵子に
恐ろしくきれいな朝の天空は絶好の遊歩場
智恵子飛ぶ

竹《たけ》友《とも》藻《さう》風《ふう》*

窓**

わが窓はさびし、——
眺めやる愁の牧場には、
迷へる羊のかげもみえず、
裾野***にはたえず雨降れり。

あはれみたまへ、かかる夜もすがら
わが青き祈禱《いのり》は窓をつたひ、
霧ふかきカナル****の上になびきつつ、
大空の清き泉にあへぎゆくを。

晴れたる日、
わが果樹園の樹に露はしたたり、
静かなる無花果樹《いちじく》のかげには、
物思へるナタナエル*****の姿もあらむ。

わが静かなる微笑《ほゝゑみ》も、なげきも、
すべてかの窓にあつまる。
貧しき部屋の窓なれど、
主さへいま行きすぎたまふ。

眠れる人のうへに

眠れる人のうへに、
静かなる祈禱の雨はふりそそぐ。
わが部屋に、心のうへに、
むせびつつ水はしたたる……

うす青の空のかなたは、
月光の海の底に、
漾《たゞよ》へる森、なびく樹立《こだち》、
静寂の國……

いかなれば外はしづかに晴れ渡り、
いかなればわが部屋にのみ雨は降るらむ。

（上段）
＊一八九一—一九五四年。
＊＊以下二篇『祈禱』（一九三一年刊）より。
＊＊＊（地平）。
＊＊＊＊運河。
＊＊＊＊＊イエス・キリストの弟子。いちじくの木陰にいるところをイエスに召された。ヨハネ伝一ノ四五—四八参照。

日《ひ》夏《なつ》耿《かう》之《の》介《すけ》*

AB INTRA**

降り積もる深雪《みゆき》の中の太陽より***
惨死せる縞蜥蜴《しまとかげ》の緑金の屍《しかばね》より
暴風の日の林間濕地《りんかんしつち》より
初夏陽炎《やうえん》の瞳の契點《さなか》より
沸きのぼれる銀光水液
流動體結晶の水沫《みなわ》の果《はて》****
はた悉皆《あらゆる》幻覺の心なす　翼ある天童

眞珠母の夢

こころの閲歴《えつれき》いともふかく
手さぐりもてゆけば
明銀《めいぎん》のその液體のうち
いろさまざまの珠玉あり
黄と藍は泪《なんだ》ぐみ
身もあらず臥《ふ》しなげき
綠と樺は泛《う》き泛きと
なか空に踊りぞめき
そこ深く黑玉《こくぎよく》坐して動かざるに
紅《くれなゐ》ひとり笑みつつもたかだかと泛み遊べり
さて　曇り玉ひとつ
泛きかつ沈み
蕩搖《たうえう》のしづけさに醉ふ
眞珠母《しんじゆも》の夢

青面美童*

I

夜となれば……
仄ぐらい書齋にこの軀《み》臥しよこたへ
『貴い妄語』に倦みなやむ
己が頭脳を癒《いや》さうとのみ

（上　段）

*一八九〇年—。

**『轉身の頌』（一九一七年刊）より。ab intra は内部よりの意。

***（積まれたる雪の中の太陽より）。

****（流動体結晶の飛沫よ）。

（下　段）

*『黒衣聖母』（一九二一年刊）より。

眼瞼《まぶた》かろく閉ぢてあれば
銀《ぎん》光の灯《ひ》ぽゝつゝとうす昏《ぐら》みて
陰影《かげ》のごとく　災殃《まがつび》のごとく　礫《つぶて》のごとく
青面《せいめん》の美《び》童角《どうかく》笛を吹き
古像のやうにあらはれる

Ⅱ

その夜《よ》の霄《そら》は
星辰《ほし》を鏤《ちりば》め
濛々と香霧《かうむ》を降らし
艸木うれしみ夜氣《やき》を吐くのに
人間ひとり　その家居《いへゐ》もただ冥冥《くろぐろ》と愁ひ臥し
晩禱の聖鐘はやく
語尾を慄《をのの》き
南方《なんぱう》はるか落ち延びた頃ほひをば
青面美童《せいめんびどう》
陰影《かげ》のごとく、災殃《まがつび》のごとく　礫《つぶて》のごとく
踊り狂ふ　角《かく》笛を吹く　踏歌する

Ⅲ

夜《よる》は夜もすがら……
莨《たばこ》を燻《くゆ》り
黃金《きん》の靴《くつ》ふかぶかと穿ちまとひ
黑き帶しめ
朱珊瑚の馬鞭《ばべん》を振ひ
わが大腦の皺壁《じうへき》を亂り鼓《う》ち
角《かく》笛を吹きまた咳《しはぶき》して
陰影《かげ》のごとく　災殃《まがつび》のごとく　礫《つぶて》のごとく
悠然と　從容《しようよう》と　高步する

Ⅳ

月あかい霄《よ》は
青い寬袍《がうん》に水銀の雫したたり
襞積《ひだ》をすべつて黟《かぐろ》い床に煌《くわう》とくだく
心寂しい雨の夜も
黃絹《わうけん》かろく身に纏ひ
陰影《かげ》のごとく　災殃《まがつび》のごとく　礫《つぶて》のごとく
青面美童
わが皺壁の扉口《とぐち》に彳《た》つ

Ⅴ

心善き腐儒われ

銀《しろがね》の洋燈《らんぷ》のとぼる
黝《かぐろ》い檞の大卓《だいたく》に軀《み》を凭れて
肉つかれ心惱み
苛毒《かどく》を受けた病者のやうに身悶えすれば
いづくともなく
肅然とあゆみいで　青面美童
鋭い角笛の聲嚠喨《りうりやう》と吹きならす
小ぐらい密房《へや》の——その姿は
陰影のごとく　災殃のごとく　礫のごとく

山村暮鳥*

樂園**

寂光さんさん
泥まみれ豚
ここにかしこに
蛇からみ
秋冴えて
わが瞳《め》の噴水
いちねん
山羊《やぎ》の角《つの》とがり。

手

みきはしろがね
ちる葉のきん
かなしみの手をのべ
木を搖《ゆす》る
一本の天の手
にくしんの秋の手。

氣稟

鴉は
木に眠り

（上段）
＊一八八四—一九二四年。
＊＊以下五篇『聖三稜玻璃』（一九一五年刊）より。

豆は
莢の中
秋の日の
眞實
丘の畑
きんいろ。

くれがた

くれがたのおそろしさ
くりやのすみの玉葱
ほのぐらきかほりに浸りて
青き芽をあげ
ものなべての罪は
ひき窓の針金をつたはる。

いのり

つりばりぞそらよりたれつ
まぼろしのこがねのうをら
さみしさに
さみしさに
そのはりをのみ。

萩原朔太郎*

醋えたる菊**

その菊は醋《す》え
その菊はいたみしたたる
あはれあれ霜つきはじめ
わがぷらちなの手はしなへ
するどく指をとがらして
菊をつまむとねがふより
その菊をばつむことなかれとて

(下　段)
*一八八六—一九四二年。
**以下二篇『月に吠える』(一九一七年刊)より。

かがやく天の一方に
菊は病み、
醋えたる菊はいたみたる。

山に登る

旅よりある女に贈る

山の頂上にきれいな草むらがある
その上でわたしたちは寝ころんで居た。
眼をあげてとほい麓の方を眺めると
いちめんにひろびろとした海の景色のやうに
　おもはれた。
空には風がながれてゐる
おれは小石をひろつて口《くち》にあてながら
どこといふあてもなしに
ぼうぼうとした山の頂上をあるいてゐた。
おれはいまでも　お前のことを思つてゐるの
　である。

鷄*

しののめきたるまへ
家家の戸の外で鳴いてゐるのは鷄《にはとり》です
聲をばながくふるはして
さむしい田舍の自然からよびあげる母の聲で
　す
とをてくう、とをるもう、とをるもう。

朝のつめたい臥床《ふしど》の中で
私のたましひは羽ばたきをする
この雨戸の隙間からみれば
よもの景色はあかるくかがやいてゐるやうで
　す
されどもしののめきたるまへ
私の臥床《ふしど》にしのびこむひとつの憂愁
けぶれる木木の梢をこえ
遠い田舍の自然からよびあげる鷄《とり》のこゑです
とをてくう、とをるもう、とをるもう。

（下　段）
＊以下四篇『青猫』（一九二三年刊）より。

戀びとよ
戀びとよ
有明のつめたい障子のかげに
私はかぐ　ほのかなる菊のにほひを
病みたる心靈のにほひのやうに
かすかにくされゆく白菊のはなのにほひを
戀びとよ
戀びとよ。

しののめきたるまへ
私の心は墓場のかげをさまよひあるく
ああ　なにものか　私をよぶ苦しきひとつの
　焦燥
このうすい紅《べに》いろの空氣にはたへられない
戀びとよ
母上よ
早くきてともしびの光を消してよ
私はきく　遠い地角のはてを吹く大風《たいふう》のひび
　きを
とをてくう、とをるもう、とをるもう。

憂鬱な風景

猫のやうに憂鬱な景色である
さびしい風船はまつすぐに昇つてゆき
りんねるを着た人物がちららちらと居るではな
　いか。
もうとつくにながい間《あひだ》
だれもこんな波止場を思つてみやしない。
さうして荷揚げ機械のぼうぜんとしてゐる海
　角から
いろいろさまざまな生物意識が消えて行つた。
そのうへ帆船には綿が積まれて
それが沖の方でむくむくと考へこんでゐるで
　はないか。
なんと言ひやうもない
身の毛もよだち　ぞつとするやうな思ひ出ば
　かりだ。
ああ神よ　もうとりかへすすべもない
さうしてこんなむしばんだ回想から　いつも
幼な兒のやうに泣いて居よう。

笛の音のする里へ行かうよ

俥《くるま》に乘つてはしつて行くとき
野も　山も　ばうばうとして霞んでみえる
柳は風にふきながされ
燕も　歌も　ひよ鳥も　かすみの中に消えさ
　る
ああ　俥のはしる轍《わだち》を透《すか》して
ふしぎな　ばうばくたる景色を行手にみる
その風光は遠くひらいて
さびしく憂鬱な笛の音《ね》を吹き鳴らす
ひとのしのびて耐へがたい情緒である。

このへんてこなる方角をさして行け
春の朧げなる柳のかげで　歌も燕もふきなが
　され
わたしの俥やさんはいつしんですよ。

軍　隊

通行する軍隊の印象

この重量のある機械は
地面をどつしりと壓へつける
地面は強く踏みつけられ
反動し
濛濛とする埃をたてる。

この日中を通つてゐる
巨重の逞ましい機械をみよ
黝鐵《くろがね》の油ぎつた
ものすごい頑固な巨體だ
地面をどつしりと壓へつける
巨きな集團の動力機械だ。
　づしり、づしり、ばたり、ばたり
ざつく、ざつく、ざつく、ざつく。

この兇逞な機械の行くところ
どこでも風景は褪色《たいしよく》し
黄色くなり
日は空に沈鬱して
意志は重たく壓倒される。

づしり、づしり、ばたり、ばたり
お一、二、お一、二。

お　この重壓する
おほきなまつ黑の集團
涙のおしかへしてくるやうに
重油の濁つた流れの中を
熱した銃身の列が通る
無數の疲れた顏が通る。
　ざつく、ざつく、ざつく、ざつく
お一、二、お一、二。

暗澹とした空の下を
重たい鋼鐵の機械が通る
無數の擴大した瞳孔《ひとみ》が通る
それらの瞳孔《ひとみ》は熱にひらいて
黄色い風景の恐怖のかげに
空しく力なく彷徨する。
疲勞し
困憊《こんぱい》し
幻惑する。

お一、二、お一、二
歩調取れえ！

お　このおびただしい瞳孔《どうこう》
埃の低迷する道路の上に
かれらは憂鬱の日ざしをみる
ま白い幻像の市街をみる
感情の暗《くら》く幽囚された。
　づしり、づしり、づたり、づたり
ざつく、ざつく、ざつく、ざつく。

いま日中を通行する
黝鐵の凄く油ぎつた
巨重の逞ましい機械をみよ
この兇逞な機械の踏み行くところ
どこでも風景は褪色し
空氣は黄ばみ
意志は重たく壓倒される。
　づしり、づしり、づたり、づたり
づしり、どたり、ばたり、ばたり。
お一、二、お一、二。

夜汽車*

有明のうすらあかりは
硝子戸に指のあとつめたく
ほの白みゆく山の端《は》は
みづがねのごとくにしめやかなれども
まだ旅人《たびびと》のねむりさめやらねば
つかれたる電燈のためいきばかりこちたしや。
あまたるきにすのにほひも
そこはかとなきはまきたばこの烟さへ
夜汽車にてあれたる舌には侘しきを
いかばかり人妻は身にひきつめて嘆くらむ。
まだ山科《やましな》は過ぎずや
空氣枕の口金《くちがね》をゆるめて
そつと息をぬいてみる女ごころ
ふと二人かなしさに身をすりよせ
しののめちかき汽車の窓より外《そと》をながむれば
ところもしらぬ山里に
さも白く咲きてゐたるをだまきの花。

旅上

ふらんすへ行きたしと思へども
ふらんすはあまりに遠し
せめては新しき背廣をきて
きままなる旅にいでてみん。
汽車が山道をゆくとき
みづいろの窓によりかかりて
われひとりうれしきことをおもはむ
五月の朝のしののめ
うら若草のもえいづる心まかせに。

珈琲《コーヒー》店醉月*

坂を登らんとして渇きに耐えず
蹌踉《さうらう》として醉月の扉《どあ》を開けば
狼藉《らうぜき》たる店の中より
破れしレコードは鳴り響き

（上　段）
*以下二篇『純情小曲集』（一九二五年刊）より。

（下　段）
*以下二篇『氷島』（一九三四年刊）より。

場末の煤ぼけたる電氣の影に
貧しき酒瓶の列を立てたり。
ああ　この暗愁も久しいかな！
我れまさに年老いて家郷なく
妻子離散して孤獨なり
いかんぞまた漂泊の悔を知らむ。
子等群がりて卓を圍み
我れの醉態を見て憫みしが
たちまち罵りて財布を奪ひ
殘りなく錢《ぜに》を數へて盜み去れり。

監獄裏の林

監獄裏の林に入れば
囀鳥《てんてう》高きにしば鳴けり。
いかんぞ我れの思ふこと
ひとり叛きて歩める道を
寂しき友にも告げざらんや。
河原に冬の枯草もえ
重たき石を運ぶ囚人等
みな憎さげに我れをみて過ぎ行けり。
陰鬱なる思想かな
われの破れたる服を裂きすて
獸類《けもの》のごとくに悲しまむ。
ああ季節に遲く
上州の空の烈風に寒きは何ぞや。
まばらに殘る林の中に
看守のゐて
劍柄《けんつか》の低く鳴るをきけり。

球轉がし

曇つた、陰鬱の午後であつた。どんよりとした太陽が、雲の厚みからして、鈍《にぶ》い光を街路の砂に照らしてゐる。人々の氣分は重苦しく、うなだれながら、馬のやうに風景の中を彷徨《はうくわう》してゐる。

　いま、何物の力も私の中に生れてゐない。意氣は銷沈《せうちん》し、情熱は涸《か》れ、汗のやうな惡寒《をかん》がきびわるく皮膚の上に流れてゐる。私は壓《お》しつぶされ、稀薄になり、地下の底に滅入《めい》つてしまふのを感じてゐた。

ふと、ある賑やかな市街の裏通り、露店や飲食店のごてごてと並んでゐる、日影のまづしい横町で、私は古風な球轉《たまころ》がしの屋臺を見つけた。

「よし！　私の力を試《ため》してみよう。」

つまらない賭けごとが、病氣のやうにからまつてきて、執拗に自分の心を苛らだたせた。幾度も幾度も、赤と白との球が轉り、そして意地悪く穴の周圍をめぐつて逃げた。あらゆる機因《チャンス》がからかひながら、私の意志の屆かぬ彼岸で、熱望のそれた標的に轉がり込んだ。

「何物もない！　何物もない！」

私は齒を食ひしばつて絶叫した。いかなればかくも我々は無力であるか。見よ！　意志は完全に否定されてる。それが感じられるほど、人生を勇氣する理由がどこにあるか？

たちまち、若々しく明るい聲が耳に聽えた。蓮葉《はすは》な、はしやいだ、連れ立つた若い女たちが來たのである。笑ひながら戲《たはむ》れながら、無造作に彼女の一人が球を投げた。

「當り！」

一時に騒がしく、若い、にぎやかな凱歌と笑聲が入り亂れた。何たる名譽ぞ！　チャンピオンぞ！　見事に、彼女は我々の絶望に打ち勝つた。笑ひながら、戲れながら、嬉々として運命を征服し、すべての鬱陶しい氣分を開放した。

もはや私は、ふたたび考へこむことをしないであらう。

郵便局

郵便局といふものは、港や停車場やと同じく、人生の遠い旅情を思はすところの、悲しいのすたるぢやの存在である。局員はあわただしげにスタンプを捺し、人々は窓口に群がつてゐる。わけても貧しい女工の群が、日給の貯金通帳を手にしながら、窓口に列をつくつて押し合つてゐる。或る人々は爲替を組み入れ、或る人々は遠國への、かなしい電報を打たうとしてゐる。

　いつも急がしく、あわただしく、群衆によつてもまれてゐる、不思議な物悲しい郵便局よ。私はそこに來て手紙を書き、そこに來て人生の郷愁を見るのが好きだ。田舍の粗野な老婦が居て、側の人にたのみ、手紙の代筆を懇願してゐる。彼女の貧しい村の郷里で、孤獨に暮らしてゐる娘の許へ、秋の袷や襦袢やを、小包で送つたといふ通知である。

　郵便局！　私はその郷愁を見るのが好きだ。生活のさまざまな悲哀を抱きながら、そこの薄暗い壁の隅で、故郷への手紙を書いてる若い女よ！　鉛筆の心《しん》も折れ、文字も涙によごれて亂れてゐる。何をこの人生から、若い娘たちが苦しむだらう。我々もまた君等と同じく、絕望のすり切れた靴をはいて、生活《ライフ》の港々を漂泊してゐる。永遠に、永遠に、我々の家なき魂は凍えてゐるのだ。

　郵便局といふものは、港や停車場と同じやうに、人生の遠い旅情を思はすところの、魂の永遠ののすたるぢやだ。

室《むろ》生《ふ》犀《さい》星《せい》*

小景異情**（その一）

白魚はさびしや
そのくろき瞳《め》はなんといふ
なんといふしほらしさぞよ
そとにひる餉《げ》をしたたむる
わがよそよそしさと
かなしさと
ききともなやな雀しば啼けり

夏の朝

なにといふ蟲かしらねど

（下段）
＊一八八九年—。
＊＊以下三篇『抒情小曲集』（一九一八年刊）より。

時計の玻璃《はり》のつめたきに這ひのぼり
つうつうと啼く
ものいへぬ
むしけらものの悲しさに

時無草

秋のひかりにみどりぐむ
ときなし草は摘みもたまふな
やさしく日南《ひなた》にのびてゆくみどり
そのゆめもつめたく
ひかりは水のほとりにしづみたり
ともよ　ひそかにみどりぐむ
ときなし草はあはれ深ければ
そのしろき指もふれたまふな

蒼空*

おれは唯睡いのだ
かれはかう言つてやはり睡り續けてゐた
かれの頭の上には
大きな蒼蒼とした空が垂れてゐた
かれの目は悲しさうに時時ひらく
日かげはうらうらとしてゐる
地主が來て泥靴をあげて蹶《け》りつけた
けれども彼はすやすやと
平和にくつろいで寢てゐた
やがて巡査が來て起きろと言つた
かれはしづかに眼を見開いて
また睡り込んでしまつた
みんなは惘《あき》れてかへつて去《い》つた
草もしんとしてゐた
蒼空はだんだんに澄んで
その蒼さに充ち亘《わた》るのであつた

夕の歌

人人はまた寂しい夕を迎へた
人人の胸に溫良な祈りが湧いた

（上段）
*以下三篇『愛の詩集』（一九一八年刊）より。

なぜこのやうに夕のおとづれとともに
自分の寂しい心を連れて
その道づれとともに永い間
休みなく歩まなければならないだらうか
けふはきのふのやうに
變ることなく　移り行きもせず
悲哀《かなしみ》は悲哀《かなしみ》のままの姿で
また明日へめぐりゆくのであらうか
かの高い屋根や立木の上に
けふも太陽は昇つて又沈みかけてゐた
それがそのままに人人の胸に殘つた
人人は夜半の茶卓の上で
深い思索に沈んでゐた

雨の詩

雨は愛のやうなものだ
それがひもすがら降り注いでゐた
人はこの雨を悲しさうに
すこしばかりの青もの畑を
次第に濡らしてゆくのを眺めてゐた
雨はいつもありのままの姿と
あれらの寂しい降りやうを
そのまま人の心にうつしてゐた
人人の優秀なたましひ等は
悲しさうに少しつかれて
いつまでも永い間うち沈んでゐた
永い間雨をしみじみと眺めてゐた

栗　賣

つゆふかきあしたなり
栗呼ぶこゑはかなしみて
晴れしがなかに起りくる
響にもかげのさしそふ
おそ秋のあしたの路をさびしめよ
そのこゑはをみななり
鋭さを加へつつ
あでに優しく
そのこゑはをみななり

大手拓次*

陶器の鴉**

陶器製のあをい鴉《からす》、
なめらかな母韻をつつんでおそひくるあをがらす、
うまれたままの暖かさでお前はよろよろする。
嘴《くちばし》の大きい、眼のおほきい、わるだくみのありさうな青鴉《あをがらす》、
この日和《ひより》のしづかさを食べろ。

象よ歩め

赤い表紙の本から出て、
皺だみた象よ、口のない大きな象よ、のろのろあゆめ、
ふたりが死んだ床《とこ》の上に。
疲勞ををどらせる痲醉《ますゐ》の風車、
お前が黄色い人間の皮をはいで
深い眞言《しんごん》の奥へ、のろのろと秋を背に負うて
象よあゆめ、
おなじ眠りへ生の嘴《くちばし》は動いて、
ふとつた老樹《おいき》をつきくづす。
鷲のやうにひろがる象の世界をもりそだてて、
夜《よる》の噴煙のなかへすすめ、
人生は垂れた通草《あけび》の頸のやうにゆれる。

黄色い帽子の蛇

ながいあひだ、
草の葉のなかに笛をふいてゐたひとりの蛇、
草の葉の色に染《そ》められて化粧する蛇のくるしみ、
夜《よる》の花をにほはせる接吻のうねりのやうに、
火と焔との輪をとばし、

(上段)
＊一八八七—一九三四年。
＊＊以下三篇『藍色の蟇』(一九三六年刊)より。

眞黄色な、青ずんだ帽子のしたに、
なめらかな銀《ぎん》のおもちやのやうな蛇の顔《かほ》があらはれた。

千《せん》家《け》元《もと》麿《まろ》*

車の音**

夜中の二時頃から
巣鴨の大通りを田舍から百姓の車が
カラ〳〵カラ〳〵と小さな燥《かは》いた木の音を立て、無數に遣《や》つて來る。
勢のいゝその音は絶える間もなく、賑やかに密集して來る。
人聲は一つも聞え無い。何千何萬と知れ無い車の輪の、
飾り氣の無い、元氣な單調な音許《ばか》り、
天から繰り出して來る。
遠く遠くから、カラ〳〵カラ〳〵調《しらべ》面白く、
よく廻りあとからあとから空に漲《みなぎ》り、
地に觸れて跳ねかへり一杯にひろがつて來る。夥しい木の輪の音。
夜もすがら
眠れる人々の上に天使が舞ひ下りて、休みもせず
舞ひつ踊りつ煩《うる》さい位耳を離れず、幸福な歌をうたふやうに。
氣が附けばます〳〵音は元氣づき、密集團となり
朝の來るのに間に合はせる爲め
忙《せは》しなく天の戸を皆《み》んな繰り出した音のやうに
喜びに滿ちた勇ましい同じ小さな木の輪の音が
恐ろしいやうにやつて來る。
一つ一つ夥しい星の中から生れてぬけ出して來る。
もう餘程通り過ぎて仕舞つたやうに

（上段）
*一八八八—一九四八年。
**『自分は見た』（一九一八年刊）より。

初めから終りまで同じ音で此世へやつて來る。
曉方《あけがた》になるとその音は
天使の見離した夢のやうに消えて仕舞ふ。
天と地とのつなぎをへだてゝしまふ
何處かへ蜂が巢を替へて仕舞つた跡のやうに
一つも聞えなくなる。
鋭敏になつた頭には今度は地上のあらゆる音
　を聞く
馬鹿らしい夜鳥の自動車の浮いた音や、
間の拔けた眠さうな不平をこぼす汽笛や、
だるさうな時計の響が味もなくあつち、こつ
　ちで
眞似をして仕損つたやうに、自信も無く離れ
　〴〵に鳴る。
あゝ每晚々々、雨の降る夜も星の降る夜も、
　自分の頭に響いて來る
無數の百姓の車の音は自分に喜びを運んで來
　る
飾り氣の無い木の音のいつも變らない快さ

天から幸福を運んで繰り出して來る神來の無
　數の車を迎へる。
その一つ事に熱中した心の底から親切な、
喜びいそぐ無數の車の音、樂しい、賑やかな、
　勇ましい音。

あ、汝の勝利だ
その一生懸命な小さいけれど氣の揃つた
豐かな百姓車の軍勢が堂々と繰り出して行つ
　たら何でも負ける。
道を讓る
あゝ勇ましい木の輪の音の行列よ
どん〳〵繰り出して來い。
天の一方から下りて來い。
下界を目がけて、一直線に遠い〳〵ところか
　ら走つて來る星のやうに、
都會を目がけてその一絲も亂さず、整然と
同じ法則、同じ姿勢で
立派に揃つた、木の音で
電車道を踏み鳴らして行け、躍つて行け

揃ひも揃つて選り抜きの、よく洗はれた手入
　の屆いた、簡單で、
調法な、木の車の自信のある安らかな音色よ
何ものも御前の音に敵《かな》ふ奴は無い。
憎々しい惰弱な病的な汽笛や不平な野心の逞
　しい機械の音より
どの位、
御前の勤勉な盡きない木の音の方が俺は大好
　きだか知れないぞ、
前にゆくものゝ音を受けついで、後から來る
　者に傳へて、
赤兒のやうに生れて來る、
汝の盡きる事なく繰り出す音は
此世のものでは無い、天上のものだ
喜びだ、勝どきだ。

おゝ又氣がつけば賑やかな、いつも機嫌な木
　の輪の音の群
滿ち、溢れ、盡きずくり出して來て
ぴつたり跡を殘さず消えて行く自信のある歌
ひぶりよ、神來が來り、
大擾亂を呈して過ぎ去つたあとのやうに一つ
　も殘さず、
漏れる事なく歌ひ終る。
無數の木の輪の音、
わが愛す、喜びの歌、
平易で味の無いやうで
無限な味の籠つた
天の變化にも追ひ付く、單調な喜びの歌、
天來の音、呱々の聲、
簡單で完全な、よく洗はれた、手入のいゝ、
　親切な車の輪の音、
氣の揃つた賑やかなコーラス
每晩來てくれ、
每晩調子を揃へて繰り出して來て呉れ
巢鴨の大通りを田舍からつゞいて來る
無數の百姓車の木の輪の音、

俺は每晩待つて居る。きつと氣がつく
御前の來るのを待つのは恐《こは》いけれど
來てしまへば俺は元氣づいて躍り出す、
氣がつけば引つきり無しに遣つて來る、神來

の喜び！
木の音の行列、夥しい星の歌、一粒撰《ひとつぶえ》りの新
しい音色！
天の戸をくる喜びの歌、朝の歌！
氣の揃つた一團の可愛ゆい、小さな百姓車の
行進軍！

佐藤惣之助＊

華やかな散歩＊＊

村の娘達とつれ立つて
虹色した五月の雜木山へ
誰に戀するといふともなく
みんなで圓い花甕《はながめ》をつくつたり
蜂のやうにちらばつたり
情熱を昂《たか》めて歩きにゆく

おしやれな奴《やつ》をあとにして
おしやべり娘を先にして
牡牛のやうな氣《き》位《ぐら》ゐになり
多くの熱い身體《からだ》を馬車にして
あかい心臟が炎を焚く
元氣な肉體を運んでゆく

風はあを〳〵と健康な旗となり
日は黑い眼を細緻な光りの花粉で染めだし
麥は色づいた情感の密度をもつて
娘達をおぼろ氣《げ》な焰のやうに見せる
私はこの八人の肉體から發情する光りの蜜が
ほしい
その熱烈な夢の醱酵力がほしい

しかし私は地獄の町から來て
あまりに年をとりすぎてゐる
壯年の太陽は
眞赤な花びらには强すぎて
むしろ暗黑にくるしめられる
年齢は色彩の骸骨を

（上段）
＊一八九〇―一九四三年。
＊＊『荒野の娘』（一九二二年刊）より。

われ〳〵の間にふしぎな空氣をもつて映し出す

間もなく私はこの花やかな散歩から
ひとり雜木山の谷へそれてしまふ
私はもう妻帶者だ。
右手に戀愛のインクを刺青《いれずみ》し
左手に生活の墓を抱いて
娘達より一歩先の
强い生存の廣場に進入してゐるのだ

雜木山よ、名もない寂寥よ
君はやつぱり私の友だ
八人の娘達のあの熱い肉體を
早く草叢《くさむら》でかくしてくれ
そして君は私のまへに
ただ一つの燃ゆる春の日と
蒼穹の悲哀を入れかへて
平和な人間にきたへてくれ

堀口大學*

夕ぐれの時はよい時**

夕ぐれの時はよい時
かぎりなくやさしいひと時

それは季節にかかはらぬ
冬なれば煖爐のかたはら
夏なれば大樹の木《こ》かげ
それはいつも神祕に滿ち
それはいつも人の心を誘ふ
それは人の心が
ときに　しばしば
靜寂を愛することを
知つてゐるもののやうに
小聲にささやき、小聲に語る……

（下段）
＊一八九二年―。
＊＊『月光とピエロ』（一九一九年刊）より。

夕ぐれの時はよい時
かぎりなくやさしいひと時

若さににほふ人人の爲めには
それは愛撫に滿ちたひと時
それはやさしさに溢れたひと時
それは希望でいつぱいなひと時
また青春の夢とほく
失ひはてた人人の爲めには
それはやさしい思ひ出のひと時
それは過ぎ去つた夢の酩酊
それは今日の心には痛いけれど
しかも全く忘れかねた
その上《かみ》の日のなつかしい移り香《が》

夕ぐれの時はよい時
かぎりなくやさしいひと時

夕ぐれのこの憂鬱は何處《どこ》から來るのだらう
か？
だれもそれを知らない
（おお！　だれが何を知つてゐるものか？）
それは夜とともに密度を增し、
人をより强き夢幻へみちびく……

夕ぐれの時はよい時
かぎりなくやさしいひと時

夕ぐれ時
自然は人に安息をすすめるやうだ
風は落ち
ものの響は絕え
人は花の呼吸をきき得るやうな氣がする
今まで風にゆられてゐた草の葉も
たちまち靜まりかへり
小鳥は翼《つばさ》の間に頭《かうべ》をうづめる……

夕ぐれの時はよい時
かぎりなくやさしいひと時

椰子の木＊

大地の苦惱からのがれる爲といふやうに
一すぢにまつすぐにのび上り
なほまつすぐにのび上り
頂き常に天上にあこがれて
高くそびえる椰子の木たち！

なやみの觸手を
絶望の表情にふり立て乍《なが》ら
なほ高く
なほ大地より遠く
天の方へと差《さし》のべたれど
天はそこにもあらで
天は理想のやうに
いよいよ遠ざかり
ふるる術《すべ》もなきに
紫の夕ぐれとなる

椰子の木たちは
そもそも樹性《じゆしやう》の苦行僧《くぎやうそう》

大地ものかげの底に埋《うも》れ
夕星　西天に
銀青《ぎんせい》の振香爐《ふりがうろ》をゆれば
大いなる黑十字架と身をなして
彼等は祈る
凪は梵鐘の餘韻を傳へ
潮音《てうおん》は果《はて》のない經を讀む

椰子の木たちは
そもそも幻の空中寺院
金と紫の熱帶圈のこの夕《ゆふべ》
惱ましい人間慾の
燃え上る匂ひの渦の上にあつて
そこにのび上り
そこに身を十字架となして
無言の祈に淨心するは
それは椰子の木たちか
または私の魂であるか

要

（上　段）
＊『水の面に書きて』（一九二一年刊）より。

海が扇子をひろげる
ああ　私は要《かなめ》だ
遠い白帆はさびしい
私に似て
ありありと一人《ひとり》ぽつちだ

西條八十《やそ》＊

蠟人形＊＊

寂《さび》し、寂し、
籬《かき》の野薔薇《のばら》の實《み》を捩《も》ぎて
屋根にのぼれば
日は眞晝《まひる》。
あをく燻《くすぼ》る
大空に

誰《た》が忘れたる
蠟人形、
素絹《すゞし》の糸に
日は攣《つ》るる。

あたれ、あたれ、
ひとり野薔薇の實を抛《な》ぐる
冷たき屋根の
このこころ。

いつまでか
外《そ》るる礫《つぶて》や
空に浮く
蠟人形に
戀びとの
俤《おもかげ》は遠し。

かなりや

——唄を忘れた金絲雀《かなりや》は、後《うしろ》の山に棄てまし

（上段）
＊一八九二年—。
＊＊以下二篇『砂金』（一九一九年刊）より。

よか。
——いえ、いえ、それはなりませぬ。
——唄を忘れた金絲雀は、背戸《せど》の小藪に埋《い》け
ましよか。
——いえ、いえ、それもなりませぬ。
——唄を忘れた金絲雀は、柳の鞭でぶちまし
よか。
——いえ、いえ、それはかはいさう。

——唄を忘れた金絲雀は、
象牙の船に、銀の櫂、
月夜の海に浮べれば、
忘れた唄をおもひだす。

我娘とねむる

わたしの抱《いだ》くこれは
女ではない、
ゆくりなく海邊《うみべ》に見いでた
冷たき流木《ながれぎ》の墓である。

わたしに觸るるこれは
肉ではない、
涯《はて》しない旅人の
足にからむ蒼ぐろき蓬《おどろ》である。

夜半《よは》の、わが頰を、枕を、
さめ〴〵とうつ黒髪、——
そのかをりに
わたしは甘き花を夢みず
たゞ祖先の太陽の、遠く、赤く、さむきを感
ずる。

佐藤春夫*

ためいき** (一)

(下　段)
＊一八九二年—。
＊＊『殉情詩集』(一九二一年刊)より。

木《き》の國*の五月なかばは
椎《しひ》の木のくらき下かげ
うす濁るながれのほとり
野うばらの花のひとむれ
人知れず白くさくなり、
佇《たたず》みてものおもふ目に
小《ちひ》さなるなみだもろげの
すなほなる花をし視れば　戀びとの
ためいきを聽くここちするかな

秋刀魚の歌**

あはれ
秋かぜよ***
情《こころ》あらば傳《つた》へてよ
――男ありて
夕餉《ゆふげ》****に　ひとり
さんまを食らひて
思ひにふける　と。

さんま、さんま、
そが上に青き蜜柑の酸《す》をしたたらせて
さんまを食ふはその男がふる里《さと》のならひなり。
そのならひをあやしみなつかしみて　女は
いくたびか青き蜜柑をもぎ來て夕餉《ゆふげ》にむかひけむ。

あはれ、人に棄てられんとする人妻と
妻にそむかれたる男と食卓にむかへば、
愛うすき父を有《も》ちし女の兒は
小さき箸をあやつりなやみつつ
父ならぬ男にさんまの腸《わた》*をくれむと言ふにあらずや。

あはれ
秋かぜよ
汝《なれ》こそは見つらめ
世のつねならぬかの團欒《まどゐ》を。
いかに
秋かぜよ

(上　段)
*(紀の国)。
**『わが一九二二年』(一九二三年刊)より。
***(今年の秋かぜよ)。
****(今日の夕餉に)。
(下　段)
*(腸《はら》)。

いとせめて證《あか》せよ、
かのひとときの團欒《まどゐ》ゆめに非ず　と。

あはれ
秋かぜよ*
情あらば傳へてよ、
夫《をつと》に去られざりし妻と**
父を失はざりし幼兒《をさなご》とに
傳へてよ

――男ありて
夕餉に***　ひとり
さんまを食らひて
涙をながす　と。

さんま、さんま、
さんま苦《にが》いか鹽《しよ》つぱいか。
そが上に熱き涙をしたたらせて
さんまを食ふはいづこの里《さと》のならひぞや。
あはれ
げにそは問はまほしくをかし。

（上段）
*（今年の秋かぜよ）。
**（夫を失はざりし妻と）。
***（今日の夕餉に）。

秋の女よ

泣き濡れて　秋の女よ
わが幻のなかに來《く》る、
泣き濡れた秋の女を
時雨《しぐれ》だとわたしは思ふ、

泣き濡れて　秋の女よ
汝《なれ》は古城の道に去る、
項《うなじ》に柳葉《やなぎは》がちりかかる
枯れた蓮《はちす》を見もしない。

泣き濡れて　秋の女よ
汝《なれ》があゆみは一歩一歩、
愛する者から遠ざかる
泣き濡れて泣き濡れて、

泣き濡れて　秋の女よ
わが幻のなかに去る、
泣き濡れた秋の女を

時雨《しぐれ》だとわたしは思ふ、

ひとしきりわたしを泣かせ
またなぐさめて　秋の女よ、
凄《すさ》まじく枯れた古城の道を
わが心だとわたしは思ふ。

音に啼く鳥*

檻草結同心
將以遺知音
春愁正斷絶
春鳥復哀吟
薛　濤**

ま垣の草をゆひ結び
なさけ知る人にしるべせむ
春のうれひのきはまりて
春の鳥こそ音《ね》にも啼け

水彩風景

杏花一孤村
流水數間屋
夕陽不見人
牯片麥中宿
紀映淮*

杏《あんず》咲くさびしき田舎
川添ひや家をちこち
入日《いりひ》さし人げもなくて
麥畑にねむる牛あり

川ぞひの欄によりて

近水人家小結廬
軒窓瀟灑勝幽居
凭欄忽聞漁榾響
知有小船来賣魚

（上　段）

*以下四篇『車塵集』（一九二九年刊）より。

**せっとう—唐代の女流詩人。七七〇—八三〇頃。

「檻草同心を結い、將にもって知音に遺さんとす。春愁正に斷絶せんとし、春鳥復た哀吟す。」


（下　段）

*きえいじゅん—生没不詳。

「杏花の一孤村、流水に間屋を數う。夕陽に人を見ず、牯片《こへん》麥中に宿る。」

川ぞひの小家のかまへ
窗《まど》ゆかしよき庵《いほ》よりも
立ちよれば櫓の音《おと》ひびき
小船《こぶね》來て魚を買へとぞ

鄭允端*

乳房をうたひて

浴罷檀郎捫弄處
露華涼沁紫葡萄

趙鸞鸞**

湯あがりを
うれしき人になぶられて
露ににじむ時
むらさきの葡萄の玉ぞ

吉田一《いっ》穂《すゐ》*

母**

あゝ麗はしい距離《デスタンス》、
つねに遠のいてゆく風景……

悲しみの彼方、母への、
捜《さぐ》り打つ夜半《よは》の最弱音《ピアニッシモ》。

泉

落葉に徑《みち》も埋れたり。
村邑《むらざと》***の灯は乏しきかな。
月かげ負ひて來るものに、
これの泉はあふれたり。

（上　段）

*ていいんたん―生没不詳。「近水の人家小さく廬を結び軒窓は瀟灑《しょうしゃ》にして幽居に勝る。欄に凭れて忽ち聞く漁榔の響き。知る、小船の來りて魚を賣る有りと。」

**ちょうらんらん―生没不詳。「浴《ゆあみ》罷て檀郎の捫弄《さぐ》る処、露華涼しく紫の葡萄に沁む。」

（下　段）

*一八九八年―。

**『海の聖母』（一九二六年刊）より。

***読みは作者による。

白　鳥（抄）

7

碧落を湛へて地下の清冽《せいれつ》と噴きつらなる一滴
の湖。
湖心に鈎を投げる。
白鳥《はくてう》は來るであらう、火環島弧の古《いにしへ》の道を。

宮澤賢治＊

春と修羅＊＊

（mental sketch modified）

心象のはひいろはがねから
あけびのつるはくもにからまり
のばらのやぶや腐植の濕地
いちめんのいちめんの諂曲《てんごく》模様
（正午の管樂《くわんがく》よりもしげく
琥珀《こはく》のかけらがそそぐとき）
いかりのにがさまた青さ
四月の氣層のひかりの底を
唾《つばき》し　はぎしりゆききする
おれはひとりの修羅《しゆら》なのだ
（風景はなみだにゆすれ）
碎ける雲の眼路《めぢ》をかぎり
れいらうの天の海には
聖玻璃《せいはり》の風が行き交ひ
Zypressen＊　春のいちれつ
くろぐろと光素《エーテル》を吸へば
その暗い脚並からは
天山の雪の稜さへひかるのに
（かげろふの波と白い偏光）
まことのことばはうしなはれ
雲はちぎれてそらをとぶ
ああかがやきの四月の底を
はぎしり燃えてゆききする
おれはひとりの修羅なのだ
（玉髓の雲がながれて
どこで啼くその春の鳥）
日輪青くかげろへば

（上　段）
＊一八九六—一九三三年。
＊＊以下三篇『春と修羅』（一九二五年刊）より。
（下　段）
＊糸杉。

修羅は樹林に交響し
　陥りくらむ天の椀から
　　雲の魯木《ろぼく》の群落が延び
　　　その枝はかなしくしげり
　　すべて二重の風景を
　喪神《さうしん》の森の梢から
ひらめいてとびたつからす
（氣層いよいよすみわたり
　ひのきもしんと天に立つころ）
草地の黄金《きん》をすぎてくるもの
ことなくひとのかたちのもの
けらをまとひおれを見るその農夫
ほんたうにおれが見えるのか
まばゆい氣圏の海のそこに
（かなしみは青々ふかく）
Zypressen　しづかにゆすれ
鳥はまた青ぞらを截《き》る
（まことのことばはここになく
　修羅のなみだはつちにふる）
あたらしくそらに息つけば
ほの白く肺はちぢまり
（このからだそらのみぢんにちらばれ）
いてふのこずゑまたひかり
Zypressen　いよいよ黒く
雲の火ばなは降りそそぐ

二二・四・八

永訣の朝

けふのうちに
とほくへいつてしまふわたくしのいもうとよ
みぞれがふつておもてはへんにあかるいのだ
（あめゆじゆとてちてけんじや）*
うすあかくいつそう陰惨《いんざん》な雲から
みぞれはびちよびちよふつてくる
（あめゆじゆとてちてけんじや）
青い蓴菜《じゆんさい》のもやうのついた
これらふたつのかけた陶椀《たうわん》に
おまへがたべるあめゆきをとらうとして
わたくしはまがつたてつぽうだまのやうに
このくらいみぞれのなかに飛びだした

（下段）
*あめゆきをとつてきてください（原註）。

（あめゆじゆとてちてけんじや）
蒼鉛《さうえん》いろの暗い雲から
みぞれはびちよびちよ沈んでくる
ああとし子
死ぬといふいまごろになつて
わたくしをいつしやうあかるくするために
こんなさつぱりした雪のひとわんを
おまへはわたくしにたのんだのだ
ありがたうわたくしのけなげないもうとよ
わたくしもまつすぐにすすんでいくから
　（あめゆじゆとてちてけんじや）
はげしいはげしい熱やあへぎのあひだから
おまへはわたくしにたのんだのだ
銀河や太陽　氣圏などとよばれたせかいの
そらからおちた雪のさいごのひとわんを……
……ふたきれのみかげせきざいに
みぞれはさびしくたまつてゐる
わたくしはそのうへにあぶなくたち
雪と水とのまつしろな二《に》相系《さうけい》をたもち
すきとほるつめたい雫にみちた
このつややかな松のえだから
わたくしのやさしいいもうとの
さいごのたべものをもらつていかう
わたしたちがいつしよにそだつてきたあひだ
みなれたちやわんのこの藍のもやうにも
もうけふおまへはわかれてしまふ
(Ora Ora de shitori egumo)*
ほんたうにけふおまへはわかれてしまふ
あああのとざされた病室の
くらいびやうぶやかやのなかに
やさしくあをじろく燃えてゐる
わたくしのけなげないもうとよ
この雪はどこをえらばうにも
あんまりどこもまつしろなのだ
あんなおそろしいみだれたそらから
このうつくしい雪がきたのだ
　（うまれでくるたて
　　こんどはこたにわりやのごとばかりで**
　　くるしまなえよにうまれてくる）
おまへがたべるこのふたわんのゆきに
わたくしはいまこころからいのる
どうかこれが兜卒《とそつ》の天の食に變つて

（下段）

*あたしはあたしでひとりいきます(原註)。オラオラデシトリエグモ。

**またひとにうまれてくるときは　こんなにじぶんのことばかりで　くるしまないやうにうまれてきます（原註）。

やがてはおまへとみんなとに
聖《きよ》い資糧をもたらすことを
わたくしのすべてのさいはひをかけてねがふ

二三・一一・二七

風景とオルゴール

爽かなくだもののにほひに充ち
つめたくされた銀製の薄明穹《はくめいきう》を
雲がどんどんかけてゐる
黑耀《こくえう》ひのきやサイプレスの中を
一疋の馬がゆつくりやつてくる
ひとりの農夫が乘つてゐる
もちろん農夫はからだ半分ぐらゐ
木《こ》だちやそこらの銀のアトムに溶け
またじぶんでも溶けてもいいとおもひながら
あたまの大きな曖昧な馬といつしよにゆつく
　りくる
首を垂れておとなしくがさがさした南部馬
黑く巨きな松倉山のこつちに
一點のダアリア複合體
その電燈の企畫《プラン》なら
じつに九月の寶石である
その電燈の獻策者に
わたくしは靑い蕃茄《トマト》を贈る
どんなにこれらのぬれたみちや
クレオソートを塗つたばかりのらんかんや
電線も二本にせものの虛無のなかから光つて
　ゐるし
風景が深く透明にされたかわからない
下では水がごうごう流れて行き
薄明穹の爽かな銀と苹果《へいくわ》*とを
黑白鳥のむな毛の塊が奔《はし》り
　《ああ　お月樣が出てゐます》
ほんたうに鋭い秋の粉や
玻璃《はり》末《まつ》の雲の稜に磨かれて
紫磨《しま》銀彩《ぎんさい》に尖つて光る六日の月
橋のらんかんには雨粒がまだいつぱいについ
　てゐる
なんといふこのなつかしさの湧きあがり
水はおとなしい膠朧體《かうろうたい》だし

（下段）
*ルビは編者。りんごの果實。

わたくしはこんな過透明《くわとうめい》な景色のなかに
松倉山や五間森《ごけんもり》荒つぽい石英安山岩《デサイト》の岩頸か
ら
放たれた剽悍な刺客に
暗殺されてもいいのです
（たしかにわたくしがその木をきつたの
だから）
杉のいただきは黒くそらの椀を刺し
風が口笛をはんぶんちぎつて持つてくれば
（氣の毒な二重感覺の機關）
わたくしは古い印度の青草をみる
崖にぶつつかるそのへんの水は
葱のやうに横に外《そ》れてゐる
そんなに風はうまく吹き
半月の表面はきれいに吹きはらはれた
だからわたくしの洋傘は
しばらくぱたぱた言つてから
ぬれた橋板に倒れたのだ
松倉山松倉山尖つてまつ暗な悪魔蒼鉛の空に
立ち
電燈はよほど熟してゐる

（下段）
*この作品は、同一題名、同一作品番号で、「夜の湿気…」から「…寒くふるへてゐる」までの短いものが一篇ある。

風がもうこれつきり吹けば
まさしく吹いて來る劫《カルパ》のはじめの風
ひときれそらにうかぶロシニ曉のモティーフ
電線と恐ろしい玉髄《キャルセドニ》の雲のきれ
そこから見當のつかない大きな青い星がうか
ぶ
（何べんの戀の償ひだ）
そんな恐ろしいがまいろの雲と
わたくしの上着はひるがへり
（オルゴールをかけろかけろ）
月はいきなり二つになり
盲ひた黑い暈をつくつて光面を過ぎる雲の一
群
（しづまれしづまれ五間森
木をきられてもしづまるのだ）
二三・九・一六

業の花びら*

（作品第三一四番）

夜の濕氣が風とさびしくいりまじり
松やなぎの林はくろく
空には暗い業《ごふ》の花びらがいつぱいで
わたくしは神々の名を錄したことから
はげしく寒くふるへてゐる
ああ誰か來てわたくしに云へ
億の巨匠が並んで生れ
しかも互ひに相犯さない
明るい世界はかならず來ると
　……遠くでさぎがないてゐる
　　夜どほし赤い眼を燃して
　　つめたい沼に立ち通すのか……
松並木から雫が降り*
わづかのさびしい星群が**
西で雲から洗はれて
その偶然な二つつが
黄いろな芒《のぎ》で結んだり
殘りの巨きな草穗の影が
ぼんやり白くうごいたりする***

二四・一〇・五

和風は河谷いつぱいに吹く

（作品第一〇八三番）

あゝ
南からまた西南から
和風《わふう》*は河谷《かこく》**いつぱいに吹いて
汗にまみれたシヤツも乾《かわ》けば
熱した額やまぶたも冷える
起きあがつたいちめんの稻穗を波立て
葉ごとの暗い露を落して
和風は河谷いつぱいに吹く
あらゆる辛苦の結果から
七月稻はよく分蘗《ぶんけつ》し
豐かな秋を示してゐたが
この八月のなかばのうちに
十二の赤い朝燒けと
濕度九〇の六日を數へ
莖稈《けいかん》弱く徒長《とちやう》して
穗も出し花もつけながら

（上　段）

*この行と次行とのあひだに、（空のどこかを）（風がごうごう吹いてゐる）の二行を入れる版もある。

**（雲から洗ひおとされて）。

***（ぼんやり雲にうつつたりする）。


（下　段）

*ルビは編者。

**同右。

つひに昨日のはげしい雨に
次から次と倒れてしまひ
うへ*には雨のしぶきのなかに
とむらふやうなつめたい霧が
倒れた稲を被つてゐた**
しかもわたくしは豫期してゐたので
やがての直りを云はうとして
きみの形を求めたけれども
きみはわたくしの姿をさけ
雨はいよいよ降りつのり
遂にはこゝも水でいつぱい
晴れさうなけはひもなかつたので
わたくしはたうとう氣狂ひのやうに
あの雨のなかへ飛び出し
測候所へも電話をかけ
村から村をたづねてあるき
聲さへ涸《か》れて
凄まじい稲光りのなかを
夜更《ふ》けて家に歸つて來た
けれどもさうして遂に睡らなかつた
さうしてどうだ

今朝黄金の薔薇　東はひらけ
雲ののろしはつぎつぎのぼり
高壓線もごうごう鳴れば
澱《よど》んだ霧もはるかに翔《か》けて
たうとう稲は起きた
まつたくのいきもの
まつたくの精巧な機械
稲がそろつて起きてゐる
雨のあひだまつてゐた穎《ほさき》は
いま小さな白い花をひらめかし
しづかな飴いろの日だまりの上を
赤いとんぼもすうすうと飛ぶ
あゝわれわれはこどものやうに
踊つても踊つても尚足りない
もうこの次に倒れても
稲は斷じてまた起きる
今年のかういふ濕潤《しつじゆん》さでも
なほもかうだとするならば
*あゝ自然はあんまり意外で
そしてあんまり正直だ
百に一つなからうと思つた

（上　段）
＊（ここ）。
＊＊この行の次に、三二八頁六行目（その十に一つも…）から十三行目（…起きてゐる）までが入るとする版もある。

（下　段）
＊以下八行（その代りには）までは原稿書込にあるが、入る位置が不分明であるとして削除してある版もある。

あんな恐ろしい開花期の雨は
もうまつからからやつて來て
力を入れたほどのものを
みんなばたばた倒してしまつた
その代りには
その十に一つもなからうと思つた
不良な條件をみんな被つて
豫期したいちばん悪い結果を見せたのち
こんどはもはや
十に一つも起きれまいと思つてゐたものが
わづかの苗のつくり方のちがひや
燐酸《りんさん》のやり方のために
今日はそろつてみな起きてゐる
もう村ごとの反當に
四石の稻はかならずとれる
森で埋めた地平線から
青くかゞやく死火山列から
風はいちめん稻田をわたり
また栗の葉をかゞやかし
いまさわやかな蒸散《じようさん》と
透明な汁液《サツプ》の移轉

あゝわれわれは曠野のなかに
蘆とも見えるまで逞《たく》ましくさやぐ稻田のなか
に
素朴なむかしの神々のやうに
べんぶ*してもべんぶしても足りない

二七・七・一四

（下段）
＊手をうつて喜びおどる。

毘沙門天の寶庫

さつき泉で行きあつた
黄の節絲《ふしいと》の手甲《てかふ》をかけた藥屋も
どこへ下りたかもう見えず
あたりは暗い青草と
麓の方はたゞ黑緣の松山ばかり
東は疊む幾重の山に
日がうつすりと射してゐて
谷には影もながれてゐる
あの藍いろの窪みの底で
形ばかりの分教場を
菊井がやつてゐるわけだ

そのま上には
巨きな白い雲の峰
ずゐぶん幅も廣くて
南は人首《ひとかべ》あたりから
北は田瀬《たんせ》や岩根橋にもまたがつてさう
あれが毘沙門《びしやもん》天王の
珠玉やほこや幢幡《どうばん》*を納めた
巨きな一つの寶庫だと
トランスヒマラヤ高原の
住民たちが考へる
もしあの雲が
旱魃《ひでり》のときに
人の祈りでたちまち崩れ
いちめん烈しい雨にもならば
まつたく天の寶庫でもあり
この丘群に祀《まつ》られる
巨きな像の數にもかなひ
天人互に相見るやうな
古いことばも信ぜられ
またもう一度
人にはたらき出すだらう

ところが積雲そのものが
全部の雨に降るのでなくて
その崩れるといふことが
そらぜんたいに液相《えきさう》のます微《び》兆候《てうこう》なのだ
大正十三年や十四年の
はげしい旱魃のまつ最中も
いろいろの色や形で
雲はいくども盛りあがり
また何べんも崩れては
暗く野はらにひろがつた
けれどもそこら下層の空氣は
ひどく熱くて乾いてゐたので
透明な毘沙門天の珠玉は
みんな空氣に溶けてしまつた
鳥いつぴき啼かず
しんしんとして青い山
左の胸もしんしん痛い
もうそろそろとあるいて行かう

（上段）
*寺の莊嚴具の一つ。

竹内勝太郎*

贋造の空**

童子の心を唆《そそのか》す無限に青い蜻蛉《とんぼ》の眼、
空には空を打ちくだく力がある、
空色の飛行船は地平の背後《うしろ》に昇騰する、
暗い猬《はりねずみ》の荒く鋭い心のふるへ、
欲望は無數の毛細管の淫《みだら》なる觸手を伸ばし、
私の全身にはぴつたりとよりそふた
夜《よる》の肉體《からだ》の情熱が通ふて來る、
闇の底の松の葉の嚴しい神經に
吸ひ寄せられる幽《かそ》けき光、
漏刻《ろうこく》***のゆるやかな時の流れが耳にうなり、
微溫《なまぬる》い血潮の滴りには
美しい夢が涯もなく織り出された、
松の葉の夜の尖端、
私の心の無限の分裂、
恐ろしい激情の爆發する闇の奥底。

夜の空は沈默のうちらに
限りなき希望を孕む、
月は山の林に這入つたらしい、
童子は暗い樹々の間にわけ入つて
白い兎の消えてゆき
黑い梟が羽搏《はばた》くのを眺めてゐる、
罔象女《みづはめ》*、山野の神々はむなしく亡びて、
今はただ沼の蛙、
叢の黃貂《わうてん》、鼴《もぐら》の類《たぐひ》となり、
漁夫は流れた銀鱗の鮎をあさるとも、
月のみひとり林の奥に
昔のままの泉を求めるだらう、
夜空高く火を焚く
私の心の凄まじい難破の信號。

無言の空、僞瞞の空、
巨大な蜻蛉の複眼、幾萬の眼の集合體、
絕對にして純一無雜、火の流れ、
空の空なる黃金は永久にかくされた、
今見る空は贋造《がんざう》の金貨、
粉微塵《こなごな》に打ちくだくとも

(上　段)
*一八九四―一九三五年。
**『明日』(一九三一年刊)より。
***水時計。
(下　段)
*水を司どる神。

その一つ一つの破片《かけら》が光を包む無數の眼、
限りなき夜の空に電磁性の渦巻は
漏斗型《じやうごがた》の穴をあけた、
ここは颱風の發生點、
無風帶の底なき臍《ほぞ》、
月のない空のふくよかな乳房に、今、
靜かに打出す五つの時計の音を鏤《ちりば》めよう。

一粒の水銀よりも尚もろく飛び散る空、
その飛沫《しぶき》の各々は賢人の祕藏する智慧、
そろそろと私を包む綾羅《うすもの》が
夜の肉體《からだ》と一緒にすべり落ちる、
高く遙かな空、裸形《らぎやう》の私を離れて見る空、
一枚、一枚、贋造の被金《きせがね》を剝ぎ取つて
現れて來る曉方《あけがた》の銅《あかがね》、
林のなかで狼が一羽の雉子を咬み殺した、
愚かな兎は徒らに跳躍し、
梟は無益《むやく》にも最後の警笛を吹いてゐる、
私の肉體《からだ》は水晶體、あらゆる光を屈折して、
草生《くさぶ》の上に虹色の花をまき散らす、
しなやかな柳の枝から滴る銀、
明るい水の波紋の上に鮎は跳ねる、
朝の朗かさ、冷たさ、翡翠《かはせみ》の鳴く空は銀を燻《いぶ》
　した幾萬の蜻蛉の眼。

（昭和四年五月二十八日）

黑　豹*

あいつは隨分年老《としと》つてゐるらしい、
全身そそけ立つた毛がザラザラしてゐる、
濃灰色のなかに斑點がくつきり黑い、
平野の奧に身を潛めて銳い息を燃やしてゐる。
あいつの眼、あいつの牙、あいつの爪、
あいつの口髯とあいつの耳とが
刄物のやうにそぎ立ち、チカチカして、
あらゆる周圍のものを脅威《おびやか》し……深い霧だ。
降りつもつた粉雪が枯れ枝や草の葉つぱ、
針葉樹にも一度氷ついてギラギラしてゐる、
金屬性の堅さと銳さと冷たさ、

（下　段）
＊以下三篇『春の犧牲』（一九四一年刊）より。

飢ゑたあいつがそれをガリガリ噛んでゐる。
あいつは幾日も食物にありつかない、
あいつの顎で人骨の碎けるやうな音がする、
あいつを冬が自然の隅へ追込んでしまひ、
あいつの唸り聲が人の心を冷酷に貫き通す。

しぶきをあげて岩をかむ急流を前に
そそり立つ山塊のやうに圓く且凌々＊として、
重厚なあいつは體軀を縮め、前足を踏張り、
强情な首を眞正面に不動に据ゑ……

はてもない曠野の上に小さく展開する
彼方の街をあいつはいつまでも睨んでゐた、
なんと文明とはあいつに狙はれてゐる
肥え太つた一匹の孱弱《かよわ》い牝山羊に過ぎないこ
　とか。

あいつの方から烈しい暴風《あらし》が吹きつける、
あいつの方から恐ろしい吹雪が襲ひ、
あいつの方から狂猛な寒氣《さむけ》がのしかかつて來
　る、
あいつの無限の壓力、流行感冒、汽船轉覆、
　鐵道破壞……

あいつの前足に押さへられた美しい雉子のや
うに、
人間の文化は弄ばれ、亡んでゆくのか、
灰色に塗りつぶされた大空の奥に
あいつだけが燃え上る火のやうな强烈さ。

あいつの抗し難い盛な勢力、
永久に若々しい喜び、
線の、形の、身軀《からだ》全體の美しい無限の暴力、
あいつの內部に爆發する熱情を包んだ氷の意
　志。

森も畑も丘もすつかり灰色にぼやけてゐる、
そのなかに大きな山の半身が川を前に
氷ついた雪を被《き》てうづくまつてゐる、
そのまだらの斑點はあいつのからだをうつす
らしい。

（上段）
＊稜々同にじ。

深い霧だ……恐ろしい冬の「惡」の數々が、
厚ぽつたい霧のなかにかくされてゐる、
あいつは一匹の生きてゐる冬そのものだ、
永遠の夜の裡のあいつの跳梁は神祕の暗につ
　つまれて居る。

（昭和八年二月十四日）

菊

菊の香や奈良には古き佛たち　　はせを

純白の菊の花、
秋の日ざしのなかに
燦々と冷えてゆく眞珠色の菊の花、
山鳩の聲は大空に散り、
孔雀《くじやく》は尾を擴げて靜かにからだを廻す、
青い時針《はり》が正午を指さし、豐かに時は滿ちる。
梟はいつまでも杉の梢に
目をつぶつて默して居る、
菊の香りは遠い世の光を照り返し、
人の心を幽かに打つ、
菊の花にうつし出されて來るその母の記憶《おもひで》、
古代《むかし》の人形の朧かな面影。

人形の額から菊の香りが匂ふて來る、
綠の髮からは昨日が
つぶらの瞳からは明日が仄かに匂ふて來る、
限りなく老いを重ねる菊の花、
死を越えて新しい日のなかに誇りがに
人形はいつまでも年を取らない。

幽かな額にうつる淡い日ざし、
人形は花のなかに埋もれてしまふ、
山鳩は巣に歸り、孔雀の羽根を收める時、
菊の花は人形の貌《かほ》に寒々と冴え返る、
華やかな過去の日を呼び戻し、將《はた》、
遠い未來の感情をぢりぢりと燒きつくす純白
　の菊の花……

（昭和八年十二月二十四日）

鷹

いんいんと鳴る眞白の雪の嚴しい空氣、
連なる山はがつしりした肩を持ちあげ、
この何ものもない雪の肉體に
黒々と自らを燒きつける落葉《から》松《まつ》の群。

重なり合ふ松の枝に默然と鷹が居り、
無限の空間を自分の周圍に集めて
眼の下の尖つた屋根をきつく見すゑる、
火花を散らして輝く避雷針、吹きつのる風。

空洞《がらんどう》の冬の山荘に人の氣もなく、
明るい硝子部屋の窓にぶつかりながら
一匹の蝿がぶんぶん唸つて居る、
弱々しい翅の冷徹に氷りつく空しさ。

この微かなもの音が涯もない靜寂《しづけさ》を貫き、
不動の世界を無限に截る、
然し何ものもそれに答へない、
蝿は無益《むやく》な硝子を嘗めて彼方の空を窺ふ。

折り重なる空間を切り開いて
組合ふ松の枝に鷹は休み、
自らの形の上に靜寂《しづけさ》を摑む激しい眼、
翼の下には無限に充實する空間が石よりも堅い。

氷結の山々が恐ろしい力で押しよせる、鬱鬱と見渡す限り、
白の恐怖《おそれ》、白は純潔無色の威嚇か、
何もかもただ白々と限りなく廣い、
厚肉の骨太い腕をぐんと伸ばす沈默の山々。

空氣は眞白の巓《いただき》よりも重く眩《まばゆ》い、
澄み切つた空を壓縮してゐる黒い松、
その一點に鷹が居り、松の葉を嚙み、
烈々として絶間なく氷の風が吹きつける。

鷹を包む空間の無限の厚み、
ここからあらゆる過去が出發し、凡ての未來

が流れよる、
蠅は一枚の透明な硝子を貫けない、
ただ現在《いま》の刹那を驅りたて、翅の陶醉を歌ふ。

連なる雪の山々も落葉松も見ない蠅は
硝子越しに氷のやうな空虚を感じるのみ、
鷹の翼の下の空間の緻密さ、
微塵に碎け、增大し、限りなき蠅の唸り……

硝子の家は蠅と共に涯もなく冷えてゆき、
雪の上の松は鷹を包んで切々と熱して來る、
冷熱の觸れ合ひ、現在《いま》を吸ひ寄せる磁氣、
空も山も一瞬に落ちかかる永遠の雪崩、日は
　霞む。

雪の山々の白はひた押しに外へ擴がり、
落葉松《からまつ》の黑はぎりぎりと內へ喰ひ込む、
黑の極致の一羽の鷹、白の極限は凌角の巓《いただき》、
二つの渦が涯もなく重なり合ひ、蠅は唸る。

鷹と蠅との間の無限の空間を
絶對の無の寶石が惜し氣もなく滿たし切る、
火花を散らす松の枝々、龜裂《ひびわ》れる蒼穹《そら》の音、
取卷く氷を打碎き、空を摑んで空の中心に鷹
　は居《を》る。

（昭和九年一月二十二日）

（下段）
＊一八九九―一九三八年。
＊＊以下三篇『死刑宣告』（一九二五年刊）より。

萩原恭次郎＊

街上の歡聲＊＊

誰だ　かの雜沓中に
破裂する汽鑵にも似たる喚聲に
自ら武裝し
短軀を火のやうに怒らし
一集團の中心となりて
街上に聲を放ちをる爭擾は
冬の夕暮れを
空に拋物線を描いて投ぜられるものは

彼等の靴か！　帽子か！
凶器か！
否！　否！　否！

それは群集にとりかこまれたる
悲しくも怒りたる一無産者の
憤ろしい砲彈のやうな肉體！
爆《は》ねよう〳〵とする
危険なる一無産者の怒り！
彼が絶望と
彼が恐怖の固り！
おゝ　そして　どつと起りひろがる
群集の　街上の歡聲
其は何故の歡聲か
其は何故の歡聲であるのか
悲しい〳〵冬の夕暮れに――

愛は終了され

母の胸には　無數の血さへにじむ爪の跡！
あるひは赤き打撲の傷の跡！
投石された傷の跡！　齒に嚙まれたる傷の
跡！
あゝそれら痛々しい赤き傷は
みな愛兒達の生存のための傷である！
忘れられぬ乳房はもはや吸ふべきものでない
轉居の後の如く荒れすたれ
あゝ　愛はすでに終了されたのだ！
さるを今　ふたゝび母の胸を蹴る！
新らしき世紀の戀人のため！
新らしき世界に青年たるため！
あゝ　われ等は古き父の遺跡を
見事に破壞するを主義とする！

群集の中に

群集の中に一人ぽつねん立つてゐる
其は立ちん坊より淋しい心である

樹の實が　樹に在るやうな靜謐《せいひつ》さにて
満たせない心は群集の中に目をつむつてゐる！

私のふところには
白紙一枚ないけれ共
飢餓から來る脅迫！
失業から來る白眼の冷嘲
そは口火つけられし**ダイナモ**の如きもの
しづかに燃えゆき
しづかに笑ひは眞の怒りに變る！

あゝ　かすかにも遠く爆音をきく時に
われらの目はかつと見開かる！

梶井基次郎*

檸《れ》檬《もん》

えたいの知れない不吉な塊が私の心を始終壓へつけてゐた。焦燥と云はうか、嫌悪と云はうか――酒を飲んだあとに宿酔があるやうに、酒を毎日飲んでゐると宿酔に相當した時期がやつて來る。それが來たのだ。これはちよつといけなかつた。結果した肺尖カタルや神經衰弱がいけないのではない。また脊を燒くやうな借金などがいけないのではない。いけないのはその不吉な塊だ。以前私を喜ばせたどんな美しい音樂も、どんな美しい詩の一節も辛抱がならなくなつた。蓄音器を聴かせて貰ひにわざわざ出かけて行つても、最初の二三小節で不意に立ち上つてしまひたくなる。何かが私を居堪らずさせるのだ。それで始終私は街から街を浮浪し續けてゐた。

　何故だか其頃私は見すぼらしくて美しいものに強くひきつけられたのを覺えてゐる。風景にしても壞れかかつた街だとか、その街にしても他所他所《よそよそ》しい表通りよりもどこか親しみ

（上段）
*一九〇一―一九三二年。

のある、汚い洗濯物が干してあつたりがらくたが轉してあつたりむさくるしい部屋が覗いてゐたりする裏通が好きであつた。雨や風が蝕んでやがて土に歸つてしまふ、と云つたやうな趣きのある街で、土塀が崩れてゐたり家竝が傾きかかつてゐたり――勢ひのいいのは植物だけで、時とすると吃驚《びつくり》させるやうな向《ひ》日葵《まわり》があつたりカンナが咲いてゐたりする。

　時どき私はそんな路を歩きながら、不圖《ふと》、其處が京都ではなくて京都から何百里も離れた仙臺とか長崎とか――そのやうな市《まち》へ今自分が來てゐるのだ――といふ錯覺を起さうと努める。私は、出來ることなら京都から逃げ出して誰一人知らないやうな市へ行つてしまひたかつた。第一に安靜。がらんとした旅館の一室。清淨な蒲團。匂ひのいい蚊帳《かや》と糊のよくきいた浴衣。其處で一月ほど何も思はず横になりたい。希はくは此處が何時の間にかその市になつてゐるのだつたら。――錯覺がやうやく成功しはじめると私はそれからそれへ想像の繪具を塗りつけてゆく。何のことはない、私の錯覺と壞れかかつた街との二重寫しである。そして私はその中に現實の私自身を見失ふのを樂しんだ。

　私はまたあの花火といふ奴が好きになつた。花火そのものは第二段として、あの安つぽい繪具で赤や青や、樣ざまの縞模樣を持つた花火の束、中山寺の星下り、花合戰、枯れすすき。それから鼠花火といふのは一つづつ輪になつてゐて箱に詰めてある。そんなものが變に私の心を唆つた。

　それからまた、びいどろといふ色硝子で鯛や花を打ち出してあるおはじきが好きになつたし、南京玉が好きになつた。またそれを嘗めてみるのが私にとつて何ともいへない享樂だつたのだ。あのびいどろの味ほど幽かな凉しい味があるものか。私は幼い時よくそれを口に入れては父母に叱られたものだが、その幼時のあまい記憶が大きくなつて落魄《おちぶ》れた私に蘇つてくる故《せゐ》だらうか、全くあの味には幽かな爽かな何となく詩美と云つたやうな味覺が漂つてゐる。

察しはつくだらうが私にはまるで金がなかつた。とは云へそんなものを見て少しでも心の動きかけた時の私自身を慰めるためには贅澤といふことが必要であつた。二錢や三錢のもの――と云つて贅澤なもの。美しいもの――と云つて無氣力な私の觸角に寧ろ媚びて来るもの。――さう云つたものが自然私を慰めるのだ。

生活がまだ蝕まれてゐなかつた以前私の好きであつた所は、例へば丸善であつた。赤や黄のオードコロンやオードキニン。洒落《しやれ》た切子細工や典雅なロココ趣味の浮模様を持つた琥珀色や翡翠色の香水壜。煙管、小刀、石鹼、煙草。私はそんなものを見るのに小一時間も費すことがあつた。そして結局一等いい鉛筆を一本買ふ位の贅澤をするのだつた。然し此處ももう其頃の私にとつては重くるしい場所に過ぎなかつた。書籍、學生、勘定臺、これらはみな借金取の亡靈のやうに私には見えるのだつた。

ある朝――その頃私は甲の友達から乙の友達へといふ風に友達の下宿を轉々として暮してゐたのだが――友達が學校へ出てしまつたあとの空虛な空氣のなかにぽつねんと一人取り殘された。私はまた其處から彷徨《さまよ》ひ出なければならなかつた。何かが私を追ひたてる。そして街から街へ、先に云つたやうな裏通りを歩いたり、駄菓子屋の前で立ち留つたり、乾物屋の乾蝦《ほしえび》や棒鱈《ぼうだら》や湯葉《ゆば》を眺めたり、たうとう私は二條の方へ寺町を下《さが》り、其處の果物屋で足を留めた。此處でちよつと其の果物屋を紹介したいのだが、その果物屋は私の知つてゐた範圍で最も好きな店であつた。其處は決して立派な店ではなかつたのだが、果物屋固有の美しさが最も露骨に感ぜられた。果物は可成り勾配の急な臺の上に竝べてあつて、その臺といふのも古びた黑い漆塗りの板だつたやうに思へる。何か華やかな美しい音樂の快速調《アッレグロ》の流れが、見る人を石に化したといふゴルゴンの鬼面――的なものを差しつけられて、あんな色彩やあんなヴオリウムに凝り固まつたといふ風に果物は竝んでゐる。青物もやはり奥へゆけばゆくほど堆高《うづたか》く積まれてゐる。――實際あそこの人參葉の美しさなどは素晴らしかつた。それから水に漬けてある豆だとか慈姑《くわゐ》だとか。

　また其處の家の美しいのは夜だつた。寺町通は一體に賑かな通りで――と云つて感じは東京や大阪よりはずつと澄んでゐるが――飾窓の光がおびただしく街路へ流れ出てゐる。それがどうした譯かその店頭の周圍だけが妙に暗いのだ。もともと片方は暗い二條通に接してゐる街角になつてゐるので、暗いのは當然であつたが、その隣家が寺町通にある家にも拘らず暗かつたのが瞭然《はつきり》しない。然しその家が暗くなかつたら、あんなにも私を誘惑するには至らなかつたと思ふ。もう一つはその家の打ち出した廂《ひさし》なのだが、その廂が眼深《まぶか》に冠つた帽子の廂のやうに――これは形容といふよりも、「おや、あそこの店は帽子の廂をやけに下げてゐるぞ」と思はせるほどなので、廂の上はこれも眞暗なのだ。さう周圍が眞暗なため、店頭に點けられた幾つもの電燈が驟雨のやうに浴せかける絢爛《けんらん》は、周圍の何者にも奪はれることなく、肆《ほしいまま》にも美しい眺めが照し出されてゐるのだ。裸の電燈が細長い螺旋棒をきりきり眼の中へ刺し込んで來る往來に立つて、また近所にある鎰《かぎ》屋の二階の硝子窓をすかして眺めたこの果物店の眺めほど、その時どきの私を興がらせたものは寺町の中でも稀だつた。

　その日私は何時になくその店で買物をした。といふのはその店には珍らしい檸檬《レモン》が出てゐたのだ。檸檬など極くありふれてゐる。が其の店といふのも見すぼらしくはないまでもただあたりまへの八百屋に過ぎなかつたので、それまであまり見かけたことはなかつた。一體私はあの檸檬が好きだ。レモンエロウの繪具をチューブから搾り出して固めたやうなあの單純な色も、それからあの丈《たけ》の詰つた紡錘形の恰好も。――結局私はそれを一つだけ買ふことにした。それからの私は何處へどう歩いたのだらう。私は長い間街を歩いてゐた。始終私の心を壓へつけてゐた不吉な塊がそれを握つた瞬間からいくらか弛んで來たと見えて、私は街の上で非常に幸福であつた。あんなに執拗《しつこ》かつた憂鬱が、そんなものの一顆《いつくわ》で紛らされる――或ひは不審なことが、逆説的な本當であつた。それにしても心といふ奴は何といふ不可思議な奴だらう。

　その檸檬の冷たさはたとへやうもなくよかつた。その頃私は肺尖を惡くしてゐていつも身體に熱が出た。事實友達の誰彼に私の熱を見せびらかす爲に手の握り合ひなどをしてみるのだが、私の掌が誰れのよりも熱かつた。その熱い故《せゐ》だつたのだらう、握つてゐる掌から身内に浸み透つてゆくやうなその冷たさは快いものだつた。

　私は何度も何度もその果實を鼻に持つて行つては嗅いでみた。それの産地だといふカリフオルニヤが想像に上つて來る。漢文で習つた「賣柑者之言」の中に書いてあつた「鼻を撲《う》つ」といふ言葉が斷《き》れぎれに浮んで來る。そしてふかぶかと胸一杯に匂やかな空氣を吸ひ込めば、つひぞ胸一杯に呼吸したことのなかつた私の身體や顏には溫い血のほとぼりが昇つて來て何だか身内に元氣が目覺めて來たのだつた。……

　實際あんな單純な冷覺や觸覺や嗅覺や視覺が、ずつと昔からこればかり探してゐたのだと云ひたくなつたほど私にしつくりしたなんて私は不思議に思へる――それがあの頃のことなんだから。

　私はもう往來を輕《かろ》やかな昂奮に彈んで、一種誇りかな氣持さへ感じながら、美的裝束をして街を濶歩した詩人のことなど思ひ浮べては歩いてゐた。汚れた手拭の上へ載せて見たりマントの上へあてがつて見たりして色の反映を量つたり、またこんなことを思つたり、

　――つまりは此の重さなんだな。――

その重さこそ常づね尋ねあぐんでゐたもので、疑ひもなくこの重さは總ての善いもの總ての美しいものを重量に換算して來た重さであるとか、思ひあがつた諧謔心からそんな馬鹿げたことを考へてみたり――何がさて私は幸福だつたのだ。

何處をどう歩いたのだらう、私が最後に立つたのは丸善の前だつた。平常あんなに避けてゐた丸善が其の時の私には易やすと入れるやうに思へた。

「今日は一つ入つてみてやらう」そして私はづかづか入つて行つた。

然しどうしたことだらう、私の心を充してゐた幸福な感情は段々逃げて行つた。香水の壜にも煙管にも私の心はのしかかつてはゆかなかつた。憂鬱が立て罩《こ》めて來る、私は歩き廻つた疲勞が出て來たのだと思つた。私は畫本の棚の前へ行つて見た。畫集の重たいのを取り出すのさへ常に増して力が要るな！　と思つた。然し私は一冊づつ拔き出しては見る、そして開けては見るのだが、克明にはぐつてゆく氣持は更に湧いて來ない。然も呪はれたことにはまた次の一冊を引き出して來る。それも同じことだ。それでゐて一度バラバラとやつてみなくては氣が濟まないのだ。それ以上は堪らなくなつて其處へ置いてしまふ。以前の位置へ戻すことさへ出來ない。私は幾度もそれを繰り返した。たうとうおしまひには日頃から大好きだつたアングルの橙色の重い本まで尚一層の堪へ難さのために置いてしまつた。――何といふ呪はれたことだ。手の筋肉に疲勞が殘つてゐる。私は憂鬱になつてしまつて、自分が拔いたまま積み重ねた本の群を眺めてゐた。

以前にはあんなに私をひきつけた畫本がどうしたことだらう。一枚一枚に眼を晒し終つて後、さてあまりに尋常な周圍を見廻すときのあの變にそぐはない氣持を、私は以前には好んで味はつてゐたものであつた。……

「あ、さうださうだ」その時私は袂の中の檸檬を憶ひ出した。本の色彩をゴチヤゴチヤに積みあげて、一度この檸檬で試してみたら。

「さうだ」

私にまた先程の輕やかな昂奮が歸つて來た。私は手當り次第に積みあげ、また慌しく潰し、また慌しく築きあげた。新しく引き拔いてつけ加へたり、取り去つたりした。奇怪な幻想的な城が、その度に赤くなつたり青くなつたりした。

やつとそれは出來上つた。そして輕く跳りあがる心を制しながら、その城壁の頂きに恐る恐る檸檬を据ゑつけた。そしてそれは上出來だつた。

見わたすと、その檸檬の色彩はガチヤガチヤした色の階調をひつそりと紡錘形の身體の中へ吸收してしまつて、カーンと冴えかへつてゐた。私は埃つぽい丸善の中の空氣が、その檸檬の周圍だけ變に緊張してゐるやうな氣がした。私はしばらくそれを眺めてゐた。

不意に第二のアイデイアが起つた。その奇妙なたくらみは寧ろ私をぎよつとさせた。

――それをそのままにしておいて私は、何喰はぬ顏をして外へ出る。――

私は變にくすぐつたい氣持がした。「出て行かうかなあ。さうだ出て行かう」そして私はすたすた出て行つた。

變にくすぐつたい氣持が街の上の私を頬笑ませた。丸善の棚へ黄金色に輝く恐ろしい爆彈を仕掛て來た奇怪な惡漢が私で、もう十分後にはあの丸善が美術の棚を中心として大爆發をするのだつたらどんなに面白いだらう。

私はこの想像を熱心に追求した。「さうしたらあの氣詰りな丸善も粉葉《こつぱ》みぢんだらう」

そして私は活動寫眞の看板畫が奇體な趣きで街を彩《いろど》つてゐる京極を下つて行つた。


――一九二四年十月――

蒼穹

ある晩春の午後、私は村の街道に沿つた土堤の上で日を浴びてゐた。空にはながらく動かないでゐる巨きな雲があつた。その雲はその地球に面した側に藤紫色をした陰翳《いんえい》を持つてゐた。そしてその尨大な容積やその藤紫色をした陰翳はなにかしら茫漠とした悲哀をその雲に感じさせた。

私の坐つてゐるところはこの村でも一番廣いとされてゐる平地の縁《へり》に當つてゐた。山と溪とがその大方の眺めであるこの村では、どこを眺めるにも勾配のついた地勢でないものはなかつた。風景は絶えず重力の法則に脅かされてゐた。そのうへ光と影の移り變りは溪間にゐる人に始終慌しい感情を與へてゐた。さうした村のなかでは、溪間からは高く一日日の當るこの平地の眺めほど心を休めるものはなかつた。私にとつてはその終日日に倦いた眺めが悲しいまでノスタルヂックだつた。Lotus-eater* の住んでゐるといふ何時も午後ばかりの國——それが私には想像された。

　雲はその平地の向ふの涯である雜木山の上に横はつてゐた。雜木山では絶えず杜鵑《ほととぎす》が鳴いてゐた。その麓に水車が光つてゐるばかりで、眼に見えて動くものはなく、うらうらと晩春の日が照り渡つてゐる野山には靜かな懶《ものう》さばかりが感じられた。そして雲はなにかさうした安逸の非運を悲しんでゐるかのやうに思はれるのだつた。

　私は眼を溪の方の眺めへ移した。私の眼の下ではこの半島の中心の山彙《さんゐ》からわけ出て來た二つの溪が落合つてゐた。二つの溪の間へ楔子《くさび》のやうに立つてゐる山と、前方を屛風のやうに塞いでゐる山との間には、一つの溪をその上流へかけて十二單衣《ひとへ》のやうな山褶《やまひだ》が交互に重なつてゐた。そしてその涯には一本の巨大な枯木をその巓《いただき》に持つてゐる、そしてそのために殊更感情を高めて見える一つの山が聳えてゐた。日は毎日二つの溪を渡つてその山へ落ちてゆくのだつたが、午後早い日は今やつと一つの溪を渡つたばかりで、溪と溪との間に立つてゐる山の此方側が死のやうな影に安らつてゐるのが殊更眼立つてゐた。三月の半頃私はよく山を蔽つた杉林から山火事のやうな煙が起るのを見た。それは日のよくあたる風の吹く、ほどよい濕度と温度が幸ひする日、杉林が一齊に飛ばす花粉の煙であつた。しかし今既に受精を終つた杉林の上には褐色がかつた落ちつきが出來てゐた。瓦斯《ガス》體《たい》のやうな若芽に煙つてゐた欅《けやき》や楢《なら》の綠にもう初夏らしい落ちつきがあつた。闌《た》けた若葉が各各影を持ち瓦斯體のやうな夢はもうなかつた。ただ溪間にむくむくと茂つてゐる椎の樹が何

（上段）
*逸楽家。Lotus は古代ギリシアの傳説の樹で、その實をたべれば逸楽に世を忘れるという。

回目かの發芽で黄な粉をまぶしたやうになつてゐた。

　そんな風景のうへを遊んでゐた私の眼は、二つの溪をへだてた杉山の上から青空の透いて見えるほど淡い雲が絶えず湧いて來るのを見たとき、不知《しらず》不識《しらず》そのなかへ吸ひ込まれて行つた。湧き出て來る雲は見る見る日に輝いた巨大な姿を空のなかへ擴げるのであつた。

　それは一方からの盡きない生成とともにゆつくり旋回してゐた。また一方では捲きあがつて行つた縁《へり》が絶えず青空のなかへ消え込むのだつた。かうした雲の變化ほど見る人の心に云ひ知れぬ深い感情を喚び起すものはない。その變化を見極めようとする眼はいつもその盡きない生成と消滅のなかへ溺れ込んでしまひ、ただそればかりを繰り返してゐるうちに、不思議な恐怖に似た感情がだんだん胸へ昂まつて來る。その感情は喉を詰らせるやうになつて來、身體からは平衡の感じがだんだん失はれて來、若しそんな狀態が長く續けば、そのある極點から、自分の身體は奈落のやうなもののなかへ落ちてゆくのではないかと思はれる。それも花火に仕掛けられた紙人形のやうに、身體のあらゆる部分から力を失つて。

——

　私の眼はだんだん雲との距離を絶して、さう云つた感情のなかへ捲き込まれて行つた。そのとき私はふとある不思議な現象に眼をとめたのである。それは雲の湧いて出るところが、影になつた杉山の直ぐ上からではなく、そこからかなりの距《へだた》りを持つたところにあつたことであつた。そこへ來てはじめて薄《うす》り見えはじめる。それから見る見る巨きな姿をあらはす。——

　私は空のなかに見えない山のやうなものがあるのではないかといふやうな不思議な氣持に捕へられた。そのとき私の心をふとかすめたものがあつた。それはこの村でのある闇夜の經驗であつた。

　その夜私は提灯《ちやうちん》も持たないで闇の街道を歩いてゐた。それは途中にただ一軒の人家しかない、そしてその家の燈《ひ》がちやうど戸の節穴から寫る戸外の風景のやうに見えてゐる、大きな闇のなかであつた。街道へその家の燈が光を投げてゐる、そのなかへ突然姿をあらはした人影があつた。おそらくそれは私と同じやうな提灯を持たないで歩いてゐた村人だつたのであらう。私は別にその人影を怪しいと思つたのではなかつた。しかし私はなんといふことなく凝《ぢ》つとその人影が闇のなかへ消えてゆくのを眺めてゐたのである。その人影は背に負つた光をだんだん失ひながら消えて行つた。網膜だけの感じになり、闇のなかの想像になり、遂にはその想像もふつつり斷ち切れてしまつた。そのとき私は『何處』といふもののない闇に微かな戰慄を感じた。その闇のなかへ同じやうな絶望的な順序で消えて行く私自身を想像し、云ひ知れぬ恐怖と情熱を覺えたのである。——

　その記憶が私の心をかすめたとき、突然私は悟つた。雲が湧き立つては消えてゆく空のなかにあつたものは、見えない山のやうなものでもなく、不思議な岬のやうなものでもなく、なんといふ虚無！　白日の闇が滿ち充ちてゐるのだといふことを。私の眼は一時に視力を弱めたかのやうに、私は大きな不幸を感じた。濃い藍色に煙りあがつたこの季節の空は、そのとき、見れば見るほどただ闇としか私には感覺出來なかつたのである。

——一九二八年二月——

伊藤　整*

少年の死んだ日**

朝にけに心におきつ現し世の言葉交さず
人を死なせたり　　川崎　昇

いかにも人が死んでもよさそうな
風のふきかたである。
青黒いお天氣は曇るのか晴れるのか

（下段）
＊一九〇五年—。
＊＊以下二篇『雪明りの路』（一九二六年刊）より。

すこしも落ちつかない。
雪は大方解けて
谷に醜く殘つてゐる。
子供たちは風を恐れ　家のかげに集つて
板や鑵をがらがら叩いてゐる。
樹木の枝が蒼ざめて震へる。
さうだ　あの十四の子が今日死んだとは
ふさはしい日だ。
風はむごく笹を吹き伏せて　そんな記憶も
涙一滴もとどめはしないんだ。
風が休むと　海が鳴つてゐる。
青い海は遠くに高まつたり下つたりして。

吹雪の街を

歩いて來たよ　吹雪の街を。

言ひ出さねば
それで忘れたのだと思つてゐるのか
ゆかりも無かつたといへば
今更泣いても見たいのか。

あゝ今宵吹雪が灯にみだれる街。
女心のあやしさ
いつかは妻となり　母となるべき身だのに
いづれ別れる若い日なのに
さりげなく言つて見ないか。
その美しい日に思つたことを。
そのまなざしで思つたことを。

あゝ譬へよもなく慕はしかつた
十九の年に見た乙女。

あゝ吹雪はまつ毛の涙となる。
私はいつまでも覺えてゐるのに。
十九の年に見た乙女のまなざしを
私はかうしていつまでも忘れずにゐるのに。

Rêver encor de douceur,
De douceur et de guirlandes.
—Jean Moréas—

北川冬彦*

花の中の花**

岩壁の上で草花が亂れ始めた。その中の一輪。港市《かうし》が次第に縮圖する。つひに綠の斑點。

ああ、離別。

秋

壁に沿うて黃葉《きいば》***が一つひらひらと落ちたが
——見ると白い螺線がずうっとついてゐる。

戰争****

義眼の中にダイヤモンドを入れて貰ったとて、何にならう。苔の生えた肋骨に勳章を懸けたとて、それが何にならう。

腸詰をぶら下げた巨大な頭《あたま》を粉碎しなければならぬ。腸詰をぶら下げた巨大な頭は粉碎しなければならぬ。

その骨灰《こつぱい》を掌《たなごころ》の上でタンポポのやうに吹き飛ばすのは、いつの日であらう。

富永太郎*

横臥合掌**

病みさらぼへたこの肉身を
濕りたるわくら葉に横たへよう
わがまはりにはすくすくと

(上　段)

＊一九〇〇年—。

＊＊以下二篇『検温器と花』(一九二六年刊)より。

＊＊＊読みは作者による。

＊＊＊＊『戦争』(一九二九年刊)より。

(下　段)

＊一九〇一—一九二五年。

＊＊以下五篇『富永太郎詩集』(一九二七年刊)より。

節の間《ま》長き竹が生え
冬の夜の黒い疾い風ゆゑに
莖は戞々《かつかつ》の音を立てる

節の間長き竹の莖は
我が頭上に黑々と天蓋を捧げ
網目なすそのひと葉ひと葉は
夜半の白い霜を帶び
いとも鋭い葉先をさし延べ
わが力ない心臟の方《かた》をゆびさす

橋の上の自畫像

今宵私のパイプは橋の上で
狂暴に煙を上昇させる。
今宵あれらの水びたしの荷足《にたり》は
すべて昇天しなければならぬ、
頰被りした船頭たちを載せて。

電車らは花車《だし》の亡靈のやうに
音もなく夜の中に擴散し遂げる。
（靴穿きで木橋《もくけう》を踏む淋しさ！）
私は明滅する「仁丹」の廣告燈を憎む。
またすべての詞華集《アンソロジー》とカルピスソーダ水とを
嫌ふ。

哀れな欲望過多症患者が
人類撲滅の大志を抱いて
最期を遂げるに間近い夜《よる》*だ。

蛾よ、蛾よ、
ガードの鐵柱にとまつて、震へて
夥しく產卵して死ぬべし、死ぬべし。
咲き出でた交番の赤ランプは
おまへの看護《みとり》には過ぎたるものだ。

秋の悲歎

私は透明な秋の薄暮の中に墜ちる。戰慄は

（下段）
*ルビは『富永太郎詩集』による。

去つた。道路のあらゆる直線が甦《よみがえ》る。あれらのこんもりとした貪婪《どんらん》な樹々さへも闇を招いてはゐない。

　私はただ微かに煙を擧げる私のパイプによつてのみ生きる。あのほつそりした白陶土製のかの女の頸に、私は千の靜かな接吻をも惜しみはしない。今はあの銅色《あかがねいろ》の空を蓋ふ公孫樹の葉の、光澤のない非道な存在をも赦さう。オールドローズのおかつぱさんは埃も立てずに土塀に沿つて行くのだが、もうそんな後姿も要りはしない。風よ、街上に光るあの白痰を搔き亂してくれるな。

　私は炊煙の立ち騰《のぼ》る都會を夢みはしない――土瀝青《チャン》色の疲れた空に炊煙の立ち騰る都會などを。今年はみんな松茸を食つたかしら、私は知らない。多分柿ぐらゐは食へたのだらうか、それも知らない。黑猫と共に殘る殘虐が常に私の習ひであつた……

　夕暮、私は立ち去つたかの女の殘像と友である。天の方に立ち騰るかの女の胸の襞《ひだ》を、夢のやうに萎れたかの女の肩の襞を、私は昔のやうにいとほしむ。だが、かの女の髪の中に挿し入つた私の指は昔私の心の支へであつた、あの全能の暗黑の粘狀體に觸れることがない。私たちは煙になつてしまつたのだらうか？　私はあまりに硬い、あまりに透明な秋の空氣を憎まうか？

　繁みの中に坐らう。枝々の鋭角の黑みから生れ出る、かの「虛無」の性相《フィジオグノミー》をさへ點檢しないで濟む怖ろしい怠惰が、今私には許されてある。今は降り行くべき時だ――金屬や蜘蛛の巣や瞳孔の榮える、あらゆる悲慘の市《いち》にまで。私には舵は要らない。街燈に薄光るあの枯芝生の堅い斜面に身を委せよう。それといつも變らぬ角度を保つ錫箔のやうな池の水面を愛しよう……

　私は私自身を救助しよう。

一九二四・一〇

鳥獸剝製所

私はその建物を、壓しつけるやうな午後の雪空の下にしか見たことがない。また、私がそれに近づくのは、あらゆる追憶が、それの齎す嫌惡を以て、私の肉體を飽和してしまつたときに限つてゐた。私は褐色の唾液を滿載して自分の部屋を見棄てる、どこへ行くのかも知らずに……

煤けた板壁に、痴呆のやうな口を開いた硝子窓。空のどこから落ちて來るのか知ることの出來ぬ光が、安硝子の雲形の歪《ゆが》みの上にたゆたひ、半ばは窓の內側に滲《にじ》み入る。人間の脚の載つてゐない、露《む》き出しの床板。古びた樫の木の大卓子《テーブル》。動物の體腔から抽き出された、輕石のやうな古綿。うち慄ふ薄暮の歌を歌ふ桔梗色《ききやういろ》藥品瓶。ピンセットは、ときをり、片隅から、疲れた鈍重な眼《まなこ》を光らせる。

私はその部屋の中で蛇を見た。鷲と、猿と、鳩とを見た。それから日本の動物分布圖に載つてゐる、さまざまの兩棲類と、爬蟲類と、鳥類と、哺乳類とを見た。

かれらはみんな剝製されてゐた。

去勢された惡意に、鈍く輝く硝子の眼球。虹彩の表面に塗つてあるのは、褐色の彩料である——無感覺によつて人を嚙む傷心の酵母。これら、動物の物狂ほしい固定表情、怨恨に滿ちた無能の表白。白い塵は、ベスビオの灰のやうに、毛皮の上に、羽毛の上に、鱗の上に積もつてゐた。

私は、この建物に近づかうか、近づくまいかといふ逡巡に、私自身の手で賽を投げなかつたことを心から悔いた。が、すべては遲かつた。怖ろしい牽引であつた。私を牽くのは、過ぎ去つた動物らの靈だと知つた。牽かれるのは、過ぎ去つた私の靈だと知つた。私はあらゆる世紀の堆積が私に敎へた感情を憎惡した。が、すべては遲かつた。

私は動物らの靈と共にする薔薇色の墮獄を

知つてゐた。私は未來を恐怖した。

さはれ去年《こぞ》の雪いづくにありや、
　さはれ去年の雪いづくにありや、
　　さはれ去年の雪いづくにありや、

……………………………意味のない疊句《リフレイン》が、ひるがへり、巻きかへつた。美しい花々が、光のない空間を横ぎつて沒落した。そして、下に、遙か下に、褪《たい》紅色の日が地平の上にさし上つた。私の肉體は、この二重の方向の交錯の中に、ぎしぎしと軋んだ。このとき、私は不幸であつた、限りなく不幸であつた。

一つの闇が來た、それから、一つの明るみが來た。動物らは、潤つたおのおのの涙腺を持つて再生した。かれらは近寄つて來た。歩み、這ひ、飛び、跳り、巻き付き、呻き、叫び、歌つた。すべての動物が、かれらの野生的の書割《デコール》を携へて復活した。出血する叢や、黄金の草いきれが、かれらの皮膚を浸した。これは、すさまじい傳說的性格の饗宴であつた。私はわれからとそれに參加した。そして舊約人のやうにかれらを熱愛した。平生から私に近しかつた蛇が、やはり一ばん私に親密であつた。かれは、その角膜の上に、瑪瑙《めなう》の嬌飾に滿ちた惡意を含めて、近々と私の眼をさし覗いた。鷲は……ああ、長々しい、諸君が動物園に行かれんことを！　とにかく、私は慰められてゐた……

　このとき、私は、下の方に、浚渫船《しゆんせつせん》の機關の騷音のやうな、また、幾分、夏の午後の遠雷に似た響を聞いた——私のために涙を流した女らの追憶が、私の魂の最低音部を亂打した。私は、私が、鮮かな、または、朧ろな光と影との沸騰の中を潛つて、私の歲月を航海して來た間、つねに、かの女らが私の燈臺であつたことを思ひ出した。私は、かの女らが、或るものは濃綠色の霧に腦漿のあひまあひまを冒されて死んでしまつたり、或るものは手術臺から手術臺へと移つた後に、爆竹が夜の虹のやうに榮える都會の中で、靑い靜脈の見える腕を鋪石の上に延ばして斃死したり、または、かの女らが一人一人發見した、暗い、跡づけがたい道を通つて、大都會や小都會の波の中へ沒してしまつたことを思ひ出した。殊に、私が弱くされた肉體を曳いて、この世界の緣邊を步んでゐるやうに感じ出してこのかた、かの女らは、私の載つてゐるのとはちがつた平面の上に在つて（それが私の上にあるのか、下にあるのか、私は知ることが出來ない）、つねにその不動の眼《まなこ》を私の方へ送つてゐたことを思ひ出した。私は、退屈な夜々に、かの女らの一生を、更に淚多きものとするために、私のために流された淚の、一滴一滴を思つて泣いた。が、かの女らの眼は冷く、美しく、剝製された動物らのそれと、その無感覺を全く等しくしてゐた。私は心臟が搾木《しめぎ》にかけられたやうに感じた。

　私は努力して、私が、日本の首府の暗い郊外にある、或るうらぶれた鳥獸剝製所の一室にあることを思ひ返した。私は、このみすぼらしさの中に、魔法の解除を求めようとした。（私は動物らの饗宴から逃れれば、これらの眼から逃れられるものと信じてゐた。）私は、あの窓を、床を、卓子を、古綿を、ピンセットを、ありのままのみすぼらしさに於て見た。が、なんといふすばらしい變位《トランスポジション》だらう！　これらの物象は、そのみすぼらしさのまま、動物らの喚《よ》び出した燦々とした書割《デコール》の中に溶け込んでゐた。さうして、その輝かしさの一合唱部を歌つた。さうだ、あれらのみじめな物體は、もうそれ自身輝かしかつたのだ。私は、自分をその輝かしさに堪へないやうに感じた。

　動物らに至つては、もう私は何ともすることが出來なかつた。かれらは、蜜蜂の唸りのやうな饗宴の度を高めて、私のまはりに蝟《ゐ》集《しふ》した。私は、かれらが剝製されてゐるのでなく、天然の背景の中で、生きた眼を持つて活動してゐるのだつたら、こんなことにはならなかつたらうと考へた。私は剝製術といふ惡德を呪つて身を悶えた。が、何も變らなかつた。私はもうすべてを變改しがたいものと諦めた。そして、自分の身を、この音と光と熱との過度の狂亂の中に投げ出した。

　私は、先刻からの追憶が、みんな、この動物らの躁宴の中で見續けられて來たことをもう一度考へた……ああ、ここにもまた、そこにも、熱の無い炎のやうなかの女らの眼《まなこ》。時間によつて剝製され、神祕な香料によつて保存されたかの女らの眼《まなこ》。私は、このとき、これらの眼が、あの動物らの靈とちがつた世界から出て來たものではないことを悟つた。そして、動物らの靈と同じく、その苦痛に滿ちた魅惑《まどはし》の力を永久に私の上から去らないであらうと悟つた。

　かう考へたとき、私は腹立たしく、狂暴になつて、かの女らの眼に一つ一つ唾を吐きかけた。さうして、新しく泣いた。なにもかも消えた――或は、闇が來たのだつたかも知れない。躁宴はすべての光と熱と音とを失つた。が、あれらのすさまじい搖蕩の一々は、空氣分子の動搖として、私の皮膚に、そのありのままなる消息を傳へた。私は、溫泉場の浴場の周圍を流れるやうな、生暖い、硫黃の臭氣を持つた液體が、この私の居る建物の周圍を流れるやうに感じた。また、それは、私の皮膚のまはりを流れてゐるやうでもあつた。私はそれを辨別しようと努力したがどうしてもわからなかつた。私は、黑い眩暈《めまひ》の中に、更に一つの薔薇色の眩暈を認めた……

　……流水よ、おんみの悲哀は祝福されてあれ！　倦怠に惱む夕陽の中を散りゆくもみぢ葉よ、おんみの熱を病む諦念は祝福されてあれ！　あらゆる古日本の詞華集よ、おんみの上に、明《あかり》障子に圍はれたる平和あれ！……新らしい眩暈に屈服するためにか、或は、さうでなくてか、私はこの時宜に適《かな》はぬ訣別の辭を、何とも知れぬものの上に投げかけた。動物らの魅惑《まどはし》は、また下の方から上つて來るであらう。炎上する花よ、灼鐵の草よ、毛皮よ、鱗よ、羽毛よ、音よ、祭日よ、物々の焦げる臭ひよ。

　さはれ去年《こぞ》の雪いづくにありや、
　　さはれ去年の雪……いづくに……
　　　さはれ去年の……Hannii—hannii—
　　　　hannii—i—i—i—i………
　bidn! bidn! bidn!

　私は手を擧げて眼の前で搖り動かした。そして、生きることと、黄色寢椅子《ディヴァン》の上に休息することが一致してゐるどこか別の邦へ行つて住まうと決心した。

一九二五・一

焦躁

田中冬二*

母親は煎藥を煎じに行つた
枯れた葦の葉が短いので。
ひかりが掛布の皺を打つたとき
寢臺はあまりに金の唸きであつた
寢臺は
いきれたつ犬の巣箱の罪をのり超え
大空の堅い眼の下に
幅びろの青葉をあつめ
棄てられた藁の熱を吸ひ
たちのぼる巷の中に
青ぐろい額の上に
むらがる蠅のうなりの中に
寢臺はのど渇き
求めたのに求めたのに
枯れた葦の葉が短いので
母親は煎藥を煎じに行つた。

（下　段）
*一八九四年—。

暮春・ネルの着物*

葉ざくらの頃の
ネルの着物は　かなしいものである
わけて　青いゆふぐれの
ネルの着物は　かなしいものである
ああ　このものういゆふぐれの散歩に
私はアスパラガスをたべよう

青い夜道

いっぱいの星だ
くらい夜みちは
星雲の中へでもはひりさうだ
とほい村は
青いあられ酒を　あびてゐる

ぼむ　ぼうむ　ぼむ

町で修繕《なほ》した時計を
風呂敷包に背負つた少年がゆく
ぼむ　ぼむ　ぼうむ　ぼむ……
少年は生きものを　背負つてるやうにさびしい

ぼむ　ぼむ　ぼむ　ぼうむ……

ねむくなつた星が
水氣を孕んで下りてくる
あんまり星が　たくさんなので
白い穀倉《こくぐら》のある村への路を迷ひさうだ

くずの花

ぢぢいと　ばばあが
だまつて　湯にはひつてゐる
山の湯のくずの花
山の湯のくずの花

黒薙温泉

（上段）
*以下四篇『青い夜道』（一九二九年刊）より。

みぞれのする小さな町

みぞれのする町
山の町
ゐのししが　さかさまにぶらさがつてゐる
ゐのししのひげが　こほつてゐる
そのひげにこほりついた小さな町
ふるさとの山の町よ
——雪の下に　麻を煮る

三好達治*

春の岬**

春の岬旅のをはりの鷗どり
浮きつつ遠くなりにけるかも

乳母車

母よ——
淡くかなしきもののふるなり
紫陽花《あぢさゐ》いろのもののふるなり
はてしなき並樹のかげを
そうそうと風のふくなり

時はたそがれ
母よ　私の乳母車を押せ
泣きぬれる夕陽にむかつて
轔々《りん〱》と私の乳母車を押せ

赤い総《ふさ》ある天鵞絨《びろうど》の帽子を
つめたき額にかむらせよ
旅いそぐ鳥の列にも
季節は空を渡るなり

淡くかなしきもののふる

（上段）
＊一九〇〇—。
＊＊以下六篇『測量船』（一九三〇年刊）より。

紫陽花いろのもののふる道
母よ　私は知つてゐる
この道は遠く遠くはてしない道

雪

太郎を眠らせ、太郎の屋根に雪ふりつむ。
次郎を眠らせ、次郎の屋根に雪ふりつむ。

甃《いし》のうへ

あはれ花びらながれ
をみなごに花びらながれ
をみなごしめやかに語らひあゆみ
うららかの跫音《あしおと》空にながれ
をりふしに瞳《め》をあげて
翳《かげ》りなきみ寺の春をすぎゆくなり
み寺の甍《いらか》みどりにうるほひ
廂々《ひさしく》に
風鐸《ふうたく》のすがたしづかなれば
ひとりなる
わが身の影をあゆまする甃《いし》のうへ

湖水

この湖水で人が死んだのだ
それであんなにたくさん舟が出てゐるのだ
葦と藻草の　どこに死骸はかくれてしまつたのか
それを見出した合圖の笛はまだ鳴らない
風が吹いて　水を切る艪の音櫂《かい》の音
風が吹いて　草の根や蟹の匂ひがする
ああ誰れかがそれを知つてゐるのか
この湖水で夜明けに人が死んだのだと
誰れかがほんとに知つてゐるのか

もうこんなに夜が來てしまつたのに

鴉

風の早い曇り空に太陽のありかも解らない日の、人けない一すぢの道の上に私は涯しない野原をさまよふてゐた。風は四方の地平から私を呼び、私の袖を捉へ裾をめぐり、そしてまたその荒《すさ》まじい叫び聲をどこかへ消してしまふ。その時私はふと枯草の上に捨てられてある一枚の黑い上衣を見つけた。私はまたどこからともなく私に呼びかける聲を聞いた。

——とまれ！

私は立ちどまつて周圍に聲のありかを探した。私は恐怖を感じた。

——お前の着物を脫げ！

恐怖の中に私は羞恥と微かな憤りとを感じながら、餘儀なくその命令の言葉に從つた。するとその聲はなほも冷やかに、

——裸になれ！　その上衣を拾つて着よ！

と、もはや抵抗しがたい威嚴を帶びて、草の間から私に命じた。私は慘めな姿に上衣を羽織つて風の中に曝されてゐた。私の心は敗北の用意をした。

——飛べ！

しかし何と云ふ奇異な、思ひがけない言葉であらう。私は自分の手足を顧みた。手は長い翼になつて兩腋に疊まれ、鱗をならべた足は三本の指で石ころを踏んでゐた。私の心はまた服從の用意をした。

——飛べ！

私は促されて土を蹴つた。私の心は急に怒りに満ち溢れ、鋭い悲哀に貫かれて、たゞひたすらにこの屈辱の地をあとに、あてもなく一直線に翔《かけ》つていつた。感情が感情に鞭うち、意志が意志に鞭うちながら——。私は長い時間を飛んでゐた。そしてもはや今、あの惨めな敗北からは遠く飛び去つて、翼には疲勞を感じ、私の敗北の祝福さるべき希望の空を夢みてゐた。それだのに、ああ！　なほその時私の耳に近く聞えたのは、あの執拗な命令の聲ではなかつたか。

——啼け！

おお、今こそ私は啼くであらう。
——啼け！
——よろしい、私は啼く。

そして、啼きながら私は飛んでゐた。飛びながら私は啼いてゐた。

——ああ、ああ、ああ、ああ、
——ああ、ああ、ああ、ああ、

風が吹いてゐた。その風に秋が木葉《このは》をまくやうに私は言葉を撒いてゐた。冷めたいものがしきりに頰を流れてゐた。

丸山　薫*

鶴の葬式**

夕暮れ　たうとう　陽《ひ》に瞼を泣き腫らした雲
がひとりで築山のかげにおりてきた
風を待つてゐるらしかつたが　軈《やが》て　曲らな
くなつたその羽根を擔ぎ上げると逃げるや
うに裏門から出て行つた
松の枝の垂れた坂から　姿はしばらく西の空

（下　段）
＊一八九九年—。
＊＊『鶴の葬式』（一九五三年刊）より。

に寒く見えてゐた
雨はまだ二三日はふりさうになかつた

椿

ぼくの家の庭は今日も閑《ひつそ》り
戸締めにして出た留守の間に
鶴が二三羽遊びに來て
歸れば　とたんに翔《と》び立つてしまつた
かなしい顰《しか》め面をしてゐる雨水の溜り
泣いてるやうな陽こぼれよ
風がひたひた通り抜けた植込のかくれに
誰かが名を呼ぶと思つたら
なあんだ！　乙女椿の花の獨り笑ひ

草野心平*

ぐりまの死*

ぐりまは子供に釣られてたたきつけられて死
んだ
取りのこされたるりだは
菫《すみれ》の花をとつて
ぐりまの口にさした

半日もそばにゐたので苦しくなつて水に這入
つた

顔を泥にうずめてゐると
くわんらくの聲々が腹にしびれる
泪が噴上《ふきあげ》のやうに喉にこたへる

菫をくわへたまんま
菫もぐりまも
カンカン夏の陽にひからびていつた

大ガラスの下*

（上　段）
＊一九〇三年―。
＊＊『第百階級』（一九二八年刊）より。
（下　段）
＊『絶景』（一九四〇年刊）より。

天の無色の街道を。
キキキキキキキ寒波は流れ。

自分は獨りこの角を曲る。

髮の毛や胸毛は潮風にみだれ。
强力な神は巖に腰をおろしてぽかんと海を眺
めてゐた。

その頃自分等はこの世に生れてゐなかつた。
鳥たちは胸をふくらましつつぬけになき。
光りは丘のくぼみにまどろんでゐた。

論理はしやつぽをかぶつてゐる。
鐵は大砲になり銃彈《ブレット》になり。
星たちは米の粒にも思へたりするいまは時代
だ。

それでもここにかうしてゐれば地球は廻り。
だいだいにうす墨の雲を浮かして夜明けはく
る。

突つたつてここにかうしてゐるだけで自然の
夜明けはくるのだが。

ああ天の。
大ガラス。
薄氷をジャリリと踏んで自分はこの道を曲る。

富士山　作品第伍

火の山の。
ほむらはあかく雪に映え。
ゆるやかなほむらは雪の肩に映え。
ほむらははしづかに空にたち。
夜のふかみのなかに消える。
ああその上の。

まっすぐ上の月の廣場に。
大きくうねる青い紐。

近よつて。

自分は龍にききたいのだ。
まるでこの世のしあはせとかかなしさとかま
　るでそんなんではないやうに。
いつもの雲の渦もまとはず。
ぎらぎらの鱗にほむら映え。
るうらるうらら。
鋭い眼玉も爪もとぢ。
るうらるうららうねつてゐる。

西脇順三郎*

皿**

黄色い菫が咲く頃の昔、
海豚《いるか》は天にも海にも頭をもたげ、
尖つた船に花が飾られ
デイオニソスは夢みつゝ航海する
模様のある皿の中で顔を洗つて
寶石商人と一緒に地中海を渡つた
その少年の名は忘れられた。
麗《うららか》*な忘却の朝。

ガラス杯

白い菫《すみれ》の光り。
光りは半島をめぐり
我が指環の世界は暗没する。
灌木のコップの笑ひ。
尖《とが》つた花が足指の中に開き
さしのばされた白い手は
三色菫の光線の中に匿《かく》され
女神と抱擁する
形像は形像へ移轉
壯麗な鏡の春に頰を映す
ガラスにプラタノスの葉がうつる
青くそつた眉にポリュアントスの花がうつる
寶石に涙がうつる。

（上　段）
＊一八九四年―。
＊＊以下二篇は、『Ambarvalia』（一九三三年刊）より。
（下　段）
＊ウララカ（原ルビ）。

晝《ひる》が海へ出て
夜が陸へはひる時
汝の髪が見えなくなる
すべての窓に汝の手がうつる。
ブリス、カーメン*。

喜びの女が歩く
汝の言葉は
五月の閉された朝。

冬の日

或る荒れはてた季節
果てしない心の地平を
さまよい歩いて
さんざしの生垣をめぐらす村へ
迷いこんだ
乞食が犬を煮る焚火から
紫の雲がたなびいている

夏の終りに薔薇の歌を歌つた
男が心の破滅を歎いている
實をとるひよどりは語らない
この村でラムプをつけて勉强するのだ。
「ミルトンのように勉强するんだ」と
大學總長らしい天使がささやく。
だが梨のような花が藪に咲く頃まで
獵人や釣人と將棋をうつてしまつた。
すべてを失つた今宵こそ
ささげたい
生垣をめぐり蝶と戯れる人のため
迷つて來る魚狗《かわせみ》と人間のため
はてしない女のため
この冬の日のために
高樓のような柄《え》の長いコップに
さんざしの實と涙を入れて。

人間の記念として

くりかえされない程しやべりながら
めぐり歩き地獄の坂の上に着いた

（上段）
*カナダの詩人の名。「アーメン」のかわりに用いたシャレ。

（ダンテ）

何處へ行けばさんざしの木が見ら
れるか知つてることは偉大なことだ。
六月の末偶然にも路ばたに
薄明の蛇がいるさんざしの藪を
發見してコロンブスのように喜んだ。
とりのこされた孤島のように
多摩川の盆地に太陽と風とで育て
られ豆畑の中にしやがんでいた。
もう今頃は實が大きくなつてる
だろうと思つて行つて見ると
林檎のように眞紅に光つていた。
昔犬に吠えられながらウィルトシャで
乞食と一緒に喰べたことがあつた。
野薔薇の實と共にこの山櫨《やまはぜ》の實を
不幸な戀人と冬の夜に捧げたい
のである。

雪の日

雪の降る日まして
日曜日のことで人出も少なかろうと
思いかねてこの都へ御出での
黄不動を參詣に出かけた。
信心のおかげで、
腦髓の痙攣も治つたのだから
その御禮につるうめもどきでも
一枝あげて來たいのだ。
なにしろ戸口にきこえる人間の聲が
取りかえしの出來ない黄色いもの
であつたがそれもきこえなくなつたのだ。
ついでにオーストラリアの名産の梨のかん詰
に
コールドクリームの小壺に
オーステンの全集に
ペダラストの書いた小說本を買つた。
それからまわつて吹雪の中を歩いて
すみだ川の水色を見に行つたのだが
人間の繁殖の仕事があまりにも
アクロバット的に苦しいものだと
つくづく思い惱んでいたやさきに

鬼子母《きしも》の女神のことを思いおこし
また勇氣を出してその女を拜みに
出かけてしまつた。
こんな抽象的な考え方はいやな
ことだがつい愚痴をこぼすのだ。
帽子の上に雪がつもつて
計算の出來ない重みを感じた。
吹雪の中で
おしどりが柳の木にとまつていたようだ。
女神は木像で梨の木でほられていた
女神の白い顏
女神の頭の眞黑さ
手に握つているあの半開の
ザクロの實は靑ざめていた。
この色彩のはがれた物體は
自殺者の殘して行つた財寶によく
似ているものだ。
近代精神病理學者の說では
精神病の女の描く線も色彩も
近代畫家のかいたものとは區別が
出來ないと言つている

これは近代科學の重大な缺點だ。
男がはいらない女神の世界は
透明な野原だ。
あの獵人は石を射つて光線となつて
神の光學として知られている
光錐の中にまたもどつてしまつた。
人間はイバラの根にひとり殘された。
猪はサンザシや薔薇の實にひとり殘された。
考えることを避けたいのは
より深く考えたいからだ。
人間はなぜ繁殖しなければならないのか。
女神も時には繁殖するというのは
女神は存在の本質ではないからだ。
考えがつきたところに恐らく
存在の本質がある。
女神の視覺には限界がある。
これは女のために書こうとした歌で
あつたが結局樂園に住む蛇のため
に書いたように見えるのは情ない。
考えるということは實存の世界にとどまる。
人間が感覺出來ない世界が共存している

ということを女と靜かにコニャクを
のみながら話し合つたのだ。

中野重治*

しらなみ**

ここにあるのは荒れはてた細ながい磯だ
うねりは遙かな沖なかにわいて
よりあひながら寄せて來る
そしてここの渚《なぎさ》に
さびしい聲をあげ
秋の姿でたふれかゝる
そのひびきは奥ぶかく
せまつた山の根にかなしく反響する
がんじような汽車さへもためらひ勝ちに
しぶきは窓がらすに霧のやうにもまつはつて
來る

ああ　越後のくに親しらず市振《いちぶり》の海岸
ひるがへる白浪のひまに
旅の心はひえびえとしめりをおびて來るのだ

雨の降る品川驛

辛よ　さやうなら
金よ　さやうなら
君らは雨の降る品川驛から乘車する
李よ　さやうなら
も一人の李よ　さやうなら
君らは君らの父母の國にかへる
君らの國の河はさむい冬に凍る
君らの叛逆する心はわかれの一瞬に凍る
海は夕ぐれのなかに海鳴りの聲をたかめる
鳩は雨にぬれて車庫の屋根からまひおりる

(上段)
*一九〇二年—。
**以下二篇『中野重治詩集』(一九三五年刊)より。黒丸は検閲のため伏字。

君らは雨にぬれて君らを逐う日本天皇をおも
ひ出す
君らは雨にぬれて　髯　眼鏡　猫背の彼をお
もひ出す

ふりしぶく雨のなかに緑のシグナルはあがる
ふりしぶく雨のなかに君らの瞳《め》はとがる

雨は敷石にそそぎ暗い海面におちかかる
雨は君らのあつい頬にきえる

君らのくろい影は改札口をよぎる
君らの白いモスソは歩廊の闇にひるがへる

シグナルは色をかへる
君らは乗りこむ

君らは出發する
君らは去る

さやうなら　辛
さやうなら　金
さやうなら　李
さやうなら　女の李

行つてあのかたい　厚い　なめらかな氷をた
たきわれ
ながく堰かれてゐた水をしてほとばしらしめ
よ
日本プロレタリアートの後だて前だて
さやうなら
報復の歡喜に泣きわらふ日まで

小熊《をぐま》秀雄*

鶯の歌**

それを待て、憤懣の夜の明け放されるのを
若い鶯たちの歌に依つて

（下段）
*一九〇一―一九四〇年。
**『小熊秀雄詩集』（一九三五年刊）より。

生活は彩られる
いくたびも、いくたびも、
曉の瞬間がくりかへされた
ほうほけきよ、ほうほけきよ、
だが、唯の一度も同じやうな曉はなかつた、
さうだ、鶯よ、君は生活の暗さに眼を掩ふな
　かれ
君はそこから首尾一貫した
よろこびの歌を曳きずりだせ
夜から曉にかけて
ほうほけきよ、ほうほけきよ、
新しい生活のタイプをつくるために
枝から枝へ渡りあるけ
そして最も位置のよい
反響するところを
ほうほけきよ、ほうほけきよ、
谷から谷へ鳴いてとほれ
既にして饑餓の歌は陣腐だ
それほどにも遠いところから
われらは飢と共にやつてきた
悲しみの歌は盡きてしまつた
殘つてゐるものは喜びの歌ばかりだ。

馬の胴體の中で考へてゐたい

おゝ私のふるさとの馬よ
お前の傍のゆりかごの中で
私は言葉を覺えた
すべての村民と同じだけの言葉を
村をでてきて、私は詩人になつた
ところで言葉が、たくさん必要となつた
人民の言ひ現はせない
言葉をたくさん、たくさん知つて
人民の意志の代辯者たらんとした
のろのろとした戰車のやうな言葉から
すばらしい稻妻のやうな言葉まで
言葉の自由は私のものだ
誰の所有《もの》でもない
突然大泥棒奴に、
――静かにしろ
聲をたてるな――

と私は鼻先に短刀をつきつけられた、
かつてあのやうに強く語つた私が
勇敢と力とを失つて
しだいに沈默勝にならうとしてゐる
私は生れながらの啞でなかつたのを
むしろ不幸に思ひだした
もう人間の姿も嫌になつた
ふるさとの馬よ
お前の胴體の中で
じつと考へこんでゐたくなつたよ
「自由」といふたつた二語も
滿足にしやべらして貰へない位なら
凍つた夜、
馬よ、お前のやうに
鼻から白い呼吸《いき》を吐きに
わたしは寒い鄕里にかへりたくなつたよ

馬車の出發の歌

假りに暗黑が
永遠に地球をとらへてゐようとも
權利はいつも
目覺めてゐるだらう、
薔薇は暗《くらやみ》の中で
まつくろに見えるだけだ、
もし陽がいつぺんに射したら
薔薇色であつたことを證明するだらう
歎きと苦しみは我々のもので
あの人々のものではない
まして喜びや感動がどうして
あの人々のものといへるだらう
私は暗黑を知つてゐるから
その向ふに明るみの
あることも信じてゐる
君よ、拳を打ちつけて
火を求めるやうな努力にさへも
大きな意義をかんじてくれ

幾千の聲は
くらがりの中で叫んでゐる
空氣はふるへ

窓の在りかを知る、
そこから絲口のやうに
光りと勝利をひきだすことができる

徒らに薔薇の傍にあつて
沈默をしてゐるな
行爲こそ希望の代名詞だ
君の感情は立派なムコだ
花嫁を迎へるために
馬車を支度しろ
いますぐ出發しろ
らつぱを突擊的に
鞭を苦しさうに
わだちの歌を高く鳴らせ。

親と子の夜

百姓達の夜は
どこの夜と同じやうにも暗い
都會の人達の夜は
暗いうへに、汚れてゐる
父と母と子供の呼吸は
死のやうに深いか、絶望の淺さで
寐息をたててゐるか、どつちかだ。

晝の疲れが母親に何事も忘れさせ
子供は寐床からとほく投げだされ
彼女は子供の枕をして寐てゐる
子供の母親の枕をして——、
そして靜かな祈りに似た氣持で
それを眺めてゐる父親がゐる。

どこから人生が始まつたか——、
父親はいくら考へてもわからない
いつどうして人生が終るのかも——、
ただ父親はこんなことを知つてゐる
夜とは——大人の生命をひとつひとつ綴ぢてゆく
黑い鋲《びやう》のやうなものだが
子供は夜を踏みぬくやうに
强い足で夜具を蹴とばすことを、

そんなとき父親は
突然希望で身ぶるひする
――夜は、ほんたうに子供の
　若い生命のために殘されてゐる、と。

伊東靜雄*

わがひとに與ふる哀歌**

太陽は美しく輝き
あるひは　太陽の美しく輝くことを希《ねが》ひ
手をかたくくみあはせ
しづかに私たちは歩いて行つた
かく誘ふものの何であらうとも
私たちの內《うち》の
誘はるる清らかさを私は信ずる
無緣のひとはたとへ
鳥々は恒に變らず鳴き
草木の囁きは時をわかたずとするとも
いま私たちは聽く
私たちの意志の姿勢で
それらの無邊な廣大の讃歌を
あゝ　わがひと
輝くこの日光の中に忍びこんでゐる
音なき空虛を
歷然と見わくる目の發明の
何にならう
如《し》かない　人氣《ひとけ》ない山に上《のぼ》り
切に希はれた太陽をして
殆ど死した湖の一面に遍照さするのに

夢からさめて

この夜更《よふけ》に、わたしの眼をさましたものは何
の氣配《けはい》か。
硝子窓の向ふに、あゝ今夜も耳原御陵《みゝはらごりよう》の丘の
　斜面で
火が燃えてゐる。そしてそれを見てゐるわた

(上段)
＊一九〇三―一九五三年。
＊＊『わがひとに與ふる哀歌』(一九三五年刊)より。

しの胸が
なぜとも知らずひどく動悸うつのを感ずる。
　何故《なぜ》とも知らず？
さうだ、わたしは今夢をみてゐたのだ、故里《ふるさと》
の吾古家《ふるや》のことを。
ひと住まぬ大き家の戸をあけ放ち、前栽《せんざい》に面
　した座敷に坐り
獨りでわたしは酒をのんでゐたのだ。夕陽は
　深く廂《ひさし》に射込んで、
それは現《うつゝ》の目でみたどの夕影よりも美しかつ
た、何の表情もないその冷たさ、透明さ。
そして庭には白い木の花が、夕陽《ゆふひ》の中に咲い
てゐた
わが幼時の思ひ出の取縋る術《すべ》もないほどに端《たん》
然《ぜん》と……。
あゝこのわたしの夢を覺したのは、さうだ、
　あの怪しく獸《けもの》めく
御陵《みささぎ》の夜鳥《やてう》の叫びではなかったのだ。それは
　夢の中でさへ
わたしがうたつてゐた一つの歌の悲しみだ。

かしこに母は坐したまふ
紺碧《こんぺき》の空の下《した》
春のキラめく雪渓に
枯枝《かれえ》を張りし一本《ひともと》の
木《こ》高き梢
あゝその上にぞ
わが母の坐し給ふ見ゆ

井伏鱒二*

つくだ煮の小魚**

ある日雨の晴れまに
竹の皮に包んだつくだ煮が
水たまりにこぼれ落ちた
つくだ煮の小魚達《こざかな》は
その一ぴき一ぴきを見てみれば
目を大きく見開いて

（下　段）
*一八九八年―。
**以下二篇『厄除け詩集』（一九三七年刊）より。

環になつて互にからみあつてゐる
鰭も尻尾も折れてゐない
顎の呼吸《いき》するところには色つやさへある
そして水たまりの水底に放たれたが
あめ色の小魚達は
互に生きて返らなんだ

逸題

今宵《けふ》は仲秋明月
初戀を偲《しの》ぶ夜
われら萬障くりあはせ
よしの屋で獨り酒をのむ

春さん蛸のぶつ切りをくれえ
それも鹽でくれえ
酒はあついのがよい
それから枝豆を一皿

ああ　蛸のぶつ切りは臍みたいだ

われら先づ腰かけに坐りなほし
靜かに酒をつぐ
枝豆から湯氣が立つ

今宵《けふ》は仲秋明月
初戀を偲ぶ夜
われら萬障くりあはせ
よしの屋で獨り酒をのむ

（新橋よしの屋にて）

蛙

勘三さん　勘三さん
畦道で一ぷくする勘三さん
ついでに煙管《きせる》を掃除した
それから蛙をつかまへて
煙管のやにをば丸藥《ぐわんやく》にひねり
蛙の口に押しこんだ

迷惑したのは蛙である

田圃《たんぼ》の水にとびこんだが
目だまを白黒させた末に
おのれの胃の腑を吐きだして
その裏返しになつた胃袋を
田圃の水で洗ひだした

この洗濯がまた一苦勞である
その手つきはあどけない
先づ胃袋を兩手に受け
揉むが如くに拜むが如く
おのれの胃の腑を洗ふのだ
洗ひ終ると呑みこむのだ

田家春望

高　適*

出門何所見
春色滿平蕪
可歎無知己
高陽一酒徒

ウチヲデテミリヤアテドモナイガ
正月キブンガドコニモミエタ
トコロガ會ヒタイヒトモナク
アサガヤアタリデオホザケノンダ

勸　酒

于武陵*

勸君金屈巵
滿酌不須辭
花發多風雨
人生足別離

コノサカヅキヲ受ケテクレ
ドウゾナミナミツガシテオクレ
ハナニアラシノタトヘモアルゾ
「サヨナラ」ダケガ人生ダ

（上　段）
*こうてき—唐代の詩人、七〇〇—七六五。「門を出て何の見る所ぞ。春色は平蕪に滿つ。歎ず可し、知己無きを。高陽の一酒徒。」

（下　段）
*うぶりょう—大中年間（晩唐）の進士。「君に勸む、金《きん》屈巵《くつし》。滿酌辭するを須いざれ。花發いて風雨多し。人生別離足る。」

中原《なか》原《はら》中《ちゅう》也《や》*

汚れつちまつた悲しみに……**

汚れつちまつた悲しみに
今日も小雪の降りかかる
汚れつちまつた悲しみに
今日も風さへ吹きすぎる

汚れつちまつた悲しみは
たとへば狐の革裘《かはごろも》
汚れつちまつた悲しみは
小雪のかかつてちぢこまる

汚れつちまつた悲しみは
なにのぞむなくねがふなく
汚れつちまつた悲しみは
倦怠《けだい》のうちに死を夢む

汚れつちまつた悲しみに
いたいたしくも怖氣《おぢけ》づき
汚れつちまつた悲しみに
なすところもなく日は暮れる……

三歳の記憶*

椽側《えんがは》に陽があたつてて、
樹脂《きやに》が五彩に眠る時、
柿の木いつぽんある中庭《には》は、
土は枇杷《びは》いろ　蠅が唸く。

稚厠《おかは》の上に　抱へられてた、
すると尻から　蛔蟲《むし》が下がつた。
その蛔蟲《むし》が、稚厠の淺瀬で動くので
動くので、私は吃驚《びつくり》しちまつた。

あゝあ、ほんとに怖かつた
なんだか不思議に怖かつた、
それでわたしはひとしきり

(上段)
*一九〇七—一九三七年。
**『山羊の歌』(一九三四年刊)より。

(下段)
*以下八篇『在りし日の歌』(一九三八年刊)より。

ひと泣き泣いて　やつたんだ。

あゝ、怖かつた怖かつた
――部屋の中は、ひつそりしてゐて、
隣家《となり》は空に　舞ひ去つてゐた！
隣家《となり》は空に　舞ひ去つてゐた！

六月の雨

またひとしきり　午前の雨が
菖蒲のいろの　みどりいろ
眼《まなこ》うるめる　面長き女《ひと》
たちあらはれて　消えてゆく

たちあらはれて　消えゆけば
うれひに沈み　しとしとと
畠《はたけ》の土に　落ちてゐる
はてしもしれず　落ちてゐる

　お太鼓叩いて　笛吹いて
あどけない子が　日曜日
畳の上で　遊びます

お太鼓叩いて　笛吹いて
遊んでゐれば　雨が降る
櫺子《れんじ》の外に　雨が降る

骨

ホラホラ、これが僕の骨だ、
生きてゐた時の苦勞にみちた
あのけがらはしい肉を破つて、
しらじらと雨に洗はれ、
ヌツクと出た、骨の尖《さき》。

それは光澤もない、
ただいたづらにしらじらと、
雨を吸收する、
風に吹かれる、
幾分空を反映する。

生きてゐた時に、
これが食堂の雑踏の中に、
坐つてゐたこともある、
みつばのおしたしを食つたこともある、
と思へばなんとも可笑しい。

ホラホラ、これが僕の骨——
見ているのは僕？　可笑しなことだ。
靈魂はあとに殘つて、
また骨の處にやつて來て、
見てゐるのかしら？

雲雀

ひねもす空で鳴りますは
あゝ、電線だ、電線だ
ひねもす空で啼きますは
あゝ、雲の子だ、雲雀奴《め》だ
碧《あーを》い、碧《あーを》い空の中

ぐるぐるぐると潜《もぐ》りこみ
ピーチクチクと啼きますは
あゝ、雲の子だ、雲雀奴《め》だ

歩いてゆくのは菜の花畑
地平の方へ、地平の方へ
歩いてゆくのはあの山この山
あーをい　あーをい空の下

眠つているのは、菜の花畑に
菜の花畑に、眠つているのは
菜の花畑で風に吹かれて
眠つてゐるのは赤ん坊だ？

獨身者

石鹼箱には秋風が吹き
郊外と、市街を限る路の上には
大原女《おはらめ》が一人歩いてゐた

——彼は獨身者《どくしんもの》であつた
彼は極度の近眼であつた
彼はよそゆきを普段に著てゐた
判屋奉公したこともあつた

今しも彼が湯屋から出て來る
薄日の射してる午後の三時
石鹼箱には風が吹き
郊外と、市街を限る路の上には
大原女が一人歩いてゐた

ゆきてかへらぬ——京都——

僕は此の世の果てにゐた。陽は温暖に降り洒《そゝ》ぎ、風は花々搖つてゐた。

木橋《もくけう》の、埃りは終日、沈黙し、ポストは終日赫々と、風車を附けた乳母車、いつも街上に停つたゐた。

棲む人達は子供等は、街上に見えず、僕に一人の縁者《みより》なく、風信機《かざみ》の上の空の色、時々見るのが仕事であつた。

さりとて退屈してもゐず、空氣の中には蜜があり、物體ではないその蜜は、常住《じやうぢゆう》食すに適してゐた。

煙草くらゐは喫つてもみたが、それとて匂ひを好んだばかり。おまけに僕としたことが、戸外でしか吹かさなかつた。

さてわが親しき所有品《もちもの》は、タオル一本。枕を持つてゐたとはいへ、布團ときたらば影だになく、歯刷子《はぶらし》くらゐは持つてもゐたが、たつた一ある本は、中に何にも書いてはなく、時々手にとりその目方、たのしむだけのものだつた。

女たちは、げに慕はしいのであつたが、一度とて、會ひに行かうと思はなかつた。夢みるだけで澤山だつた。

名狀しがたい何物かゞ、たえず僕をば促進し、目的もない僕ながら、希望は胸に高鳴つてゐた。

＊　＊　＊

林の中には、世にも不思議な公園があつて、無氣味な程にもにこやかな、女や子供、男達散歩してゐて、僕に分らぬ言葉を話し、僕に分らぬ感情を、表情してゐた。

さてその空には銀色に、蜘蛛の巣が光り輝いていた。

冬の長門峽

長門峽《ちやうもんけふ》に、水は流れてありにけり。
寒い寒い日なりき。

われは料亭にありぬ。
酒酌みてありぬ。

われのほか別に、
客とてもなかりけり。

水は、恰《あたか》も魂《たましひ》*あるものの如く、
流れ流れてありにけり。

やがても蜜柑の如き夕陽《ゆふひ》、
欄干にこぼれたり。

あゝ！　――そのような時もありき
寒い寒い　日なりき。

蛙　聲

天は地を蓋ひ、
そして、地には偶々《たまく》池がある。
その池で今夜一と夜さ蛙は鳴く……
――あれは、何を鳴いてるのであらう？

（下　段）
＊ルビは編者。

その聲は、空より來り、
空へと去るのであらう？

天は地を蓋ひ、
そして蛙聲《あせい》は水面《みのも》に走る。

よし此の地方《くに》が濕潤に過ぎるとしても、
疲れたる我等が心のためには、
柱は猶、餘りに乾いたものと感《おも》はれ、

頭は重く、肩は凝るのだ。
さて、それなのに夜が來れば蛙は鳴き、
その聲は水面に走つて暗黑に迫る。

いちじくの葉

いちじくの、葉が夕空にくろぐろと、
風に吹かれて
隙間《すきま》より、空あらはれる
美しい、前歯一本欠け落ちた
をみなのやうに、姿勢よく
ゆふべの空に、立ちつくす

――わたくしは、がつかりとして
わたしの過去のごちやごちやと
積みかさなつた思ひ出の
ほごすべなく、いらだつて、
やがては、頭の重みの現在感に
身を托《たく》し、心も托し、

なにもかも、いはぬこととし、
このゆふべ、ふきすぐる風に頸《うなじ》さらし、
夕空に、くろぐろはためく
いちじくの、木末《こずゑ》みあげて、
なにものか、知らぬものへの
愛情のかぎりをつくす。

立《たち》原《はら》道《みち》造《ざう》*

（下段）
*一九一四―一九三九年。

わかれる晝に*

ゆさぶれ　青い梢を
もぎとれ　青い木の實を
ひとよ　晝はとほく澄みわたるので
私のかへつて行く故里が　どこかにとほくあ
　るやうだ

何もみな　うつとりと今は親切にしてくれる
追憶よりも淡く　すこしもちがはない靜かさ
　で
單調な　浮雲と風のもつれあひも
きのふの私のうたつてゐたままに

弱い心を　投げあげろ
嚙みすてた青くさい核《たね》を放るやうに
ゆさぶれ　ゆさぶれ

ひとよ
いろいろなものがやさしく見いるので
唇を嚙んで　私は憤《おこ》**ることが出來ないやうだ

のちのおもひに

夢はいつもかへつて行つた　山の麓のさびし
　い村に
水引草に風が立ち
草ひばりのうたひやまない
しづまりかへつた午さがりの林道《りんだう》を

うららかに青い空には陽がてり　火山は眠つ
　てゐた
——そして私は
見て來たものを　島々を　波を　岬を　日光
　月光を
だれもきいてゐないと知りながら　語りつづ
けた……

夢は　そのさきには　もうゆかない
なにもかも　忘れ果てようとおもひ
忘れつくしたことさへ　忘れてしまつたとき

（上　段）
*以下二篇『萱草に寄す』（一九三七年）より。
**ルビは編者。

には
夢は　眞冬の追憶のうちに凍るであらう
そして　それは戸をあけて　寂寥のなかに
星くづにてらされた道を過ぎ去るであらう

やがて秋……*

やがて　秋が　來るだらう
夕ぐれが親しげに僕らにはなしかけ
樹木が老いた人たちの身ぶりのやうに
あらはなかげをくらく夜の方に投げ

すべてが不確かにゆらいでゐる
かへつてしづかなあさい吐息のやうに……
（昨日でないばかりに　それは明日）と
僕らのおもひは　ささやきかはすであらう

――秋が　かうして　かへつて來た
さうして　秋がまた　たたずむ　と

ゆるしを乞ふ人のやうに……
やがて忘れなかつたことのかたみに
しかし　かたみなく　過ぎて行くであらう
秋は……さうして……ふたたびある夕ぐれ
に――

小譚詩《たんし》

一人はあかりをつけることが出來た
そのそばで　本をよむのは別の人だつた
しづかな部屋だから　低い聲が
それが隅の方にまで　よく聞えた（みんなは
きいてゐた）

一人はあかりを消すことが出來た
そのそばで　眠るのは別の人だつた
糸紡ぎの女が子守の唄をうたつてきかせた
それが窓の外にまで　よく聞えた（みんなは
きいてゐた）

（上　段）
＊以下二篇『曉と夕の詩』（一九三七年刊）より。

幾度も幾度もおんなじやうに過ぎて行つた……
風が叫んで　塔の上で　雄鶏が知らせた
——兵士《ジアツク》は旗を持て　驢馬は鈴を掻き鳴らせ！
それから　朝が來た　ほんたうの朝が來た
また夜が來た　また　あたらしい夜が來た
その部屋は　からつぽに　のこされたままだつた

倉橋顯吉*

萠黄《モエギ》色ノ戎衣《ジユウイ》ニヨセテ

1

ソレハタダチニ
素朴直接ナル自然ノ色デアル
星章ナク　モールナク　綺羅《キラ》ヲ飾ラズ
凡ソ事大ノ形式ニ遠ク
イキイキトツヨイ草ノ芽ノ隊伍デアル

2

ソレハタダチニ
北支一帯ノ黄土デアル
滔々千年ノ黄河デアル
野ヲ徊ヒ
山巓《サンテン》ヲ過《ヨギ》リ
ユクトコロ
土ニ民アリ
民ニ聲ナキ聲アリ
聲ハ萬丈ノ黄塵トナリ
膝ヲ没スル泥濘ト化シ
怒髪時ニ天ヲツク黄河ノ氾濫

3

キノフ熱河《ネツカ》ヲスギ
オルドスヲ越エ

(上段)
*一九一七—一九四七年。

北上　又
南轉
行程　幾月
シカモ
ユクトコロ
ツネニ民アリ
民ニ聲ナキ聲アリ
聲ナキ聲ニキキ
地底ノ憤リニキキ
北流シ
南《ミンナミ》シ
ソレハ古キ國土ヲ貫イテ流レ
ソコニ
長城ナク
堰堤《エンテイ》ナク

一九四六・四・一八於長春

爪

洪水や
戰争や
飢ゑ
國ほろび禮教は埋もれ
山河の悠久。
ぎりぎりの人事の底を
アイヤア
アイヤア
さけびながら
爪はうろついた。
かくれがのない自分の運命を
さいころのやうに
はじきながら
爪はしだいに硬くなり
ふかぶかと暗黑をたたへ。

生甲斐なんかも識つてゐるさうで。夢中になつて虱を逐ひ、うつとりと小錢ならし。なかなかふつきれぬ洟汁《はなじる》をもて餘しては照れたりした。

ムラサキハシドヒの蕾ほども
可憐な爪の

ためいきや
つぶやき
あぶくのやうに
ただよひ流れるのを
さわがしい世界の巨きな沈默が
きいてゐた。

金子光晴*

金亀子**

一

柳蔭暗く、煙咽《をえつ》鳴する頃、
黄丁字《きちやうじ》の花、***幽かにこぼれ敷く頃、
新月****、纖《ほそ》くのぼる頃、
常夜燈を廻《めぐ》る金亀子《こがねむし》の如く

少年は、戀慕し、嘆く。

二

其夜、少年は祕符の如く、美しい巴旦杏《はだんきやう》の少
　女を胸にいだく。
少年の焰の頰は櫻桃《ゆすらうめ》の如くうららかであつた。
少年のはぢらひの息は紅貝の如くかがやうた。*

おづ〳〵と寄り添ふおそれに慄へつつ
少年の悲しいまごころ**は、
花臘《はなをこぜ》の如く危惧を夢みてゐた。

煩惱焦思の梢、梢を、
鶏冠菜《とさかのり》の如くかき亂れた。

少年は身も魂も破船の如くうちくだけた。

ああ、盲目の蘆薈《ろくわい》***や焚香にむせびつつ、
少年は嗤《わら》ふべき見世物であつた。

（戀の風流こそ優しけれ

（上　段）
＊一八九五年―。
＊＊『こがね虫』（一九二三年刊）より。
＊＊＊（薫花《はな》）。
＊＊＊＊（新月《にひづき》）。

（下　段）
＊（少年の呼吸《はぢらひ》は紅貝の如く耀《かがよ》ひ噪いだ）。
＊＊（情熱《まごころ》）。
＊＊＊別名アロエ。ユリ科の熱帯植物。

戀の墮獄こそ愛《めで》たけれ）

洗面器

（僕は長年のあひだ、洗面器といふうつは、僕たちが顔や手を洗ふのに湯、水を入れるものとばかり思つてゐた。ところが、爪哇《ジャワ》人たちはそれに、羊《カンビン》や、魚《イカン》や、鷄や果實などを煮込んだカレー汁をなみなみとたたへて、花咲く合歡《ねむ》木の木蔭でお客を待つてゐるし、その同じ洗面器にまたがつて廣東の女たちは、嫖客の目の前で不浄をきよめしやぼりしやぼりとさびしい音をたてて尿をする）

洗面器のなかの
さびしい音よ。

くれてゆく岬《タンジヨン》の
雨の碇泊《とまり》。

ゆれて、
傾いて、
疲れたこころに
いつまでもはなれぬひびきよ。

人の生のつづくかぎり
耳よ。おぬしは聴くべし。

洗面器のなかの
音のさびしさを。

落下傘

一

落下傘がひらく。
じゆつなげに、
旋花《ひるがほ》のやうに、しをれもつれて。

青天にひとり泛びたゞよふ
なんといふこの淋しさだ。
雹や
雷の
かたまる雲。
月や虹の映る天體を
ながれるパラソルの
なんといふたよりなさだ。

だが、どこへゆくのだ。
どこへゆきつくのだ。

おちこんでゆくこの速さは
なにごとだ。
なんのあやまちだ。

二

この足のしたにあるのはどこだ。
……わたしの祖國！
さいはひなるかな。わたしはあそこで生れた。

戰捷の國。
父祖のむかしから
女たちの貞淑な國。

もみ殼や、魚の骨。
ひもじいときにも微笑《ほゝゑ》む。
躾《しつけ》。
さむいなりふり
有情《あはれ》な風物。

あそこには、なによりわたしの言葉がすつかり通じ、かほいろの底の意味までわかりあふ、
額の狹い、つきつめた眼光、肩骨のとがつた、なつかしい朋黨達がゐる。

「もののふの
たのみあるなかの
酒宴かな。」
洪水《でみづ》のなかの電柱。

草ぶきの廂《ひさし》にも
ゆれる日の丸。

さくらしぐれ。
石理《きめ》あたらしい
忠魂碑。
義理人情の竝ぶ家庇。
盆栽。
おきものの富士。

三

ゆらりゆらりとおちてゆきながら
目をつぶり、
双つの足うらをすりあはせて、わたしは祈る。
「神さま。
どうぞ。まちがひなく、ふるさとの樂土につ
　きますやうに。
風のまにまに、海上にふきながされてゆきま
　せんやうに。
足のしたが、刹那にかききえる夢であつたり
　しませんやうに。
萬一、地球の引力にそつぽむかれて、落ちて
　も、落ちても、着くところがないやうな、
　悲しいことになりませんやうに。」

蛾

フイルムは辷る。この世は青い月の光ばかり。
この世のできごとは、
はなびらよりもうす手な玻璃のおもてに消え
　てはうつり、
足音も立てぬにぎやかさで、一度亡びた時間
がフイルムをはしる。

映寫幕いつぱいに羽うつ蛾よ。翼の音よ。亡
　靈どものさゝやきにくるなつかしさ。
こゝろにのこるあと味はいつの夜か、銀繻子《じゆす》
の夜會服を肩から辷りおとしたひやゝかに
汗ばんだ肌の重み。
閃めいては消えるシーンよ。僕をつれていつ

てくれないか。
フロリダへ、南回歸線の島嶼《たうしよ》へ。戰爭のまだ
　屆かないところへ。

だが、僕の遠眼鏡《とほめがね》にうつるものは、佗しい北
　洋の霙《みぞれ》ばかり。
膨大な白鯨の背にステツキをついて、せかせ
　かと歩きながら漂流してゐるチヤツプリン
　のかなしいうしろ姿があるばかり。

昭和一九・一〇・二〇

鬼の兒放浪

——鬼の兒卵を割つて五十年——

一

鬼の兒がかへつてきた。ふるさとに。
耳の大きな迷信どもは、
おそるおそる見まもる。この隕石を、
燃えふすぼつた黑い良心を。

かつて、鬼の兒は、石ころと人間共をのせた
　重たい大地をせおひ、
霧と、はてなきぬかるみを、ゆき惱んだ。
あるひは首を忘れた鷗のとぶ海の洟《はな》しるを。
ふなむしの逃げちるふくろ小路を。
暗渠を、むし齒くさいぢごく宿を。

二

こよひ、胎內を出て、月は、
荊蕀《いばら》のなかをさまよふ。

若い月日を、あたら
としよりじみてすごし、

鬼の兒の素性を羞ぢて、
蠟燭のやうに
おのれを吹消すことを學んだ。

天からくだる美しい人の蹠《あうら》をおもうては、
はなびらをふんで

ふたたびかへることをねがはず、
鬼の兒は、時に、山師共と錢《ぜに》を數へ、
たばことものぐさに日をくらした。

鬼の兒は、憩《いこひ》ない蝶のやうに旅にいで、
草の穗の頭をしてもどつてきた。

鬼の兒はいま、ひんまがつた
じぶんの骨を抱きしめて泣く。
一本の角は折れ、
一本の角は笛のやうに
天心を指して嘯《うそぶ》く。
「鬼の兒は俺ぢやない
おまへたちだぞ」

昭和一八・九・三

鬼と詩人

詩人はみた。地獄の火を浴びて、天に立つ柱
を。
　或は、吹雪のそらに舞上るながい髯を。
詩人はみた、雲ゆきはやい空に、鬼どもの伸
　びあがる影を。
しやがんだ影を。

詩人の眼だけにみえるんだ。鼻の孔から出た
　り入つたりする小鬼。
紙幣をかぞへる鬼。女のすきな鬼。
だが、そんなやつは、どれもこれも、鼻汁
　をひつかけるにも足りぬ。
大鍋のなかの月を鐵の火箸ではさみあげる、
　諷刺畫めいた鬼ども。
そいつらも、
おもはせぶりだけで、あきあきものだ。
　僕らが待つてゐるやつは、たつたいま、
熔鑛爐から裸でをどり出した、芥子《けし》粒のやう
　な鬼どもで、

やつらは自分でも、なにがなにやらわからない。

さはつたらやけどだ。ひぶくれだ。

僕らもやつらといつしよにとび廻る。さけび廻る。

詩をつくれ！　火をつけろ！

昇天

けふは、非戦論者の處刑日だ。
銃聲とともに倒れる屍からのがれて、
たましひは天へあがつた。
不正不義を告げるため。

鬼どももかなしんでとけはじめた。
大きな氷塊の
まつ四角なその肩からまづ、
虹になつてゆらゆらかげる。
柘榴《ざくろ》が割れた。爆竹がはぜ飛んだ。

鬼どもは天の一角を飛ばされ、ふきよせられ、
霧になつた。泡になつた。
浮雲になつた。
ながされた鮮血で天をそめるため。

太陽

二十年來、僕は、太陽にいゝ顔をみせたことがなかつた。

どう考へても鐚《びた》臭いのだ。ある日、僕は、靴の先で、奴をそつとマンホールに突落した。

そして、誰にもしられぬやうに、上衣の襟を立てゝ立去つた。

その日から誰も太陽をみない。こまかい霪《きり》
霖《さめ》の降りこめる皮蛋《くさりたまご》のやうな草叢のなかで、
僕は、涎《よだれ》まみれな蝸牛《ででむし》や、椿象《かめむし》を摘んだ。
濡れた舌で、草つ葉が僕の手をなめる……。
土管と塀が一ところに息を聚《あつ》める。

　暗渠のなかでころがり廻る白鬚《しらひげ》の太陽の、居所をしつてるのは僕より他にない。

　僕を犯人だといふのは誰だ！　まはし者の良心。

なぜ、僕は忠犬どもにビスケットを投げる？

多數がなぜ、眞理なんだ？　なぜ、僕がいけないのだ？

　理否もなく照りつける權力、ボスの象徴のうへに、僕は、まるい鐵ぶたを閉めたのだ！

奴が出てくれば僕は、磔《はりつけ》だ！　電氣椅子だ！

僕のからだを支へにして、金りん際、奴を出してはならぬ！

原　民喜*

火ノナカデ　電柱ハ*

火ノナカデ
電柱ハ一ツノ蕊《シベ》ノヤウニ
蠟燭ノヤウニ
モエアガリ　トロケ
赤イ一ツノ蕊ノヤウニ
ムカフ岸ノ火ノナカデ
ケサカラ　ツギツギニ
ニンゲンノ目ノナカヲオドロキガ
サケンデユク　火ノナカデ
電柱ハ一ツノ蕊ノヤウニ

燒ケタ樹木ハ

燒ケタ樹木ハ　マダ
マダ痙攣ノアトヲトドメ
空ヲ　ヒツカカウトシテキル
アノ日　トツゼン
空ニ　マヒアガツタ

（上段）
＊一九〇五—一九五一年。

（下段）
＊以下二篇、廣島における原子爆弾被爆の体験より生れたもの。

龍巻ノナカノ火箭《ヒヤ》
ミドリイロノ空ニ樹ハトビチツタ
ヨドホシ　街ハモエテヰタガ
河岸ノ樹モキラキラ
火ノ玉ヲカカゲテキタ

碑銘

遠き日の石に刻み
　　砂に影おち
崩れ墜つ　天地のまなか
一輪の花の幻

短歌

與謝野鐵幹＊

野に生ふる草にも物を云はせばや涙もあらん歌もあるらん＊＊

花ひとつ緑の葉より萌え出でぬ戀知り初むる人に見せばや

椎の實の、しづむ古井も、春めきて、泡だつ水に、かはず啼くなり。

宿もなし。夕虹きえて、道塚の、石の佛に、しぐれ降るなり。

情《なさけ》すぎて戀みなもろく才あまりて歌みな奇なり我をあはれめ＊＊＊

ついばみて孔雀は殿《との》にのぼりけり紅き牡丹の尺ばかりなる

いにしへも斯かりき心いたむとき大白鳥《おほしらとり》となりて空行く＊

心をば誘《そそ》るが如くうれしきは青き翡翠《ひすゐ》の君が前挿《まへざし》

君と云ふ禁斷の實を食《は》みしより住む方も無く人に憎まる

わが妻は藤いろごろも直雨《ひたあめ》に濡れて歸り來《く》その姿よし

子の四人《よたり》そのなかに寢《ぬ》る我妻の細れる姿あはれとぞ思ふ

黑髮をしら梅の香と聞きたりしその閨おもふ白梅の花

（上段）
＊一八七三―一九三五年。
＊＊以下四首、『東西南北』（一八九六年刊）より。
＊＊＊以下二首、『紫』（一九〇一年刊）より。
（下段）
＊以下二十二首、『相聞』（一九一〇年刊）より。

沈丁花《ちんちやうげ》明り障子のほの白きあかつきがたの君の閨かな

その父はうち打擲《ちやうちやく》すその母は別れんと云ふあはれなる兒等

長き壁あかく爛《たゞ》れし夕焼に一列《いちれつ》黑く牛もだし行く

水色《みづいろ》の鎌倉山の秋かぜに銀杏ちり敷く石のきざはし

ひと張《はり》の琴かき鳴らし中人《なかうど》も無くてめとりしあはれ我妻

われ一つ石を投ぐれば十《とを》の谷百の洞《ほら》あり鳴り出でにけり

無花果《いちじく》の裂けたるごとく若き日の心は早く傷つけるかな

灰色の空に默《もだ》せるニコライの黑きまろ屋根われも默せる

くき赤きゆづり葉うづめたわたわとゆたかに降れる山のしら雪

千とせ居て厭《あ》かぬ君とは思へども養ひ難きもの嫉《ねた》みかな

はらはらとホテルの窓を打つ霰《あられ》あられにまじる君の指あと

わが妻は云ふことも無く尊かり片時《かたとき》にしてこころ直りぬ

逢引の夜におぼえたる口笛をつれづれなれば今日ひとり吹く

筑前のドン・タクの日にあらねども時に我がする物乞の眞似

美くしき紙屋治兵衛は逢ひたさにたましひ失せてよろよろとする

長崎の盆の供養に行きあひぬ一つ流さん紅き燈籠

かの男かの女とて指ささる清十郎の戀ならねども*

默《もだ》したる四十路《よそぢ》の戀の苦しきは啞《おし》の少女のたぐひなるかな

かなしきは厚白粉の襟あしと少し傾《かたぶ》く銀のかんざし

あはれなる馬車の角《つの》ぶえ鹽原の荒き岩間をめぐりつつ吹く

いにしへの御堂《みだう》の石と冬の木のめぐるも寂し長谷《はせ》の大佛

わが妻のぬかづくうへに鈴振りぬ鎌倉山の初春の巫女《みこ》（鶴が岡にて）

老を知るこころに甘し乾きつつ山に香れる土と落葉と

あたたかに流れんとする涙なり明るき晝の梅の散りがた

限ある命を抱けば我れ祈る野べの梅にも春久しかれ

與謝野晶子*

夜の帳《ちやう》にささめき盡きし星の今を下界の人の鬢のほつれよ**

（上　段）
*以下四首、『鴉と雨』（一九一五年刊）より。

（下　段）
*一八七八—一九四二年。
**以下十五首、『みだれ髪』初版（一九〇一年刊）より。

髪五尺ときなば水にやはらかき少女《をとめ》ごころは祕めて放たじ

その子二十《はたち》櫛にながるる黒髪のおごりの春のうつくしきかな

臙脂《あんじ》色《いろ》は誰にかたらむ血のゆらぎ春のおもひのさかりの命《いのち》

經《きやう》はにがし春のゆふべを奥の院の二十五菩薩歌うけたまへ

みぎはくる牛かひ男歌あれな秋のみづうみあまりさびしき

やは肌のあつき血汐にふれも見でさびしからずや道を說く君

御《み》相《さう》いとどしたしみやすきなつかしき若葉木立の中の盧遮那佛《るしやなぶつ》

ゆあみする泉の底の小百合《さゆり》花二十《はたち》の夏をうつくしと見ぬ

みだれごこちまどひごこちぞ頻なる百合ふむ神に乳《ちゝ》おほひあへず

乳ぶさおさへ神祕のとばりそとけりぬここなる花の紅《くれなゐ》ぞ濃き

とき髪を若枝《わかえ》にからむ風の西よ二尺に足らぬうつくしき虹

ひとつ篋《はこ》にひひなをさめて蓋とぢて何となき息《いき》桃にはばかる

春みじかし何に不滅の命ぞとちからある乳《ち》を手にさぐらせぬ

そと祕めし春のゆふべのちさき夢はぐれさせつる十三絃よ

若くして小《ちさ》き扇のつまかげに隠れて見たる戀
のあめつち

君さらばわか《（さらば）》き二十を石に寐て春のひかりを
悲み給へ

驕慢もほこりも捨てて戀のため泣く日は我も
たふとかりけれ

鎌倉や御佛《みほとけ》なれど釋迦牟尼は美男におはす夏
木立かな

廊ちかく鼓と寐《い》ねしあだぶしも*をかしかりけ
り春の夜なれば

何と云ふみなつかしさぞ君見れば近おとりし**
て戀ひまさるかな

なつかしきものをいつはり次次に草の名まで
も云ひつづけたり

よわくして謎ときがたみきりぎしの海のまぢ
かにさそひまつりぬ

寒きこと女はきらふことわりの奥のおくまで
きかせ給ふな

いもうとに人のささやく聲などをききつつ宵
は板敷に寐《ぬ》る

少女子《をとめご》は何のそなへもなきものを矢の如《ごと》しげ
く文たまふかな

見も知らぬ鳥來て住める如くにもおのれ此頃《このごろ》
心をぞおもふ

あらかじめ思はぬことに共に泣くかるはずみ
こそうれしかりけれ

よそ人がおとろへしなど無禮《なめず》なること云ふば
かり痩せて妬《ねた》みぬ

（上　段）
*仇伏し。
**劣り。

王《わう》ならぬ男の前にひざまづくはづかしき日のめぐりこしかな

夏の花みな水晶にならんとすかはたれどきの夕立の中《なか》

われを見て老ゆとそしるはあはれにも若き日もたぬやからならまし

病むを見て子に謙《へりくだ》る親ごころ懺悔のごとき涙ながるる

飽くをもて戀の終りと思ひしにこの寂しさも戀のつづきぞ

若き日は盡きんとぞする平らなる野のにはかにも海に入るごと

水草《みづくさ》に風の吹く時緋目高《ひめだか》は焼けたる釘のここちして散る

鱶《ふか》などの暑き干潟《ひがた》にのこされて死を待つばかり寐ぐるしき床《とこ》

手弱女《たをやめ》がましろに匂ふ手を上げて賞むべき春となりにけらしな

觸るること甚だ深きにもあらず夢にもあらずこの頃のこと

わが小指《をゆび》琴をたたきて歌ふらく紫摩黄金《しまわうごん》の春とこそなれ

川口の湖上の雨に傘させば息づまりきぬ戀の如くに

惑へる灯三昧《さんまい》にある灯もありて水は山よりなまめかしけれ

正岡子規*

金槐和歌集を讀む

こころみに君の御歌を吟ずれば堪へずや鬼の
泣く聲聞ゆ

吉原の太鼓聞えて更くる夜をひとり俳句を分
類すわれは

ともし火の光に照らす窓の外の牡丹にそそぐ
春の夜の雨

霜おほひの藁とりすつる芍藥の芽のくれなゐ
に春の雨ふる

高瓶《たかがめ》にさせる牡丹のこき花の一ひら散りて二
ひら散りぬ

病み臥せるわが枕邊に運びくる鉢の牡丹の花
ゆれやまず

血を吐きし病の床のつれづれに元義《もとよし》*の歌見れ
ばたのしも

藤の歌

夕餉したゝめ了りて、仰向に寢ながら左の方を見れば、机の上に藤を活けたる、いとよく水をあげて、花は今を盛りの有樣なり、艶にもうつくしきかなとひとりごちつゝそぞろに物語の昔などしぬばるゝにつけて、あやしくも歌心なん催されける。斯道には日頃うとくなりまさりたればおぼつかなくも筆をとりて

瓶《かめ》にさす藤の花ぶさみじかければたたみの上
にとどかざりけり

瓶にさす藤の花ぶさ一ふさはかさねし書《ふみ》の上
に垂れたり

（上　段）
*一八六八—一九〇二年。

（下　段）
*平賀元義。二一五頁参照。

藤なみの花をし見れば奈良のみかど京のみかどの昔こひしも

藤なみの花をし見れば紫の繪の具取り出で寫さんと思ふ

藤なみの花のむらさき繪にかゝばこき紫にかくべかりけり

瓶にさす藤の花ぶさ花垂れて病の牀に春暮れんとす

去年《こぞ》の春龜戸に藤を見しことを今藤を見て思ひいでつも

くれなゐの牡丹の花にさきだちて藤の紫咲き出でにけり

この藤は早く咲きたり龜井戸の藤さかまくは十日まり後

（下　段）

八入《やしほ》折《をり》の酒にひたせばしをれたる藤なみの花よみがへり咲く

おだやかならぬふしもありがちながら病のひまの筆のすさみは日頃稀なる心やりなりけり、をかしき春の一夜や。

しひて筆を取りて＊

佐保神の別れかなしも來ん春にふたゝび逢はん吾れならなくに

いちはつの花咲きいでて我目には今年ばかりの春行かんとす

病む我をなぐさめがほに開きたる牡丹の花を見れば悲しも

世の中は常なきものと我愛《め》づる山吹の花散りにけるかも

＊以下十首。

別れゆく春のかたみと藤波の花の長ふさ繪にかけるかも

夕顔の棚つくらんと思へども秋待ちがてぬ我いのちかも

くれなゐの薔薇《さうび》ふゝみぬ我病いやまさるべき時のしるしに

薩摩下駄足にとりはき杖つきて萩の芽摘みし昔おもほゆ

若松の芽だちの綠長き日を夕かたまけて熱いでにけり

いたつきの癒ゆる日知らにさ庭べに秋草花の種を蒔かしむ

心弱くとこそ人の見るらめ

伊藤左千夫*

牛飼が歌よむ時に世のなかの新《あら》しき歌大いにおこる

雨の夜の牡丹の花をなつかしみ灯火《ともしび》とりていでて見にけり

とも し火のまおもに立てる紅《くれなゐ》の牡丹のはなに雨かかる見ゆ

茶を好む歌人《うたびと》左千夫ふゆごもり樂燒《らくやき》をつくり歌はつくらず

さ夜ふけて聲乏《とも》しらに鳴く蛙《かはづ》一つともきこゆ二つともきこゆ

水籠十首

八月二十六日、洪水俄《にはか》に家を浸し、

（下段）
*一八六四―一九一三年。

床上二尺に及びぬ。みづく荒屋の片隅に棚やうの怪しき床をしつらひつつ、家守るべく住み殘りたる三人四人が玆に十日餘の水ごもり、いぶせき中の歌おもひも聊か心なぐさのすさびにこそ

水やなほ増すやいなやと軒の戸に目印《めじるし》しつつ
胸安からず

西透《す》きて空も晴れくるいささかは水もひきし
に夕餉《ゆふげ》うましも

ものはこぶ人の入り來《く》る水の音《と》の室《しつ》にとよみ
て闇響《やみひびき》すも

物皆の動きを閉ぢし水の夜やいや寒々《さむざむ》に秋の
蟲鳴く

一つりのらんぷのあかりおぼろかに水を照ら
して家の靜けさ

（下　段）

灯をとりて戸におり立てば濁り水動くが上に
火《ほ》かげただよふ

身を入るるわづかの床にすべをなみ寝てもい
をねず水の音《と》もせず

がらす戸の窓の外《と》のべをうかがへば目の下水《したみづ》
に星の影浮く

庭のべの水《み》づく木立《こだち》に枝たかく青蛙《あをがへる》鳴くあけ
がたの月

空澄める眞弓《まゆみ》の月のうすあかり水《み》づく此夜や
後《のち》も偲《しぬ》ばむ

戀の籬*

うつくしく思へる戀の堪へがてに手觸《たふ》るわが
手を否《いな》といはざりし

百年《ももとせ》にこころ足らせる吾戀もこもり果つべし
はつるともよし

*以下四首。

さにづらふ妹《いも》が笑眉《ゑまゆ》のうら若み曇らぬ笑《ゑ》みはわれを活《い》かすも

わがこころ君に知れらばうつせみの戀の籬《まがき》よ越えずともよし

吾妹子《わぎもこ》が歎き明かして脹面《はれおも》に俯伏《うつぶ》し居れば生けりともなし

立襖一重《たてぶすまひとへ》のおくにへだたりし君がけはひは人を死なしむ

二月二十八日九十九里濱に遊びて

人の住む國邊《くにべ》を出でて白波《しらなみ》が大地《だいち》兩分《ふたわ》けしはてに來にけり

天雲のおほへる下《した》の陸《くが》ひろら海廣らなる涯《はて》に立つ吾れは

白波やいや遠白《とほじろ》に天雲に末邊《すゑべ》こもれり日もかすみつつ

二十五日、諏訪に入りて蓼科《たでしな》の巖《いはほ》温泉に浴す。志都兒又随ふ。滯留數日、予は蓼科山に老を籠らむと思ふ心いよいよこひまさりぬ＊

ひさ方の天《あめ》の遙けくほがらかに山は晴れたり花原《はなはら》の上《うへ》に

さびしさの極みに堪へて天地《あめつち》に寄する命をつくづくと思ふ

裏戸《うらと》出《い》でて見る物もなし寒々と曇る日傾く枯葦の上に

今の我れに偽ることを許さずば我が靈《たま》の緒《を》は直《すぐ》にも絕ゆべし

世に怖ぢつつ暗き物蔭に我が命僅かに生きて息づく吾妹《わぎも》

（下　段）
＊以下二首。

ほろびの光*

おり立ちて今朝の寒さを驚きぬ露しとしと
柿の落葉深く

鷄頭《けいとう》のやや立ち亂れ今朝や露のつめたきまで
に園《その》さびにけり

秋草のしどろが端《はし》にものものしく生《いき》を榮ゆる
つはぶきの花

鷄頭の紅《べに》ふりて來《こ》し秋の末やわれ四十九の年
行かんとす

今朝の朝の露ひやびやと秋草やすべて幽《かそ》けき
寂滅《ほろび》の光

南總の春

九十九里の波の遠音《とほと》や下《お》り立てば寒き庭にも
梅咲きにけり

長塚節《たかし》*

秋の野に豆曳《まめひ》くあとにひきのこる莠《はぐさ》がなかの
こほろぎの聲

朴《ほゝ》の木の葉はみな落ちて蓄への梨の汗ふく冬
は來にけり

小夜《さよ》深《ふけ》にさきて散るとふ稗草《ひえくさ》のひそやかにし
て秋さりぬらむ

馬追蟲《うまおひ》の髭のそよろに來る秋はまなこを閉ぢ
て想ひ見るべし

おしなべて木草《きぐさ》に露を置かむとぞ夜空は近く
相迫り見ゆ

病中雜詠**

（上段）
*以下五首。
（下段）
*一八七九—一九一五年。
**以下四首。

（上　段）

喉頭結核といふ恐しき病ひにかかりしに知らでありければ心にも止めざりしを打ち捨ておかば餘命は僅かに一年を保つに過ぎざるべしといへばさすがに心はいたくうち騒がれて

生きも死にも天《あめ》のまにまにと平らけく思ひたりしは常の時なりき

往きかひのしげき街《ちまた》の人みなを冬木のごともさびしらに見つ

我がこころ萎《しな》えてあれや街《ちまた》行く人のひとりも病めりともなし

人は我ははかなきものかひたすらに悲しといふもわがためにのみ

鍼《はり》の如く*

秋海棠の畫に

白埴《しらはに》の瓶《かめ》こそよけれ霧ながら朝はつめたき水くみにけり

うなかぶし獨《ひと》し來ればまなかひに我が足袋《たび》白き冬の月かも

おしなべて白膠木《ぬるで》の木《こ》の實《み》鹽ふけば土は凍りて霜ふりにけり

洗ひ米《ごめ》かわきて白きさ筵《むしろ》にひそかに椶櫚《しゅろ》の花こぼれ居り

うつつなき眠り藥の利《き》きごころ百合の薫りにつつまれにけり

窓の外《と》は甍《いらか》ばかりのわびしきに苦菜《にがな》ほうけて春行かむとす

小夜《さよ》ふけてあいろもわかず悶ゆれば明日は疲れてまた眠るらむ

ひたすらに病癒えなとおもへども悲しきときは飯《いひ》減りにけり

＊以下二十六首。

すこやかにありける人は心強し病みつつあれば我は泣きけり

垂乳根《たらちね》の母が釣りたる青蚊帳をすがしといねつたるみたれども

小さなる蚊帳こそよけれしめやかに雨を聽きつつやがて眠らむ

なきかはす二つの蛙《かはづ》ひとつ止みひとつまた止みぬ我《あ》も眠くなりぬ

小夜ふけて厠《かはや》に立てばものうげに蛙は遠し水足りぬらむ

單衣《ひとへ》きてこころほがらかになりにけり夏は必ずわれ死なざらむ

脱ぎすてて臀《しり》のあたりがふくだみしちぢみの單衣ひとり疊みぬ

硝子戸を透《すか》して幮《かや》に月さしぬあはれといひて起きて見にけり

小夜ふけて竊《ひそか》に蚊帳にさす月をねむれる人は皆知らざらむ

白銀《しろがね》の鍼打つごとききりぎりす幾夜はへなば涼しかるらむ

霧島は馬の蹄にたててゆく埃《ほこり》のなかに遠ぞきにけり

とこしへに慰《なぐさ》もる人もあらなくに枕に潮《しほ》のおらぶ夜は憂し

むらぎもの心はもとな遮莫《さもあらばあれ》をとめのことは暫し語らず

蝕《むし》ばみてほほづき赤き草むらに朝は嗽《うが》ひの水すてにけり

此のごろは淺蜊《あさり》淺蜊と呼ぶ聲もすずしく朝の
嗽《うが》ひせりけり

しめやかに雨の淺夜《あさよ》を籠ながら山茶花のはな
こぼれ居にけり

手を當てて鐘はたふとき冷たさに爪叩《つまた》き聽く
其のかそけきを

うるほへば只うつくしき人參《にんじん》の肌さへ寒くか
わきけるかも

石川啄木*

東海の小島《こじま》の磯の白砂《しらすな》に
われ泣きぬれて
蟹とたはむる**

いのちなき砂のかなしさよ
さらさらと
握れば指のあひだより落つ

高山《たかやま》のいただきに登り
なにがなしに帽子をふりて
下《くだ》り來《き》しかな

やはらかに積れる雪に
熱《ほ》てる頰《ほ》を埋むるごとき
戀してみたし

手が白く
且つ大《だい》なりき
非凡なる人といはるる男に會ひしに

路傍《みちばた》に犬ながながと呿呻《あくび》しぬ
われも眞似しぬ
うらやましさに

（上段）
＊一八八五―一九一二年。
＊＊以下三十六首、『一握の砂』（一九一〇年刊）より。

眞劍になりて竹もて犬を撃つ
小兒《せうに》の顏を
よしと思へり

ダイナモの
重き唸りのここちよさよ
あはれこのごとく物を言はまし

朝はやく
婚期を過ぎし妹《いもうと》の
戀文めける文《ふみ》を讀めりけり

あたらしき背廣など着て
旅をせむ
しかく今年も思ひ過ぎたる

淺草の凌雲閣《りよううんかく》のいただきに
腕組みし日の
長き日記《にき》かな

はたらけど
はたらけど猶わが生活《くらし》樂にならざり
ぢっと手を見る

垢じみし袷《あはせ》の襟よ
かなしくも
ふるさとの胡桃《くるみ》燒くるにほひす

己が名をほのかに呼びて
涙せし
十四の春にかへる術《すべ》なし

かの旅の汽車の車掌が
ゆくりなくも
我が中學の友にてありき

よく叱る師ありき
髯の似たるより山羊《やぎ》と名づけて
口眞似もしき

學校の圖書庫の裏の秋の草
黄なる花咲きき

今も名知らず

夏やすみ果ててそのまま
歸り來《こ》ぬ
若き英語の教師もありき

その昔
小學校の柾屋根《まさやね》に我が投げし鞠《まり》
いかにかなりけむ

それとなく
鄕里《くに》のことなど語り出でて
秋の夜に燒く餠のにほひかな

かにかくに澁民《しぶたみ》村は戀しかり
おもひでの山
おもひでの川

田も畑《はた》も賣りて酒のみ
ほろびゆくふるさと人《びと》に
心寄する日

あはれかの我の教へし
子等もまた
やがてふるさとを棄てて出づるらむ

石をもて追はるるごとく
ふるさとを出でしかなしみ
消ゆる時なし

小學の首席を我と爭ひし
友のいとなむ
木賃宿かな

意地悪の大工の子などもかなしかり
戰《いくさ》に出でしが
生きてかへらず

小心の役場の書記の
氣の狂《ふ》れし噂に立てる
ふるさとの秋

酒のめば
刀をぬきて妻を逐ふ教師もありき
村を逐はれき

わが村に
初めてイエス・クリストの道を説きたる
若き女《をんな》かな

ふるさとの山に向ひて
言ふことなし
ふるさとの山はありがたきかな

函館《はこだて》の青柳町《あをやぎちやう》こそかなしけれ
友の戀歌
矢ぐるまの花

今夜《こんや》こそ思ふ存分泣いてみむと
泊りし宿屋の
茶のぬるさかな

さいはての驛に下《お》り立ち
雪あかり
さびしき町にあゆみ入りにき

しらしらと氷かがやき
千鳥なく
釧路《くしろ》の海の冬の月かな

夏來れば
うがひ藥の
病《やまひ》ある齒に沁む朝のうれしかりけり

どこやらに杭《くひ》打つ音し
大桶《おほをけ》をころがす音し
雪ふりいでぬ

呼吸《いき》すれば、
　胸の中にて鳴る音あり。
　凩《こがらし》よりもさびしきその音！*

本を買ひたし、本を買ひたしと、
あてつけのつもりではなけれど、

（下段）
*以下『悲しき玩具』（一九一二年刊）より。

妻に言ひてみる。

家を出《いで》て五町《ごちやう》ばかりは
用のある人のごとくに
歩いてみたれど――

そうれみろ、
あの人も子をこしらへたと、
何か氣の濟む心地にて寢る。

脈をとる看護婦の手の
あたたかき日あり
つめたく堅き日もあり

今日もまた胸に痛みあり。
死ぬならば、
ふるさとに行きて死なむと思ふ。

若山牧水＊

海哀《かな》し山またかなし醉ひ痴れし戀のひとみに
あめつちもなし＊＊

海を見て世にみなし兒のわが性《さが》は涙わりなし
ほほゑみて泣く

白鳥《しらとり》はかなしからずや空の青海のあをにも染
まずただよふ

接吻《くちづ》くるわれらがまへにあをあを海ながれ
たり神よいづこに

ともすれば君口無しになりたまふ海な眺めそ
海にとられむ

君かりにかのわだつみに思はれて言ひよられ
なばいかにしたまふ

（下段）
＊一八八五―一九二八年。
＊＊以下十二首、『海の聲』（一九〇八年刊）より。

樹に倚りて頰《ほほ》をよすればほのかにも頰に脈うつ秋木立かな

水の音《ね》に似て啼く鳥よ山ざくら松にまじれる深山《みやま》の晝を

幾山河《いくやまかは》越えさり行かば寂しさのはてなむ國ぞ今日も旅ゆく

舌つづみうてばあめつちゆるぎ出づをかしや瞳はや醉ひしかも

とろとろと琥珀《こはく》の清水津の國の銘酒白鶴瓶《はくづるへい》あふれ出づ

醉ひはててはただ小をんなの帶に咲く緋の大輪《だいりん》の花のみが見ゆ

靜かなる木の間にともに入りしときこころしきりに君を憎めり＊

一人《いちにん》のわがたらちねの母にさへおのがこころの解けずなりぬる

詫びて來《こ》よ詫びて來よとぞむなしくも待つくるしさに男死ぬべき

わが戀の終りゆくころとりどりに初なつの花の咲きいでにけり

山ねむる山のふもとに海ねむるかなしき春の國を旅ゆく＊

栗の樹のこずゑに栗のなるごとき寂しき戀を我等遂げぬる

春白晝《はるはくちう》ここの港に寄りもせず岬を過ぎて行く船のあり

海底《うなぞこ》に眼のなき魚《うを》の棲むといふ眼の無き魚の戀しかりけり＊＊

（上　段）
＊以下四首、『獨り歌へる』（一九一〇年刊）より。

（下　段）
＊以下三首、『別離』（一九一〇年刊）より。
＊＊以下五首、『路上』（一九一一年刊）より。

山々のせまりしあひに流れたる河といふもの
の寂しくあるかな

木の葉みな風にそよぎて裏がへる青山を人の
行けるさびしさ

かたはらに秋ぐさの花かたるらくほろびしも
のはなつかしきかな

白玉《しらたま》の歯にしみとほる秋の夜の酒はしづかに
飲むべかりけり

あを海の岬のはなに立つ涙の消しがたくして
夏となりにけり＊

酒よ揺れよわれのいのちは汝《いまし》よりつねに鮮か
に悲しみて居り

かんがへて飲みはじめたる一合の二合の酒の
夏のゆふぐれ

夏の樹にひかりのごとく鳥ぞ啼く呼吸《いき》あるも
のは死ねよとぞ啼く

われを恨み罵りしはてに噤《つぐ》みたる母のくちも
とにひとつの歯もなき＊

父と母くちをつぐみてむかひあへる姿は石の
ごとくさびしき

うすべにに葉はいちはやく萌えいでて咲かむ
とすなり山櫻花＊＊

瀬々走るやまめうぐひのうろくづの美しき春
の山ざくら花

椎の木の木《こ》むらに風の吹きこもりひと本《もと》咲け
る山ざくら花

雲雀なく聲空にみちて富士が嶺《ね》に消殘《けのこ》る雪の
あはれなるかな

（上　段）
＊以下四首、『死か藝術か』（一九一二年刊）より。

（下　段）
＊以下二首、『みなかみ』（一九一三年刊）より。
＊＊以下四首、『山櫻の歌』（一九二三年刊）より。

若竹に百舌鳥《もず》とまり居りめづらしき夏のすがたをけふ見つるかも*

合　掌**

妻が眼を盗みて飲める酒なれば惶《あわ》て飲み噎《む》せ鼻ゆこぼしつ

足音を忍ばせて行けば臺所にわが酒の壜は立ちて待ちをる

島木赤彦***

諏訪湖

まかがやく夕燒空の下にして凍らむとする湖《うみ》の靜けさ****

土荒れて石ころおほきこの村の坂にむかひて入る日のはやさ*****

ここにして坂の下なる湖《みづうみ》の氷うづめて雪積りたり

山のべに家居しをれば時雨《しぐれ》のあめたはやすく來て音立つるなり*

光さへ身に沁むころとなりにけり時雨にぬれしわが庭の土

この朝け戸をあけて見れば裏山の裾まで白く雪ふりにけり

靜けさの果てなきごとし鷄を塒《ねぐら》に入れて戸をしめしのち

山道に昨夜《ゆふべ》の雨の流したる松の落葉はかたよりにけり

野分《のわき》すぎてとみにすずしくなれりとぞ思ふ夜《よ》半《なか》に起きゐたりける

（上　段）
*以下三首、『黒松』(未刊) より。
**以下二首。
***一八七六―一九二六年。
****『切火』(一九一五年刊) より。
*****以下二首、『氷魚』(一九〇二年刊) より。
（下　段）
*以下十七首、『太虚集』(一九二四年刊) より。

つぎつぎに過ぎにし人を思ふさへはるけくなりぬ我のよはひは

冬菜まくとかき平《な》らしたる土明かしもの幽《かそ》けきは晝ふけしなり

天《あめ》とほく下《お》りゐしづめる雲のむれにまじはる山や雪降れるらし

關東震災＊

遠近《をちこち》の烟に空や濁るらし五日を經つつなほ燃ゆるもの

灰原をふみつつ人の群れゆけり生きたるものも生けりともなし

かくだにも道べにこやる亡きがらを取りて歎かむ人の子もなし

埃《ほこり》づく芝生のうへにあはれなり日に照らされて人の眠れる

月よみののぼるを見れば家むらは燒けのこりつつともる灯もなし

高田浪吉隅田川に浸りて纔かに難を免る。母と妹三人遂に行方を失ふ

現《うつ》し世ははかなきものか燃ゆる火の火《ほ》なかにありて相見けりちふ

一ぽんの蠟燭の灯に顔よせて語るは寂し生きのこりつる

諏訪湖畔

みづうみの氷は解けてなほ寒し三日月の影波にうつろふ

夕顔の花ほの白くたそがれて淸《すが》しと思ふ月立ちにけり＊

小夜なかに二たび起きて蚕をとれりかかる歎きも年經《ふ》りにけり

（上　段）
＊以下七首。

（下　段）
＊以下『柿陰集』（一九二六年刊）より。

わが馬の腹にさはらふ女郎花《をみなへし》色の古りしは霜や至りし

わが足に馬の腹息《はらいき》を感じつつしまし見はるかす高野原の上

皆がらに風に揺られてあはれなり小松が原の桔梗《きちかう》の花

仆《たふ》れ木《ぎ》にあたる早湍《はやせ》の水も見つ寂しさ過ぎて我は行くなり

谷かげに苔むせりける仆《たふ》れ木《ぎ》を息づき踰《こ》ゆる我老いにけり

岩崩《いはく》えの赤岳山に今ぞ照る光は粗《あら》し目に沁みにけり

栂の葉に音する雲は折りをりに小雨になりて過ぎ行かむとす

山深く起き伏して思ふ口鬚の白くなるまで歌をよみにし

山の上の段々畠《だんだんばたけ》に人動けり冬ふけて何をするにやあらむ

木枯の吹きしづまりし夕ぐれどき梁《うつばり》の煤《すす》の猶落ちにけり

恙《つつが》ありて*

ささやかなる室をしつらへて冬の日の日あたりよきを我は喜ぶ

今にして我は思ふいたづきをおもひ顧《かへりみ》ることもなかりき

この夜ごろ寝《い》ぬれば直ぐに眠るなり心平らかに我はありなむ

みづうみの氷をわりて獲し魚を日ごとに食ら

（下段）*以下十八首。

ふ命《いのち》生きむため

寒鮒の肉を乏しみ箸をもて梳きつつ食らふ樂しかりけり

寒鮒の頭も骨も嚙みにける昔思へば衰へにけり

もろもろの人ら集りてうち臥《こや》す我の體を撫で給ひけり

或る日わが庭のくるみに囀りし小雀《こがら》來らず冴え返りつつ

隣室に書《ふみ》よむ子らの聲きけば心に沁みて生きたかりけり

信濃路はいつ春にならん夕づく日入りてしまらく黃なる空のいろ

わが村の山下湖《やましたうみ》の氷とけぬ柳萌えぬと聞くがこほしさ

信濃路に歸り來りてうれしけれ黃に透りたる漬菜《つけな》の色は

風呂桶にさはらふ我の背の骨の斯く現れてありと思へや

魂はいづれの空に行くならん我に用なきことを思《も》ひ居り

神經の痛みに負けて泣かねども幾夜寢《い》ねねば心弱るなり

漬菜かみて湯をのむひまもたへがたく我は苦しむ馴れしにやあらむ

三月十五日

箸をもて我妻《あづま》は我を育《はぐく》めり仔《こ》とりの如く口開《あ》く吾は

三月二十一日

我が家の犬はいづこにゆきぬらむ今宵も思ひ
いでて眠れる

齋藤茂吉*

くわん草《ざう》は丈《たけ》ややのびて濕りある土に戰《そよ》げり
このいのちはや**

はるの日のながらふ光に青き色ふるへる麥の
嫉《ねた》くてならぬ

しろがねの雪ふる山に人かよふ細ほそとして
路見ゆるかな

赤茄子《あかなす》の腐れてゐたるところより幾程もなき
歩みなりけり

斧ふりて木を伐る側《そば》に小夜床《さよどこ》の陰《ほと》のかなしさ
歌ひてゐたり

としわかき狂人守《きやうじんも》りのかなしみは通草《あけび》の花の
散らふかなしみ

秋のかぜ吹きてゐたれば遠《をち》かたの薄《すすき》のなかに
曼珠沙華赤し

土のうへに赤棟蛇《やまかがし》遊ばずなりにけり入る日あ
かあかと草はらに見ゆ

けだものは食《たべ》もの戀ひて啼き居たり何《なに》といふ
やさしさぞこれは

現身《うつしみ》のわが血脈《けちみやく》のやや細り墓地《ぼち》にしんしんと
雪つもる見ゆ

あま霧《ぎら》し雪ふる見れば飯《いひ》をくふ囚人《しうじん》のこころ
われに湧きたり

（上段）
*一八八二―一九五三年。
**以下五十五首『赤光』（一九一三年刊）より。

雪のなかに日の落つる見ゆほのぼのと懺悔の
心かなしかれども

こよひはや學問したき心起りたりしかすがに
われは床にねむりぬ

このやうに何《なに》に*顴骨《ほほぼね》たかきかや觸《さや》りて見れば
をみな**なれども

ひんがしはあけぼのならむほそほそと口笛ふ
きて行く童子《どうじ》あり

おひろ***

なげかへばものみな暗しひんがしに出づる星
さへあかからなくに

ほのぼのと目を細くして抱《いだ》かれし子は去りし
より幾夜か經たる

あさぼらけひとめ見しゆゑしばだたくくろき
まつげをあはれみにけり

しんしんと雪ふりし夜にその*指のあな冷たよ
と言ひて寄りしか

啼くこゑは悲しけれども夕鳥《ゆふどり》は木に眠るなり
われは寝《ね》なくに

死にたまふ母**

白ふぢの垂花《たりはな》ちればしみじみと今はその實の
見えそめしかも

みちのくの母のいのちを一目《ひとめ》見ん一目みんと
ぞただにいそげる**

たまゆらに眠りしかなや走りたる汽車ぬちに
して眠りしかなや

寄り添へる吾を目守《まも》りて言ひたまふ何かいひ
たまふわれは子なれば

長押《なげし》なる丹《に》ぬりの槍に塵は見ゆ母の邊《べ》の我が

（上　段）
＊初版（何《なん》）。
＊＊初版（をんな）。
＊＊＊以下五首。
（下　段）
＊初版（汝が）。
＊＊以下二十六首。
＊＊＊初版（いそぐなりけれ）。

朝目《あさめ》には見ゆ

死に近き母に添寝《そひね》のしんしんと遠田《とほだ》のかはづ
天《てん》に聞ゆる

桑の香の青くただよふ朝明《あさあけ》に堪へがたければ
母呼びにけり

死に近き母が目に寄りをだまきの花咲きたり
といひにけるかな

春なればひかり流れてうらがなし今は野《ぬ》のべ
に蟆子《ぶと》も生《あ》れしか

死に近き母が額《ひたひ》を撫《さす》りつつ涙ながれて居たり
けるかな

母が目をしまし離《か》れ來て目守《まも》りたりあな悲し
もよ蠶《かふこ》のねむり

我が母よ死にたまひゆく我が母よ我《わ》を生まし
乳足《ちた》らひし母よ

のど赤き玄鳥《つばくらめ》ふたつ屋梁《はり》にゐて足乳根《たらちね》の母は
死にたまふなり

ひとり來て蠶《かふこ》のへやに立ちたれば我が寂しさ
は極まりにけり

楢若葉《ならわかば》てりひるがへるうつつなに山蠶《やまこ》は青く
生《あ》れぬ山蠶は

日のひかり斑《はだ》らに漏りてうら悲し山蠶は未《いま》だ
小さかりけり

葬《はふ》り道《みち》すかんぼの華《はな》ほほけつつ葬り道べに散
りにけらずや

おきな草口あかく咲く野の道に光ながれて我
ら行きつも

星のゐる夜ぞらのもとに赤赤とははそはの母

は燃えゆきにけり

さ夜ふかく母を葬《はふ》りの火を見ればただ赤くも
ぞ燃えにけるかも

はふり火を守《まも》りこよひは更けにけり今夜《こよひ》の天《てん》
のいつくしきかも

火を守《も》りてさ夜ふけぬれば弟は現身《うつしみ》のうたか
なしく歌ふ*

うらうらと天《てん》に雲雀は啼きのぼり雪斑《はだ》らなる
山に雲ゐず

ほのかなる通草《あけび》の花の散るやまに啼く山鳩の
こゑの寂しさ**

山かげに雉子が啼きたり山かげに湧きづる湯
こそかなしかりけれ***

寂しさに堪へて分け入る山かげに****黒々と通草《あけび》
の花ちりにけり

どんよりと空は曇りて居りしとき*二たび空を
見ざりけるかも

わがいのち芝居《しばゐ》に似ると云はれたり云ひたる
をとこ肥りゐるかも

めん鷄《どり》ら砂あび居《ゐ》たれひつそりと剃刀研人《かみそりとぎ》は
過ぎ行きにけり

悲報來**

七月三十日夜、信濃國上諏訪に居りて、伊藤左千夫先生逝去の悲報に接す。すなはち予は高木村なる島木赤彦宅へ走る。時すでに夜半を過ぎゐたり。

ひた走るわが道暗ししんしんと怺《こら》へかねたる
わが道くらし

すべなきか螢《ほたる》をころす手のひらに光つぶれて

（上　段）

*初版（うた歌ふかなしく）。

**初版（ほのかにも通草の花の散りぬれば山鳩のこゑ現《うつつ》なるかな）。

***初版（山かげの酸っぱき湯こそかなしかりけれ）。

****初版（分け入るわが目には）。

（下　段）

*初版（居りたれば）。

**以下六首。

せんすべはなし
氷きるをとこの口のたばこの火赤かりければ
見て走りたり
死にせれば人は居ぬかなと歎かひて眠り藥を
のみて寢んとす
赤彥と赤彥が妻吾《あ》に寢よと蚤とり粉《こな》を呉れに
けらずや
罌粟《けし》はたの向うに湖《うみ》の光りたる信濃のくにに
目ざめけるかも
ふり灑《そそ》ぐあまつひかりに目の見えぬ黑き蛼《いとど》を
追ひつめにけり*
どんよりと歩みきたりし後《しり》へより鐵《くろがね》のにほひ
ながれ來にけり
あかあかと一本《いっぽん》の道とほりたりたまきはる我

が命なりけり
かがやけるひとすぢの道遙《はる》けくてかうかうと
風は吹きゆきにけり
七面鳥ひとつひたぶるに膨《ふく》れつつ我のまとも
に居たるたまゆら
七面鳥かうべをのべてけたたまし一つの息の
聲吐きにけり
しんしんと雪ふるなかにたたずめる馬の眼《まなこ》は
またたきにけり
しまし我は目をつむりなむ眞日《まひ》おちて鴉《からす》ねむ
りに行くこゑきこゆ
草づたふ朝の螢よみじかかるわれのいのちを
死なしむなゆめ
代々木野《よよぎの》をむらがり走る汗馬《あせうま》をかなしと思ふ

（上段）
*以下二十四首『あらたま』（一九一三年刊）より。

夏さりにけり
ゆふ渚《なぎさ》もの言はぬ牛つかれ來てあたまも專《もは》ら
洗はれにけり
山峽《やまかひ》に朝なゆふなに人居りてものを言ふこそ
あはれなりけれ
ゆふされば大根《だいこん》の葉にふる時雨いたく寂しく
降りにけるかも
ひさかたのしぐれふりくる空さびし土に下り
たちて鴉《からす》は啼《な》くも
あが母の吾《あ》を生ましけむうらわかきかなしき
力おもはざらめや
眞夏日《まなつひ》のひかり澄み果てし淺茅原《あさぢはら》にそよぎの
音のきこえけるかも
たらたらと漆《うるし》の木より漆垂《うるした》りものいふは憂き

夏さりにけり
稚《をさな》くてありし日のごと吊柿《つりがき》に陽はあはあはと
差しゐたるかも
あまがへる鳴きこそいづれ照りとほる五月《さつき》の
小野《をぬ》の青きなかより
ひたぶるに暗黑を飛ぶ蠅ひとつ障子《しやうじ》にあたる
音ぞきこゆる
悲しさを歌ひあげむと思へども茂太《しげた》を見れば
こころ和《なご》むに
もの投げてこゑをあげたるをさなごをこころ
虛《むな》しくわれは見がたし
かみな月十日《づきとをか》山《やま》べを行きしかば虹あらはれぬ
山の峽《かひ》より
あはれあはれここは肥前《ひぜん》の長崎か唐寺《からでら》の甍《いらか》に

ふる寒き雨

ただ一つ生きのこり居る牡鷄《をんどり》に牝鷄《めんどり》ひとつ買ひしさびしさ

さ夜ふけて慈悲心鳥のこゑ聞けば光にむかふこゑならなくに

山なかのあかつきはやき溫泉《いでゆ》には黑き蟋蟀《こほろぎ》ひとつ溺《おぼ》れし

たまくしげ箱根の山に夜もすがら薄をてらす月のさやけさ

おのづから寂しくもあるかゆふぐれて雲は大きく谿にしづみぬ

寒水《さむみづ》に幾千《いくせん》といふ鯉《こひ》の子《こ》のひそむを見つつ心なごまむ

澄江堂の主*をとむらふ

壁《かべ》に來て草かげろふはすがり居り透《す》きとほりたる羽《はね》のかなしさ

晝しぐれの音《おと》も寂しきことありて日ましに山は赤くなるべし

さむざむと時雨《しぐれ》は晴れて妙高《めうかう》の裾野をとほく紅葉《もみぢ》うつろふ

ただひとつ惜しみて置きし白桃のゆたけきを吾は食ひをはりけり

一とせを鴨山考《かもやまかう》*にこだはりて悲しきこともあはれ忘れき

わが體《からだ》机に押しつくるごとくにしてみだれ心をしづめつつ居り

まをとめにちかづくごとくくれなゐの梅におも寄せ見らくしよしも

（上　段）
＊芥川龍之介。

（下　段）
＊人麿の死んだ土地を考証した茂吉の論考。

たわたわと生《な》りたる茱萸《ぐみ》を身ぢかくに置きつつぞ見るそのくれなゐを

をさなごの筥《はこ》を開くれば僅《はつ》かなる追儺《つゐな》の豆がしまひありたり

乳《ちち》の中になかば沈みしくれなゐの苺を見つつ食はむとぞする

最上川にごりみなぎるいきほひをまぼろしに見て冬ごもりけり

北原白秋＊

春の鳥な鳴きそ鳴きそあかあかと外《と》の面《も》の草に日の入る夕べ＊＊

銀笛のごとも哀しく單調《ひとふし》に過ぎもゆきにし夢なりしかな

かくまでも黒くかなしき色やあるわが思ふひとの春のまなざし

すずろかにクラリネットの鳴りやまぬ日の夕ぐれとなりにけるかな

廢れたる園に踏み入りたんぽぽの白きを踏めば春たけにける

病める兒はハモニカを吹き夜に入りぬもろこし畑《ばたけ》の黄なる月の出

手にとれば桐の反射の薄青き新聞紙こそ泣かまほしけれ

新らしき野菜畑のほととぎす背廣著て啼け雨の霽《は》れ間《ま》を

あまつさへキヤベツかがやく畑遠く郵便脚夫

（上段）
＊一八八五—一九四二年。
＊＊以下十八首『桐の花』（一九一三年刊）より。

疲れくる見ゆ

人妻のしみみ汗ばみ乳をしぼる硝子杯《コツプ》のふちの薄きかがやき

夏はさびしコロロホルムに痺《しび》れゆくわがこころにも啼ける鈴蟲

ひいやりと剃刀《かみそり》ひとつ落ちてあり雞頭の花黄なる初秋

百舌啼けば紺の腹掛新らしきわかき大工も涙ながしぬ

いちはやく冬のマントをひきまはし銀座いそげばふる霙《みぞれ》かな

廚女《くりやめ》の白き前掛《まへかけ》しみじみと青葱の香の染《し》みて雪ふる

君かへす朝の舗石《しきいし》さくさくと雪よ林檎の香のごとくふれ

雪の夜の紅《あか》きゐろりにすり寄りつ人妻とわれと何とすべけむ

紅《くれなゐ》の天竺牡丹ぢつと見て懷姙《みごも》りたりと泣きてけらずや

くわうくわうと光りて動く山ひとつ押し傾《かたぶ》けて來《く》る力はも

大きなる手があらはれて晝深し上から卵をつかみけるかも

大鴉一羽渚に默《もだ》ふかしうしろにうごくさざなみの列

寂しさに男三人濱に出《い》で三人そろうてあきらめられず

飛びかける鳥魚をつかみあはれあはれ輝きの

空に墜《お》ちなむとする

ふくふくと蒲團の綿は干されたり傍《そば》に鋭き赤たうがらし

寂しさに海を覗けばあはれあはれ章魚《たこ》逃げてゆく眞晝の光

網の目に閻浮檀金《えんぶだごん》の佛ゐて光りかがやく秋の夕ぐれ

兩《もろ》の掌《て》に輝《て》りてこぼるる魚のかず掬《すく》へども掬へどもまた輝りこぼるる

おのづから水のながれの寒竹の下ゆくときは聲立つるなり

そぼ濡れて竹に雀がとまりたり二羽になりたりまた一羽來て

あなかそか父と母とは目のさめて何か宣《の》らせり雪の夜明を

咽喉《のど》ぼとけ母に剃らせてうつうつと眠りましたり父は口あけて

雉子《きじ》ぐるま*雉子は啼かねど日もすがら父母戀し雉子の尾ぐるま

薄野《すすきの》に白くかぼそく立つ煙あはれなれども消すよしもなし

晝ながら幽かに光る螢一つ孟宗の藪を出でて消えたり

日の盛り細くするどき萱の秀《ほ》に蜻蛉とまらむとして翅かがやかす

枯れ枯れの唐黍の秀《ほ》に雀ゐてひようひようと遠し日の暮の風

碓氷嶺《うすひね》の南おもてとなりにけりくだりつつ思

（下段）
*筑後の清水山觀世音にて賣る。

ふ春のふかきを

深山路はおどろきやすし家鳥の白き鶏《かけろ》に我遇ひにけり

移り來てまだ住みつかず白藤のこの垂り房もみじかかりけり

前田夕《ゆふ》暮《ぐれ》*

川ひとすぢあかず流るる見てあれば見てあるほどに人戀ひまさる

馬といふ獸は悲し闇ふかき巷の路にうなだれてゐる

春深し山には山の花さきぬ人うらわかき母とはなりて

君ねむるあはれ女の魂のなげいだされしうつくしさかな

木に花咲き君わが妻とならむ日の四月なかなか遠くもあるかな

雪のうへに空がうつりてうす青しわが悲しみはしづかにぞ燃ゆ

樹に風鳴り樹に太陽《ひ》は近くかがやけりわれ青き樹にならばやと思ふ

空のもと樹は大搖れに搖れゐたり風さらに吹け樹よ渦をまけ

向日葵は金の油を身にあびてゆらりと高し日のちひささよ

出水川《でみづがは》あから濁りてながれたり地《つち》より虹はわきたちにけり

（上段）
*一八八三—一九五一年。

眞晝日のあきらかに照れる山原は大虎杖《おほいたどり》の花
ざかりなり

吉井　勇*

かにかくにいとにこやかに親しみぬ深なさけ
びと薄なさけびと**

饗宴のただなかにして君思ひこころ遽かに寂
しくなりぬ

君がため瀟湘《せうしやう》湖南の少女《をとめ》らはわれと遊ばずな
りにけるかな

伊豆も見ゆ伊豆の山火も稀に見ゆ伊豆はも戀
し吾妹子のごと

かの宵の露臺のことはゆめひとに云ひたまふ
なと云へる君かな

酒の國わかうどならばやと練り來《こ》貴人《うまびと》ならば
もそろと練り來《こ》

わが胸の鼓のひびきたうたらりたうたうたら
り醉へば樂しき

かなしみて破らずといふ大いなる心を持たず
かなしみて破《やぶ》る

少女《をとめ》みな情を知らずいまははや末法の世とな
りにけるかな

蘭蝶を聽きつつかかる時死ぬも惜しからじと
ぞ思ひ初めにし

君にちかふ阿蘇の煙の絶ゆるとも萬葉集の歌
ほろぶとも

（上段）
*一八八六―。
**以下十二首『酒ほがひ』（一九一〇年刊）より。

善ならぬはた惡ならぬなかほどの事を好まず旅にしあれど

ああ三年《みとせ》まへの夏こそ忘られね君よ破船《はせん》よ海よ月夜よ

東京の秋の夜半《やはん》にわかれ來ぬ仁丹《じんたん》の灯よさらばさらばと

女みなみにくく見ゆるかなしみか酒みなにがくなりし歎きか

廣重《ひろしげ》の海のいろよりややうすしわがこの頃のかなしみのいろ

泣かしめよわれこの谷にかなしみを忘れむとして來《こ》しにあらねば

鼯鼠《むささび》の巣ありとわれをあざむきて山に誘ひしかの少女《をとめ》はも

紅燈の巷にゆきてかへらざる人をまことのわれと思ふや

夏ゆきぬ目にかなしくも殘れるは君が締めたる麻の葉の帶

こころよりよろこびこころより愁へ生き甲斐のあるわれとならしめ

わがこころいたく傷つきかへり來ぬうれしや家に母おはします

秋の夜に紫朝を聽けばしみじみとよその戀にも泣かれぬるかな

盲目《まうもく》の紫朝の聲もかなしかり寄席の木戸吹く秋の風かも

かにかくに祇園は戀し寢るときも枕の下《した》を水のながるる

一力《いちりき》のおあさに聴きしはなしよな身につまさるる戀がたりよな

島原の角屋《すみや》の塵はなつかしや元祿の塵享保《きようほう》の塵

菜の花の花のさかりや傾城《けいせい》のたましひのごと蝶ひとつ來る

その女東寺《とうじ》の傍《そば》に鼓など教へゐたるがいづちゆきけむ

祭過ぎ大文字《だいもんじ》過ぎ夏もゆくいとあわただし京の暦《こよみ》は

狂ほしき馬樂《ばらく》のこころやがてこのもの狂ほしきわがこころかな

氣のふれし落語家《はなしか》ひとりありにけり命死ぬまで酒飲みにけり

何なれば悲しきひとを責めにけむ責めては何にひとり泣きけむ

われを見て嘲けるごとく笑ひゐる寫樂《しやらく》の繪さへいとほしきかな

合邦《がつぽう》*がしどろもどろの鉦の音は人間の苦《く》をかたる鉦の音

人の世の旅のなかばもはや過ぎぬ戀二つ三つ失ひし間に

せめてわが一生《ひとよ》のうちにただ一度命を賭くる大事《だいじ》あらしめ

世をあげてわれを嘲ける時來《ときく》とも吾子《あこ》よ汝《な》のみは父をうとむな

たまきはる命たまへと云ふひともなくてわが世は生甲斐もなし

（下段）
*浄瑠璃「摂州合邦辻」

さばかりの旅の愁ひはほろほろと河豚笛《ふぐぶえ》吹きてあらば消《け》むもの

物部川《ものべがは》夕さり來ればあららかに石もこそ鳴れ水もこそ鳴れ

木《きの》下《した》利《り》玄《げん》*

花びらをひろげ疲れしおとろへに牡丹《ぼたん》重たく萼《がく》をはなるゝ

牡丹園のすだれをもれて一ところ入日《いりひ》があたり牡丹默《もだ》せり

草はみなしめれる土にめい〱のかげをおとせり日の夕ぐれに

丹後久美濱

心《しん》がちに大輪《たいりん》向日葵かたむけりてりきらめける西日へまともに

脊おひたる垂穗のおもみ百姓はたへつゝあゆむ一足《ひとあし》ひとあし

牡丹と芥子*

牡丹花《ぼたんくわ》は咲き定まりて靜かなり花の占めたる位置《ゐち》のたしかさ

花びらの匂ひ映りあひくれなゐの牡丹の奧のかゞよひの濃さ

この室《へや》のしづもりみだるものもなく床《とこ》の牡丹のほしいまゝに紅き

花になり紅《くれなゐ》澄める鉢の牡丹しんとしてをり時ゆくまゝに

床《とこ》の間《ま》のをぐらきに置く鉢の牡丹白牡丹花《はくぼたんくわ》は底びかりせり

（上　段）
＊一八八六—一九二五年。

（下　段）
＊以下九首。

435　木下利玄

花びらをひろげて大き牡丹花に降り出《で》の雨のぢかにぞあたる

牡丹花の大き花びら蕚はなれ低木《ひくぎ》の下《もと》の地《ち》に移りたる

低き木の大き牡丹花なくなりてその根の土に花びらぞある

のびきれる芥子《けし》の太莖《ふとくき》たゞ一つのこの眞《ま》白花《しろばな》を今日ひらきたり

牡　丹*

しばらくありて眞晝の雲は處かへぬ園の牡丹の咲き澄みゐること

くれなゐの牡丹花深みおのづからこもれる光《つ》澤《や》の見るほどぞ濃き

春ふかく曇れる空ゆこぼれ來て雨の脚光る牡丹の園に

夕園の空氣のよどみに牡丹の花しづもりたもてりおのも〳〵に

瓶《かめ》の牡丹うす紅《くれなゐ》を匂ふ二花《ふたはな》のおのづからもてるけぢめを愛す

艶々《つやつや》の白《しろ》と紅《あか》との牡丹花受け朝鮮の壺のふくらみゆたか

夜《よ》の室《へや》に牡丹が放つ香《か》をつよみ壺次ぎの間《ま》に遠ざけにけり

花を下《した》に嬬《つま》がもてこし莖ながの白芍藥《しろしやくやく》に蟻つきてをり

曼珠沙華《まんじゆしやげ》一むら燃えて秋陽《あきび》つよしそこ過ぎてゐるしづかなる徑《みち》

けたたましく百舌鳥《もづ》が鳴くなり路ばたには曼

(上　段)

*以下八首。

珠沙華もえてこの里よき里

中村憲吉*

新芽《にひめ》立つ谷間《たにま》あさけれ大佛《だいぶつ》にゆふさりきたる眉間《みけん》のひかり

暮れそむる淺山かげに大佛の膚肌《はだへ》はあをく明《あか》からむとす

灯《ひ》のなかを遠く送られて行くならむ淺夜《あさよ》の街の裸馬《らば》の一列《いちれつ》

列《つら》りて行く馬みな裸馬《はだかうま》なりほこり立ちたる灯のなか行くも

身はすでに私《わたくし》ならずとおもひつつ涙おちたりまさに愛《かな》しく

もの思《おも》ひおもひ敢《あ》へなく現《うつ》つなり磯岩かげのうしほの光

岩かげの光る潮より風は吹き幽《かす》かに聞けば新《にひ》妻《づま》のこゑ

みじか世のいのちと思《も》へば漲《みなぎ》らふ潮《しほ》のひかりも在りがてぬかも

短か世のつまと思へばうら愛《かな》しひとりのときの涙しらすな

來《こ》しかたの悔しさ思《も》へば晝磯になみだ流れて居たりけるかも

はしけやし母と妻とが濱にむつび珠ひろふ間《ま》を岩がくり來ぬ

山かげの海べを見れば松の間にゆふべ寂しく草を刈る人

（上　段）

*一八八九―一九三四年。

磯のうへに夕潮の香《か》はほのかなり舟にかへれば舅《ちち》ひとりあはれ

舟の上によろこぶ人も眼になみだ酒にし醉へばもの思ひたらむ

大竝樹《おほなみき》槻《つき》よりわたる若葉かぜ我がはなひれば寂しくし覺ゆ

槻わか葉さやさや映る煉瓦みち行きつつ我の素肌《すはだ》さみしも

雨ながら人の負ひ來《こ》し俵《たはら》には背なかのぬくみなほのこりたり

倉にあがる小作人《こさく》は老いて懇《ねんごろ》なり草鞋《わらぢ》をぬぎて足ぬぐひ居り

秋は日ごと來《き》つる小作人《こさく》に酒添へて家の爲來《しきたり》の膳《ぜん》を据ゑしむ

酒藏《さかぐら》も母屋《もや》もしづまり初夜搔《しよやがき》の酛摺《もとす》りうたはすでに止みたり

この家に酒をつくりて年古《としふ》りぬ寒夜《かんや》は藏《くら》に酒の滴《た》るおと

夜《よ》の酒藏《くら》に事おこれるを我れ知れり杜氏《とうじ》に蹤《つ》きて默《だま》りて行きぬ

夜《よ》の倉に人をはばかりぬ腐造酒《ふざうしゆ》の大桶《おほをけ》のまへに杜氏《とうじ》と立ちつ

夜《よる》ふかし醪《もろみ》の湧ける六尺《ろくしやく》桶に洋燈《あぶらび》を持ちあがりてのぞく

日の暮れの雨ふかくなりし比叡寺《ひえいでら》四方《よも》結界《けつかい》に鐘を鳴らさぬ

國こぞり電話を呼べど亡びたりや大東京に聲なくなりぬ

ぬばたまの夜《よる》に入れども應《こた》へざる都はひとの
はた生きてありや

草千里ケ濱*

阿蘇山の見ゆるかぎりは草の山み空にちかき
馬飼ひどころ

きり小雨《こさめ》牧場《まき》にいななく駒居ぬはいづべの山
のかげにか群るらむ

梅雨のふる田の電柱にふくろ來ていち日わび
し山へかへらず

五月雨《さみだれ》は日暮にやみてこの堀の干潟の尻に水《くひ》
雞《な》なくなり

夜半にして月いづるころを病む室にねむり覺
むるはあはれなりけり

冬にいる庭かげにして山茶花《さざんくわ》のはな動かして
ゐる小鳥あり

古《こ》泉《いづみ》千《ち》樫《かし》*

郷を出づる歌**

椎わか葉にほひ光れりかにかくに吾れ故里を
去るべかりけり

君が目を見まくすべなみ五月野の光のなかに
立ちなげくかも

草鞋はきてまなこをあげぬ古家の軒の菖蒲に
露は光れり

川限の椎の木かげの合歡《ねむ》の花にほひさゆらぐ
上げ潮の風に

たもとほる夕川のべの合歡の花その葉は今は

（上　段）
*以下二首。
（下　段）
*一八三六―一九二七年。
**以下三首。

ねむれるらしも

夕風にねむのきの花さゆれつつ待つ間まがなしこころそぞろに

ねむの花匂ふ川びの夕あかり足音《あおと》つつましくあゆみ來らしも

夕あかり合歡の匂ひのあなにやしわれに立ち添ふ妹がすがたを

さ夜ふかみ小床になびく黑髮をわがおよびにし捲きてかなしも

夜は深し燭を續ぐとて起きし子のほのかに冷えし肌のかなしさ

うつつなく眠るおもわも見むものを相嘆きつつ一夜明けにけり

朝なればさやらさやらに君が帶結ぶひびきのかなしかりけり

茂吉に寄す

藏王《ざうわう》の雪かがやけばわが茂吉おのづからなる涙をながす

節一周忌*

不知火筑紫にいゆき一人死にけりこころ妻持ちて悲しくひとり死にけり

下總の節《たかし》は悲し三十まり七つを生きて妻まかず逝きし

ひろびろと夕さざ波の立つなべに死魚かたよりて白く光れり

兒を伴ひて**

わが兒よ父がうまれしこの國の海のひかりをしまし立ち見よ

五百重山《いほへ》夕かげりきて道さむしくしくと子

（下段）
*以下二首。
**以下七首。

は泣きいでにけり

山の上に月は出でたり汝が知れるかのよき歌をうたひつつ行かむ

群れゐつつ鵯《ひよどり》なけりほろほろとせんだんの實のこぼれけるかも

祖父《おほちち》にはじめて逢ひて甘えゐるわが兒の聲のここにきこゆる

古里のここに眠れる吾子が墓をその子の姉といままうでたり

冬虹の光まがなしからからと竹をたばぬる音ぞきこゆる

轉　居

きさらぎのあかるき街をならび行き老いづく妻を見るが寂しさ

日おもてに牛ひきいでてつなぎたりこの鼻縄《はななは》の堅き手ざはり

乳牛《ちちうし》の體《たい》のとがりのおのづからいつくしくしてあはれなりけり

さ庭べにつなげる牛の寐たる音おほどかにひびき晝ふけにけり

牛久しく寐てゐたるあとの庭土の匂ひかなしも夕日照りつつ

ふるさとの春の夕べのなぎさみち牛ゐて牛の匂ひかなしも

夕なぎさ子牛に乳をのませ居る牛の額《ひたひ》のかがやけるかも

秋ふかみ刈る朝草は短かけれど硬く肥えつつ手にこころよし

貧しさに堪へつつおもふふるさとは柑類《かうるい》の花
いまか咲くらむ

父逝く

おのがじし生くる命をうべなひて遠くあそべ
るわれらをゆるしし

まかがよふ光のなかにわがうから今日は相寄
り茶を摘みにけり

うちひびきかなしく徹《とほ》る雉《きじ》の聲みな此面《このも》むき
て鳴くにしあるらし

おのがじし己妻《おのづま》つれて朝雉のきほひとよもす
聲のかなしさ

高處《たかど》にし雄雉は鳴けり草わけてあゆむ雌雉の
靜かなりけり

大輪《たいりん》の牡丹かがやけり思ひ切りてこれを求め
たる妻のよろしさ

稗の穗＊

ひたごころ靜かになりていねて居りおろそか
にせし命なりけり

妻はいま家に居ぬらし晝深くひとり目ざめて
寐汗をふくも

うつし世のはかなしごとにほれぼれと遊びし
ことも過ぎにけらしも

うつし身は果無《はかな》きものか横向きになりて寐《い》ぬ
らく今日のうれしさ

秋さびしもののともしさひと本《もと》の野稗の垂穗《たりほ》
瓶《かめ》にさしたり

秋の空ふかみゆくらし瓶にさす草稗の穗のさ
びたる見れば

ひとり親しく焚火して居り火のなかに松毬《まつかさ》が

（下段）
＊以下六首。

見ゆ燃ゆる松かさ

折《をり》口《くち》信《しの》夫《ぶ》*

葛の花　踏みしだかれて、色あたらし。この
山道を行きし人あり**

谷々に、家居ちりぼひ　ひそけさよ。山の木
の間に息づく。われは

山岸に、晝を　地《ヂ》蟲の鳴き滿ちて、このしづ
けさに　身はつかれたり

山の際《マ》の空ひた曇る　さびしさよ。四方の木《コ》
むらは　音たえにけり

わがあとに　歩みゆるべずつゞき來る子にも
の言へば、恥ぢてこたへず

ひとりある心ゆるびに、島山のさやけきに向
きて、息つきにけり

ゆき行きて、ひそけさあまる山路かな。ひと
りごゝろは　もの言ひにけり

網《アビ》曳きする村を見おろす阪のうへ　にぎはし
くして、さびしくありけり

磯村へまますぐにさがる　山みちに、心ひもじ
く　波の色を見つ

船べりに浮きて息づく　蜑が子の青き瞳は、
われを見にけり

木地屋の家*

篶《スヾ》深き山澤遠き見おろしに、轆轤音して、家
ちひさくあり

山々をわたりて、人は老いにけり。山のさび

（上　段）
*一八八七―一九五三年。
**以下十九首『海山のあひだ』（一九二五年刊）より。

（下　段）
*以下五首。

しさを　われに聞かせつ

山びとは、轆轤ひきつゝあやしまず。わがつく息の　大きと息を

澤蟹をもてあそぶ子に、錢くれて、赤きたなそこを　我は見にけり

友なしに　あそべる子かも。うち對ふ　山も父母も、みなもだしたり

供養塔*

人も　馬も　道ゆきつかれ死にゝけり。旅寝かさなるほどの　かそけさ

邑《ムラ》山の松の木《コ》むらに、日はあたり　ひそけきかもよ。旅びとの墓

ゆきつきて　道にたふるゝ生き物のかそけき墓は、草つゝみたり

め　ひ

をとめはも。肩の太りのおもりかに、情《ヨ》づかず見えしその後姿《ウシロ》はも

門中瑣事*

をみな子は、さびしかりけり。身の壯《サカ》り　ふみしだかれて、なほ　戀ひむとす

寢し夜らの　胸觸《ムナフ》る時の、身に染《ソ》みて　忘れぬものを　あはれと思へ

石見のや　山寒邑《フルサト》を目に熟《ナ》れて、狹くさがしく　汝《ナ》は　生ひにけり

幼《ヲサナ》くて　うからなごみを知らざりし　性《サガ》と思へど、さびしかりけり

雪まつり**

三州北設樂の山間の村々に、行はれてゐる初春の祭り。舊暦を用ゐた頃は、毎年霜月の行事であった。

（上　段）
*以下三首。

（下　段）
*以下四首。
**以下四首。

見えわたる山々は　みな　ひそまれり。こだ
まかへしの　なき　夜なりけり
鬼の子の　いでつゝ　遊ぶ　音聞ゆ。設樂《シタラ》の
山の　白雪の　うへに
さ夜ふかく　大き鬼出でゝ、斧ふりあそぶ。
心荒らかに　我は生きざりき
いやはてに、鬼は　たけびぬ。怒るとき　か
くこそ、いにしへびとは　ありけれ

會津八《や》一《いち》*

かすがのにおしてるつきのほがらかにあきの
ゆふべとなりにけるかも**
かすがののみくさをりしきふすしかのつのさ
へさやにてるつくよかも
うちふしてものもふくさのまくらべをあした
のしかのむれわたりつつ
こがくれてあらそふらしきさをしかのつのの
ひびきによはくだちつつ

帝室博物館にて

くわんおんのしろきひたひにやうらくのかげ
うごかしてかぜわたるみゆ

香薬師を拝して*

みほとけのうつらまなこにいにしへのやまと
くにばらかすみてあるらし
ちかづきてあふぎみれどもみほとけのみそな
はすともあらぬさびしさ

東大寺にて

おほらかにもろてのゆびをひらかせておほき

(上段)
*一八八一—一九五六年。
**以下二十首『鹿鳴集』(一九四〇年刊)より。
(下段)
*以下二首。

ほとけはあまたらしたり

戒壇院をいでて

びるばくしやまゆねよせたるまなざしをまな
こにみつつあきののをゆく

法華寺本尊十一面觀音

ふぢはらのおほききさきをうつしみにあひみ
るごとくあかきくちびる

秋篠寺にて*

たかむらにさしいるかげもうらさびしほとけ
いまさぬあきしののさと

まばらなるたけのかなたのしろかべにしだれ
てあかきかきのみのかず

あきしののみてらをいでてかへりみるいこま
がたけにひはおちむとす

西大寺の四王堂にて

まがつみはいまのうつつにありこせどふみし
ほとけのゆくへしらずも

唐招提寺にて*

おほてらのまろきはしらのつきかげをつちに
ふみつつものをこそおもへ

せんだんのほとけほのてるともしびのゆらら
ゆららにまつのかぜふく

藥師寺東塔

すゐえんのあまつをとめがころもでのひまに
もすめるあきのそらかな

法隆寺の金堂にて

たちいでてとどろととざすこんだうのとびら
のおとにくるるけふかな

當麻寺にて

ふたがみのてらのきざはしあきたけてやまの
しづくにぬれぬひぞなき

（上　段）
*以下三首。
（下　段）
*以下二首。

寶生寺にて

みほとけのひぢまろらなるやははだのあせむす
までにしげるやまかな＊

雁來紅＊

おちあひのしづけきあさをかまづかのしたてる
まどにものくらひをり

かまづかはたけにあまれりわがまきてきのふの
ごとくおもほゆるまに

つくりこしこのはたとせをかまづかのもえのす
さみにわれおいにけむ

かまづかのしたてるまどにひぢつきてよをあざ
けらむとごころもなし

かまづかのまどによりゐておもはざりしひとつ
のおもひたへざらむとす

むらさきはあけにもゆるをきにもゆるみどりは
さびしかまづかのはな

からすみをいやこくすりてかまづかのこのひと
むらはゑがくべきかな

かまづかのあけのひとむらゑがかむとわれたち
むかふふでもゆらに

かまづかはあけにもゆるをひたすらにすみもて
かきつわがこころから

すみもちてかけるかまづかうつせみのわがひた
ひがみにるといはずやも

かくのごとかけるかまづかとりげともかやとも
みらめひとのまにまに

むかしわがひとたびかきしするゐぼくのかのかま
づかはたがいへにあらむ

（上段）
＊以下十首。

窪田空《うつ》穂《ぼ》*

わが父は家を賜《たば》らず四十過ぎて家建つる錢を
我は貯め得ず

生れかへり歌は詠まむと言道《ことみち》も曙覽《あけみ》もいひぬ
愛《かな》しやも歌は

憎みては懲りよと我の振舞へど人懲りずして
われの荒《すさ》みき

生れかはり人を憎むも憎むべき人はつぎつぎ
現れぬべし

關東大震災の折、その翌日**

とぼとぼとのろのろとふらふらと來る人ら瞳
すわりてただに險しき

深溝《ふかみぞ》に陷りて死ねる小さき馬鬣《たてがみ》燃えし面《つら》を空
に向けて

死ねる子を箱に納めて親の名を懇ろに書きて
路に捨ててあり

庭に鳴く雀の聲の艶《つや》を帯びとほる力を持つ日
となりぬ

感冒《かぜ》ひきて寢かされてゐる男《を》の童《わらべ》紙捩《こより》より初《そ》
めぬ小き手伸ばして

世の相場大方《おほかた》知れる姉とわれ茶の間《ま》に籠り茶
を淹《い》れかふる

離れ住めば共にゐる間《あひだ》ばかりぞと老いたる姉
のわが足を揉む

病む姉と目を見合はして肉身《にくしん》のあやしくも深
き思ひに觸れぬ

病む姉と目を見合はして居りけるが心ゆるみ

（上段）
＊一八七七年―。
＊＊以下三首。

て笑ひ出だせり

遠く來て姉のかたへに一夜《ひとよ》を寝《ね》輕口つきて別れも行くか

とろとろと寝入らむとする手童《たわらは》の慌てて目をあき邊《あた》り見まはす

寝入らむとする手童の眉ひそめ何思へかも固く目を閉づ

我が父のちんどん屋にておはしなば悲しからむとちんどん屋見つ

損得は知らざりし日の初一念《しよいちねん》宿命の路と歩むに老いぬ

廣き世に狹きこころを持ちて生き生《いき》の歎をしにけり我は

咲き出でし雛芥子の花くれなゐのひたすらにしてあはれなるかな

三界の首枷《くびかせ》といふ子を持ちて心定まれりわが首枷よ

七十四の姉と炬燵に話しをれば母の娘におはすなり姉は

子の三人《みたり》人となれるに離れゆきわが身はもとの一人《ひとり》となりぬ

親としてすべきあらまし終へぬればわが傍らに子の一人ゐず

子らが身のきまりのつくを待ちけるがその時の來て樂しからなく

老い痴《し》れてただ瞬《またたき》をして過すわれとはなりぬ在るか無きかに

川田　順*

鶴の鳥のかうべうつくしかがやかに青水無月の眞日光《て》らふなり

水際《みづぎは》に片脚立ちの鶴の鳥しづかなるかも影は搖れつつ

吹き過ぐる風は光れり丹頂の鶴つばさ張りひろげ聲啼きにけり

照り深き眞日のしじまを掻き亂し丹頂の鶴ひとこゑ啼きたり

あしたづの啼く時見たりほがらかに嘴《くちばし》を空に向けて啼きたり

一聲啼きて丹頂の鶴飛び立たむけはひ大きくいつくしきかも

飛び立たむものならなくにおほらかに羽根ひろげたる鶴のかなしも

ひろげたる翼しづかにをさめたりさびしき鶴のただ立ちてゐる

目交《まなかひ》の岩山の間ゆうちつけに大きなる鳥の飛び出でにけり

立山に棲むとは聞きし大鷲の目交《まなかい》にして飛びたつを見き

見上ぐらく山原の空を飛ぶ鷲の大きつばさのしら斑《ふ》かがよふ

山空をひとすぢにゆく大鷲の翼の張りの澄みも澄みたる

立山の外山《とやま》が空の蒼《あを》深みひとつの鷲の飛びて久しき

（上段）

＊一八八二年―。

大鷲の下りかくろひし向つやま龍王岳はいや
高く見ゆ

土屋文明*

ただひとり吾より貧しき友なりき金のことに
て交絶《まじはり》てり

大川は水上《みなかみ》ながら夕しほのこの水門《すゐもん》に來りい
きほふ

蕨汁《わらびじる》に鰊《にしん》をいれて食ふことを妻も子供もよろ
こびとせず

家うちに物なげうちていら立ちつ父を思ひ遺
傳といふことを思ふ

いきどほり妻よぶ聲の父親に似て來《こ》しことを
吾知りて居り

目覺めたる曉がたの光にはほそほそ虧《か》けて月
の寂《しづ》けき

暑き夜をふかして一人ありにしか板緣《いたえん》の上に
吾は目覺めぬ

ふるさとの盆《ぼん》も今夜《こよひ》はすみぬらむあはれ樣々《さまざま》
に人は過ぎにし

曉の月の光に思ひいづるいとはし人も死にて
戀《こほ》しき

有りありて吾は思はざりき曉の月しづかにて
父のこと祖父のこと

安らかに月光《つきかげ》させる吾が體《からだ》おのづから感ず屍《しかばね》
のごと

（上段）＊一八九〇年—。

451　土屋文明

地下道《ちかだう》を上り來りて雨のふる薄明《はくめい》の街に時の感じなし

三月の盡くらむ今日を感じ居り學校教師となりて長きかな

わが妻は蚊蝄《かや》と布團《ふとん》と買ひて來ぬ今日夏物のやすくなれりと

ぼろの上をよごして死にし祖母《おほば》のごと老いゆく時も吾にあらむか

おのづから到らむ老《おい》をぼろしきて安らかにあらむ時をぞ願ふ

何を願ひ來《こ》し四十年《よそとせ》ぞむさぼりて食はむのぞみも淡々《あはあは》として

物干《ものほし》の上に水培《みづか》ふ山草《やまくさ》の色のうつろふ時は來ぬらし

己《おの》が生《よ》をなげきて言ひし涙には亡き父のただひたすらかなし

幼きより朗《ほが》らけき世を知らず來て子供に向ふ時にけはしく

人悪くなりつつ終《を》へし父が生《よ》のあはれは一人われの嘆かむ

鶴見臨港鐵道*

枯葦の中に直ちに入り來り汽船は今し速力おとす

船體の振動見えて汽笛鳴らす貨物船は枯葦の原中《はらなか》にして

二三尺葦原中《あしはらなか》に枯れ立てる犬蓼《いぬたで》の幹《から》にふる春の雨

吾が見るは鶴見《つるみ》埋立地《うめたてち》の一隅《いちぐう》ながらほしいままなり機械力專制《きかいりよくせんせい》は

（下　段）
*以下四首。

このあした吾をよび起す吾妻《あづま》のこゑ入歯《いれば》はづしていたくやさしき

また妻を相手にいきどほれども怒《いかり》ももはや長つづきせず

走り來る丸鋼《まるかう》の赤く燒けし殘像《ざんぞう》がまたよみがへるごとし今宵も

赤熱《しやくねつ》の鐵とりてローラーに送る作業リズムなく深き息づき聞ゆ

引きずり出す鐵板の見る見る黒く冷えゆくをたたき折りぬ

よろふなき翁《おきな》を一人刺さむとて勢《せい》をひきゐて横行《わうかう》せり

一つの邪教《じやけう》ほろぶるは見つなほ幾つかのほろぶべきものの滅ぶる時またむ

先日の新聞の寫眞の下等なるあの面《つら》は梟雄《けうゆう》といふなるべし

話すみし電話にはげしく聞え來ぬ今日をいきどほり言へる君が息

吉野秀雄*

光り澄む空となりにけり植込みの高き木梢《こぬれ》を蝶わたりつつ

廁《かはや》に起ちたる父のさむざむとわれを呼ばふは月佳《よ》しとなり

血吐きしはきのふのことと思はれず硝子戸透《とほ》す日はゆたかにて

（下段）
＊一九〇三年。—

かすかなるたのみごころや腕《うで》のべて腿《もも》にのこれるししむらを撫づ

へたばりて八方《はつぱう》すべなき己心《おのごころ》なだめなだめて生きむとするも

眞夜中に兒を守《も》る妻のこゑすなれわれもひそかに泣きてゐるなれ

ながながといねたる胸に兩手《まて》組みて我は久しく五欲にし遠し

玉簾集

昭和十九年夏妻はつ子胃を病みて鎌倉佐藤外科に入院し遂に再び起たず八月二十九日四兒を殘して命絶えき享年四十二會津八一大人戒名を授けたまひて淑眞院釋尼貞初といふ

古疊を蚤のはねとぶ病室に汝がたまの緒《を》は細りゆくなり

ふるさとの貫前《ぬきさき》の宮の守り札捧げて來つれあはれ老い母

病む妻の足頸にぎり晝寐する末の子をみれば死なしめがたし

生かしむと朝を勢《きそ》へど蜩《ひぐらし》の啼くゆふべにはうなだれてをり

幼子《をさなご》は死にゆく母とつゆ知らで釣りこし魚《うを》の魚籃《びく》を覗《のぞ》かす

この秋の寒蟬《かんせん》のこゑの乏《とぼ》しさをなれはいひ出づ何思ふらめ

夜の風に燈心蜻蛉《とうすみとんぼ》ただよへり汝《な》がたましひはすでにいづくぞ

老母《おいはは》とふたりの通夜《つや》の夜のほどろ瓶《かめ》のカンナをあふる風つよし

とことはになれは死にせり八月二十九日曉方《あけがた》月赤く落つ

汝《な》が魂《たま》はいづくさまよふ末の子の手をひき歩む夜の道暗し

手抱《たむだ》ける汝《な》が骨壺《こつつぼ》に溫《ぬく》みあり山をとよもす秋《あき》蟬《せみ》のこゑ

なれ失せて半ば死にけるうつせみを搖《ゆす》り起《た》して生きゆかむとす

酒酌《く》めばただただねむし骨髓《ほねすぢ》に澱《おど》む疲れのせむすべもなき

ますらをのわが泣く涙垂り垂りてなれがみ靈《たま》を淨《きよ》からしめよ

蟷螂《かまきり》の黄いろく枯れて動かざるかかる命もみすぐしかねつ

おのづから朝のめざめに眼尻《まなじり》を傳ふものあり南無阿彌陀佛

風呂にしてわれとわが見る陰處《ほとどころ》きよくすがしく保ちてをあらな

百日忌

酒のみて我は泣くなり泣き泣きて死ににし者の母にうつたふ

眞命《まいのち》の極みに堪《た》へてししむらを敢てゆだねしわぎも子あはれ

これやこの一期《いちご》のいのち炎立《ほむらだ》ちせよと迫りし吾妹《わぎも》よ吾妹《わぎも》

ひしがれてあいろもわかず墮地獄《だぢごく》のやぶれかぶれに五體《ごたい》震はす

俳句

正岡子規*

あたゝかな雨がふるなり枯葎《かれむぐら》

鶯や山をいづれば誕生寺

死はいやぞ其きさらぎの二日灸**

根岸

五月雨やけふも上野を見てくらす

名月や伊豫の松山一萬戸

蛇落つる高石がけの野《の》分《わき》かな

馬の尻雪吹きつけてあはれなり

下町は雨になりけり春の雪

蛤の荷よりこぼるゝうしほかな

暑さ哉《かな》八百八町家ばかり

村市

やせ馬の尻ならべたるあつさかな

さはるもの蒲團木枕皆あつし

病中

猶暑し骨と皮とになりてさへ

出羽

夕《せき》陽《やう》に馬洗ひけり秋の海

蕣《あさがほ》の入谷豆腐の根岸かな

淋しさを猶も紫《し》苑《をん》ののびるなり

（上段）

*一八六七—一九〇二年。

**如月（陰暦二月）二日に灸を据えると息災になるといわれる。

大佛に草餅あげて戻りけり

紫《あぢ》陽《さ》花《ゐ》や青にきまりし秋の雨

天《あめ》地《つち》を我が産み顔の海《なま》鼠《こ》かな

法隆寺の茶店に憩ひて

柿くへば鐘が鳴るなり法隆寺

葛の葉の吹きしづまりて葛の花

切賣の西瓜くふなり市の月

月赤し雨乞踊見に行かん

美服して牡丹に媚びる心あり

北《きた》國《ぐに》の庇《ひさし》は長し天の川

やことなき君の早うよりしたしみ参らせしがみまかりたまひぬまだ春秋に富みたまふ御身の養生殘る方なくせさせたまへども豫て定りたる御事にもやありけん同じ病に臥す身のいとゞ悲に堪へぬに昔いと若うおはせし頃日光伊香保の山道など倶し參らせし事などそゞろに思ひいでて

短《みじ》夜《かよ》をやがて追《おつ》付《つけ》参らせん

病中

夏瘦や牛乳に飽て粥薄し

碧梧桐歸京

團扇出して先づ問ふ加賀は能登は如何《いかが》

送秋山眞之米國行

山風や桶淺く心《ところ》太《てん》動く

病中卽事　二句

蠅打を持て居眠るみとりかな

眠らんとす汝靜に蠅を打て

つりかねといふ柿をもらひて

つり鐘の帯《へた》のところが澁かりき

稍澁き佛の柿をもらひけり

ある日夜にかけて俳句函の底を叩きて

三千の俳句を閲《けみ》し柿二つ

日まはりの花心《しん》がちに大いなり

本尊は阿彌陀菊咲いて無住なり

貧しさや葉《は》生姜《しやうが》多き夜の市

いもうとの歸り遲さよ五日月

鷄頭の十四五本もありぬべし

臍齋へ

柿くふも今年ばかりと思ひけり

（下段）

絶筆　三句

絲瓜《へちま》咲て痰のつまりし佛かな

痰一斗絲瓜の水も間に合はず

をとゝひのへちまの水も取らざりき

内藤鳴雪*

乞食《こつじき》の子も孫もある彼岸かな

爺《ぢい》婆《ばば》の蠢《うごめ》き出づる彼岸かな

古雛の衣や薄き夜の市

山畑は月にも打つや眞間《まま》の里

*一八四七—一九二六年。

野の梅や折らんとすれば牛の聲
大沼や蘆を離るゝ五月雲
鶏の窓に飛び込む野分《のわき》かな
雁啼くや蘆の莖矢に作るべく
末枯《うらがれ》に眞赤な富士を見つけゝり
鮟鱇《あんかう》の口から下がる臓腑かな

河東碧梧桐《かわひがしへきごどう》*

春寒し水田の上の根なし雲
市中《いちなか》の冬の日早くともしけり

行水や童《わらんべ》ぽかと戻りけり
鰯引く外《と》浦《うら》に出るや芒山
蝦夷に渡る蝦夷山も亦た焼くる夜に
間《ま》を割く根立てる雲の
大根引く嵩《かさ》の晝一人也
鴨來る頃二頭減りし牛
時鳥《ほととぎす》川上へ鳴きうつる窓あけてをる
酒のつぎこぼるゝ火燵蒲團の膝に重くも

高濱虚子*

（上段）
*一八七三―一九三七年。
（下段）
*一八七四年―。

鎌倉を驚かしたる餘《よ》寒《かん》*あり

此村を出でばやと思ふ畦を焼く

鶯や洞然として晝霞

もたれあひて倒れずにある雛《ひいな》かな

春水や矗《ちよく》々《〱》として菖蒲の芽

爐塞いで女小さくなりにけり

ものの芽のあらはれ出でし大事かな

青田より水の高さや蓴《ぬなは》沼

夏草を踏み行けば雨意人に在り

羽抜鶏吃《きつ》々《〱》として高音かな

愚庵十二勝のうち清風關

叩けども〳〵水鶏《くひな》許されず

橋暑し更に數歩を移すなる

どかと解く夏帶に句を書けとこそ

我を指す人の扇をにくみけり

鎌倉

秋天の下に浪あり墳墓あり

遠山に日の當りたる枯野かな

襟巻の狐の顔は別に在り

年を以て巨人としたり歩み去る

十ついて百ついてわたす手毬かな

やり羽子《はご》や油のやうな京言葉

（上段）
*寒あけにのこる寒さ。

東山静かに羽子《はね》の舞ひ落ちぬ

大空に羽子《はね》の白妙とゞまれり

手にとればほのとぬくしや寒玉子

かわ〱と大きくゆるく寒鴉

鬣《たてがみ》を振ひやまずよ大《だい》根《こ》馬《うま》

手毬唄かなしきことをうつくしく

高々とかゝりてうつろ初鏡

寒といふ字に金石の響あり

町中《なか》に少し入こみ盆の寺

帯結ぶ肱にさはりて秋簾《すだれ》

鶏頭のうしろまでよく掃かれあり

茎右《う》往《わう》左《さ》往《わう》菓子器のさくらんぼ

エレベーターどかと降りたる町師走

去《こ》年《ぞ》今《こ》年《とし》*貫く棒の如きもの

碧梧桐十三回忌。不参

春の風邪重きに非ずやゝ老いし

亮木滄浪に句を望まれて

春の水滄浪秋の水滄《さう》浪《らう》

千穂孫千代子、惠舞のあとをつぐ

**花の座のその舞扇取り上げて

高森下園八十にて病といふ程の事もなく永眠せりとのこと

春眠のごとなりしとや羨まし

（下段）

*新年の季語。いかにねておくるあしたにいふことぞきのふを去年とけふを今年と――後拾遺。

**さくらの花。

村上鬼城*

春の夜や灯を圍み居る盲者達
治聾酒《ぢろうしゆ》**の酔ふほどもなくさめにけり
闘鶏の眼《まなこ》つぶれて飼はれけり
春山や松に隠れて田一枚
川底に蝌蚪《くわと》の大國ありにけり
百姓に雲雀揚つて夜明けたり
をう〳〵と蜂と戦ふや小百姓
白魚の九腸《きうちやう》***見えて哀れなり
念力《ねんりき》のゆるめば死ぬる大暑かな

暑き日やだしぬけごとの火雷《ひがみなり》
夏夕《なつゆふべ》蝮《まむし》を賣つて通りけり
小さき子に曳かれていばふ田植馬
裸身の一枚肋《あばら》見はやしぬ
瓜小屋に伊勢物語哀れかな
痩馬のあはれ機嫌や秋高し
虫賣の虫のかず〳〵申しけり
痩馬にあはれ灸《やいと》や小六月*
死を思へば死も面白し寒夜の灯
冬蜂の死にどころなく歩きけり

(上段)
*一八七〇—一九三八年。
**立春から第五の戊の日に酒をのむとつんぼが治るといい伝えられる。
***腸の全体をいう。

(下段)
*陰暦十月(いまの十一月頃)の日和、小春と同じ。

鷹老いてあはれ烏と飼はれけり
水鳥*の胸突く浪の白さかな
世を戀うて人を恐るゝ餘《よ》寒《かん》**かな
生きかはり死にかはりして打つ田かな
もう〳〵と雲吹落す田植かな
蚊帳の中人々立ちて歩きけり
御僧の息もたえ〴〵に晝寝かな
老が身のあつき涙や土用灸《きう》
高浪をくゞりて秋の蝶黄なり
稻の中を猶這ひ歩く夕日かな
凍《いて》蝶の翅をさめて死にゝけり

大《だい》根《こ》引《びき》馬おとなしく立眠り
土くれをかゝへて死ぬる蝗《いなご》かな
炭竈に火を入れて塗固めけり
乾《から》鮭《ざけ》をたゝいてくわんと鳴らしけり
鷹のつらきびしく老いて哀れなり

観世音菩薩御身の丈百三十尺雲際に立たせ給ふ

御佛のさしまねかせぬ春の雲
遠山の燒け移りけり月朧
腰拔の手をうち鳴らす炬燵かな
だしぬけに熊手*を襲ふ夜霧かな

(上段)
*冬の季語。
**四五九頁註を見よ。
(下段)
*十一月、酉の市で賣る熊手。

凍てついて幾つともなき海鼠《なまこ》かな

渡邊水巴*

土雛は昔流《る》人《にん》や作りけん
秋の日や啼いて眠りし枝蛙
土佐五臺山竹林寺
ものの影みな涅《ね》槃《はん》なる月夜かな
ポストから玩《おも》具《ちや》出さうな夜の雪
天渺《べう》々《べう》笑ひたくなりし花野かな
新綠やたましひぬれて魚あさる
灌佛の横向いてゐる夕日かな

吹かれよりて千鳥の脚のそろひけり
箱を出て初雛のまま照りたまふ
花ざかり眞夜の川水ゆたかなる

飯田蛇《だ》笏《こつ》*

白菊のしづくつめたし花鋏**
なかんづく學窓の灯や露の中
あらなみに千鳥たかしや帆綱卷く
ひぐらしの鳴く音《ね》にはづす轡《くつわ》かな
ありあけの月をこぼるる千鳥かな

（上　段）
*一八八二—一九四六年。
（下　段）
*一八八五年—。
**以下三十三句『山廬集』（一九〇三—一九三一年間の句、一九三二年刊）より。

葱の香に夕日のしづむ楢林

苗代に月の曇れる夜《よ》振《ぶり》*かな

蕎《そ》麥《ば》をうつ母に明うす榾《ほだ》火《び》かな

幽冥へおつるおとあり灯取虫

洟《はな》かんで耳鼻相通ず今朝の秋**

竈火赫《くわ》つとただ秋風の妻をみる

芋の露連山影を正しうす

萍生の骨を故郷の土に埋む

はふり人歯あらはに泣くや曼珠沙華

ある夜月に富士大形《だいぎやう》の寒さかな

閨怨のまなじり幽《くら》し野火の月

青《せい》巒《らん》の月小さゝよたかむしろ

紫《あぢ》陽《さ》花《ゐ》に八月の山高からず

たましひのしづかにうつる菊見かな

山國の虚空日わたる冬至かな

寒夜讀むや灯《ともし》潮のごとく鳴る

死病えて爪うつくしき火桶かな

埋火に妻や花月の情にぶし

雪どけや渡舟に馬のおとなしき

三《さん》伏《ぷく》*の月の穢《ゑ》に鳴く荒鵜《う》かな

袷《あはせ》人《びと》さびしき耳のうしろかな

（上段）

*夜、カンテラなどの灯火を提げて魚を捕ること。漁具はヤス、網など。夏の季題。

**立秋。

（下段）

*夏至のあと、第三の庚を初伏、第四を仲伏、立秋後の初庚を末伏といい、併せて三伏という。

みるほどにちるけはしさや秋の雲
炭賣の娘《こ》のあつき手に觸りけり
夜の雲にひびきて小田の蛙かな
極寒のちりもとどめず巖ふすま

芥川龍之介の長逝を悼みて
たましひのたとへば秋のほたるかな
ひたひたと寒九*の水や厨甕《くりやがめ》
春蘭の花とりすつる雲の中
溫石《をんじやく》**の抱きふるびてぞ光りける
くろがねの秋の風鈴鳴りにけり
秋しばし寂《じやく》日輪をこずゑかな

貧農のこばなしはずむ圍爐裡かな
おほつぶの寒卵おく繿褸の上
辣《らつ》韮《きよう》の花咲く土や農奴葬
秋雞がみてゐる陶のたまごかな
水浴に緣光さしぬふくらはぎ

家嚴長逝*
ふた親にたちまちわかれ霜のこゑ
命盡きて藥香さむくはなれけり
つつぬけに人のこゑごゑ冬佛
蒲團なほぬくくて外づす湯婆《たんぽ》鳴る
冬《ふゆ》灯《ともし》死は容顏に遠からず

(上段)
*寒に入って九日目。
**石などを火であたためて布で包み湯たんぽの代りにつかう。
(下段)
*以下八句。

納棺す深夜の凍てに縄たすき
火を避けて地《つち》の提灯凍るさま
金屛のさかさに夜ごろ燭ともる

原　石鼎《せきてい》*

追儺《おにやら》ふときにも見えし嶺の星
山國の闇恐しき追儺《つゐな》かな
風呂の戸にせまりて谷の朧かな
やま人と蜂戰へるけなげかな
ぬく〱と老いてねむれる田螺《たにし》かな

神の瞳《め》とわが瞳あそべる鹿《か》の子かな
白魚の小さき顔をもてりけり
蓬髮の乞食にあひぬ土用涙
荒鵙《あらもず》の白鵙にして櫟原《くぬぎはら》
撃たれ落つ鳥美しや山枯木

前田普羅*

月出てて一枚の春田輝けり
花**を見し面《おもて》を闇に打たせけり
農具市深雪《みゆき》を踏みて固めけり

（上　段）
*一八八六—一九五一年。
（下　段）
*一八八八—一九五四年。
**さくらの花。

雪垂れて落ちず學校はじまれり

寒雀身を細うして闘へり

立山のかぶさる町や水を打つ*

雪山に雪の降り居る夕かな

慈悲心鳥おのが木魂《こだま》に隱れけり

獨活《うど》掘の下り來て時刻《とき》をたづねけり

鳥落ちず深雪がかくす飛彈の國

尾崎放哉《はうさい》**

つくづく淋しい我が影よ動かして見る

あるものみな着てしまひ風邪ひいてゐる

大雪となる兎の赤い眼玉である

聞こえぬ耳をくつつけて年とつてる

淋しいからだから爪がのび出す

足のうら洗へば白くなる

入れものが無い兩手で受ける

せきをしてもひとり

一日雪ふるとなりをもつ

どつさり春の終りの雪ふり

（上段）
*打水。夏の季語。
**一八八五—一九二六年。

水原秋櫻子*

馬酔木《あしび》より低き門なり浄瑠璃寺**
蟇《ひき》ないて唐招提寺春いづこ
蝌蚪《くわと》の水わたれば佛居給へり
梨咲くと葛飾《かつしか》の野はとの曇り
連翹《れんぎやう》や眞間の里びと垣を結はず
鶯や前山いよゝ雨の中
高嶺《ね》星蠶飼《こがひ》の村は寝しづまり
葛飾や浮葉のしるきひとの門
野いばらの水漬く小雨や四つ手網

水無月や青嶺《あをね》つゞける桑のはて
朴《ほゝ》の咲く淵にこだます機屋《はたや》かな
桑の葉の照るに堪へゆく歸省*かな
牛久《うしく》沼あふれてせはし晩稲《おくて》刈
海贏《ばい》打《うち》や灯ともり給ふ觀世音
柴漬《ふしづけ》**や古利根今日の日を沈む

橘夫人念持佛
行春《ゆくはる》やたゞ照り給ふ厨子《づし》の中

大垂水峠
蕗《ふき》の葉に尾鰭《をひれ》あまりぬ花うぐひ

田園都市
夜蛙《よかはづ》の聲となりゆく菖蒲《しやうぶ》かな

（上　段）
*一八九二年—。
**以下十六句、『葛飾』（一九三〇年刊）より。
（下　段）
*夏の季語。
**水中に柴を沈めて、寒さをさけるために入ってくる魚を捕える。冬の季語。

畦塗のひそかに居りぬ朴の花

會津勝常寺にて
しぐれふるみちのくに大き佛あり

鯉を池に放つ＊
水さむく金色の鯉をしづめたり
鯉の背をとぢて薄《うす》氷《らひ》のけふ張りぬ
寒鯉やひと日動かねば方向《むき》かはらず
ふた日經て寒鯉を見つなほ其處に
寒鯉にさす日たふとし鰭《ひれ》うごく

琵琶湖畔
田植牛湖《うみ》の夕波にむかひ立つ
雨に獲し白魚の嵩《かさ》哀れなり

べたべたに田も菜の花も照りみだる

山口誓子＊

おほわたへ座うつりしたり枯野星＊＊
唐《から》太《ふと》の天ぞ垂れたり鰊《にしん》群來《くき》
七月の青嶺《あをね》まぢかく熔鑛爐
鳰《にほ》鳥《どり》の息のながさよ櫨《はじ》紅葉《もみぢ》
玄海の冬浪を大と見て寐《い》ねき
渤《ぼつ》海《かい》を大き枯野とともに見たり
ひとり膝を抱けば秋風また秋風

（上　段）
＊以下五句連作。
（下　段）
＊一九〇一年―。
＊＊以下四句、『凍港』（一九三二年刊）より。

秋山に秋山の影倒れ凭《よ》る
愉《たの》しまず晩秋黒き富士立つを
凍《いて》鶴の啼かむと喉をころろころろ
嘴《はし》のべて鵜《う》か炎天もまたさびし
夕鵙《ゆふもず》によごれし電球《たま》の裡《うち》ともる
ゆく雁の眼に見えずしてとどまらず
雪敷きて海に近寄ることもなし
汽罐車と雪嶺よよとかげろへり
高きより雪降り松に沿ひ下る
紅くあかく海のほとりに梅を干す

蟋蟀《こほろぎ》の無明《むみよう》に海のいなびかり
町中《なか》に入りて隠れぬ冷し馬
海に出て木枯歸るところなし
濁流に日のあたりたり青葡萄
波にのり波にのり鵜のさびしさは
鴨を撃つ舟かやいまに暮るるべし

(下段)
*一八八五年—。

富安風生《ふうせい》*

河骨《かうほね》の高き莟を上げにけり
一もとの姥子《うばこ》の宿の遅櫻

萬《まん》歳《ざい》の三河の國へ歸省かな*
みちのくの伊達の郡《こほり》の春田かな
秋の川たのめばわたす渡舟あり
よろこべばしきりに落つる木の實かな
走り出て紫蘇一二枚缺きにけり
何もかも知つてをるなり竈《かまど》猫**
梅多しなか〱多し腹へりぬ
街の雨鶯餅がもう出たか

芝　不器男《ふきを》***

筆始歌仙ひそめくけしきかな
繭《まゆ》玉《だま》*に寝がての腕あげにけり**
永き日のにはとり柵を越えにけり
白浪を一度かゝげぬ海霞
川淀や夕づきがたき楓の芽
山燒くやひそめき出でし傍《はた》の山
人入つて門のこりたる暮春かな
まのあたり天《あ》降《も》りし蝶や櫻草
飼屋の灯母屋の闇と更けにけり
白藤や搖りやみしかばうすみどり
麥車《ぐるま》馬におくれて動き出づ

（上　段）
*歸省はふつう夏の季語であるが、ここは万歳（一月）が季語。
**冬の季語。
***一九〇三―一九三〇年。

（下　段）
*餅花ともいう。四七九頁、上段の註参照。
**寝《いね》…腕《うで》、あるいは寝《ね》…腕《かいな》。

虚《むな》國《ぐに》の尻無川や夏霞
風鈴の空は荒星ばかりかな
ころぶすや蜂《すがる》腰《ごし》なる夏痩女《め》
新藁や永劫太き納屋の梁
泳ぎ女の葛隠るまで羞ぢらひぬ
つゆじもに冷えてはぬるむ通《あけ》草《び》かな
秋の日をとづる碧玉敷しらず
燦爛と波荒るゝなり浮寝鳥

二十五日仙臺につく　みちはるかなる
伊豫の我が家をおもへば

あなたなる夜《よ》雨《さめ》の葛のあなたかな

日野草城*

春暁やひとこそ知らね木々の雨
篁《たかむら》を染めて春の日しづみけり
春の月ふけしともなくかがやけり
春の灯や女は持たぬのどぼとけ
ものの種にぎればいのちひしめける
小むかでを搏《う》つたる朱《あけ》の枕かな
これ以上痩せられぬ菖蒲湯に沈む
死ぬときの鼠の聲を聴きにけり
照りしぶりつつ望《もち》の月わたりけり

（下段）
*一九〇一―一九五六年。

火の色やけふにはじまる十二月

杉《すぎ》田《た》久《ひさ》女《じよ》*

花《はな》衣《ごろも》ぬぐやまつはる紐いろ〳〵
新涼や紫《し》苑《をん》をしのぐ草の丈《たけ》
よそに鳴る夜長の時計數へけり
白萩の雨をこぼして束ねけり
露草や飯《いひ》噴くまでの門《かど》歩き
花《はな》蕎《そ》麥《ば》に水車鎖《とざ》して去る灯かな
紫陽花《あじさゐ》に秋冷いたる信濃かな

無憂華の木《こ》蔭《かげ》はいづこ佛《ぶつ》生《しやう》會《ゑ》
羅《うすもの》に衣《そ》通る月の肌《はだ》かな

川端茅《ばう》舎《しや》*

白露に阿《あ》吽《うん》の旭さしにけり**
金剛の露ひとつぶや石の上
就中《なかんづく》百姓に露凝ることよ
新涼や白きてのひらあしのうら
芋腹をたたいて歡喜童子かな
自《じ》然《ねん》薯《じよ》の身空ぶる〳〵掘られけり

(上　段)
*一八九〇―一九四六年。
(下　段)
*一九〇〇―一九四一年。
**以下十句、『川端茅舎句集』(一九三四年刊)より。

しぐるゝや閻《えん》浮《ぶ》壇《だ》金《ごん》の實一つ
たらたらと日が眞赤ぞよ大《だい》根《こ》引《びき》
金輪際わりこむ婆や迎鐘
若竹や鞭の如くに五六本
ひらひらと月光降りぬ貝《かひ》割《わり》菜《な》*
時雨來《く》と大木の幹砥《と》の如し
土《つち》不《ふ》踏《まず》ゆたかに涅《ね》槃《はん》し給へり
刀《なた》豆《まめ》の鋭きそりに澄む日かな
笹《ささ》鳴《なき》の穩《おん》密《みつ》の聲しきりなる
雪の上ぽつたり來たり鶯が

河《かう》骨《ほね》の金鈴ふるふ流れかな
睡蓮に鳰《にほ》の尻餅いくたびも
鵙なくやきらりきらりと紙屋川
月光に深雪の創のかくれなし
閃々と鶲《ひたき》飛び來て神《しん》動き
目《め》水《ずゐ》晶《しやう》入學の子のあはれかな
りうりうとして逆立つも露の萩
寒月に光琳笹の皆羽撃つ
寒月や痛くなりたる承《なみだ》泣《たり》
朝靄に梅は牛《ち》乳《ち》より濃かりけり
青炎の杉囀りを鏤《ちりば》めぬ

（上段）
*以下二十七句、『華厳』（一九三九年刊）より。

ぜんまいののの字ばかりの寂光土
水《みづ》馬《すまし》靑天井をりんりんと
水馬大法輪を轉じけり
殺生の目刺の藁を抜きにけり
びびびびと氷張り居り月は春
陽炎の道がつくりときりぎしへ
晝蛙ラ行幽かにえごの花
蓑剣ねて垂《たれ》乳《ち》さぐりぬ五《さ》月《つき》闇《やみ》
芋の露直徑二寸あぶなしや
鵙《もず》猛り柿祭壇のごとくなり

わが咳や塔の五重をとびこゆる
咳き込めば我《われ》火の玉のごとくなり
三時打つ烏《ぬ》羽《ば》玉《たま》の汗りんりんと
また微熱つくつく法師もう默れ
冬晴を我が肺は早吸ひ兼ねつ
約束の寒の土《つく》筆《し》を煮て下さい
金柑百顆煮て玲瓏となりにけり
引かれたる葱のごとくに裸身なり
我が咳に伽藍の扇垂《たる》木《き》撥ね
昇天の龍の如くに咳く時に
秋風に我が肺は篳《ひち》篥《りき》の如く

白露や屑買はんとて禮を作し
これやこの露の身の屑賣り申す
寒夜喀血みちたる玉壺大切に
咳かすかかすか喀血とくとくと
朴《ほほ》散《さん》華《げ》即ちしれぬ行方かな
洞然と雷聞きて未だ生きて
夏痩せて腕は鐵棒より重し
石枕してわれ蟬か泣き時雨

松本たかし*

物の芽のほぐれほぐるる朝寝かな**
南《みんなみ》の海湧き立てり椿山
たんぽぽや一天玉の如くなり
羅《うすもの》をゆるやかに着て崩れざる
柄を立てて吹飛んで來る團《うち》扇《は》かな
金魚大鱗夕焼の空の如きあり
芥《け》子《し》咲けばまぬがれがたく病みにけり
蟲時雨銀河いよいよ撓《たわ》んだり
十《と》棹《さを》とはあらぬ渡しや水の秋
渡鳥仰ぎ仰いでよろめきぬ

(上段)
*一九〇六—一九五六年。
**以下十九句、『松本たかし句集』(一九三五年刊)より。

雨音のかむさりにけり蟲の宿

大木にして南《みんなみ》に片紅葉

南縁の焦げんばかりの菊日和

玉の如き小春日和を授かりし

狐火*の減る火ばかりとなりにけり

餅搗の水呑みこぼす腭《あぎと》かな

日の障子太鼓の如し福壽草

盤《ばん》石《じやく》に乗つかけてあり小鳥小屋

靜かなる自在の搖れや十三夜

高原の薄《すすき》みぢかき良夜かな

チチポポと鼓打たうよ花月夜

暑にまけて殘暑にまけて萩の花

我庭の良夜の薄湧く如し

炭《すみ》竈《がま》に塗込めし火や山眠る

澁柿の滅法生《な》りし愚さよ

中村汀女《ていじよ》*

夜の客に手探りに葱《ねぎ》引いて來し

張板抱へて廻れば眩し鵙の庭

我が思ふ如く人行く稻田かな

晩涼や運河の波のややあらく

（上　段）
*冬から春先にかけての季語。

（下　段）
*一九〇〇年—。

秋風にある噴水のたふれぐせ

地階の灯春の雪ふる樹のもとに

蕗の薹《たう》おもひおもひの夕汽笛

香水*の坂にかかりて匂ひ來し

もろこしを焼くひたすらになりてゐし

とどまればあたりにふゆる蜻蛉かな

稲妻のゆたかなる夜も寝べきころ

あはれ子の夜寒の床の引けば寄る

咳の子のなぞなぞあそびきりもなや

人のつく手毬次第にさびしけれ

葉牡丹を街の霰にまかせ賣る

中村草田男《くさたを》*

貝《かひ》寄《よ》風《せ》**に乗りて歸郷の船迅し***

布淺黄女《にょ》人《にん》遍路の髪掩ふ

猫の戀後夜かけて父の墓標書く

乙《つば》鳥《くろ》はまぶしき鳥となりにけり

蟾《ひき》蜍《がへる》長子家去る由もなし

蜥《と》蜴《かげ》の尾鋼《ま》鐵《がね》光りや誕生日

秋の航一大紺圓盤の中

（上　段）

*夏の季語。


（下　段）

*一九〇一年—。

**大阪四天王寺の聖靈會（陰暦二月二十二日）に立てる筒花は難波の浦に吹きよせた貝で作るところから、この前後に吹く風をいう。

***以下十七句、『長子』（一九三七年刊）より。

前《まへ》空《ぞら》となく稲妻のひろかりき
木《この》葉《は》髪《がみ》*文藝永く欺きぬ
冬すでに路標にまがふ墓一基
歳晩や火の粉豊かの汽車煙
餅花**や不幸に慣るゝこと勿れ
降る雪や明治は遠くなりにけり

孤兒なる女中突如發狂す

狂ひ寝や雪達磨に雪降りつもる

某月某日の記録***　三句

折からの雪葉に積り幹に積り
此日雪一教師をも包み降る
頻り頻るこれ俳諧の雪にあらず

妻二タ夜あらず二タ夜の天の川
燭の灯を煙草火としつチエホフ忌
會へば兄《はら》弟《から》ひぐらしの聲林立す
雪女郎おそろし父の戀恐ろし
寒夜源氏をとぞてふ文字に讀み了る
木兎《づく》*は呼ぶ父は頭《づ》黒うして逝けりし
あかんぼの舌の强さや飛び飛ぶ雪
萬《ばん》緑《りよく》の中や吾子の歯生え初むる
壯行や深《み》雪《ゆき》に犬のみ腰をおとし
うたゝ淺學雪かぎりなく炭に降る

（上　段）

*初冬にかけて木の葉の落ちるように毛髪が脱けるところからいう。

**一月十四日、様々の色に染めた餅の小さな玉を作り、樹の枝にさして神前にそなえる。繭にかたどって養蚕を祝うことから出たもので繭玉ともいう。

***二・二六事件。

（下　段）

*冬の季語。

六月馬は白菱形を額《ぬか》に帯び

人形や夏灯の壁へ頭《づ》で凭れ

夜半の夏人形の目は目そらさず

梅雨の夜の金の折鶴父に呉れよ

鳴く蟬は海へ落つる日獨り負ひ

馬の汗其の丸胴に沁み返る

秋水へ眞赤な火から煙來る

石材や冬の落ち水かがやけり

百《もも》千《ち》鳥《どり》もつとも鳥の聲甘ゆ

家族を疎開せしめて約半歳空襲下の東都に自炊生活を送れり　二句

己が荷の車ひく日や青山椒

（下　段）

みちのくの蚯蚓《みみず》*短かし山坂勝ち

二月三日、義父歿後の雑事を果さんために、出先の地より更に深雪の中を輕井澤町へおもむく。途上にありて、今日は我等が結婚記念日なることを思ひ、今更に十年は經過せりとの感深し　二句

深雪の照り双頰へ來てそを熱す

深雪道來し方行方相似たり

三十年来の恩友伊丹万作逝く　二句

四《よ》十《そ》路《ぢ》さながら雲多き午後曼珠沙華

亡き友肩に手をのするごと秋日ぬくし

秋水や指の水《み》輪《なわ》の川《かは》手《て》洗《う》《づ》

＊梅雨頃の季語。

石田波郷*

雀らの乗つてはしれり芋嵐**
秋の暮業火となりて秬《きび》は燃ゆ
秬焚や青き螽《いなご》を火に見たり
ある宵の菊のおごりにひとりゐぬ
寒卵薔薇色させる朝ありぬ
檻の鷲さびしくなれば羽搏つかも
晝の蟲一《いつ》身《しん》斯るところに置き
初蝶や吾三十の袖袂
雀らも西日まみれやねぶの花

我孫子にて
琅《らう》玕《かん》や一月沼の横たはり
鷄頭に隱るゝ如し晝の酒
雷落ちて火柱見せよ胸の上

腹膜炎併發、くるしき折
秋の夜の憤ろしき何々ぞ
牡丹雪その夜の妻のにほふかな
子の涙こんこんと出づ涼しき如
白桃や心かたむく夜の方《かた》
今日見たる毒消賣や珠の如
秋蚊帳の底ひに何も齎さず

（上段）
*一九一三年―。
**以下七句、『鶴の眼』（一九三九年刊）より。

鷄頭よ子よわれ咳をとゞめ得ず
霜の墓抱き起されしとき見たり
胸の上に雁行きし空殘りけり
君去《い》なば食はむ藷《いも》君に見られしや
秋の暮溲《し》罎《びん》泉のこゑをなす
綿蟲やそこは屍《かばね》の出でゆく門
寒林を月跳ね出でてわたらふも
春嵐屍は敢て出でゆくも
蝌《くわ》蚪《と》泛《う》けり病者の悔は遲く永く
七夕竹惜命《しやくみやう》の文字隱れなし
蜩《ひぐらし》やつひに永久排菌者

手鏡や二月は墓の粧ひ初む

加藤楸《しう》邨《そん》*

棉の實を摘みゐてうたふこともなし**
せんすべもなくてわらへり靑田賣
かなしめば鵙《もず》金《こん》色《じき》の日を負ひ來
冬日沒《い》る金剛力に鵙鳴けり
あした鳴き夕べ雉《き》子《じ》鳴き住みつかぬ
しぐれきて佛體は木に還りける
蟻地獄かくながき日のあるものか

（下段）
*一九〇五年―。
**以下六句『寒雷』（一九三九年刊）より。

蚊帳出づる地獄の顔に秋の風

泣きし子も蟇《ひき》も眞靑ぞ靑嵐

隱岐や今木の芽をかこむ怒濤かな

離任

天の川大槻に風吹きこもる

安達太郎山麓にて

蜩や雲のとざせる伊達郡

百靈廟

天の川鷹は飼はれて眠りをり

長江に雨降りやまず孔子祭

雉子《きじ》の眸《め》のかうかうとして賣られけり

サイパンに果てし義弟の遺骨還る

草蓬《よもぎ》あまりにかろく骨置かる

古間木にて

蜩や手に振りすつる帽の露

秋風や銀狐の欠伸つぎつぎに

秋燕やサガレンへたつ船もなし

柿の朱を思ひつづけてねむりたし

死ねば野分生きてゐしかば爭へり

闇賣の聲のやさしや雪卍《まんじ》

鮟《あん》鱇《かう》の骨まで凍ててぶちきらる

檻の鷲脚ふみかふるほかはなく

非は常に男が負ひぬ歸る雁

泣くさまの羽抜鶏にも似たるかな

あきらめて鰤《ぶり》のごとくに横たはる

こがらしや女は抱く胸をもつ

一燈を消せば雪ふる夜の國

落葉《から》松《まつ》はいつめざめても雪降りを

石橋秀《ひで》野《の》*

風《かざ》花《ばな》に紺のまひとぶ染場かな

鮎打つや石《いは》見《み》も果ての山幾つ

立雛にすがるの腰のなかりけり

あたゝかやむかし一文菓子うまし

病中子を省みず自嘲

衣《ころも》更《がへ》鼻たれ餓鬼のよく育つ

病み呆《ほ》けて泣けば卯の花腐《くだ》し*かな

がゝんぼに熱の手をのべ埒もなし

新じやがや子をすかす喉すでに嗄れ

裸子《はだかご》**をひとり得しのみ禮拜す

火のやうな月の出花火打ち終る

七月二十一日入院

蟬時雨子は擔送車に追ひつけず

（上　段）
*一九〇九―一九四七年。

（下　段）
*卯の花月（陰暦四月、いまの五月頃）降りつづく雨。
**夏の季題。

復刊本へのあとがき

この『日本詞華集』は一九五八年（昭和三三年）つまりほぼ半世紀ほど前、未來社から出版されたのだが、なぜだか大して日の目も見ずに埋もれてしまっていたのである。編者は安東次男・廣末保・西郷信綱の三人。ところが三人のうちほんの少し年上の私だけが皮肉にも生き残り、安東さん廣末さんのご両人は無念にも、もうあの世の人になってしまわれた。この本の再出発に当たり、私がひとりこうして前に出て新たに筆をとるのも、そのせいだと御了解いただきたい。

だが実は、それだけではない。この本は何と、前書きも後書きもなしに出版されたのである。本文を充実させるのに全力を尽くしてしまい、それらをものする余力が三人とも、もう無くなっていたためらしい。現に、これはそれほど肉体的・精神的なエネルギーを要する困難な仕事であったと今でも回想する。だから私のこの一文がその欠を補う序文めいた形になるのを、どうかお許し願いたい。

本書の出る数年前（昭和二九年）に、高村光太郎編『日本の詩歌』が出ており、そこで批評家の山本健吉氏が「日本の詩と詞華集」と題し、次のようにずばり発言していたのを覚えている。「私がつねづね座右に欲しいと思っているものに、日本の詞華集がある、云々」とし、さらに英・仏・独のアンソロジーに言及し、「それが日本に一つもないのは、詩人や批評家や国文学者たちの大きな怠慢だと思える」とし、さらに「私の夢みている日本詞華集は、短歌と俳句だけが大きな部分を占めるようになってはいけない」とも、言ってのけている。これは六百人を越える人の句と歌を収めた『句歌歳時記』という四冊本をまとめようとしていた御本人の自己反省とも受けとれるが、他方、私たち三人を強く刺激してくれる一文だったのも否めない。

「詞華集《アンソロジー》」の発生は紀元前のギリシャにあり、語源的にいえばanthos（花）とlegein（集める）とが結びついたもの、それがやがてラテン語となり、さらに近代化された英・仏・独語等の欧州諸国語で、詩人はむろん詩に興味をもつ者にも不可欠の書である「アンソロジー」（anthology）として拡がっていったという歴史があった。東洋の私たちは、それを「詞華集」と呼ぶに至ったというわけである。

では私たちがこの「日本詞華集」という新たな名のもと、どのように自国の詩歌を美しい花束として独自に組織することができているかどうかが問題である。最初の古代編でいえば、「歌謡」の項で「記紀歌謡」などとともに、なかなか接触できぬ「神楽歌」や「催馬楽歌」や「土佐日記」の舟唄等をも採取したこと。そしてなかでも注目していただきたいのは、「風土記」の項で「出雲国風土記」の「国引き」詞章を取り上げた点だ。日本海のかなたの国々を四度にわたり、「網打ちかけて国来《くにこ》国来」と出雲の国の方へ引き寄せたという、記紀や万葉などにも類のない独自な詩的詞章である。

また「むかし、男ありけり」で始まる「伊勢物語」という歌物語五編を、三十一文字の和歌だけでなくそのまま取り込んだのは、いささか次元を異にするもっと広い世界にも眼を向けようという志向のあらわれに他ならない。それが一番顕著になるのは、むろん近代編である。宮沢賢治の「春と修羅」をはじめとし、梶井基次郎の「檸檬《れもん》」や「蒼穹」とか、あるいは富永太郎の「鳥獣剝製所」とか、むしろ散文詩ともいうべき作までが取り込まれている。

「歌謡」についても、中世編では「梁塵秘抄」をはじめ「唯心房集」「田植草紙」「狂言小歌」

『閑吟集』その他多様な集をあげている。

近世編の見るべき点は、二十頁にもわたる「芭蕉」の項目である。一人でこれだけの頁を占めた作者は、むろん他にはいない。芭蕉こそ日本の詩歌史の一つの頂点に立つ存在だということを示すものといっていい。そこでは、たんに発句だけでなく、「冬の日」に始まる俳諧七部集がもとより大きな意味をもつ。「おくのほそ道」も無視できぬ。

さてこの「芭蕉」の項目を主として担当したのは、安東さんと廣末さんである。芭蕉評釈史上の名著とされる『風狂始末』（ちくま学芸文庫）の著者である詩人の安東さんと、『可能性としての芭蕉』（御茶の水書房）や『芭蕉——俳諧の精神と方法』（平凡社）等の批評家として知られる廣末さんとである。近世の文学に疎い私などでも「新らしみは俳諧の花なり」（『三冊子』）という芭蕉の言葉には、「花と、面白きと、珍らしきと、これ三つは同じなり」（『花伝第七別紙口伝』）という世阿弥の言葉と重なりあっているとされるのに、どういう意味が蔵されているかについて『斎藤茂吉』（朝日新聞社）のなかで考えたことがある。その根底には、ジャンルは違うものの日本の詩歌の歴史には、「芭蕉から茂吉へ」という見地から捉えねばならぬものがあると思っていたからである。本書の近代編の「短歌」の項目を見ても、一人の歌よみで百首以上の作が採られているのは茂吉だけなのも、偶然ではあるまい。

他方、歴史をさかのぼっていけば、芭蕉のかなたにいる真の詩人と呼べるのは柿本人麻呂ではなかろうかと推測される。『万葉集』の項で採られているいかにも宮廷詩人らしい吉野宮や近江荒都の歌とかのほかに、「妹が門《かど》見む　靡けこの山」という結句をもつ「石見国より妻に別れて上り来る時の歌」とか、「妻死せし後、泣血哀慟して作る歌」といった類の、己の生をじかに詠じた歌群がある。アイルランドの詩人イエーツの「人生が悲劇だと心にわかった時にのみ、私たちは生きることを始めるのだ」という言葉は、むろん現代に関して言ったものだが、宮廷詩人である人麻呂が一人の古代人として己の生の悲しみについてこのように優れた長歌をものしているのに、私は一種の驚きを覚える。

その人麻呂や芭蕉や茂吉（あるいは宮沢賢治）の作とを、即座に同時に読めるのだから、この『日本詞華集』はまさにアンソロジーとしてかなり優れたものだといっても、決して不遜ではなかろう。また近代編で取り上げられている多くの詩人・歌人・俳人のどういう作品が選ばれているかを見るのも、楽しみの一つであろうと思う。

半世紀前とは違い日本でも、こうした構造をもった「詞華集」を座右に置いておきたいと思っている人が、ぐんと増えてきていると思う。安東さんと廣末さんの霊が、「どうだ、この詞華集すてきだろう」と言わんばかりに現われて、そこに立ってくれている姿が、私には彷彿と見えてくる思いがする。

この仕事は、三人で箱根をはじめあちこちの宿に泊まって励みはしたけれど、なかなか終わらず、最後は未來社近くの空き家にもぐりこんでやっとケリがついたという経緯がある。その間、私たちのこの難渋した仕事ぶりを、やさしく見守ってくれた未來社の前社長故西谷能雄さんに先ずは感謝したい。そして長期にわたった日々をずっと世話をしてくれた、その時の編集部の松本昌次さんの御苦労にも心からお礼を申し上げる。

なお最後に、「書物復権」の一冊として本書を選んでくださった社長の西谷能英さんにも深く感謝する。

二〇〇五年四月二五日

西郷　信綱

日本詞華集

一九五八年四月一〇日　第一刷発行
二〇〇五年六月一日復刊第一刷発行
二〇〇五年七月一五日　第二刷発行

定価（本体六八〇〇円＋税）

編者　西郷信綱・廣末保・安東次男

発行者　西谷能英
装幀　高麗隆彦
印刷・製本　萩原印刷

〒一一二-〇〇〇二　東京都文京区小石川三-七-二
株式会社　未來社
振替〇〇一七〇-三-八七三八五
電話〇三-三八一四-五五二一（代表）
http://www.miraisha.co.jp/
info@miraisha.co.jp
ISBN4-624-60103-3 C0092

西郷信綱・著
古事記研究

古事記を言葉において、作品として根元的に読みなおし、従来の研究における「合理派」的思想偏重と「浪漫派」的情念偏重から古事記を解放し、研究の方法的転換を探った労作。　三二〇〇円

西郷信綱・著
〔増補〕詩の発生〔新装版〕

日本文学における「詩の発生」を体系的に論じた名著。他に言霊論・古代王権の神話と祭式・柿本人麻呂・万葉から新古今へ等。あいまいにされがちな「詩」の領域を鋭い理論で展開。　三五〇〇円

西郷信綱・著
萬葉私記

万葉集の中から信頼と愛誦に値する作品を選び、従来の訓詁や解釈の方法ではなく作品に即して根元的に読み直しつつ万葉集を再発見し新しい次元での著者の詩的経験を披瀝する。　三八〇〇円

安東次男・著　粟津則雄・解説
〔新版〕澱河歌の周辺

二〇〇二に逝去した異色の詩人・評論家の主著を復刊。蕪村、芭蕉、ランボー、ボードレール、ルドンなどを縦横無尽に論じる、安東次男の批評のエッセンス。一九六二年読売文学賞受賞。　二八〇〇円

郷原　宏・著
詩人の妻

〔高村智恵子ノート〕高村光太郎の妻にして『智恵子抄』のヒロインである智恵子をひとりの女として捉える視点から、二人の関係史を中心にその生涯を追跡する迫真の長篇評伝。　二二〇〇円

野村喜和夫・著
金子光晴を読もう

散文性、身体、メトノミー、クレオール、自己と皮膚、といった切り口から、近代詩人・金子光晴の魅力と、その「放浪の哲学」の現在性に迫る。現代詩の俊才が挑む金子ワールド！　二二〇〇円

〔表示価格は税別〕